I0595559

Ich widme dieses Buch meinen beiden Söhnen. Ihr Dasein, ihre Eigenständigkeit und ihr Verständnis ermöglichten mir ein lehrreiches, intensives Leben. Was für ein Glück, was für eine Bereicherung und Freude, Eure Mutter zu sein!

Ich widme das Buch allen Kindern dieser Erde sowie denen, die noch geboren werden. Mögen sie – unabhängig aller vorgefundenen Rahmenbedingungen und unter allen Umständen – immer bewusst und ihrer Ursprünglichkeit, ihrer Natur und ihrer wahrhaftigen Liebe treu bleiben. Mögen sie ihr spirituelles Potenzial entdecken und nie vergessen, um die eigenen Fähigkeiten zur Erfüllung ihrer angeborenen, naturgegebenen Bedürfnisse kraftvoll entfalten zu können – zu ihrem eigenen Wohlergehen und dem aller; zum Wohlergehen der ganzen, so wundervollen Erde.

Anke Plehn

Vision einer neuen Erde

Band 1

Auf der Suche

Bibliografische Information der Deutschen Nationalbibliothek: Die Deutsche Nationalbibliothek verzeichnet diese Publikation in der Deutschen Nationalbibliografie; detaillierte bibliografische Daten sind im Internet über http://dnb.d-nb.de abrufbar.

TWENTYSIX – Der Self-Publishing-Verlag
Eine Kooperation zwischen der Verlagsgruppe Random House und
BoD – Books on Demand

© 2017 Anke Plehn

Herstellung und Verlag:
BoD – Books on Demand, Norderstedt

Autor: Anke Plehn
Umschlaggestaltung, Illustration: Anke Plehn

ISBN: 978-3-74072-966-0

Das Werk, einschließlich seiner Teile, ist urheberrechtlich geschützt. Jede Verwertung ist ohne Zustimmung des Verlages unzulässig. Dies gilt insbesondere für die elektronische oder sonstige Vervielfältigung, Übersetzung, Verbreitung und sonstige Veröffentlichungen.

„Vision einer neuen Erde"

Band 1:
„Auf der Suche"

Band 2:
„Lillyland"

Band 3:
„Die Verwirklichung"

Danksagung

Ich danke all jenen, die mir Leid zufügten und mich enttäuschten. Sie waren der Anlass, mich selbst zu fragen, was ich dazu beigetragen habe, dass ich oft und so schmerzhaft mein ‚Schicksal' erfuhr. Geprägt von lang vergessenen Ereignissen und dem Umfeld meiner Kindheit und Jugend lebte ich fast fünfzig Jahre mit dem Fokus auf das, was uns vom Leben trennt. An negative Erfahrungen, beängstigende Prophezeiungen und Dramatik gewöhnt mied ich die schönen Seiten des Lebens oder konnte nicht wirklich daran teilhaben; sah neidvoll, oft innerlich einsam anderen zu, weil: Ich war blind für die Freude und Leichtigkeit des Lebens.

Ich danke allen, die mich harsch und oft lautstark kritisierten, denen ich mich hilflos ausgeliefert sah. Es war schmerzhaft, aber nicht umsonst. Ich befreite mich von Ungewolltem, lernte die als verletzend empfundenen Botschaften in Gefühle und Bedürfnisse zu wandeln und konnte sie so hören.

Mein Dank gilt allen Freunden[1], Kollegen, Wegbegleitern, die einfühlsam andere Meinungen äußerten als die, die ich erwartet und gern gehört hätte. Sie waren mir hilfreiche Begleiter bei meiner Suche nach einem Weg aus meiner Verzweiflung, aus Sinnlosigkeit und Angst in ein lichtes, freudiges Dasein.

Ich danke allen, die mein wahres Wesen hinter meiner oft strengen, arroganten, besserwisserischen, belehrenden Ego-Persönlichkeit sahen, die Geduld mit mir hatten und mir Mut machten, mich so zu zeigen, wie ich wirklich bin. Ich danke jenen, die mir mit ehrlichem Herzen begegneten in einer Zeit, in der es mir schwer fiel, absichts- und bedingungslos zu lieben.

Ich bin dankbar für ihren Beitrag zu meinem Erkennen unserer Allverbundenheit und unser aller Teilhabe am Allbewusstsein.

---

[1] Gilt für beide Geschlechter

Stille. Das Gerangel der Kälber an der Stallwand hat aufgehört. Langsam komme ich zu mir. Alles schmerzt: der Kopf, die Gelenke, jeder Muskel. Ich bin wie zerschlagen. Jede einzelne Körperzelle will persönlich geweckt werden. Ich spüre, worauf ich liege und womit ich zugedeckt bin. Ganz langsam öffne ich meine Augen. Über mir, ziemlich nah, eine Holzbalkendecke. Mein linker Arm lehnt an einer Holzbohlenwand. Wo bin ich eigentlich? Meine Sinne sind plötzlich hellwach. Endlich! Ja, seit zwei Tagen ist eine Almhütte mein Zuhause. Die Holzbohlenwand trennt mein Bett vom Stall nebenan, an der anderen Seite hängt die Futterraufe der Kälber. Rechts von meinem Kopf steht ein mit bunten Blumen bemalter Bauernschrank. Ein kleiner Tisch und zwei Stühle lassen noch Raum für zwei Quadratmeter Bewegungsfläche. Durch eines der kleinen Fenster erkenne ich Gustav, den alten Ziegenbock. Unbeweglich steht er auf dem Felsbrocken, der unseren Sitzplatz vor der Hütte gegen den Wind aus dem Tal abschirmt. Gustav genießt bei Marta, der Almbäuerin, bei der ich angeheuert habe, seine alten Tage. Reglos im Sonnenlicht erscheint er wie aus Stein gehauen. Sein ergrautes Fell schimmert silbrig.

Während ich nach draußen horche, denke ich an gestern Abend. Spät und erschöpft von zwei Tagen ungewohnter Tätigkeit bin ich ins Bett gefallen. Lange noch haben wir auf der Bank vor der Almhütte gesessen. Unter dem großen Sternendach fühlte ich mich geborgen wie lange nicht mehr. Ich genoss die für mich Großstadtkind so ungewohnte Dunkelheit und Stille. Marta erklärte mir die Sternenbilder. Die mir aus meiner Kindheit so vertraute Milchstraße war deutlich zu sehen. Wie hatte ich mich nach solch einem Sternenhimmel gesehnt. Eine endlose Weite umgab mich. Mein Körper passte sich dem an: Ich fühlte mich grenzenlos.

Alles scheint mir hier vertraut, vertraut aus einer weit entfernten Kindheit. Auch Marta. Sie strahlt reine Herzenswärme und innere Zufriedenheit aus. Alles scheint für sie eine Freude zu sein. Von der ersten Begegnung an spürte ich ein tiefes Vertrauen zu ihr.

Die Beine angezogen und mit den Armen eng umschlungen saß ich gestern neben Marta. Der Mond war hell genug, um die Berge auf der gegenüberliegenden Talseite und die Umrisse der Bäume erkennen zu können. Lange sprachen wir nicht.

Marta wusste, warum ich bei ihr auf der Alm als Sennerin arbeiten wollte. ‚Gescheitert auf der ganzen Linie‘ sagt man wohl dazu. Als Spinnerin belächelt fühlte ich mich wie eine Aussätzige. Verstoßen selbst von den eigenen Kindern, für die sich die innere Revolte der Mutter fremd anfühlte. Das war ungewohnt, sogar für mich: Ich hielt den Widerspruch zwischen dem, was in der Welt – auch in meiner ganz privaten und beruflichen – passierte und dem, wie ich leben wollte, nicht mehr aus. Ja, ich wusste nicht einmal, wie ich genau leben wollte! Ich wusste nur eins: *So* nicht mehr!

Fest überzeugt, für Natur und Mensch Veränderungen bewirken zu können, stieß ich mit meinen Vorstellungen überall auf Widerstand. Frustration und Einsamkeit nahmen zu, Selbstzweifel zernagten mich. Welchen Sinn hat das Leben noch? Die Strukturen, die mich bisher hielten, zerfielen. Die gut gemeinten Hilfsangebote nervten. Ich ahnte, dass sie mir nicht wirklich helfen würden und ich *meinen* Weg zu gehen hatte. Um wieder Halt zu finden, wollte ich nur eins: weg von daheim, unerreichbar sein. Raus in die Natur, dahin, wo ich zur Ruhe kommen und herausfinden konnte, was ich will.

Auf einem Permakultur-Seminar lernte ich Marta, Bäuerin auf einer Bio-Alm in den österreichischen Alpen, kennen. Begeistert von ihrer lebensfrohen Art und ihrem logischen Menschenverstand zog es mich magisch zu ihr hin. Ihr ging es ebenso, und so brauchte es nur wenige Worte, um sich zu verstehen.

Wir schwiegen. Marta legte ihren Arm um mich. Wie lange ist es her, dass ich so absichts- und bedingungslos in den Arm genommen worden bin? Mein Kopf legte sich von ganz allein behutsam an ihre Schulter. Endlich konnte ich entspannen.

„Anne", sagte sie nach einer Weile, „du gehörst zu den Menschen, die den Sinn ihres Lebens suchen. Viele wissen, dass es so wie bisher nicht weitergeht, ohne ein Bild zu haben, *wie* es weitergehen soll. Immer mehr Menschen, ganz unabhängig von ihrem Intellekt, ihrer Hautfarbe, Religion, Bildung, sexueller Neigung, unabhängig aller Unterschiede denken darüber nach. Du bist eine davon. Selbstzweifel, Einsamkeit und Ängste quälen dich. Und dennoch willst du nicht mehr zurück. Oder? Sehnst du dich nach deiner Arbeit?"

Ich schüttelte – ganz unbewusst heftig – den Kopf und antwortete leise: „Nur nach meinen Kindern."

„Die Sehnsucht nach den Kindern tut weh. Sie bedeuten dir Heimat. Du brauchst etwas Verlässliches, Vertrautes, willst irgendwo dazu gehören. Das fühlen viele Menschen derzeit, in allen Lebensbereichen, weil die bestehenden Strukturen zerfallen. Du weißt aber: Du bist nicht allein." Sie schaute mich mitfühlend an. „Es ist ein Wachwerden. Hunderte, Tausende auf der ganzen Erde stehen derzeit auf. Keine Revolution, es ist auch keine Evolution. Was da begonnen hat, geht darüber hinaus. Eine neue Erde entsteht, in ihren und unseren Herzen. Tausende verschiedene Lebensformen werden ausprobiert, motiviert von einer großen Sehnsucht – der nach Frieden, nach Liebe. Ein gigantisches Netzwerk entsteht, unauffällig, achtsam. Einer fängt an *seinen* Weg zu gehen, andere folgen seinem Beispiel; zehn, dann hundert und nun schon Millionen auf der ganzen Erde, die *ihre* Visionen anderer Lebensformen in die Realität bringen. Sie wissen noch nicht genau wie. Doch tief in ihrem Herzen schlummert das Bild von einem friedvollen Miteinander in einer intakten Natur. Intuitiv folgen sie ihm. Alles darf sich zeigen, wachsen, tagtäglich, unaufhörlich. Dieser Wandel geht auch an der Architektur und dem Bauen nicht vorbei. Jede Branche, jeder Arbeitsplatz kommt jetzt auf den Prüfstand seiner Sinnhaftigkeit. Das neue Bewusstsein verschont auch die Politik nicht, nein. Der einzelne Mensch, egal an welchen Platz gestellt, beginnt auf sein Herz zu hören, und das fühlt sehr bald schon, was wirklich Sinn macht – erst zum Überleben, dann zum Leben."

Ich war skeptisch. Meine Erfahrung war eine andere. Ich fühlte mich einsam und allein. Keiner hatte mich daheim verstanden.

Marta schien meine Gedanken zu lesen. „Anne, das wird sich ändern, auch im Bauwesen und in der Architektur. Bauen dient wie die Landwirtschaft der Erfüllung ganz elementarer Bedürfnisse. Das ist heute nur in Vergessenheit geraten. Stattdessen wird das Bauen vordergründig als Wachstumsfaktor für eine menschenfeindliche nimmersatte Wirtschaft genutzt. Angetrieben von einem destruktiven, überflüssigen Bewertungssystem namens Geld geht es beim Bauen jetzt noch vordergründig um Gewinn und Arbeitsplätze. Die meisten Menschen verkaufen sich, ihre Lebenszeit und ihre Gesundheit, um sich fragwürdige, kurzlebige Wünsche zu erfüllen. Manche träumen 45 Jahre vom Rentenalter, um dann ihren Traum leben zu wollen. Den wenigsten gelingt das. Warum?"

Ich hatte keine Idee.

„Weil ihnen die Erfahrung fehlt, wie sich ein menschenwürdiges, dauerhaft vitales Leben anfühlt. Sie leben 45 Jahre mit einem Mangelempfinden und glauben dann im Rentenalter das Leben genießen zu können. Nur sehr, sehr wenige leben heute ein menschengerechtes, glückliches Dasein. Menschenwürdige Visionen für ein Leben *nach* den Gesellschaftsformen, wie wir sie heute kennen, gibt es kaum. Eine kollektive Vorstellung aller existiert nicht."

Ich musste ihr recht geben. Ich habe auch keine.

„Dein Herz und auch die Herzen anderer Menschen bringen den Mut auf, sich ehrlich danach zu fragen. Die Sehnsucht nach Frieden und Liebe wird es schaffen, die Angst vor dem Ungewissen zu überwinden. Eine neue Erde entsteht, schon jetzt – mit dir, mit mir, mit allen, die dazu bereit sind und sich diese vorstellen können und wollen."

Erst nachts verarbeitete mein Gehirn Martas Worte.

Lange schauten wir in den klaren Sternenhimmel über uns. Dann nahm Marta den Faden wieder auf. „Hast du Angst vor den Antworten, die kommen werden, wenn du in dich hineinhorchst?"

Ich ahnte, was sie meinte. In mir verlangt schon lange eine Stimme, dass ich ihr zuhöre, nein, *auf* sie höre. Doch irgendetwas lässt mich nie Zeit dafür haben. „Ja, wovor fürchte ich mich? Ich bin voller Schmerz und ja, auch Angst."

Mitfühlend und leise hörte ich Marta sagen: „Hier kannst du in dich hören. Es wird sich zeigen, was gesehen werden will. Bleib einfach nur offen. Beobachte deine Ängste, den Schmerz. Frag sie, was sie von dir wollen und wofür sie da sind."

Ich wusste nicht, was Marta damit meinte. Ich fragte nicht, wir schwiegen.

Marta, schlank, ungefähr 1,70 m groß mit aufrechtem leichtfüßigen Gang und mit großen wachen Augen bedient so gar nicht das Bild, was wir Städter von einer Bäuerin haben. Aufgewachsen in einer Großfamilie auf einem Bauernhof ist sie unglaublich agil und verfügt über ein Wissen, was mich schon während der ersten Gespräche mit ihr erstaunte. Ich erinnere mich nicht, so einer Person je begegnet zu sein. Und ich darf hier auf ihrer Alm mitarbeiten! Zufall?

Irgendwann unterbrach Marta meine Gedanken. Leise, träumerisch begann sie von ihrer Großmutter zu erzählen: „Mutter hatte immer still in sich hineingelächelt, wenn sie Großmama und mich beim Erzählen ‚erwischte'. Vater mochte die Geschichten meiner geliebten Großma überhaupt nicht. In seinen Augen war sie ein bisschen irre."

Neugierig geworden, war ich froh über eine Ablenkung von meinem quälenden Gedankenkarussell. Marta erinnerte sich an ihre Kindheit. Ich hatte mich etwas aufgerichtet, um ihre leisen Worte zu verstehen. Weich und sanft klang ihre Stimme.

„Als herzensgute, gläubige, aber konfessionslose Frau glaubte Großma vor allem an sich selbst. Leben umfasste für sie Alles. So sprach sie mit Pflanzen wie mit Tieren. Wenn im Haushalt ein Gerät ausfiel, kam es vor, dass meine Mutter Großma rief. Wir Kinder beobachteten, wie sie daran herumfummelte, bedächtig vor sich hinmurmelte, einschaltete – und es ging. Mutter schüttelte dann immer den Kopf und ging froh wieder ihrer Arbeit nach.

Die neugierigen Fragen von uns Kindern wehrte Großma lachend ab und meinte, es war gar nichts kaputt. Überzeugt davon, dass die Menschen hier auf der Erde in ihren materiellen Körpern nur zu Gast waren, würdigte Großmutter jedes Lebewesen, aber auch ihre leblose Umwelt voller Dankbarkeit für ihr Dasein. Sie unterschied dabei nicht. Wenn wir uns um Spielzeug stritten, wiederholte sie immer das Gleiche: ‚Kind, geboren und gestorben wird immer. Und das nackig.' Dabei zwinkerte uns Großmutter zu und meinte: ‚Nichts könnt ihr besitzen und nichts gehört euch; so wie ihr, meine Lieben, niemandem gehört. Wir sind Natur und unterliegen ihrem Werden und Vergehen'. Dann verkündete sie mit strahlenden Augen und der immer gleichen Freude: ‚Das Leben aber ist ewig'."

Als Kind müssen die Worte ihrer Großmutter für Marta wie ein Manifest gewesen sein. In Gedanken versunken erzählte sie weiter: „Großma nahm alles, wie es kam. Nichts konnte sie verängstigen und nichts in Euphorie versetzen. Ihre Freude war still und erfüllend; ihre mitfühlende Trauer oder auch ihr Entsetzen empfand ich tief und ehrlich, ohne Mitleid, Vorwurf und Schuldzuweisungen. Ich hatte nie von ihr gehört, dass sie sich mit anderen und deren Lebensumständen verglichen hätte oder gar jammerte. Sie nahm alles an, ohne zu werten. Auch die Gefühle anderer. Es war wie ein Schutzraum um sie. In ihrer Nähe konnte ich so sein, wie ich gerade eben war; mal dreckig und verlaust, mal fein geputzt und geschminkt, mal himmelhoch jauchzend oder voller Kummer. Ihre Liebe war mir immer gewiss, egal, was ich tat. Sie belobigte nicht, sie tadelte nicht. Sie hörte zu und war einfach immer da."

Marta machte eine Pause, die fast andächtig wirkte. „Ich mochte es, mit ihr zu kuscheln. Regelmäßig freute ich mich auf die Zeit, wenn sie sich nach der Feldarbeit auf die Bank vor dem Wohnhaus in die Abendsonne setzte.

Dann war ich sofort bei ihr und lauschte ihren Erzählungen über Lillyland. Das waren meine Lieblingsstunden. Ihre Stimme war tief und ich fühlte mich warm und geborgen. Großma malte mit ihren Worten Bilder von einer Erde, die mir wie das Paradies erschien. Ich ließ mich entführen in eine bunte Welt voll Farben und Formen, Klängen und Tönen, Düften und wohligen Gefühlen. Die Menschen dort waren voller Freude. Alles war friedlich und harmonisch. Immer wenn mir Großma von den Lillianern – wie sich die Menschen auf Lillyland nannten – Geschichten erzählte, war ich überzeugt, dass mich genau dieses Leben als Erwachsene erwartet. Großma bereitete mich auf eine neue Erde vor, deren Töne ich als Kind schon hörte und deren Duft ich atmete. Mein Herz öffnete sich für eine Welt der Liebe."

Für Marta war Lillyland real.

Ich liege noch immer im Bett. Die Augen sind schwer und Martas Worte ganz präsent. Lillyland – ein Paradies auf Erden? Ich erahne ein Leben, wie ich es mir im tiefsten Herzen erträume, mich jedoch nicht getraue, es zu denken. Ich verstehe eher Martas Vater, der ihrer Großmutter die Geschichte über Lillyland am liebsten verboten hätte. Marta begründete das so: „Heute weiß ich, Vater hatte Angst. Wie sollte diese Welt auch entstehen? Das, was er tagtäglich lebte und immer wieder durch Erfahrungen bestätigt bekam, war das ganze Gegenteil. Einmal bezeichnete er die Geschichte als einen schlimmen Virus, der sich in meinem Hirn festsetzen und mich vom rechten Weg abbringen könnte. Er wollte ihre Vision von einem anderen Leben nicht hören. So kam es, dass mir meine Mutter, erst als sie im Sterben lag, verriet, dass es Aufzeichnungen über Lillyland gibt. Sie hatte diese vor Vater versteckt, hier auf der Almhütte. Das war ihr Revier. Vater kreuzte hier selten auf."

Marta holte tief Luft, nahm den Arm von meiner Schulter und drehte sich zu mir. Im Schein der Laterne erkannte ich in ihrem

Gesicht die Bedeutung ihrer folgenden Worte: „Seit ich dich getroffen habe, Anne, denke ich immer öfter an Lillyland. Jede Geschichte über das Leben der Lillianer, die Großma mir erzählte, prägte sich mir tief ein. Wie die Lillianer wollte ich leben: frei, selbstbestimmt, in Frieden mit mir, anderen Menschen und der Natur, in Fülle und Glück. Ich wollte geliebt werden, so wie ich bin. Unabhängig wollte ich sein und ohne Ängste leben. Auch heute ist die Vorstellung von Lillyland meine Quelle der Kraft, aus der ich in jeder noch so brenzligen Situation schöpfe, auch wenn sie lange Zeit versiegt schien. Ich weiß, dass es Lillyland gibt. Tief in uns lebt es, immer schon. Jetzt ist die Zeit, es lebendig werden zu lassen."

Marta trank etwas und sagte dann: „Ich habe mir nie die Zeit genommen, die Aufzeichnungen selbst zu lesen. Ich weiß nicht einmal, ob es das ist, was Großma mir erzählte oder woran ich mich erinnere. Ich bin überzeugt, dass die Geschichte von Lillyland dir aus deinem Dilemma helfen wird. Dein Lebensmut wird zurückkehren, auch wenn sich dein Verstand sträuben wird, daran zu glauben. Deine Seele wird es aufsaugen. Und ganz sicher wird dich die Bauweise der Lillianer interessieren. Lillianer planen Häuser und Räume gemeinsam. Sie verstehen Bauen als Selbstfindungsprozess. Häuser, Orte und Landschaftsräume sind Ausdruck der inneren Einstellung der Lillianer und ihres natürlichen Wesens. Sie leben *bewusst* in permanenter Wechselbeziehung *mit* ihnen, im Gegensatz zu uns, obwohl das Interagieren mit unserem Umfeld nicht anders ist. Räume umgeben uns, immer. Sie tragen Informationen, die wir auf sie übertragen haben und die uns rückwirkend beeinflussen. Verändern wir uns, strahlen wir andere Informationen aus. Dann ändern sich die Räume oder wir meiden sie. Das Wissen über die Zusammenhänge ist verloren gegangen. Räume spiegeln uns, wer wir sind, individuell wie kollektiv."

In mir arbeitete es. Wir saßen noch schweigend nebeneinander, sie aufrecht, frei, ich mit hochgezogenen Knien, die ich krampfhaft und fröstelnd umschlungen hielt. Nach einer Weile umarmte mich Marta und wünschte mir eine gute Nacht. Nachdenklich blieb ich sitzen. Ich war irritiert und doch neugierig. Kann mir ihre Geschichte Antwort geben auf die Fragen, die mich bewegen?

Marta verfügt über ein Wissen jenseits meines geschulten und zigfach qualifizierten. In unseren Gesprächen zieht sie Schlussfolgerungen, die ohne eine Begründung auskommen. Sie denkt auf eine verblüffend einfache Art: authentisch, zutiefst lebensbejahend und empathisch. Es scheint, als ob die emotionale Verbindung nie abreißt, egal wie unterschiedlich unsere Meinungen sind. Durch mein Umfeld bin ich diese Art zu denken nicht gewohnt. Vielleicht gelingt ihr das, weil sie und ihr Bruder in einer Bauernfamilie eine sehr freie und dennoch behütete Kindheit genießen konnten? Die vielfältigen Ansichten der Menschen auf einem Hof mit mehreren Generationen tragen zu einer anderen Geisteshaltung bei als die, die mich geprägt hat. Aufgewachsen in einem atheistischen Elternhaus plagten mich in der DDR die Aussichtslosigkeit kreativer Selbstentfaltung und nach der Vereinigung von Ost- und Westdeutschland Ängste und Selbstzweifel. Dazu kam die Geschichte meiner Eltern und Großeltern. Beide Generationen trugen schwer an seelischen, tief in ihnen vergrabenen Verletzungen aus zwei Weltkriegen. Die daraus gesellschaftlich abgeleitete Schuld bestimmte ihre Lebenskompetenz und ihr Verhalten in ihren zwischenmenschlichen Beziehungen. Alles, aber wirklich alles wollten sie bei uns Kindern besser oder zumindest anders machen. Marta durfte so sein, wie sie war; nicht beim Vater, doch bei ihrer wichtigsten Bezugspersonen: der Mutter, und den Großeltern.

Hilflos blieb ich auf der Bank hocken. Ich fühlte mich so richtig mies. Marta hatte noch gesagt, dass jeder dazu beitragen kann, die Welt zu verändern! Und? Wie denn? Ich weiß ja nicht einmal, was ich will. Wer bin ich denn schon? Wie soll ich daran was ändern?

Die Kälte der Nacht trieb mich ins Bett. Wie abwesend hatte ich mich im Dunkeln zu meinem Bett getastet. Erschöpft von zwei langen Arbeitstagen und vielen Gesprächen fiel ich mit zermürbenden Gedanken in einen bleiernen Schlaf.

Ich blinzle unter der Decke hervor. Es ist noch immer still. Marta ist noch nicht mit den Kühen von der Alm zurück. Muss ich jetzt wirklich aufstehen? Mein Schweinehund siegt. Ich krieche noch mal unter die Decke. Doch als ich die Augen schließe, holt mich mein Dilemma wieder ein. Gedankenkino:

Das Jahr 1990 brachte für viele Menschen in der DDR Veränderungen, an die noch ein Jahr zuvor niemand glauben konnte. Plötzlich war es möglich, frei beruflich tätig zu sein. Ich träumte von einem selbstbestimmten freien Leben. Dementsprechend groß war die Begeisterung, mit der ich meinen Beruf als Architektin neu zu erlernen begann. Mit einem liebevollen Vater für unsere zwei kleinen Jungs an der Seite schien es, als stünde mir die ganze Welt offen. Nicht der leiseste Gedanke, der mich daran zweifeln ließ.

Überzeugt vom Gelingen all dessen, was wir uns erhofften, war alles Neue herzlich willkommen. Für mich begann eine Zeit voller Zuversicht. In meinen Augen war so immens viel zu tun. Ich sah die vielen zu sanierenden Häuser und den Wohnraummangel. Die Arbeit für Architekten schien für Jahrzehnte gesichert. Ich konnte es kaum erwarten, endlich mitwirken zu können an einem neuen Leben für alle. Endlich frei gestalten können. Den Kopf voller Ideen sah ich sie vor mir: Häuser und Städte zum Wohnen und Arbeiten, für Kinder und Familien, Alt und Jung, Freiräume als Orte der Begegnung und des Lernens, menschenwürdig, harmonisch eingebunden in eine sich erholende Natur. Häuser zur Erfüllung der Bedürfnisse aller, ganz individuell und doch zum Wohle aller Menschen; Gebäude und Siedlungen für ein gesundes, glückliches, friedvolles Leben.

In meinen Gedanken waren die Städte stark durchgrünt, abwechslungsreich und spannungsvoll lebendig. Sie fügten sich in eine Landschaft mit kleinen Feldern, durchzogen von Wanderwegen, mit dichten Wildhecken und Obstbäumen. Wie hatte ich mich als Kind bei den sonntäglichen Wanderungen gefreut, wenn mir mein Vater die ‚Spuren‘ des Neuntöters zeigte, wir Wiedehopf und Pirol beobachteten oder einer Nachtigall lauschten. Wie oft hatte

Vater dem Ruf des Waldkauzes mit der zusammengefalteten Faust
geantwortet und den Specht nachgeäfft! Wir pirschten uns an den
versteckt sitzenden Zaunkönig heran und lernten den Ruf des
Zilpzalp von dem der Meise zu unterscheiden. Wie lecker
schmeckte der Pflaumenmus, Blaubeerkuchen und die Schlehen-
marmelade, die Mutter von den gesammelten Früchten kochte. Wie
erwärmend waren die Erinnerungen an den Sommer, wenn der
Beifuß vom Wiesenrand die Weihnachtsgans krönte und der Duft
der Brataäpfel uns ein Pfützlein auf die Zunge zauberte. Kraftquel-
len und Lichtblicke meiner Kindheit. Ich sah nun die Chance, dies
alles neu und noch schöner wieder erstehen zu lassen.

Was uns 1989 erfasste, war im ersten Moment eine Aufbruch-
stimmung, wohl ähnlich der, die meine Eltern nach dem Krieg erlebt hatten. Wenn auch bei Weitem nicht in dem Maß, waren die
Gefühle ähnlich: Ich war voller Vertrauen in eine glückliche Zukunft. Ohne Angst und voller Hingabe begann ich mich neu zu
orientieren. Die gesamte Bauwirtschaft richtete sich neu aus. Im
Gegensatz zur Bauentwicklung im westlichen Teil Deutschlands
waren alte Handwerkstechniken verloren gegangen. Um mit der
Geschwindigkeit der ‚Übernahme‘ Schritt halten zu können, vertraute ich, ohne zu hinterfragen, den neuen Baustoffen, Baukonstruktionen, Regeln und Gesetzen der Bauindustrie aus dem anderen Teil Deutschlands. Ich glaubte den langjährigen Bauerfahrun-
gen der Kollegen und bemühte mich, Wissen nachzuholen, was ich
weder gelehrt bekommen noch gebraucht hatte.

Ein anderes Bauen und eine scheinbar perfekt funktionierende
Wirtschaft versprach den Ostdeutschen ein einfaches, pflegeleich-
tes Leben, hohen Komfort, Rede-, Handlungs- und Reisefreiheit. Im
Bau hieß das: nicht mehr mit Kohleöfen heizen zu müssen, Fenster
zum Kippen und ohne Sprossen, statt Gas- einen Elektroherd,
raumhoch gefliste Bäder, schnell trocknende, leicht streichbare
Farbe und Tapeten in großer Auswahl, Aufzug statt Treppensteigen, selbst öffnende Türen, Laminat statt Kokosmatten oder gestri-
chener Holzdielen, Teppich statt Auslegware, Armaturen, Sanitär-

keramik, Heizkörper in Vielfalt und Fülle. Industrie und Handwerk eroberten sich mittels Chemie, Technokratisierung und mittlerweile Automatisierung das Bauwesen. Niemanden interessierten die Nebenwirkungen, die gleichwohl zunehmend sichtbar wurden: beim Menschen und an den Gebäuden. Der Komfort ging – nicht nur im Bauwesen – bald weit über die Erfüllung der eigentlichen, naturgegebenen Bedürfnisse hinaus.

Mit dem Fall der Mauer begann ein neues Leben. In meiner Familie hatten wir sehr einfache, aber doch grundsätzliche Vorstellungen davon. Es ging uns weniger um die Reisefreiheit. Wir konnten doch reisen, halt nicht gen Westen. Die sozialistischen Länder hatten alles, was ich für einen Urlaub brauchte: Berge, Meer, unberührte Natur, freundliche, einladende Menschen, Originalität, Kunst und Kultur und gesunde Nahrungsmittel direkt vom kleinen Bauern.

Was uns wichtig war: Ohne Angst vor Überwachung wollten wir sagen dürfen, was wir denken und wie wir fühlen. Wir wollten authentisch, sinnerfüllt und selbstbestimmt leben, arbeiten und zu einem gesunden, glücklichen und friedvollen Leben aller beitragen. Es war uns wichtig, auch weiterhin kostengünstig einen uns angemessenen Wohnraum ohne Angst vor einer Kündigung nutzen zu können. Zeit für die Familie, zwischenmenschliche Begegnungen, für die eigene Erholung und Hobbies stand ganz oben auf der Wunschliste. Wir waren bereit, so wie bisher in eigener Verantwortung das Haus und die Wohnung, in der wir lebten, instand zu halten, so wie es sehr viele Menschen all die Jahre getan hatten, ohne dass sie Eigentümer waren. Doch nun kam es anders. Nicht selten verfielen nach 1989 die Häuser, die 40 Jahre freiwillig von den Nutzern instand gehalten worden waren, weil sich die neuen bzw. ehemaligen Eigentümer nach der Rückübertragung eine Instandsetzung nicht leisten wollten, mit den Erben zerstritten waren oder auf höhere Preise warteten. Auch ich hatte mit meinem Mann viele Jahre ein Haus saniert, das uns nicht gehörte. Die Kündigung kam 1992, vierzehn Tage vor Weihnachten.

Ich hatte keine großen Wünsche. Meine Familie und die vielfältigen kulturellen und künstlerischen Angebote in meiner Heimatstadt füllten meine ‚Freizeit' hinreichend. Beruflich hatte ich nach schmerzlichen Erfahrungen jegliche Chancen für eine individuelle, selbstbestimmte Entwicklung abgeschrieben. Staatliche Mangelwirtschaft, eine begrenzte Denkweise und zu Veränderungen fehlender Mut meiner Vorgesetzten waren frustrierend. Die Auswahl an Baustoffen und Bauteilen war so minimiert, dass sich die Kreativität auf ‚Ersatzlösungen' beschränkte. Das war für mich wenig erfüllend. Mein Interesse galt nach 1989 einer sinnvollen, Mensch und Natur achtenden, kreativen Architektur.

Ich hatte Glück. Es lief anfangs supergut. Mein Schwiegervater organisierte mir schon im Frühjahr 1990 in einem Ingenieurbüro ein Praktikum ‚Lernen durch Mitarbeiten'. Mein erstes Westgeld nahm ich eher beschämt als glücklich entgegen, denn ich wusste nicht wofür. Meine Ausbildung als DDR-Architektin und meine paar Jahre Berufserfahrung hatten wenig mit dem nun gefragten handwerklichen Hausbau zu tun.

Ich gehörte zu den Plattenbaumangelarchitekten, deren Verstand mit der neu ausgerichteten Kreativität nichts anzufangen wusste. Ich war einfach überfordert und erhielt trotzdem Wertschätzung. Es war die Zeit der Währungsumstellung und meine Familie brauchte das Geld – eine Situation, die mich lehrte: Wenn ich meinen Beruf weiterhin ausüben will, muss ich neu anfangen. Ich empfand mich wie einen trockenen Schwamm, der voller Begier nach allem lechzt, was den Anschein hat, ihn vor dem Austrocknen zu retten. Ich nutzte jede Chance, um zu lernen. Während mein arbeitslos gewordener Mann die Kinder betreute, begann ich meine Selbstständigkeit. Eines fügte sich zum anderen, ich bekam Aufträge von den umliegenden Gemeinden, ich wurde von einem Bauträger angefragt, ob ich für ihn ein Planungsbüro aufbauen wollte, ich konnte mit meinem Mann ein Haus bauen, die Kinder wuchsen und waren eine Freude. Doch irgendetwas fehlte, sowohl privat als auch im Beruf.

Es dauerte noch Jahre, bis ich erkannte, dass mir der Sinn meines täglichen Tuns verloren gegangen war; auch weil ich erkannte, dass die Vision von einem menschengerechten Bauen im nunmehr sich selbst als demokratisch bezeichnenden System ebenfalls nicht realisierbar schien, jedenfalls nicht für alle. Ich hatte Arbeit rund um die Uhr, Haushalt, Kinder, Garten. Alles war mir wichtig, nur ich mir selbst nicht. Dem, was in mir brannte, schenkte ich wenig Beachtung, schlimmer: Ich wusste gar nicht, was mich treibt.

Ich funktionierte super, wollte perfekt sein. Aber lebte ich noch? Mehrmals täglich wechselte ich die Rolle. Ich war alles und oft gleichzeitig: Mutter, Chefin, Ehefrau, Hausfrau, Sportlerin, Bauherrin, Tochter, Gärtnerin, Freundin, Schwester, Elternsprecherin, Köchin, Organisatorin von Benefizveranstaltungen. Jede Minute war verplant. Ich war hervorragend – und irgendwie leer. Ich merkte nicht, wie meine Lebensenergie aus mir abfloss. Irgendwann sagte mein Körper: So nicht. Ich wurde häufiger krank und war gereizt – vor allem meinen Liebsten gegenüber. Alles geriet aus dem Lot. Was passierte mit mir?

Ich begann alles zu hinterfragen, ohne fähig zu sein, es zu ändern. Ich verglich zunehmend mein im Studium gelerntes Wissen und mein selbst erfahrenes Bauverständnis mit dem nun beruflich praktizierten, aus dem Westen übernommenen. Es passte nicht mehr zusammen. Nicht nur die Bauphysik wurde anders interpretiert, viele Ausführungsdetails und Baukonstruktionen mussten in meinen Augen früher oder später zu Bauschäden führen oder erforderten einen hohen Wartungsaufwand. Ganz zu schweigen von der Wärmedämmpraxis. Ich begann die beim Planen zu beachtenden gesetzlichen Vorgaben und die allgemeine Auslegung wissenschaftlicher Erkenntnisse kritisch zu betrachten. Auch meine Familie, meine Ernährung, die ärztliche und psychologische Hilfe, meine ganze Lebensauffassung stellte ich infrage.

Bisher war ich zutiefst überzeugt davon, dass die Forschung nur dem Menschen dient. Doch meine Erlebnisse – nicht nur beim Planen und Bauen – belehrten mich eines Besseren. Wohin sollte das führen?

Ängste kamen auf. Ich stellte mir immer öfter Fragen nach der Sinnhaftigkeit meiner beruflichen Tätigkeit: „Für wen plane und baue ich eigentlich? Was brauchen Menschen wirklich? Warum planen wir Gebäude und Städte, in deren Konsequenz Menschen früher oder später leiden? Warum spüren die einen das, die anderen nicht? Wie funktionieren wir Menschen? Wie wollen wir leben? Wer sind wir?"

Natürlich sah ich alles aus der Perspektive der Architektin. Doch mein biologisches Wissen stammte aus der Schulzeit. Zeit für Weiterbildung war nicht. Was weiß ich über die Biologie des menschlichen Organismus? Was weiß ich von dem wunderbaren Wesen Mensch, für das ich Häuser und ganze Landschaften entwerfe? Warum flüchten viele Menschen im Urlaub nach Italien oder Frankreich? Was gefällt uns an Städten und Dörfern in Bulgarien, Polen, in der Bretagne, der Toscana oder dem Elsass? Warum können wir nicht so bauen, dass wir gern bei uns zu Hause sind?

Der Widerspruch zwischen meiner Vorstellung von einer komplexen menschenbezogenen Planung und meiner täglichen Arbeit auf den Baustellen und im Büro wurde zunehmend zur Zerreißprobe. Wie sollte ich in einer Wirtschaft menschenwürdig planen und bauen können, in der Geld die alleinige Priorität hat? Wie sollte ich zu einer intakten Natur beitragen, wenn mir keiner zuhörte, weil ich die Ursachen ändern statt Symptome bekämpfen wollte? Wenn ich beobachtete, dass der Abriss erhaltenswürdiger Bausubstanz, gewachsener Stadtstrukturen und der Niedergang der für die Natur so notwendigen kleinbäuerlichen Landwirtschaft oft in den Eigentumsverhältnissen begründet lag? Private finanzielle und wirtschaftliche Interessen standen im Vordergrund, nicht das Wohlergehen der Menschen, das ganzheitliche. Hinterfragte ich den Sinn von Eigentum an Boden und an Immobilien, begegnete mir vorwurfsvolles Schweigen.

Wenn ich morgens zur Arbeit radelte, überkam mich zunehmend Unlust und Frust. Wenn ich am späten Abend zu meinen Kindern nach Hause kam, fand ich immer weniger zu meiner gewohnten Freude und Gelassenheit zurück. Ich sah keinen Ausweg.

Ich fühlte mich weit weg, losgelöst und zu niemandem gehörig. Jede Kleinigkeit versetzte mich in Unruhe. Banalitäten wurden zum Anlass für verbale Gewalt und nonverbale Stimmungsäußerungen, die ich hinterher jedes Mal bereute. Das Schlimmste war jedoch: Meine Kinder begannen zu revoltieren und sich zu widersetzen. Es gab kurze Momente, da konnte ich mich wie eine Fremde wahrnehmen. Ich beobachtete mein eigenes Verhalten von außen, wie von einem Balkon. Ich wollte, aber konnte es nicht ändern. Ich wurde mir selbst immer fremder. Unsicherheit, Ratlosigkeit, Selbstvorwürfe umhüllten mich wie eine dunkle Wolke. Zermürbende Gedanken jagten durch meinen Kopf, ohne dass ich sie verhindern konnte. Eine große Negativität umschloss mich, die jegliche Lebensfreude versiegen ließ. Die Verbindungen rissen ab, zu den Kollegen, den Kindern, dem Partner, der Mutter. Einsamkeit zog ein. Angst wurde mein täglicher Begleiter.

Die fachlichen Auseinandersetzungen bei der Arbeit nahmen zu. Ich reagierte, funktionierte, bemühte mich – umsonst. Der Widerspruch zwischen Bauen und der Gesundheit der Menschen, den ich aufzeigte, blieb ungehört. Im Gegenteil, es wurden Gefälligkeitsgutachten von mir gefordert, die mich in eine schier untragbare innere Konfliktsituation trieben. Erst gab ich die Schuld am Versagen und an den Enttäuschungen anderer, dann den Umständen und dann mir selbst. Nur noch zaghaft äußerte ich Bedenken gegen das in meinen Augen sinnlose, dem Menschen schadende und die Umwelt zerstörende Bauen. Von mir unbemerkt riss auch die letzte Verbindung ab: die zu mir selbst.

Meine körperlichen Schmerzen nahmen ständig zu. Ich litt unter dem Verschwinden der Natur aus den Siedlungen, der zentralisierten technischen Ver- und Entsorgung, hoch wärmegedämmten Gebäuden aus Stahl, Beton und Glas, aber auch unter dem Anblick ausgeräumter Feldfluren und totgedüngter Äcker, begradigter schadstoffträchtiger Flüsse ohne jegliche Lebendigkeit, von Elektrosmog gekennzeichneten und sterbenden Bäumen, Windrädern und Fernleitungen. Mich störte die Zunahme der mit Schadstoffen verseuchten Räume. Für das gebäudebedingte Leiden vieler Menschen hatte der Großteil der Fachwelt kein Ohr. Im Gegenteil. Politik, Pharmazie und Wirtschaft leben davon, geradezu verbrecherisch. Ein aussichtsloses Bemühen, dagegen anzugehen. Ausgasungen, Feinstaub, Lärm und ein ungesundes Elektroklima werden thematisiert, ohne die Ursachen anzusprechen. Brauchen wir nicht den Kontakt zu einer intakten Natur? Zeigen uns Krankheiten nicht an, dass wir aus der Balance geraten sind? Kollektiv *verrückt!* Gesundheit und Glück bleiben ein unerfüllter Traum! Doch warum unterwerfen sich Menschen Reglementierungen, obwohl sie wissen, dass diese ihnen schaden? Warum will keiner merken, dass viele Gesetze und Verordnungen dem Leben mehr schaden als ihm dienen?

Während dem letzten Jahr meines Angestelltendaseins absolvierte ich den Fernlehrgang Baubiologie. Ich war nicht mehr ganz so allein. Es gab Menschen, die auch begriffen hatten, dass es heute beim Bauen nicht mehr um das Wohlbefinden der Menschen geht. Die Baubranche wird gelenkt von Wachstumsdruck. Die Konsequenzen bedeuten die Vernichtung der Natur. Doch bin ich nicht auch Natur? Sind wir nicht alle ein Teil der Natur? Vernichten wir uns nicht gerade selbst? Ich will gesund bauen und werde als Architektin gezwungen, an Dingen mitzuplanen, die dem Nutzer und der Natur schaden! Wollen oder können das die Kollegen und Menschen um mich herum nicht sehen?

Die Lust, durch die Stadt zu schlendern, in der ich wohnte, war mir längst vergangen. Es stank, war im Sommer staubig, heiß und voller Showbusiness; im Winter trostlos. Lärm, Beton, Glas, Stahl,

Spiegelungen, Blendung, Farblosigkeit und Monotonie, Hast und Eile, keine Fassade ohne Graffiti und um mich herum muffelig dreinschauende Menschen. Ich sah die verwilderten, verdreckten Baulücken, oft genutzt für überdimensionierte Werbung. Ich fühlte mich hilflos beim Anblick des Baumfällens entlang von Straßen, Deichen, Feldwegen und in Parks und wusste: Das ist die Konsequenz der technischen Exzesse und der Biomasseverordnung. Fördermittel für die Verkehrsbetriebe als Begründung für den Abriss eines denkmalgeschützten Hauses und unzähliger Bäume wollte ich nicht akzeptieren. Ich hatte kein Verständnis für den Verfall der trotz Wohnraummangel leer stehenden Gründerzeithäuser, nur weil sich der Verkauf oder die Sanierung für den Eigentümer nicht rechnete. Wo ich auch hinsah, entstand eine immer menschenfeindlichere Welt, obwohl ich überzeugt bin, dass kein Kollege diese Konsequenz so will! Ich litt unter der Erfolglosigkeit meiner Bemühungen, diesem zerstörerischen Bautrend entgegenzuwirken. Immer weniger mischte ich mich ein. Ich bat nicht mehr um Gehör. Ich wollte zu meiner Haltung stehen dürfen.

Die vielen Bekenntnisse von Politik und Wirtschaft zum Erhalt der Natur bei gleichzeitigem Wegsehen bei den Ursachen ärgerten mich enorm. Ich hatte es satt. Aber ich habe auch im Moment keine Vorstellung, wie es anders gehen könnte.

Sozialismus und Kapitalismus sind jedenfalls gleichermaßen ungeeignet für ein menschenwürdiges Leben für alle. Doch egal, wen ich in meinem Umfeld frage, eine Alternative zu den bereits bekannten Gesellschaftsordnungen hat keiner parat. Die meisten wissen nur, was sie nicht wollen, machen einfach mit oder kämpfen dagegen tagein, tagaus im Hamsterrad: durch Verweigerung, auf der Straße demonstrierend oder mittels subtiler Gewalt gegen ihren Chef, die Regierung, Europa. Was machen sie, wenn der Kampf gewonnen wird? Das Gleiche wie 1989? Noch mal die gleiche Runde in einem ausbeuterischen System mit anderem Namen? Ich denke, wir brauchen keine Chefs mehr, keine Regierung. Doch wie können wir auf dieser Erde friedlich in Geborgenheit und Freiheit miteinander leben und alle satt werden?

Die Dunkelheit unter der Bettdecke wirkt plötzlich erdrückend.

Ich leide unter Schuldgefühlen der Natur und meinen Kindern gegenüber. Die Angst, meine Kinder nicht mehr ernähren zu können, wenn ich vollkommen aussteige, war – und ist noch – riesig. Ich kannte niemanden, dem ich mich anvertrauen wollte. Als meine Kinder Bafög bekamen, wuchs meine Sehnsucht nach Veränderung über die Angst hinaus. Aus der Verzweiflung entstand Mut. Ich kündigte und beschloss, erst einmal dahin zu gehen, wo ich in meiner Kindheit immer Kraft schöpfen konnte: in der Natur. Wie von Gottes Hand gelenkt traf ich auf Marta. Ich packte meinen Rucksack und verabschiedete mich von meinen Kindern. So bin ich als Sennerin hier gelandet.

Träume ich? Das Klappern von Geschirr reißt mich aus meinen Gedanken. Wie eine Feder schnelle ich aus dem Bett. Beim Verabschieden bot mir Marta gestern Abend an, dass sie heute früh allein den Stall ausmistet. Ich könnte dann das Frühstück machen und hätte so etwas mehr Zeit. Wenn Marta es jetzt zubereitet, habe ich nicht einmal das Milchauto gehört, auch das Ankommen der Kühe im Stall nicht! Ich bin doch schon ewig munter! War ich so in meine Gedanken versunken? Unglaublich. Mit einem beschämten Gesicht öffne ich die Tür zur Küche.

Marta, mit 55 Jahren nur wenig älter als ich, kommt mir entgegen und nimmt mich in den Arm. Sie freut sich wie ein Kind, dass ich so lange geschlafen habe. Wie kann sie sich freuen, obwohl ich sie doch mit dem Frühstück gerade versetzt habe? Ihre Herzensgüte und ihre Lebendigkeit tun mir so gut, dass mir Tränen kommen. Einen langen Moment genieße ich ihre Umarmung, entspanne. Ich lasse mich in die Berührung fallen, spüre ihren Körper. Ich fühle mein Nachgeben. Oder Hingeben? Ich bin erst den dritten Tag hier bei Marta auf der Alm und sie schenkt mir ihr ganzes Vertrauen, ohne dass ich dafür etwas tue! Das ist mir so fremd, dass meine Gedanken nach einer Absicht hinter ihrem Verhalten suchen. Marta spürt mein Starrwerden. Sanft lässt sie mich mit einem liebevollen Blick los, der sagt ‚Ich darf so sein‘. Ihr Lächeln ist so ehrlich, dass ich verlegen werde.

Warum kann ich Martas Vertrauen nicht einfach annehmen? Betreten wende ich mich ab. Selbst die kalte Dusche kann meine negativen Gedanken nicht vertreiben. Ich spüre eine Erregung in mir, mit der ich nicht umzugehen weiß. Wütend auf mich selbst sehne ich mich doch nach Ruhe und Harmonie. Die Selbstverurteilung wegzudrücken gelingt mir erst, als ich fertig für den Tag aus der Hütte trete. Der Anblick der gegenüberliegenden, von der Morgensonne angestrahlten Berge holt mich in die Gegenwart zurück. Staunen erfüllt mich: Das Blau des Himmels, die orange leuchtenden Bergspitzen und die klare Kühle. Unwillkürlich dehnt sich meine Lunge, als wollte sie wie ein Ballon davonfliegen. Das ist es. Diese Luft, die förmlich in mich einfällt! Dieser Anblick! Ich spüre, wie sich meine Verkrampfungen lösen und meine Mundwinkel nach oben bewegen. Mein Gesicht entspannt. Ein Lächeln!

Die Tiefe des Taleinschnitts ermöglicht der aufgehenden Sonne schon frühzeitig, unseren Frühstückstisch vor der Hütte in ihr Goldgelb zu tauchen. Das sonnigste Plätzchen im Tal. Die Hütte schmiegt sich an den nördlichen Berghang. Die Tür zeigt nach Süden. Über den zum Talende führenden Weg hinweg, ein Stück die Wiese hinunter, sprudelt ein Bach. Wie jeden Morgen liegt Gustav neben dem Tisch und genießt die Morgensonne. Wie Marta. Sie wartet mit geschlossenen Augen, bis ich mich zu ihr setze. Dann eröffnet sie mit ihrem morgendlichen Dankesspruch und einer Segnung das Frühstück. Ein Brauch, den ich gleich bei der ersten gemeinsamen Mahlzeit übernommen habe. Alles, was Ruhe in meine Gedanken bringt, tut mir gut. Noch nie habe ich so viel

Würde und Achtsamkeit im Miteinander und auch Dingen gegenüber erfahren. Es kommt mir vor wie ein sanftes Streicheln, wertschätzend, liebend.

Wie an den vorangegangenen zwei Tagen dauert es nicht lange und Hund und Hühner der benachbarten Almbäuerin gesellen sich zu uns. Auch ihnen gefällt der Platz hier. Es ist still. Ab und zu singt ein Vogel.

„Marta, kann es sein, dass die Vögel hier leiser singen als in der Stadt?"

Marta nickt. „Die Vögel passen ihren Gesang der Umgebung an. Städte sind lauter." Marta nimmt einen kleinen Schluck vom heißen Kaffee und lehnt sich gelassen zurück. „Den Vögeln geht es wie uns Menschen. Unser Umfeld bestimmt, wie wir uns verhalten und wer wir letztlich sind, wenn …", Marta droht mir schelmisch lächelnd mit dem Zeigefinger, „… wir nicht darauf achten, wie wir uns anpassen *wollen*."

„Das Umfeld bestimmt, wer wir sind? Nicht die Gene?"

„In unseren Genen ist eine Ur-Information aus den vorangegangenen Generationen enthalten. Diese reicht aus für ein animalisches Leben. Wir sind aber Menschen mit der Fähigkeit, unserer selbst bewusst zu sein. Wir verfügen über das Potenzial, jenseits von Gut und Böse *bewusst* denken zu können. Allerdings verhalten wir uns meist unbewusst und passen uns den Umständen oder unserem Umfeld dementsprechend ungewollt an. Dafür sorgt der Organismus automatisch. Wie der Vogel, er singt lauter oder trällert das Lied eines anderen Vogels."

Marta schmiert sich bedächtig ihr Brötchen. Ich erinnere mich an eine Beobachtung aus meiner Kindheit und gönne ihr so eine Redepause. „Wir hatten auf dem Hof einige Jahre einen Star. Der sang nicht, wie wir es gewohnt waren, sondern krähte perfekt wie ein Hahn. Ich suchte vom Fenster aus den Garten ab, um den Hahn zu entdecken. Es war so ungewöhnlich. Erst am zweiten Tag entdeckte ich ihn beim wiederholten Krähen vor unserem Starennistkasten. In letzter Zeit stehe ich morgens auf, um das Fenster zu schließen, wenn die Vögel singen, so laut ist es."

„So reagieren Tiere. Du hast in deinem Großraumbüro, wenn es zu laut war, sicher auf ‚Durchgang' geschaltet. In beiden Fällen registriert das Unterbewusstsein: ‚Hier ist es laut', und leitet die Information an das autonome Nervensystem weiter. Das aktiviert die Selbstregulierungskräfte des Körpers. Lärm bedeutet Stress für den Körper, also gehen Impulse zu entsprechenden Drüsen, Hormone werden ausgeschüttet, das Herz-Kreislaufsystem wird angekurbelt und ohne dass du es merkst, reagiert dein Körper: höherer Blutdruck, erhöhter Muskeltonus. Beim Telefonieren wirst du unbewusst – wie der Vogel – mit einer lauteren Stimme antworten. Konzentriert zu arbeiten wird Dir immer weniger gelingen. Du wirst schläfrig, uneffektiv und wütend oder brauchst zum Kompensieren der Umwelteinflüsse viel Energie. Im Unterbewussten bleibt abgespeichert: ‚Großraumbüros wirken negativ auf mein Wohlbefinden und meine Produktivität'. Eine Erfahrung, die dich prägt und dich tagtäglich beeinflusst, bis dein Körper nicht mehr will und dir mit Krankheitssymptomen Änderungsbedarf anzeigt."

„Ja, ich wurde immer öfter krank."

„Es hat noch eine andere Wirkung: Du setzt einen Anker im Unterbewusstsein. Betrittst du zukünftig Räume, die irgendeine analoge Eigenschaft besitzen, kann solch ein Ort Unstimmigkeit in dir auslösen. Obwohl der Raum vielleicht anders genutzt wird und du nur zu Besuch bist, empfindest du das negative Gefühl von damals."

„Das sind ja weitreichende Konsequenzen. Das heißt, ich fühle nirgends wirklich das, was ist?"

„Gefühle sind manipulierbar, auf deine Ur-Empfindungen kommt es an. Und die sind den wenigsten Menschen bewusst. Die Wirklichkeit nehmen wir durch unseren Erfahrungsfilter wahr, unbewusst. Jeder Mensch, jedes Tier, ja, jede Pflanze nimmt einen Raum anders wahr. Doch die Wirkung auf dich ist entscheidend.

Der Vogel singt instinktiv lauter, um den Großstadtlärm zu übertönen. Wird er trotz lauterem Singen von keiner Vogelliebe an seinem Lebensort gehört, fliegt er davon. Er weiß instinktiv, wo er hinfliegen muss, um seine Fortpflanzung zu sichern. An dem bisherigen Ort stirbt die Art dann aus. Wir Menschen geben nicht so leicht auf. Wir verfügen über unseren Verstand. Wir bleiben an dem Ort, überspielen Symptome, lassen uns dabei von Medizinern helfen. Wir lernen, am Instinkt vorbei zu reagieren. Wir glauben – kollektiv, dass der Instinkt etwas Niederes ist und Menschen besser sind als Tiere, wir ihn nicht brauchen." Martas Stimme bringt die Arroganz dieser anmaßenden Wertung zum Ausdruck. „Anne, der Instinkt ist angeboren und dient vor allem der Gefahrenabwehr und dem Überleben. Statt ihn zu nutzen, lehnen wir ihn als animalisch ab. Damit verlernen wir das darauf aufbauende intuitive Wahrnehmen, das uns befähigt, neue Wege zu erschließen. Wege, die optimal und effektiv sind. Wege, die mit der höheren Kraft korrespondieren, die uns alle umgibt und durchdringt. Ohne dass du lange hättest nachdenken müssen, wäre dir im Augenblick des ersten Betretens des Großraumbüros klar geworden, dass es für dich nicht passt. Dir wäre die richtige Entscheidung eingefallen."

„Welche Lösung gab es denn schon für mich?"

„Die Arbeitsstelle gar nicht anzunehmen." Sie lacht.

„Du weißt, dass ich meine Kinder ernähren musste."

„Natürlich. Doch etwas zu *müssen* nimmt uns die Menschlichkeit. Wir verkaufen unsere Freiheit. Unfrei zu entscheiden zwingt uns ein Mangeldenken auf. Unserem Wesen nach sind wir bewusste Menschen, die von Natur aus immer die Wahl haben. Wir können uns unserer Bewusstheit bewusst sein und die angeborene instinktive Reaktion auf eine Wahrnehmung intuitiv weiterentwickeln. Das ist der Unterschied zum Vogel. Er reagiert *nur* instinktiv. Ohne jegliche Bewertung folgt er zu seinem eigenen Schutz, zum Schutz seiner Art und der Natur in den drei Mustern, die sein Hirn und unser stammesgeschichtlich ältester Teil, unser sogenanntes Reptilienhirn, zur Verfügung stellt: Totstellen, Flucht oder

Verteidigung. Für unser zivilisiertes Zusammenleben sind diese Reaktionen denkbar ungeeignet. Bist du dir dessen aber bewusst, wirst du angemessen auf die angezeigte Unstimmigkeit reagieren. Die Ablehnung deiner Anstellung entspräche der animalischen Reaktion der Flucht. Doch wir haben einen Verstand. Je nachdem, wie du ihn nutzt, bleibst du sogar unter der animalischen Stufe stehen, denn fehlt dir der Zugang zu deiner Körperwahrnehmung, wird sich dein Leben ziemlich anstrengend und schwer gestalten.

Aber auch da haben wir einen Ausgleich: der konditionierte Verstand, das Ego. Das hilft dir zu kämpfen und Lösungen zu *erdenken*; das macht er für dich – unabhängig von dir! Sie tragen – weil ohne Weitsicht – ein großes Zerstörungspotenzial in sich und führen oft in Sackgassen. Doch sie helfen, dich zu verändern, wenn auch manchmal so, wie du es eigentlich nicht willst. Du lebst unbewusst und fremdbestimmt."

„Marta, das ist alles neu für mich. Wie hättest du denn in meinem Fall reagiert?"

„Bewusst."

„Wie geht das?"

„Spüre ich instinktiv, dass etwas nicht stimmig ist, fühle ich in mich. Ich beobachte meine Gedanken, meinen Körper. Kommt ein Impuls, mich abzuwenden oder zu bleiben? Wenn ich bleiben soll, nehme ich die Situation als Aufgabe an. Dann wird da gerade ein Aspekt in mir angesprochen, der wachsen will. Ich erspüre meine Gefühle und frage mich, was ich brauche und was davon ich wie erfüllen kann. Dann kommt die richtige Strategie von ganz allein. Intuitiv werde ich auf das gelenkt, was mir dabei hilft, diese umzusetzen. Die Rahmenbedingungen ergeben sich einfach. Da ist eine Kollegin, die das gleiche Anliegen hat, oder es gibt technisch eine Lösung, die alle mittragen. Oder aber meine Aufgabe besteht darin, meine innere Einstellung zu prüfen. Vielleicht ist eine neue Erfahrung fällig und ich habe bei dieser Arbeit nur eine gewisse Zeit zu bleiben. Dann kann ich mein Energiesystem bewusst auf die Stresswahrnehmung vorbereiten, bleibe gesund und arbeite effektiv und konzentriert trotz der Lautstärke. Oder ich erfülle mir mit dem Job im Großraumbüro ein anderes Bedürfnis, dem ich für eine gewisse Zeit mehr Bedeutung gebe, z. B. die Existenz meiner Familie zu sichern oder Teamwork. Ich konzentriere mich auf mein Ziel und achte auf den Impuls, der mir den richtigen Zeitpunkt zum Gehen weist. Dann wechsle ich, ohne gelitten zu haben. Bist du dir deiner Bedürfnisse bewusst und mit deinem Körper verbunden, lebst du authentisch und kannst immer wählen. Das Leben wird leicht und gelingt mit Freude: menschengerecht leben, statt dich aus Existenzangst der Situation zu ergeben, zu leiden, darüber zu grübeln und letztlich krank zu werden."

Wie Marta das begründet, lässt mich staunen. „Ja, ich war oft krank. Was ich als besonders schlimm empfunden habe: Meine Gedanken kreisten ständig um das Thema Großraumbüro."

„Immer wenn eines der naturgegebenen Bedürfnisse – bei dir in dem Moment das nach Ruhe – nicht gehört wird, bist du getrennt von deinem Körper. Was in deinem Umfeld gerade passiert und wie es dich in dem Moment beeinflusst, bleibt dir verborgen. Tausend Gedanken rödeln dann in deinem Verstand. Du bist geistig abwesend."

Ich erschrecke. „Ja, wenn du das so sagst, stimmt das. Eigentlich will ich diese ständigen Gedanken nicht wirklich denken. Sie sind einfach da und kommen – permanent. Dieses Grübeln nervt!"

„Du hängst in der Vergangenheit fest, Anne. Die meisten Menschen merken nicht, dass sie ständig mit Analysen, Beurteilungen, Vermutungen und Interpretationen oder mit Prophezeiungen und Annahmen über die Zukunft gedanklich beschäftigt sind. Ihnen ist die Art ihres Denkens oft gar nicht bewusst."

Mir bis jetzt auch nicht. Ich bin betroffen. „Wenn ich meine Gedanken beobachten kann, wer denkt die denn dann? Woher kommen die?"

Marta lacht. Ein freudiges Lachen, dass mich dennoch ernst nimmt, kein Auslachen. Das tut gut.

Ich traue mich, noch eine Frage zu stellen: „Und wer ist der, der die Gedanken beobachtet?"

„Du. *Du* bist ihr Beobachter." Marta zwinkert mir schelmisch zu. „Bist du jetzt schlauer?"

Wohl kaum.

Meine Unkenntnis scheint Marta nicht zu verwundern. „Wir sind mehr als nur unser physischer Körper, wesentlich mehr. Wir sind multidimensionale Wesen verschiedener Ebenen; Schwingende Gebilde aus pulsierenden Feldern und vibrierender Materie in einem ständig währenden Veränderungsprozess. In der Schule haben wir noch gelernt, dass zwischen den verschiedenen Formen der Materie im Makrokosmos, zwischen den Planeten, Sternen, und was es da im Kosmos sonst noch gibt, aber auch zwischen den Teilchen im Mikrophysikalischen, wie in unseren Körperzellen, zwischen Atomkern und Elektronen ein Vakuum vorherrscht. Nun wurde offenbar, dass sich genau da das Wesentliche ausbreitet, durch das das Leben erst möglich wird: ein unendliches Beziehungsfeld, das alles durchdringt, alles umfasst, in dem ein ständiger Energie- und Informationsaustausch stattfindet. Seine Existenz ist nur anhand seiner Wirkungen nachweisbar. *Wir* sind somit eine besonders strukturierte Form des Lebens, bestehend aus Energie und Information innerhalb dieses alles verbindenden Feldes, innerhalb *dieses* unteilbaren Ganzen, was wir Universum nennen.

Bisher wurde davon ausgegangen, dass das Universum materiellen Ursprungs ist. Nun fanden Physiker heraus, dass Materie einen immateriellen Ursprung hat. Teilchen werden auf energetischer Ebene zu Wellen. Als Welle tragen sie Informationen und gleichzeitig das Potenzial durch Information als Teilchen in Erscheinung zu treten. Die logische Schlussfolgerung ist, dass das Universum Intelligenz besitzt und das Potenzial, um zu bestimmen, welche Energie sich wann und wie in Raum und Zeit manifestiert, um sich in jeder ihrer Lebensformen auf ganz individuelle Weise zu verwirklichen. Das Universum erscheint als ein einziges riesiges, komplexes, sich in seinen individuellen Ausdrucksformen vielfältig beeinflussendes Wirkungsgefüge, das sich kontinuierlich ändert, selbst reguliert und ständig über sich hinauswächst.

Und auch wir erschaffen und erfinden uns permanent neu. Jeder Gedanke, jedes Gefühl und alles, was wir tun, trägt dazu bei. Wenn wir im Alter sterben, ist keine Zelle so alt wie die Jahre, die wir zählen. Hautzellen erneuern sich innerhalb von zirka drei Wochen. Augen brauchen nur zwei Tage! Leben ist ein Prozess, in dem *wir* – als Teil des intelligenten Universums – bestimmen, wohin wir uns entwickeln wollen. Natürlich ist das uns nur möglich im Rahmen des nach Lebensverwirklichung strebenden universellen Bewusstseins. Wer dieses nicht achtet, weil er zum Beispiel von seiner Ego-Persönlichkeit fremdbestimmt wird, dem entzieht sich die universelle Intelligenz. Anne, wir sind das Ganze und das Ganze ist individuell einzigartig in uns, in Körper, Geist und Seele."

„Dass wir Körper, Geist und Seele sind, daran glaube ich, doch ich habe nie darüber nachgedacht, was das bedeutet. Wenn ich dich richtig verstanden habe, sind wir diese Dreieinigkeit aber auch wieder *nicht*?"

„Wir kommen alle aus dem ,Nichts', aus diesem großen leeren vollen Universum. Wir haben alle denselben einen Ursprung, eine Quelle. Diese Quelle allen Seins existiert außerhalb von Zeit und Raum und besteht nur immateriell, informativ-energetisch, feinstofflich als dieses riesige universelle Feld. Aus diesem gehen wir hervor, *ohne* uns von ihm abzuspalten. Obwohl wir scheinbar ganz getrennt von allem, als fester Körper in Raum und Zeit gebunden, geboren werden, bleibt das ,Nichts', die ,Leere' als ,Fülle' informativ und feinstofflich lebenslang in uns – als Geist und Seele. Unser Wesenskern ist außerhalb von Zeit und Raum und so sind wir mit allem Eins. Verstehst du?"

„Hm. Wir sind also das universelle Bewusstsein, aber auch wir selbst. Und wer ist die Person, die sich Anne nennt?"

„Solange sich das Wesen namens Anne nur als Körper, getrennt von allem, empfindet, spielt sie in ihrem Leben nur Rollen, bestrebt sich ihr Leben zu erleichtern und zu gefallen. Das stellt sich sehr bald als Trugschluss heraus. Es ist eine Illusion, denn die Rollen inszeniert ihr Ego, das den vom intelligenten allbewussten Universum vorgegebenen Rahmen regelmäßig überschreitet. Das Ego ist eine Gedankenprojektion des individuellen Bewusstseins *der* Anne, die sich von ihrem konditionierten Verstand bestimmen lässt."

„Marta, um das zu verstehen, brauche ich Zeit. Mir fällt allein schon die Zuordnung der Begriffe Seele, Bewusstsein, höchstes Selbst, Geist und ihre Unterscheidung schwer."

„Es gibt dafür viele Erklärungen, diffuse Überschneidungen und vor allem Unterschiede der Interpretation zwischen östlicher und westlicher Kultur. Für unseren Verstand ist der scheinbare Widerspruch, dass wir sowohl materielle Realität als auch *immate*rielles Bewusstsein sind, schwer zu begreifen. Das Immaterielle, Geistige, außerhalb von Zeit und Raum existierende verursacht – wie schon gesagt – Wirkungen, die wir wahrnehmen können. Wir erfahren *nicht* die Realität, sondern die Erfahrung, die wir *machen wollen, schafft* die Realität. Mit der eigenen Wahrnehmung, der eigenen Erwartungshaltung legen wir – bewusst oder unbewusst – in bestimmter Weise fest, *wie* unser Umfeld reagieren soll. Du kennst sicher die sich selbst verwirklichenden Prophezeiungen. Diesen Zusammenhang kann unser konditionierter Verstand nicht verstehen wollen. Er denkt in Entweder-oder-Strukturen und will die Phänomene einer Ursache zuordnen können, sie im Raum verorten und in der Zeit festhalten. Vielleicht bleiben die Phänomene des allverbundenen Universums für unseren Verstand ewig unerklärbar. Sei es so. Ich habe mir für meinen Verstand, der es wie deiner immer sehr genau wissen will, Erklärungen gebastelt. Für mich sind sie stimmig und ich denke, du kannst einen gewissen Anspruch auf Allgemeingültigkeit daraus ableiten oder auch über sie hinausdenken. Willst du sie hören?"

„Ja, unbedingt."

Marta überlegt. „Ich muss ein bisschen ausholen: Wir wissen heute, dass das Universum ein globales universelles Bewusstseinsfeld ist. Das ist immer da, durchdringt und umfasst alles, auch dich. Es ist unsere Quelle und ein unermessliches Feld aller Möglichkeiten, die sich auf makro- wie mikrokosmischer Ebene verwirklichen können. Damit das passieren kann, braucht es einen Impuls. Ohne den würde es sich weder kontinuierlich selbst regulieren noch verändern und über sich hinauswachsen können. Die Energien und Informationen, die in ihm gespeichert sind und sich vervollkommnen wollen, wüssten gar nicht, wie und wo sie sich zu was verdichten sollten. Alle Möglichkeiten warten auf ihre Verwirklichung und ständig kommen neue dazu."

„Wer setzt den Impuls und woher kommt er?"

„Den setzt du." Marta schmunzelt und auf mein erstauntes Gesicht ergänzt sie: „Und das universelle Bewusstsein."

„Wer denn nun?"

„Beide. Du hast einen Einfall – aus dem universellen permanent denkenden Allbewusstsein. Diesen änderst du mit deinem individuellen Bewusstsein unter Nutzung deines Verstandes in Rückkopplung zu deiner von dir wahrgenommenen Wirklichkeit, an die du glaubst. Dann speist du deine neue Version der Idee wieder in alles ein. Willst du die neue Idee verwirklichen, dann richtest du deine ganze Aufmerksamkeit auf die Umsetzung dieser, deiner Idee, die gleichwohl in allen existiert. Das mit der Idee gekoppelte Gefühl mobilisiert in dir Energie. Diese setzt über deine Allverbundenheit im universellen Bewusstsein einen informativen Impuls. Daraufhin ordnet sich die universelle Informationsstruktur neu und die zur Realisierung notwendige Energie wird bereitgestellt. Je nachdem, mit welcher Geisteshaltung – der deines Ego- oder deines Selbst-Ichs – du deine Idee nährst, wird deine Handlung oder dein Verhalten deinem höchsten und besten Wohle dienen oder dem entgegenwirken. Entsprechend sind die Auswirkungen auf dein unmittelbares und weiteres Umfeld, auf das ganze Universum. Wer mit der Idee noch in Resonanz geht und sich damit beschäftigt, verstärkt die Chance ihrer Realisierung.

Anne, für mich ist wichtig, dass ich mich verbunden fühle mit allem und jedem, unabhängig der Begrifflichkeiten. Wenn ich das

Gefühl allverbunden zu sein, in jedem gegenwärtigen Moment schaffe zu spüren, dann ist das der wirksamste und größte Beitrag zur Erhaltung der Natur und für Frieden, den ich oder ein anderer Mensch je leisten kann. Um Verbundensein fühlen zu lernen, hilft mir zu glauben, dass es in diesem universellen Bewusstsein ein höchstes Selbst gibt, das mich zu meinem höchsten und besten Wohle leitet und führt und mein ganz persönliches Leben mitgestaltet – im Rahmen allen Lebens. Sein Wille äußert sich durch mein höheres Selbst, das feinstofflich als Seele in mir, in meinem Herzen existiert.

Ich kann es nicht nachprüfen, nichts kann ich prüfen. Wichtig ist doch, dass ich es fühle, seine Botschaften wahrnehme und mich daran orientiere, weil ich merke, dass ich damit leichter und freudiger lebe. Oder?"

Ich nicke.

„Weißt du, ich will mit meiner Seele kommunizieren." Marta wendet sich wieder ihrem Teller zu.

„Wie geht das?" Ich fühle mich so naiv. Ich habe mir bisher keine Zeit genommen, über mich nachzudenken. Obwohl mich als Baubiologin interessiert, wer wir sind. Und dennoch, ich habe nie über das messbare und das biologisch-chemische Funktionieren des Körpers hinausgedacht.

„Unsere Seele äußert sich über unsere körperlichen Ur-Gefühle, aber auch über eine leise Stimme in uns. Durch die Seele spricht dein höheres Selbst mit dir, meist schon bevor eine Entscheidung ansteht oder ein Ereignis eintritt. Es ist mit allem verbunden."

„Meinst du diese innere Stimme, Marta, die mir irgendetwas sagt, was ich tun soll?"

„Ja."

„Meist tue ich es dennoch nicht und bereue es dann."

„Wenn du auf die Stimme hörst, ersparst du dir die Selbstbestrafung. Sie entzieht dir viel Energie. Du handelst entgegen der Empfehlung deines Selbst und bestrafst dich und damit dein Selbst im Nachhinein dafür, dass deine Handlung erfolglos war. Wenn du ehrlich bist, erkennst du, dass du dich gedanklich von deinem Selbst als abgespalten wahrnimmst. Die aus der nachfolgenden Reue entstehende Wut gegen dich selbst gilt in Wirklichkeit dem Teil in dir, der sich erlaubt, separat zu denken, dich beherrscht und dein Handeln bestimmt: deinem Ego. Das ist Selbst-Täuschung, Anne. Da *kannst* du nur leiden."

„Wie aber ändern? Ich nehme die Stimme immer erst hinterher wahr. Wenn es passiert ist, fällt es mir wie Schuppen von den Augen."

Marta lacht auf. Dieses befreiende Lachen! Es steckt so an und vertreibt die dunklen Wolken aus meinem Kopf.

Leises Glockengeläut klingt von der Alm zu uns herüber. Wir genießen noch eine Weile still unser Frühstück, bevor Marta antwortet. „Bevor du eine Entscheidung triffst oder auf irgendetwas antwortest, dann sage dir: ‚Stopp', hole tief Luft, fühle in dich hinein. Du wirst erkennen, welchen Geist du in dir zu füttern hast, damit deine Reaktion stimmig für dich ist."

„Was verstehst du unter dem Geist, den ich füttern soll?"

„Die Stimmen, die du hörst, sind die deines Geistes. Er ist *ein* Aspekt unseres Seins, aber auch des globalen Seins. Für mich ist er Mittler, der Seele und Körper verbindet. Er ist der geistliche (spirituelle) oder geistige (intellektuelle) Anteil unseres Seins. Er ist das globale, universelle, zeit- und raumlose Bewusstsein, das in uns fließt und in uns wirkt und das wir beeinflussen können. Spirit kommt aus dem Lateinischen, von inspirare – einblasen, einhauchen. Er erwacht in uns mit unserem ersten Atemzug und will uns dienen. Je nachdem, mit *welchen* Gedanken und Glaubenssätzen, Erfahrungen und Gefühlen oder Emotionen wir den in uns geflossenen Geist des globalen Bewusstseins nähren, ändert er sich und wirkt aus uns heraus: für oder gegen unser Wohlergehen. Ich vergleiche den Geist mit einem Prozessor, der Daten überträgt und verarbeitet und in den Informationen aus dem globalen universellen Bewusstsein und von dir selbst eingespeist werden. Je nachdem, ob du als Selbst-Ich in deiner Allverbundenheit lebst oder als

Ego-Ich in der abgespaltenen Illusion deines Selbst, wandelt sich dein Geist. Dem entsprechend ist deine Erscheinung geistlich-spirituell oder geistig-intellektuell."

„Geist ist also in allem? Seine Aufgabe ist es, Informationen zu übertragen und selbst Information zu sein?"

„Auch das ist möglich. Wenn du es so erfährst, ist es so. Eine absolute Wahrheit gibt es nicht, aber eine unsere Denkfähigkeit übersteigende transzendente Wahrheit. Und die beinhaltet die gemeinsame Essenz hinter all den Lebensformen, hinter all dem, was ist. Sie ist die Wahrheit des Universums, dynamisch, sich permanent wandelnd. Mit jedem Gedanken eines Wesens, mit jedem Windhauch und jedem Vogelzwitschern, jedem Baum, der stirbt, und jedem Stern, der geboren wird, verändert sie sich."

„Bei der Größe des Universums kaum vorstellbar."

Marta lacht. Ihre Fröhlichkeit vertreibt meine innere Anspannung. Sie spricht darüber, als wäre es unerheblich, doch ich spüre die tiefe Bedeutung ihrer Worte, auch wenn ich sie noch nicht voll zu erfassen vermag. „Das Unvorstellbare kannst du nur in deiner Allverbundenheit erfahren, wenn du dich wirklich als Körper-, Geist- und Seele-Einheit wahrnimmst, den geistlich-spirituellen Teil in dir anerkennst. Er ist angeboren, er ist immer da und doch wird er von vielen mystifiziert, belächelt und bestritten. Deinen geistlichen Anteil lebst du *bewusst*, wenn du dein höheres Selbst hörst. Das verbindet dich mit dem globalen universellen Bewusstsein – für mich das höchste Selbst –, deine Gedanken im Kopf kommen zur Ruhe und dein ‚Ich bin‘ bekommt Raum."

„Wie ist das, Marta? Ich kann mir das Gefühl nicht vorstellen."

„Ein Staunen erfüllt dich, wertfrei, wie als kleines Kind, nur Dasein, nur Wahrnehmen, ohne Erfahrungen, ohne Mutmaßungen. Das tiefe, wissende Gefühl, geliebt zu sein, ohne dafür etwas tun zu müssen, selbst Liebe sein."

Es tut weh zu hören, weil ich mir eingestehen muss, dass ich dies noch nicht bewusst erlebt habe. Ich bemühe mich die aufsteigenden Tränen zu unterdrücken. Es ist mehr als Wehmut, was sich da zeigt. Marta nimmt mich in den Arm. Sie schweigt. Ich darf weinen.

„Jahrelang hast du schmerzhafte Gefühle unterdrückt."

„Ich fühle mich schuldig, Marta."

„Weil du auf dich selbst hören willst und nicht weißt, wie?"

„Genau."

„Kannst du dich gedanklich da drüben auf den Baum setzen", Marta zeigt zu dem Baum an dem Felsbrocken, auf dem Gustav so gern steht, „und uns beim Frühstück zuschauen? Fühl dich mal in jemanden hinein, der uns von dort aus beobachtet. Versetz dich in den Vogel, der dort gerade sitzt! Schließ dazu ruhig die Augen, dann geht es leichter."

Ich bemühe mich.

„Beobachte, was in dir vorgeht. Nur beobachten, auch ob sich das Bild verändert."

Zögernd, langsam beginne ich zu schildern: „Da sitzen zwei Frauen und eine bläst Trübsal. Die sieht frustriert und verhärmt aus. Sie lässt die Schultern hängen, ihr Gesicht ist faltig. Sie strahlt Unlust aus, Schmerz, Verbitterung. Erschreckend. Ich bin entsetzt."

Marta lässt mich fühlen. Plötzlich muss ich lachen. „Was erheitert dich?"

„Der Widerspruch zwischen der Idylle hier und der Schwermut dieser Person. Sie grollt mit sich und der Welt und dabei ist um sie alles so voller Pracht: Sonne, Berge, die Vögel, … ist zum Lachen, und gleichzeitig erfüllt mich ein starkes Mitgefühl."

„Dann ströme das Mitgefühl zu ihr, wie eine Wolke."

„Jetzt bewegt sich die Frau. Sie schaut sich um, lächelt Gustav an, reckt und streckt sich, sieht sich um und jetzt umarmt sie die andere Frau. Ihr Gesicht entspannt sich. Sie scheint jetzt ihr friedliches Umfeld wahrzunehmen und sogar Freude zu empfinden."

„Und du, wenn du das siehst?"

„Ich auch."

„Dann bleib in dem Gefühl der Freude. Öffne langsam die Augen, bewege Hände und Füße und komm langsam wieder neben mich zurück."

Ich bewege mich wieder, blicke um mich. Ich fühle mich super, lächle, schaue zu Gustav. Was war das denn? Das Bild hat sich von allein verändert?

„Geht doch, Anne. Wie hat sich der Ausflug angefühlt?"

„Gut. ich bin ebenso entspannt. Die Wehmut ist weg."

„Es war nur ein Perspektivwechsel. Er hat dir die Absurdität deiner Grübelei vor Augen geführt. Du warst gedanklich in der Vergangenheit und hast aus ihr heraus Angst gespürt, dich klein gemacht, bemitleidet. Dann bist du mit deinen Gedanken aus deinem Körper ausgeflogen und hast dich aus der Ferne – völlig wertfrei – beobachtet. Du hast reagiert, erst mit Befremden, dann mit Freude."

„Weil sich die Frau – ohne mein Zutun – gewandelt hat, das Bild änderte sich! Ich habe es nur beobachtet!"

„Du hast dich selbst in deine Präsenz zurückgeholt. Mit der Methode erkennst du die Illusion von der Trennung zwischen Vergangenheit, Gegenwart und Zukunft und kannst dich mit deiner Wahrhaftigkeit im Hier und Jetzt wieder verbinden. Alles existiert gleichzeitig; du lebst in der Gegenwart, deine Vergangenheit und deine Zukunft waren oder werden das, was du heute denkst. Deine Gedanken, die *du* ‚fütterst‘, entscheiden über dein Leben."

Auch wenn mir Martas Erklärungen zu abstrakt sind, der gerade erlebte Gefühlswandel beeindruckt mich; kann ich mir doch damit selbst helfen, wenn ich in meinen Selbstzweifeln festhänge. Marta hat recht, ich war mit traurigen, längst vergangenen Erinnerungen beschäftigt und habe sie hier und jetzt gefühlt. Alles geistig verursacht.

„Die Ängste, die mich so oft befallen, beruhen dann auch nur auf meinen Vorstellungen."

Als Marta nickt. Bleibt mir dennoch die Frage: „Aber wer denkt denn nun diese Vorstellungen?"

„Dein Selbst oder dein konditionierter Verstand. Beide können sich über deinen Geist artikulieren. *Du* allein kannst entscheiden, mit welcher Geisteshaltung du durchs Leben gehen willst, welchen Geist du dir hältst." Marta hat wohl ein Tier im Käfig vor Augen. Lachend wiederholt sie: „*Du* kannst entscheiden, ob du auf dein höheres Selbst hörst und im Einklang mit ihm und deiner Seele deine Potenziale als Selbst-Ich entfalten und leben willst oder ob du dich als Untertan deiner Ego-Ich-Persönlichkeit siehst und als potenzielles Opfer durchs Leben gehen willst. Der Geist gehorcht dir *und* deinem Ego gleichermaßen. Du hast die Wahl: Hörst du auf dein Selbst, dient er dir und damit dem globalen universellen Bewusstsein. Du bist allverbunden und alles passiert so, wie du wirklich willst. Überlässt du deinem Ego-Ich deinen Spirit, weil du gar nicht weißt, dass du die Fähigkeit hast, dein Leben selbst zu gestalten und gewohnt bist, den Vorgaben deines konditionierten Verstandes zu folgen, lebst du ohne Anbindung an deine eigene Wahrhaftigkeit. Geist und Seele sind abwesend; das Leben wird schwer, alles will erkämpft sein. Getrennt vom universellen Bewusstsein ist der ausgleichende Energiefluss innerhalb des Ganzen gestört. Dein Organismus versucht nun allein zu regulieren, was abgeschnitten von allem nicht geht, weil du in Wirklichkeit verbunden bist, mit allen deinen Komponenten deines Seins. Führst du durch Grübeln und Nach-Denken deinem Ego – als sich getrennt wahrnehmendes, abgeschlossenes System – Energie zu, wirst du früher oder später krank, weil die Energie dir, deinem Körper fehlt. Oder es kommt zu einem Energiestau, weil der Abfluss überschüssiger, emotionaler Energie, wie von Wut, durch ungeeignete Denkmuster blockiert ist. Misst du deinen Ego-Gedanken keine Bedeutung bei, bleibt der Energiefluss ungestört, dein Körper kann deine Energie für sein Funktionieren voll nutzen. Alles in dir steht in Verbindung. Du selbst stehst in permanentem Energieaustausch mit deinem Umfeld, kannst sogar aus der Quelle allen Seins permanent Energie generieren.

Es ist schon traurig, dass wir mit unserer getrennten Denkweise freiwillig auf den Zufluss heilender, aus dem Wirkungsgefüge des Universums frei zugänglicher Energien verzichten."

„Was du gerade schilderst, würde ja bedeuten, dass wir unsere Krankheiten nur mit Gedanken verursachen."

„So ist es. Wir sind gesund, wenn die Lebensenergie in uns fließen kann. Gedanken sind Information tragende Energie, die den Energiefluss befördern – wie Liebe. Wenn du verliebt bis, gelingt alles mit Leichtigkeit, und eins, zwei, drei lösen sich Schmerzen auf. Genauso gut können dich Gefühle blockieren – und wie! Denk an deine Ängste, sie bewirken das Gegenteil von Liebe. Natürlich gibt es auch äußere Ursachen, die den Fluss der Energie in uns stören, jedoch sind wir immer kausal mit ihnen verbunden. Wenn du in eine ausweglos scheinende Situation gerätst, ist in dem großen Wirkungsgefüge irgendetwas in dir damit in Resonanz gegangen. Doch es gibt für dich immer auch die Möglichkeit, diese Herausforderung zu meistern.

Alles was mir ungewollt passiert, sehe ich als Aufgabe. Verletze ich mich, führe ich mit meiner ganzen Aufmerksamkeit die in meinem Körper vorhandene heilende Energie der verletzten Stelle zu. Nehme ich mir nicht die Zeit dafür, kann ich keine Heilung erwarten. Anne, du kannst mit deinen Gedanken die Wirkung deines Umfeldes auf deinen Organismus beeinflussen; ganz ursächlich entscheiden immer deine Gedanken über dein körperlich-seelisches Wohlergehen. Ich glaube daran."

„Dann bin ich also doch meine Gedanken?"

„Ja und nein. Für mich ist nicht mehr so wichtig zu wissen, wer ich bin, weil es auch da keine absolute Wahrheit gibt. Wir sind ambivalent, sowohl als auch. Vielleicht bin ich in dem Augenblick ihres Einfalls meine Gedanken oder nicht – weil sie dem Allbewusstsein entspringen, oder doch, weil ich zu diesem gehöre und aus ihm hervorgegangen bin? Das Leben spielt sich *dazwischen* ab und wir spielen mit, in einem Spiel, das keine Gewinner und keine Verlierer kennt. Es gilt das Glück des Spiels zu balancieren, jeder für sich, jeder für alle, alle für jeden. Deshalb ist mir das Fühlen so wichtig. Wie sonst willst du wissen, ob du im Gleichgewicht mit allem schwingst – zwischen den Gegensätzen? Du hast gerade erlebt: Gedanken bewirken Gefühle, die unser Leben ausmachen.

Zu wissen, da ist etwas Riesiges, Gigantisches, Göttliches, in dem wir *alle* – einzigartig – vereint sind, gibt mir Sicherheit. Ich fühle mich nie einsam, kann Fragen stellen und bekomme Antworten. Ich fühle eine Art Grundgeborgenheit, Liebe, ja, einfach nur Liebe, die immer da ist, bedingungs- und absichtslos. Es ist mir ein Herzensanliegen sie zu spüren, mit ihr eins zu sein, weißt du?"

Ich schweige. Marta spürt meine Not sie zu verstehen.

„Du bist die Essenz hinter den von dir bewusst gewollten Gedanken oder lebst die Illusion deines Ego-Ichs mit den Gedanken anderer, fremdgesteuert und ungewollt agierend. Deine wahre Wirklichkeit lebt in dir selbst und überall dort, wohin du deine Aufmerksamkeit im gegenwärtigen Moment lenkst. Alles ist in dir, das ganze Universum oder nichts."

„Oh Marta, das ist so kompliziert!"

„Für deinen die absolute Wahrheit suchenden, dich auf die materielle Welt begrenzenden Verstand, nicht für dein Selbst. Wenn das universelle Bewusstsein gleichzeitig sowohl unabhängig von anderen als auch verbunden mit und in allem existiert, dann agiert der Geist ebenso individuell in uns wie auch global in allem. Oder?"

Da kann ich ihr folgen.

„Auch der Geist ist sowohl als auch. Er ist Nichts und Alles. So wie du Beobachter *und* Beobachteter, Sender und Empfänger, Teamspieler und Spielleiter bist. Die Natur kennt kein Entweder-oder, keine statischen Hierarchien. Alles ist dynamisch, auf Potenzialen basierend. Wer für den Augenblick sich fähig fühlt für eine Aufgabe, eine Idee hat, über das für ein Projekt geeignete Potenzial verfügt, der übernimmt für den Moment das Führen ohne daran festzuhalten. Wir sind in jedem und allem enthalten und alles ist in uns. Unsere Zellen, Proteine, Organe und DNA haben ein feinstoffliches Feld, über das wir mit dem universellen Feld des Kosmos und der Erde verbunden sind. Mit diesem Feld interagieren wir ständig, ohne dass wir es merken, tauschen Informationen aus. Tiere nutzen instinktiv das Wissen dieses globalen Feldes. Wir Menschen tragen zwar die Fähigkeit dazu in uns, doch bekommen wir es abtrainiert. Kinder verfügen noch über diese Fähigkeit, ohne dass sie wissen, was das ist, bis sie merken, dass dies nicht zur Wahrheit der ‚normalen' Menschen gehört und dieses Potenzial ‚vergessen'. Doch unser begrenzter Verstand wird sich nicht mehr lange dem Wissen über die Allverbundenheit allen Seins verweigern können. Alle scheinbar mystischen Phänomene werden mit dem fraktal-holographischen Wesen des Universums und der Existenz eines intelligenten Allbewusstseins erklärbar.

Der Geist, der bis zum letzten Atemzug in uns lebt, ist essenziell schöpferisch und lebendig wie das Universum. Durch die Allverbundenheit allen Seins sind auch wir es, Anne, alle Wesen. An allem wirken Geist, Seele, hohes Selbst, universelles Bewusstsein, du und jede Zelle in dir kreativ am Ganzen mit. Ungeteilt und unteilbar erschaffen wir uns alle selbst und das Universum ständig neu. Und dabei gilt es bei allem die Balance zu halten, um zu leben für das Leben – in uns, in allem."

„Das soll einer verstehen."

„Brauchst du nicht. All diese Erklärungen sind letztlich nur für unseren konditionierten Verstand. Der kommt hervorragend in der äußeren Welt zurecht, kann vergleichen, beurteilen und linear Ursache und Wirkung zuordnen – wobei er diese zu seinem Vorteil gern und immer häufiger vertauscht.

Sobald er den Blick nach innen, auf die uns verbindenden Beziehungen zwischen den Dingen richten soll, ist er überfordert und verliert den Überblick. Zu einem ehrlichen Selbstcheck mit der Absicht, die wirklichen Ziele seiner Konditionierungen offenzulegen, ist unser Verstand nicht in der Lage. Kann er auch nicht, weil er sich dann selbst infrage stellen und die Allverbundenheit allen Seins und das immaterielle Wesen des Universums akzeptieren müsste. Ich hörte viel zu lange auf meinen Verstand, ließ mich immer wieder und mit raffiniert ausgedachten Methoden verführen. Ich konnte ihm auch keine wissenschaftlichen Nachweise liefern. Wie soll das gehen? Wie sollen die Konsequenzen meiner Gedanken und Gefühle von einem anderen nachgestellt und geprüft werden können, so doch Beobachter das Ergebnis beeinflussen? Nach außen gerichtete Kontrolle funktioniert nicht. Kontrolle beruht auf statischen Gegensätzen und dem Getrenntsein aller Dinge, Systeme und Organismen. Kontrolle ist ein Instrument der Unterdrückung und dient der Aufrechterhaltung von Machthierarchien. Das Bedürfnis zu kontrollieren ist naturfremd. Es entsteht aus dem Glauben an *eine* absolute Wahrheit und führt immer zu Streit, Kampf, Zerstörung und Krieg. Nichts kannst du kontrollieren *ohne* es mit deinen Gedanken und Gefühlen nicht gleichzeitig zu verändern – nicht einmal dich selbst! Doch die sinnerfüllende Fähigkeit der *Selbst*kontrolle haben wir verlernt. Vielleicht, weil sie nur Sinn macht, wenn wir uns dabei als Beobachter, statt als Kontrolleur verstehen.

Die innere Welt unseres Seins ist friedlich. Sie lebt *zwischen* den Gegensätzen. Ihr Terrain sind die Beziehungen. Da spielt sich wahres Leben ab: achtsam, durch bewusste Teilhabe des Einzelnen am Ganzen, eigenverantwortlich, liebend, frei, mitfühlend, gemeinsam, ohne Druck und ohne moralische Urteile, aus der Essenz allen Seins schöpfend. Damit wir so leben können, gilt es über den Verstand hinauszugehen, unsere übersinnlichen Fähigkeiten zu schulen, die Fülle aus dem Immateriellen schöpfen zu lernen.

Die Zeit ist überreif, die Konditionierungen unseres Verstandes zu wandeln. All diese Begriffe, die ich für meinen Verstand strukturiert habe, sind dann überflüssig. Heute brauchen wir die Erklärungen noch für mehr innere Klarheit, zum eigenen Wachsen und zur Verständigung untereinander. Später, wenn wir alle uns eins *fühlen*, widmen wir uns anderen Themen als der Suche nach dem inneren Zuhause – dann, wenn wir angekommen sind in allen bisher verbotenen Innenräumen und alle abgespaltenen Anteile wieder in uns vereint haben und mit ihnen lebendig sein *wollen*."

So viel Neues auf einmal! Als ich nichts erwidere, betont Marta noch einmal: „Bei allen Unterschieden und Vermischungen in den Begrifflichkeiten ist für mich wichtig zu wissen und immer wieder zu erfahren: Ich kann willentlich über meinen Geist verfügen und damit das universelle Bewusstsein beeinflussen. Alles, was ich denke, ist durch den fraktal-holographischen Aufbau des Universums gleichzeitig in allem. Es steht damit allen zur Verfügung."

Es arbeitet in mir. Während ich meine Müslischüssel auskratze, beschäftigt mich Martas letzte Bemerkung. „Also sind Lügen überflüssig und Wissen eines Einzelnen nicht zu schützen. Patente und Quellenschutz zwecklos."

„Logische Schlussfolgerung. Das bisherige Gehabe ist Blasphemie eines sich als getrennt verstehenden Verstandes. Eine Illusion."

„Was habe ich immer den Kopf geschüttelt über Architekten und Designer, die ihre Ideen als geistiges Eigentum bezeichnen! Wieviel Streit könnte vermieden, wieviel Geld gespart werden!"

„Konkurrenz, Vergleiche, negative Gedanken und der Glaube, die eigene Wahrheit gelte für alle, haben zu einer gigantischen geistigen Umweltverschmutzung geführt und blockieren das globale Bewusstsein. Das Gute ist, es kostet nichts, diesen Gedankenmüll zu beseitigen. Fangen wir an damit, jetzt!"

„Wie?"

„Mit Gedankenhygiene. Gedanken lösen Gefühle in uns aus und die sagen uns, was wir brauchen. Hinter jedem unguten Gefühl steckt ein Defizit; das gilt es zu erkennen und auszugleichen. Beobachte dein Verhalten, deinen Umgang mit anderen Personen, … Dein Geist reagiert darauf, zum Beispiel auf das, was, wann und wie du isst, trinkst, wie und wie oft du dich bewegst, deinen Körper pflegst, meditierst, anderen Menschen, Pflanzen und Tieren begegnest, dankbar bist oder nicht, und woran du glaubst, wann und wie viel du schläfst und – ganz wichtig – ob du bewusst oder abwesend durch den Alltag gehst. Reflektiere dich selbst. Du wirst erstaunt sein, wo sich überall Negativität zeigt. Wandle sie, mit einem anderen Verhalten, einem Lächeln, einem freudigen Wort, einem einfühlenden Gespräch. Probier's!

Ich bin dadurch viel bewusster, klarer und fühle mich sicherer, friedlicher. Je nachdem, wie ich denke und mich verhalte, kann ich mehr oder weniger das Geistliche und Geistige in mir leben und damit mein Umfeld verändern. Das ist total spannend zu beobachten! Um unsere Spiritualität zu leben, müssen wir nicht erst die Grundbedürfnisse nach Abraham Maslow's[1] Bedürfnispyramide, wie Essen, Schlaf und Bewegung, gestillt haben oder bis zum Alter warten. Nein. Spiritualität, der urmenschliche geistliche Aspekt, ist uns eigen und bei allem gegenwärtig, nur ist uns das nicht bewusst. Wir sind und bleiben spirituelle Wesen in einem beseelten materiellen Körper. Unsere Teilhabe an unsere Ur-Quelle bleibt bestehen, ewig, immer, auch gegen unseren Willen. Unsere Spiritualität als der immaterielle Aspekt unseres Menschseins geht über unsere materiellen Grenzen hinaus. *Wie* wir sie leben, hängt von jedem Einzelnen selbst ab. Wendest du dich hingebungsvoll deiner innersten Wahrhaftigkeit zu, fließt deine Spiritualität in alles, was du tust und äußert sich in vollkommener Gegenwärtigkeit. Du kannst dir höchst spirituell die Zähne putzen, trinken, tischlern, musizieren, joggen oder lieben, es wird dir alles ein Genuss sein, so es deinem höchsten und besten Wohle und dem aller dient. Deine Spiritualität ist Ausdruck deines natürlichen Einsseins mit dem Universum. Überlässt du deinen Geist der Herrschaft deiner Ego-Persönlichkeit, um andere zu manipulieren, mehr zu besitzen oder dich zu erhöhen, andere zu betrügen oder ihnen, egal in welcher Form, Energie zu rauben, dann wird Spiritualität zur Scheinheiligkeit.

Hinter dieser unehrlichen, absichtsvollen Spiritualität verbirgt sich das gleiche zerstörerische Potenzial wie bei Menschen, die ihre Gewalt offen zeigen und sogar Freude am Quälen und Töten oder

---

[1] US-amerikanischen Psychologe, Gründer der Humanistischen Psychologie

dem bloßen Zuschauen empfinden. Das sind keine Menschen. Sie denken, fühlen und reagieren fremdbestimmt durch ihr Ego, verrohen zu gefühllosen, von allem getrennten Wesen, ob im Biomäntelchen, im Talar, auf der Bühne, als Lehrer, Elternteil, Arzt, Architekt oder in Polizeiuniform, egal in welcher Erscheinung oder Rolle, die Ursache ist die gleiche: die Trennung vom eigenen Selbst.

Scheinheiligkeit halte ich für extrem gefährlich. Sie täuscht und verschleiert die Absichten, sodass *weniger* Feinfühlige darauf hereinfallen und oft großen Schmerz und Schaden erleiden. Sie verhindert oder verzögert Leben und Liebe fördernde Absichten. Ohne Scheinheiligkeit würde die Wachstumsgesellschaft nicht existieren. Obwohl auch Ent-täuschung dem Wandel dient."

Ich sehe Marta an. Sie strahlt und ist guter Dinge. Alles, was sie sagt, ist neu und widerspricht meinem bisherigen Glauben – total. Wenn wir in der Essenz immaterielle Wesen sind, dann …

„… sind wir unsterblich?"

„Ja. Ich stelle mir das so vor: Während der Körper materiell zurückbleibt, zu Staub wird, verlassen Geist und Seele mit unserem letzten Atemzug die zeitgebundene, räumlich verortete Wirklichkeit. Alle Informationen gehen mit ihnen in das universelle, göttliche Feld zurück. Ich bin katholisch erzogen, aber die Interpretationen von Gott genauso wie unser materialistisches Weltbild widersprechen dem, was ich täglich erlebe und beobachte. Ich bin nicht religiös, noch gehöre ich zu einer Sekte. Ich bin ein geistiges, fühlendes Wesen wie wir alle und glaube *nur* an *einen* Gott: an den in mir und dir, *in allem*, was uns umgibt. Manche sagen Bewusstsein dazu oder Ur-Quelle allen Seins oder Matrix, Feld oder was auch immer. Ich bezeichne es als universelles, gern auch göttliches Bewusstsein, als Allbewusstsein, weil wir ja auch noch unser persönliches haben. Der Matrixbegriff bekam durch die gleichnamigen Science-Fiction-Filme eine andere Bedeutung. Matrix stellt in diesen eine riesige Simulation dar, in der Menschen gehalten werden und nur mit ihren fünf Sinnen wahrnehmen können. Über diese Art Matrix bekommen sie gesagt, was sie zu tun und zu lassen haben. Diese Matrix ist künstlich erschaffen und ein Sinnbild für die Gedankenwelt, in der unser konditionierter Verstand uns Glauben macht zu leben. Das, was ich meine, geht darüber hinaus und durch uns durch. Wir sind Teil dieses Allbewusstseins, es ist unser wahrhaftiges Zuhause, das wir mitgestalten und dem wir eben *nicht* ausgeliefert sind.

Dass wir alle spirituelle Wesen sind, haben nun auch die Hirnforscher bestätigt, auch wenn dieses Wissen kollektiv weiterhin außer Acht gelassen wird. Die Separierung unserer Ganzheitlichkeit und die Verdammung unseres so wesentlichen spirituellen Teils haben dazu geführt, dass wir uns unvollständig fühlen. Fast alle Menschen sind so – unbewusst – zu Suchenden geworden; ohne zu wissen, wonach sie suchen, aber mit dem tiefen Wunsch, endlich anzukommen. Anzukommen bei sich selbst, ihrer Essenz, der Ur-Quelle allen Seins, nicht bei einem Mann oder einem tollen Job. Der Mangel an dem eigenen Selbstverständnis schmerzt und so meinen wir, ein Partner, ein neues Kleidungsstück, eine Religion, ein tolles Auto, ein perfekter Job, Urlaub, Kind, eine Gruppe Gleichgesinnter, Erlebniseinkauf, Haus, Boot oder ein neuartiger Extremsport könnte das fehlende Einssein und den inneren Aspekt der Spiritualität ersetzen – ein fataler Irrglaube, eine Illusion, die uns auch nur mit dem Verstand fühlen lässt."

„Viele Menschen leben ganz gut mit der Illusion."

„Merken sie den Trugschluss dennoch irgendwann, sind sie erst einmal ent-täuscht. Sie fallen ins Bodenlose, wie du."

„Und dann?" Ich bin ganz gespannt. Höre ich jetzt von Marta eine Lösung für mein Dilemma?

„Dann gibt es kein Zurück mehr. Du musst dich in das Bodenlose, das sich in dir auftut, am besten gleich richtig reinfallen lassen, bis du dein Einssein fühlst."

„Ich fühle mich gar nicht wie getrennt."

Marta schaut mich belustigt an. „Ja, das ist ver-rückt, oder? Wie fühlst du dich denn? Bist du glücklich oder eher allein? Hilf- oder ratlos? Verlassen? Erschöpft? Sinnentleert? Sehnst du dich nach Harmonie und Gemeinschaft? Nach Liebe?"

Ich komme bei ihrer Aufzählung mit dem Nicken gar nicht hinterher.

„Harmonie und Liebe sowie den Sinn deines Lebens findest du nur in dir selbst. Wenn du *dies* in dir fühlst, bist du nicht nur frei, du bist allverbunden, kannst dann die Liebe anderer als Geschenk empfangen und bist unabhängig und unangreifbar; alle Bedürftigkeit fällt von dir ab. Die meisten Menschen haben noch nie über die Konsequenzen unseres Denkens nachgedacht. Wer kennt schon Alternativen? Ihnen fehlt die Erfahrung bewussten Denkens, authentischen Fühlens. Deshalb sind sie auch in der Lage, gegen die Natur und sogar gegen sich selbst zu handeln. Sie glauben, ihre Emotionen sind Gefühle. Sie wissen nichts von ihrer Illusion getrennt von allem zu sein."

Ich kann darauf nicht gleich antworten. Wir frühstücken erst einmal weiter, bevor ich Marta gestehe: „Mir geht es dann wohl auch so."

„Um zwischen dem erdachten und deinem wahrhaftigen Gefühl unterscheiden zu können, brauchst du die Erfahrung des bewussten Wahrnehmens einer Empfindung. Die meisten können nicht *wertfrei* beobachten, auch nicht in den Körper hineinhorchen, um zu sehen, was sich da zeigt: das Ur-Gefühl. Der Verstand ist schneller, bewertet, aus dem Ur-Gefühl wird ein Denkgefühl. Was du als negativ oder euphorisierend empfindest, sind Gefühle, die im Kopf deine ganze Aufmerksamkeit fesseln und dich so hochpushen können, dass der nächste schmerzhafte Absturz schon vorgezeichnet ist. Deine Ur-Gefühle entziehen sich dann deiner Wahrnehmung. Du oder besser dein Ego ist süchtig nach dem Hoch und Runter. Die Tiefs kommen immer öfter und werden immer schmerzhafter. Die Hochs immer seltener und euphorischer, aber oberflächiger und ohne Rücksicht auf Betroffene. Erlebnisbad, -einkauf, -gastronomie ... Erlebnisterrorismus, Erlebniskrieg."

„Drastisch, aber wohl Realität?"

Marta zuckt mit den Schultern und lässt meine Frage im Raum stehen.

„Wenn du dich in einem schmerzhaften Moment in das Gefühl fallen lässt – ohne dich darin zu suhlen, heißt: ohne dich zu bemitleiden – kommt die Erinnerung an deine Ur-Gefühle wieder. Du fühlst deine Ur-Kraft in dir aufsteigen. Plötzlich spürst du dein immaterielles, natürliches Wesen. Ich habe einige Freunde und Bekannte in ihrem Schmerz begleitet. Alle, die es zugelassen haben, durch die ‚Hölle‘ geführt zu werden, erlebten diese ‚Wiedergeburt‘. Das passiert, wenn sie symbolisch ihren Tod durchleben. Manchmal braucht es bis zum Einssein-Fühlen mehrere solcher Erlebnisse, oft geht es ganz schnell. Der eine hat nur wenige Blockaden, der andere hat Unmengen negativer Erlebnisse zu wandeln.“

„Du kannst den Prozess befördern?“

Marta nickt.

„Ich habe mir eine Methode von vielen, die es gibt, angeeignet und weiterentwickelt. Anfänglich nur zu meiner Selbsthilfe; den Sommer über hier oben.“ Marta lacht und zeigt mit einer Geste in die Umgebung. „Die idealsten Bedingungen zur inneren Einkehr und Heilung. Ein Ort der Stille, ohne Ablenkungen. Und ich bin ständig in Bewegung, was den Geist anregt und hilft, Blockaden zu lösen. Die Lebensenergie kann fließen. Hier oben kannst du Empfindungen wirklich fühlen lernen. Wenn wirklich *du* selbst fühlst, bist du gegenwärtig, ohne bewertende Gedanken, die stressende Gefühle auslösen. Ein Beispiel: Du hast dich gestochen und es schmerzt. Bewertest du das Ereignis mit „Oh, wie furchtbar“, „Wie konnte ich nur …“ oder „Sch…“, entstehen Gefühle wie Ärger, Wut usw. Du führst der bloßen Empfindung Energie zu. Der Schmerz bläht sich zur Emotion auf und Du schreist und tobst, ob leise oder laut, suchst einen Schuldigen und verurteilst ihn oder dich selbst.“

Ich nicke. Ich habe den Unterschied zwischen wirklichem Fühlen und Denken, dass ich fühle, verstanden – zumindest mit dem Verstand. Ob wirklich, wird der Alltag zeigen.

„Du kannst ohne moralische Beurteilungen und ohne schlechtes Gewissen für dich sorgen."

Zweifelnd betrachte ich die Berge gegenüber. Wie soll das gehen? „Gefühle nicht bewerten? Wie geht das praktisch?"

„Ich bin hier oben viel allein. Vor einiger Zeit hatte ich einen der schweren Steine vom Dach dort", Marta zeigt hinter uns auf die typischen Dachsteine zum Beschweren der Deckung gegen Sturm, „mittig auf den Kopf bekommen. Blitzartig ein extremer Schmerz. In meinem Kopf lief in irrsinnigem Tempo ein Film ab: mein ganzes Leben, Abschied von meinen Kindern, Mann, Eltern. ... Äußerlich war ich total ruhig, legte meine Hand auf die Stelle, drückte gegen die entstehende Beule. Alles drehte sich. Ich spürte, wie sich innen Blut ausbreitete. Ich setzte mich und ging innerlich mit aller Aufmerksamkeit zu dem Schmerz. Ich bat alle meine Körperzellen alle ihre Energie und alle Heilungskräfte an diese Stelle zu schicken und dafür zu sorgen, dass wieder alles so wird, wie es vor der Einwirkung von außen war. Es dauerte ewig, bis sich der Schmerz wandelte, er wanderte, wurde weniger, wieder mehr, pulsierte ... dann war das Gefühl des inneren Blutens weg, irgendwann bin ich aufgestanden und konnte in die Hütte gehen. Ich war noch ein bisschen benommen, ich kühlte die Stelle so gut es ging. Im Nachhinein rekonstruierte ich die Zeit, die ich gebraucht hatte, um aufzustehen. Es war eine reichliche Stunde voller Konzentration auf die Stelle am Kopf, die den Stein abbekommen hatte. Zwei Stunden nach dem Unfall konnte ich wieder melken. Nachts kühlte ich die Stelle wieder und am nächsten Tag waren Übelkeit und der zeitweise Taumel dann schon besser, nach drei Tagen ganz weg. Hätte ich das Geschehene nach heutigem medizinischen Verständnis bewertet, wäre ich in Angst und Panik verfallen. Notruf, Krankenhaus, vielleicht Hubschrauber, OP und lebenslange Folgeschäden? Nein, danke. Die wertvolle Zeit unmittelbar danach wäre dem Klagen und Jammern und der Hilfesuche bei Dritten zum Opfer gefallen."

Marta schüttelt lachend den Kopf.

„Keine Beule, eine Kerbe in der Schädeldecke ist geblieben. Eine akzeptable Erinnerung. Was hätte ich mir für Vorwürfe gemacht, wenn ich das ganze Prozedere in Gang gesetzt hätte und wie viele Menschen in meinem Umfeld wären davon betroffen gewesen. Das wollte ich nicht. Außerdem wäre der Unfall umsonst gewesen."

Voller Respekt schaue ich Marta an. Was hat diese Frau nur für ein Vertrauen!

„Anne, die Wahrnehmung der Ur-Gefühle hilft dir nicht nur bei Unfällen. Bist du mit deinem Körper innigst verbunden, wird dir nichts einfallen, das auf seine und auf Kosten anderer geht. Alle Freude, allen Besitz, Essen und Trinken wirst du teilen wollen. Die Wissenschaftler sagen Selbstlosigkeit dazu, die uns angeboren ist. Das zeigen viele Studien, die schon mit Säuglingen durchgeführt wurden. Für mich ist dieses tief in uns verankerte Bedürfnis, zum Leben aller beitragen zu wollen, ein Wesenszug *aller* Menschen. Aus der Verbundenheit mit allem können wir gar nicht anders handeln. Es ist so wichtig, dass ich es immer wiederholen will: Wir alle sind eins, untrennbar. Du kannst alle Probleme dieser Welt analysieren, die Ursachensuche führt dich immer wieder zu unserem trennenden Denken und der vergessenen Fähigkeit zu fühlen."

„Kann ich fühlen lernen?"

Marta lacht: „Aber sicher. Du kannst es *wieder* lernen. Die Rückverbindung wird auch dir gelingen."

Diese Zuversicht tut gut.

„Wie jedes Kind hast du dich als Neugeborenes mit deinem Umfeld ganz verbunden *gefühlt*. Bis zu einem halben Jahr können Kinder nicht einmal die Trennung zwischen ihrem Körper und ihrem Umfeld *wahrnehmen*. Sie fühlen sich noch allverbunden. Wir bleiben es ja auch, immer, du auch. Nur passiert es, dass dein konditionierter Verstand bei dir, wie bei den meisten Menschen, durch einschneidende Erlebnisse die Präsenz der Wahrnehmung dieser Verbundenheit verhindert. Die Fähigkeit dieses so wichtigen integrativen Fühlens wird vom Hirn als lebensbedrohlich bewertet, weil sie nicht in die Norm passt. Was nicht gebraucht wird, gerät in Vergessenheit. Damit auch die Bewusstheit für das eigene Sein.

Die Folge ist, wir verlieren unsere innere Stabilität und suchen nach Ausgleich bei anderen oder in Dingen, die wir besitzen wollen. Damit wirst du zwar nicht glücklich, aber manches erscheint leichter, zumindest für den Moment. Hält aber der damit angestrebte Ausgleich nicht an, toben wir, tobt die Ego-Persönlichkeit in uns, die dich dann geistig beherrscht, für dich denkt, fühlt, dein Verhalten steuert."

Niederschmetterndes Fazit!

„Willst du dir auf die Schliche kommen, frage dich: Wie bist du gewohnt anderen mitzuteilen, welche Gefühle dich gerade bewegen? Wie formulierst du das? Vielleicht so: ‚Ich habe das Gefühl, dass du ungerecht bist'?"

Ich bin betroffen. Wem äußere ich schon meine Gefühle?

Marta wartet keine Antwort ab. „Mit ‚Ich habe das Gefühl, *dass* ...' gibst du eine Bewertung über eine Beobachtung ab oder interpretierst das Verhalten eines anderen Menschen dir gegenüber. Du teilst aber nicht mit, was du fühlst, wenn du siehst, was er tut oder gerade passiert. Zwangsläufig bringst du dich in Angriffs- oder Verteidigungsposition. Mit ‚Ich ärgere mich, wenn ich sehe, dass du mir einen Apfel weniger gibst als ...' bringst du dein Gefühl zum Ausdruck, das bei dieser Beobachtung in dir aufsteigt. Teilst du ihm noch mit, was du gerade brauchst und sprichst eine Bitte an ihn aus, die ihm die Möglichkeit aufzeigt, dein Bedürfnis zu berücksichtigen, kann deine Botschaft gehört werden und ihr bleibt in Verbindung. Fällst du aber mit ‚... *du* bist ...' ein moralisches Urteil über dein Gegenüber, ist die Chance groß, dass in ihm Schuldgefühle aufkommen und euer Gespräch eskaliert.

Von klein auf bekommen wir vorgelebt, dass Gefühle ein Zeichen von Schwäche und in den meisten Situationen unangemessen sind. Dank unseres bewertenden, vom sozialen Umfeld konditionierten Ego-Verstandes lernen wir, unser ureigenes Wesen, unser Selbst zu leugnen, das sich über unsere Herzensgefühle äußert.

Wenn du diese Ur-Gefühle nicht wahrnimmst, also dich nicht verbunden *fühlst*, weißt du nicht, ob z. B. der Raum, der dich umgibt, dir wirklich guttut. Und du weißt auch nicht, was du wirklich willst, du fühlst dich zerrissen, kannst dich zwischen der Stimme deines Verstandes und deines Herzens nicht entscheiden. Du bist ein leichtes Opfer fremder Meinungen."

Ich nicke heftig, so sehr erkenne ich mich in Martas Worten wieder. Tränen steigen in mir auf. Marta legt ihr Brötchen weg und nimmt mich in den Arm: „Ist schon ein Dilemma." Ich nicke. „Du siehst gerade gar keinen Ausweg." Ich schluchze auf und nicke.

Marta wartet. „Kann ich jetzt was für dich tun, damit du dich wieder besser fühlst?" Ich schüttle den Kopf. Ich weiß nicht, was ich brauche und was ich will.

Sie hält mich im Arm, bis die Tränen aufhören. Ich bin so froh, hier darf ich weinen, trotz meines Alters.

„Wenn ich sehe, Anne, wie offen du für Veränderungen bist und wie du deine bisherigen Ansichten unter die Lupe nimmst, macht mir das viel Mut, weil es mir zeigt, dass du bald deine Ur-Gefühle wieder fühlst und dann auch deine Lebensaufgabe erkennen wirst. Du wirst aus dem Tunnel herausfinden. Viele Menschen werden dir folgen. Es ist ein Prozess. Ich danke dir für dein Vertrauen, dich mir so verletzlich zu zeigen."

Ich kann noch gar nicht sprechen. Schon wieder muss ich weinen. Nicht mehr aus Verzweiflung und Selbstmitleid, jetzt berührt mich ihr Einfühlungsvermögen. Ich wische mir die Tränen ab und schenke Marta ein dankbares Lächeln.

Nach einer Weile knüpft sie an unseren ersten Gedanken an, nachdenklich, wie zu sich selbst: „Der Konflikt mit deinem Arbeitgeber war wohl die Aufgabe für dich, dein wahrhaftiges Fühlen zu reaktivieren. Wer kann schon Architektur *erfühlen*? Wer ist mit seiner Aufmerksamkeit stets gegenwärtig? Nutzer denken, dass sie sich wohlfühlen, weil in der Fachpresse propagiert wird, dass z. B. dichte, hochgedämmte, künstlich beatmete und technisierte Betonhäuser mit Schießschartenfenstern und ohne Dach uns guttun.

Doch unsere Seele weiß, dass es nicht so ist. Unser Körper verfügt über ein Selbstregulierungssystem, das uns immer wieder auslotet, auch wenn wir mit unserem Glauben die Ansichten bestärken, die uns schaden. Doch irgendwann ist das Selbsthilfeprogramm des Körpers am Ende und er meldet sich mit Symptomen, weil der Glaube, Fühlen sei unwichtig, die Fähigkeit dazu blockiert."

Marta lässt mich los, zuckt mit den Schultern, schaut zur gegenüberliegenden Bergkette hinauf und schließt die Augen, um mit dem Gesicht die wärmende Morgensonne einzufangen. Mir tut die Gedankenpause gut. Ich lehne mich zurück und warte. Nichts drängt uns. Wir haben Zeit bis Mittag. Marta spricht weiter, mit geschlossenen Augen, unbeschwert, von Dingen, die mich erschrecken. „Wir lassen technisch orientierte Monster ohne Gefühl aus uns machen und merken es nicht. Ja, wir sind sogar stolz darauf, trotz der zerstörten Umwelt noch zu leben, statt mit Freude und Leichtigkeit im Einklang mit Mutter Erde ein total gesundes, glückliches Dasein zu kreieren und zu genießen! Die wenigsten Menschen auf dieser Erde kennen das Gefühl purer Glückseligkeit!"

Ganz leise meldet sich bei mir Freude. „Ich habe heute Morgen beim Raustreten aus der Hütte so ein Gefühl gehabt." Dann melden sich Zweifel. „Vielleicht habe ich das aber auch nur gedacht."

„Das Fühlen hat eine Schlüsselfunktion für unser Überleben. Fühlst du *wirklich* in jedem Moment deinen Körper, kannst du dein Umfeld zwar weiterhin nach *deinem* Willen verändern, aber nicht mehr auf Kosten der Natur. Das verbundene Fühlen ermöglicht dir, die Quelle allen Seins in dir selbst zu fühlen. Du bist in jedem und allem enthalten und alles ist in dir. Der Wille des universellen Bewusstseins ist dann identisch mit deinem Willen. *Alles* handelt *gemeinsam* willentlich durch dich. Würden die Menschen ihr Umfeld in dem Zustand des Einsseins erfühlen, statt es mit ihren Sinnesorganen wahrzunehmen, wäre die Zerstörung unserer Existenzgrundlage sofort beendet."

Was für eine These! Intuitiv bin ich bei ihr, inmitten aller Natur. Mein Blick gleitet über die Wiesen hinauf zum Grat der Bergkette.

Ich genieße die Sonne auf meinem Körper. Noch ist es früh am Morgen. „Also können wir unser Leben hier auf der Erde durch dieses wahrhaftige Fühlen ändern?"

„Wenn du es wieder kannst, wirst du mich verstehen. Wir Menschen haben eine Aufgabe und die besteht nicht darin, die Erde zu zerstören. Wir sind aufgefordert, unsere innere Vollkommenheit herzustellen. Das innere Fühlen bringt uns unsere Verbundenheit auf höherer geistiger Ebene wieder in Erinnerung. Das ermächtigt uns, das Ego zu überwinden und die Essenz unseres Seins, die reine, absichts- und bedingungslose Liebe zu leben."

„Wenn ich das nur schon wieder könnte!"

„Du wirst es wieder lernen, mit ein bisschen Übung. Die erste Voraussetzung bringst du mit: Du *willst*. Du bist deinem inneren Impuls gefolgt und hast mich gefunden. Die Kühe helfen dir, dein Körpergefühl neu zu entdecken, und ich werde deinen Geist piesacken, bis er begreift, wer du – außer deiner Rollen – wirklich bist. Du hast eine ganz besondere Aufgabe. Dafür brauchst du den Zugang zu deinem wahrhaftigen Gefühl."

Klar, denke ich. Architekten sind meist sensible, künstlerisch veranlagte Menschen. Das hat aber nichts mit *dem* Fühlen zu tun, was Marta für so grundlegend hält. Und wenn das Umfeld den Menschen ganzheitlich so beeinflusst und ich, wie so viele Planer wohl auch, Räume gar nicht wirklich wahrnehmen können, dann … mich erfasst Ehrfurcht … dann ist die Verantwortung der Architekten weitaus größer, als ich bisher auch nur ahne! Keine Haftpflicht der Welt kann diese je versichern! Ob sich unsere Zunft dessen bewusst ist?

„Spielt das eine Rolle, Anne?"

Verdutzt sehe ich Marta an. Sie kann wohl doch Gedanken lesen?

„Ich erzähle dir über die Vision von Lillyland. Nicht nur das alltägliche Leben ist dort menschengerecht, auch das Bauen! Es ist kein Traum! Alles können wir erschaffen, wenn wir das nur erkennen *wollen*! Wir haben nur noch die eine Wahl: Jeder Einzelne ist entweder bereit seine Allverbundenheit zu leben oder er leidet und muss gehen, vielleicht viel, viel zu früh. Die Menschheit auf der Erde überlebt. Doch ihr Leben wird erst einmal beschwerlicher. Für viele ist es jetzt schon nur noch *Über*leben. Die Zerstörung der Natur schreitet immer schneller und in immer gigantischerem Ausmaß voran, exponential, wie alle Prozesse in der Natur. Wenn wir uns nicht evolutionär und darüber hinaus entwickeln wollen, ändert uns die Erde. Panta rei. Alles fließt. Nichts bleibt so, wie es ist. Wir nicht, das Universum nicht. Ständiges Wachstum. Im Äußeren sind wir über das Ziel hinausgeschossen. Innerlich degenerieren wir. Negatives Wachstum gibt es in der Natur nicht, nur Sterben, um Platz für Neues zu schaffen. Ein Naturgesetz. Es wirkt immer, auch gegen unser Sträuben."

„Ok, jetzt begreife ich, warum du bei all den Umweltschäden so gelassen bleibst: Du glaubst, dass wir alle irgendwann an den Punkt kommen, bei dem wir uns in unserer Umwelt nicht mehr wohlfühlen und dies ändern *wollen*."

„Das allein reicht nicht. Wir haben ja schon Jahrtausende lang die Erde stetig verändert. Entscheidend ist das *Wie*! Und deshalb wird sich der jetzige Wandel von allen anderen unterscheiden: Wir passen uns nicht mehr nur an, wir ent-wickeln uns und werden zu den Wesen, als die wir ursprünglich gedacht sind. Bist du aber überzeugt, wir Menschen stehen über der Natur, können sie nach Lust und Laune unabhängig von allem, ohne ihr Einverständnis, nutzen, wehrst du dich gegen deine eigene innere und die globale Natur. Das befördert ihr und dein Sterben. Der konditionierte Verstand, mit dem wir gelernt haben zu denken, erkennt die Konsequenzen nicht. Er *fühlt* sie nicht. Naturbedingt können wir fühlen, ob ein Wald geschädigt ist, es ihm an belebender Energie fehlt. Spür dich hinein in einen geschädigten Wald, z. B. entlang einer Autobahn oder im Umfeld einer zentralen städtischen Kläranlage. Du wirst dort keine Erholung finden. Im Gegenteil, du wirst aus dem Wald mit weniger Energie herauskommen, als du hineingegangen bist. Fühlende Menschen meiden solche Wälder, weil der geschädigte Wald jedem und allem in seinem Umfeld Energie entzieht, um sein energetisches Defizit auszugleichen. Das Gesetz des Ausgleichs. Was wir jetzt erleben, ist der Vollzug der Regeln der Natur. Bevor etwas Neues kommt, muss das Alte sterben. Leben ist immer. Das ist eine riesige Chance: Die Natur legt uns jetzt den Bewusstseinswandel nahe, indem sie uns das gigantische Ausmaß an Zerstörungen in unserem eigenen Zustand spiegelt. Manchmal lächle ich innerlich über die Absurdität: Wir zerstören unsere äußeren Werte, um endlich den inneren Wachstumsbedarf zu erkennen. Jeder hat die Wahl: Äußeres loslassen, Inneres (nach-)wachsen lassen, um dann die Fülle des Äußeren als Geschenk empfangen und wertschätzen zu können. Die Natur hält alles für uns bereit. Wir müssen als Menschheit nicht sterben, aber uns bewusst werden! Wir brauchen unbeschadete Natur, wir brauchen Wald und kleine Felder. Ohne Zugang zu einem naturbelassenen Umfeld geraten wir aus unserem inneren Gleichgewicht."

„Wie kann ich dem als Architektin denn vorbeugen? Ich sehe für mich gerade keine Möglichkeit, an den Tatsachen etwas zu ändern. Im Gegenteil, mich macht das krank, weiter zusehen zu müssen, wie sinnlos Bäume gefällt, Städte verdichtet, Flüsse vertieft, begradigt und Abwässer zentralisiert werden. Ich bin voller verzweifelter Ungeduld. Was kann ich tun?"

„Ungeduld besitzt ein immenses Zerstörungspotenzial, kommt geistiger Vermüllung gleich. Es hilft nur eines: Lieben."

Ich lache und schüttle enttäuscht von so viel Naivität den Kopf.

„Du glaubst es nicht? Bedingungs- und absichtslose, vollkommene Liebe. Vor allem zu dir selbst."

Mir bleibt das Lachen im Hals stecken. Nachdenklich wiederhole ich in Gedanken: ‚… vor allem zu mir selbst …‘ und frage ungläubig: „Damit soll ich die Zerstörungen aufhalten können? Ich allein? Ich habe doch schon so viel versucht!"

Marta überhört den zweiten Satz: „Mit verbundener Liebe kannst du zur Heilung der Welt beitragen. Sie lässt dich deine Wahrhaftigkeit, dein inneres Wesen, deine Essenz erkennen. Sie strahlt aus dir und schützt dich. Du wirst deine Lebensaufgabe erfahren, sie hingebungsvoll erfüllen und so die Welt verändern; als ganz kleines Teilchen, liebevoll, unspektakulär, selbsterfüllend, aber voller Kraft. Und sie ermöglicht dir, deinem vor Angst an solche Gedanken zitternden Ego die Macht über dich selbst endlich abzunehmen."

Sie kaut andächtig zu Ende, trinkt ihre Tasse aus, bedankt sich für das Essen und steht auf. Bevor sie in die Hütte geht, legt sie mir von hinten beide Hände auf die Schulter, beugt sich zu mir und sagt dicht an meinem Ohr: „Anne, sage dir mehrmals am Tag: ‚Liebe beginnt mit mir' und atme dabei tief in deinen Bauch."

Der Satz lässt mich sitzen bleiben. Still wiederhole ich ihn: „Liebe beginnt mit mir. Liebe beginnt mit mir … *mit* mir?"

Als Marta zurückkommt, um abzuräumen, fragt sie: „Hast du Lust zu einer Bergwanderung? Die Luft hinten im Tal ist noch kühl, die Kühe sind auf der Alm und wir haben reichlich drei Stunden Zeit bis zum nächsten Melken."

Das Gespräch hat meinen Verstand angestrengt. Ich bin erleichtert über die Denkpause und brauche Bewegung. „Was für eine Frage! Natürlich habe ich Lust!"

Ausgerüstet mit einem kleinen Mittagspicknick gehen wir den wenig befahrenen Weg vor unserer Hütte bergauf. Links unterhalb unseres Weges gluckst und sprudelt der Bach. Das Tal kennt keine Touristen. Ohne Rundweg und Seilbahn ist es für Wanderer wenig attraktiv.

Der letzte Almbauer im Tal heißt Franz. Er bewirtschaftet seine Alm konventionell. An seiner Alm gibt es eine große Kehre des Weges, der Wendeplatz für das Milchauto. Ab hier ist der Weg nur noch für Geländewagen befahrbar, bis zu Lutz. Seine Hütte liegt auf der anderen Seite des Tals, Martas Alm fast gegenüber. Lutz hält hier auf der Alm Ziegen. Tagsüber arbeitet er im Tal als Ingenieur.

Wir verlassen den Weg an der Kehre. Quer über die Wiesen, den immer steiler werdenden Hang hinauf folge ich Marta. Ich bin neugierig auf den Blick von oben. Unbewusst gleicht sich unser Schrittmaß an. Ich merke, dass Marta über etwas nachdenkt. In freudiger Gelassenheit sind wir gestartet und jetzt scheint sie beunruhigt. Ich folge ihrem Blick. Was bereitet ihr Sorgen? Die von den Kühen losgetretenen und vom Regen abgeschwemmten Grasbatzen, die auf den Weg gerutscht sind? Ich sehe den Hang hinauf und begreife: An vielen Stellen haben sich in kleinen und größeren, zum Teil bis zu einem Quadratmeter große Flächen Boden vom Untergrund gelöst. Der nächste Regen oder ein Huftritt der Kühe wird den Mutterboden bergab rutschen lassen. Kommen deshalb die Tiere hungrig von der Alm in den Stall, sodass wir zufüttern müssen? Martas Blick haftet an einer Fläche aufgeforsteter Bäume. Alle haben braune Nadeln. Sie zeigt auf die geschädigte Vegetation.

„Die hier beheimateten typischen Pflanzen schaffen es nicht, sich zu erneuern. Die intensive Beweidung gibt ihnen den Rest, auch wenn sich vereinzelt ein paar Sträucher oder ein Baum – meist nur für kurze Zeit – behaupten."

Als wir an einer aufgegebenen Almhütte vorbeikommen, frage ich Marta: „Warum wird die nicht mehr genutzt?"

Marta weist zum Berggrat. „Wenn wir oben sind, siehst du die Antwort selbst."

Bevor wir die Felswand hochsteigen, überqueren wir zwei kleine Plateaus mit feuchten Wiesen. Ich bemühe mich, nur auf die herausstehenden Grasbüschel zu treten, um trockene Füße zu behalten. Dabei bemerke ich regenbogenfarbige Spiegelungen in den Pfützen. Öl? Wie kommt Öl – oder was sonst die Ursache solcher Erscheinungen sein möge – auf eine unerschlossene Almwiese? Es konnte ja nur von oben kommen! Flugzeuge?

Kurz vor mir sitzt ein Murmeltier auf einem Stein und beobachtet mich. Ich halte inne. Hier in dieser Gegend sind Menschen selten. Seine Neugier ist größer als sein natürlicher Schutzinstinkt.

Plötzlich erschrickt es und verschwindet. Viel eher als wir bemerkt es ein Rudel Gemsen, das noch oberhalb von Marta über das vor uns liegende Geröllfeld zieht. Wir steigen an ihnen vorbei zum Berggrat hinauf. Das letzte Stück erklimmen wir kletternd.

Was für ein Ausblick! Ich traue mich nur sitzend, mich umzuschauen, so schmal ist der Berggrat. Marta ist stehen geblieben – unbeeindruckt von der Tiefe unter uns – und lässt ihren Blick ganz langsam rundum schweifen. Dann setzt sie sich neben mich und zeigt nach unten ins Tal, aus dem wir aufgestiegen sind.

„Erkennst du den Grund?", nimmt sie Bezug auf meine Frage. Von oben ist es deutlich zu erkennen. Auf den Plateaus, über die wir gewandert sind, markieren sich durch Feuchtgräser ehemalige Seen. Hier hat sich im Wasserhaushalt der Berge ganz offensichtlich einiges geändert. „Almbewirtschaftung wird immer schwieriger. Der Wald wurde jahrhundertelang dezimiert und geht immer noch stark zurück. Die Aufforstung in Monokultur bietet dafür keinen Ersatz. Der natürliche Wasserkreislauf Boden-Pflanzen-Luft ist unterbrochen. Das schwächt nicht nur die Bäume, die bodennahe Vegetation und der Humus schwinden. Die Chemie zollt ihren Tribut. Die Bewirtschaftung erfolgt großflächig. Nach Einschlag oder Windbruch wird seit Jahrzehnten innerhalb kürzester Fristen unter Einsatz der von der EU subventionierten synthetischen Düngemittel maschinell in Monokultur aufgeforstet. Die so mit chemischen Stoffen gezüchteten Wälder sind weder widerstandsfähig, noch tragen sie zum Halt und zur Belebung des Bodens bei. Werden Pflanzen die natürlichen Nährstoffe vorenthalten, sind sie zunehmend auf künstliche angewiesen, sie werden abhängig, süchtig nach weiterer Chemie. Fehlt dann diese, sterben sie.

Zusätzlich wird durch die Elektrotechnik die Kommunikation auf energetischer und feinstofflicher Ebene gestört und damit der Zugang zu den Information aus dem universellen Bewusstseinsfeld, wodurch die natürlichen Widerstandskräfte noch mehr belastet werden und die enormen, in Pflanzen wie allen Organismen von der Natur angelegten Schutz- und Selbstheilungsmechanismen versagen. In Folge schießen Bäume ins Holz und weniger in die Wurzeln. Die Holzqualität ist nichts mehr wert. Deshalb plündert jetzt die österreichische Holzindustrie auf mafiöse Weise in Rumänien die letzten europäischen Urwälder, aber auch aus Polen, der Ukraine und Russland kommt unser Brenn- und Bauholz. Abnorm wachsende Bäume mindern die Wasserspeicherfähigkeit des Bodens, Humus kann sich nicht mehr bilden, der Fels wird frei. Falsch verstandene Almpflege bei, die wichtige Biomasse durch Verbrennen entsorgt und den Nährstoffkreislauf zerstört, fördert den Prozess. Bodenleben tot, kein Humus, kein Wasserkreislauf keine Vegetation, weniger Almen, keine gesunde Ernährung, dafür kahle Berge, versiegende Quellen, verseuchtes Wasser, schadstoffreiche, schmutzige Luft, dreckiger saurer Regen, wertgemindertes Holz, Wetterkatastrophen, gestörtes Mikroklima ...“

„... veralgte und bemooste Fassaden, Trinkwasserverbot für Kleinkinder“, beende ich den Satz.

Ich schaue mich um: Die Hänge sind fast ausnahmslos horizontal gespurt, und bis hoch auf den Grat, auf dem wir sitzen, haben Ziegen oder Gemsen reichlich gedüngt. Die Hinterlassenschaften der Kühe hören nur wenig unterhalb auf. Nicht nur Nitrate und Stickstoff im Überfluss, Pestizide und ...

„All das schadet nicht nur der Vegetation, auch die Tiere leiden. Es wird durch die abrutschenden Böden gefährlicher, sie finden nicht genug nahrhafte Pflanzen und Krankheiten breiten sich regelmäßig aus, weil das natürliche Gleichgewicht ab- und aufbauender Bakterien nicht mehr gegeben ist. Franz behandelt seine Kühe im Schnitt alle sechs Wochen mit Antibiotika. Das Wasser bringt einen bunten Medikamentencocktail mit ins Tal. Alle sind Verteiler: Bodenmikroben, Regenwurm, Hamster, Gemsen und ... der Mensch. So sieht die heile Welt der Berge mittlerweile aus, Anne.“

„Erschreckend. Du hast deine Kühe doch aber auch gegen die Blauzungenkrankheit impfen lassen“, wundere ich mich.

„Ja, ich wusste in dem Moment keinen Ausweg. Ich hatte mit diesem massiven Druck nicht gerechnet. Ich hatte Angst vor der angedrohten hohen Geld- bzw. Haftstrafe, obwohl ich wusste, dass noch keine dieser Viren, gegen die geimpft wird, wissenschaftlich korrekt nachgewiesen wurde. Die Reaktion war eine viel zu hohe Keimzahl in der Milch. Verarbeitet wurde sie dennoch, nur bezahlt hat mich die Molkerei nicht dafür."

„Dann wäre es klüger gewesen, die Milch wegzukippen!"

„Ja. Auf den Gedanken bin ich in dem Moment nicht gekommen. Ich war fassungslos. Auch bin ich des Kämpfens müde. Als ich sah, wie schlecht es den Kühen ging, war es mir wichtiger, mich um sie zu kümmern, als mich über die Molkerei zu ärgern oder mit ihr zu streiten. Lieber suche ich nach Wegen, die mich zukünftig schützen. Ich will, dass mir so etwas immer weniger passiert. Wir sind bereits ein paar Bauern, die sich regelmäßig zusammenfinden, um sich vor das Leben schädigenden Aktionen zu schützen. Gemeinsam wird es für jeden leichter." Marta beendet mit den Schultern zuckend das Thema. Sie entspannt, lächelt. „Weißt du, was ein gesunder Boden alles leistet?"

„Wasser speichern."

„Und das in Größenordnungen von bis zu 150 Liter pro m² in der Stunde."

„Bei dem Hochwasserereignis an der Elbe 2002 regnete es 130 Liter pro Stunde und Quadratmeter", überlege ich.

„Ja. Ungefähr 80 % der Fläche in Deutschland sind land- und forstwirtschaftliche Flächen. Wenn all diese Flächen, auch die Grünflächen in Städten, ein gesundes, ungestörtes Bodenleben aufweisen würden, dann gäbe es keine Überschwemmungen. Auch kann ein gesunder Boden immens viel CO_2, Stäube und Schadstoffe binden, und die in ihm enthaltenen Bakterien säubern die Luft und assimilieren Krankheitskeime."

„Unglaublich! Vieles wissen wir gar nicht."

„Und es wäre leiser; weniger Technik weniger Krach."

Mir fallen die breiten Streifen von blankem Fels hinter den meisten Almhütten auf, die weit den Berg hochreichen. „Warum fehlt gerade oberhalb der Almhütten jeglicher Mutterboden?"

„In den letzten Jahren gab es viele Regenfälle, bei denen ganze Flächen Mutterboden ins Tal gespült wurden. Die Hütten wurden verschüttet und viel Schaden entstand. Die Bauern wissen sich nicht anders zu helfen, als allen Boden oberhalb ihrer Hütten abzutragen, der auf ihre Hütten zurutschen könnte. Sie denken nicht über die Konsequenzen nach."

Ich bin entsetzt und schweige.

„Ihre Not ist so groß, dass sie immense Angst vor dem Aufgeben ihrer Existenz haben. Der Schmerz, der dadurch entsteht, trennt sie von ihrer Verbundenheit mit der Erde. Auch wenn sie die Folgen ihrer örtlich begrenzten Schadensabwehr sicher kennen, sie *können* sie nicht sehen wollen."

Was meint Marta damit? Es ist doch offensichtlich: die braunen Nadeln, die magere Vegetation, der abrutschende Mutterboden und .... Plötzlich fällt mir eine Situation ein, die ich schon lange vergessen hatte: Es war bei einem Seminar. Ich wohnte in einer liebevoll ausgestatteten Pension. Das Frühstück wurde in einem Raum mit Interieur aus der Gründerzeit gereicht. An den Wänden ringsherum standen originale, verglaste Bücherregale. Alles passte. Ich saß mit einem Kollegen am Tisch, der sich genauso wie ich jeden Morgen begeistert von der Atmosphäre gefangen nehmen ließ. Beim Essen weilte mein Blick immer wieder auf dem Kronleuchter aus Holz, der in vollem Widerspruch zur Ausstattung mit einer Energiesparlampe bestückt war. Meinen Kollegen störte das so sehr, dass er an einem sonnigen Morgen den Leuchter ausschalten wollte. Er fand jedoch keinen Schalter. Wir fanden das merkwürdig, aber nahmen es hin, ohne weiter darüber nachzudenken. Am letzten Tag kam er mit Fotoapparat zum Frühstück. Zum Abschied fotografierte er rundherum alles. Am Abend nach der Rückfahrt schickte er mir gleich die Fotos. Ich sah sie mir an und entdeckte auf den Fotos unter dem Kronleuchter ein leuchtend pinkfarbenes

Tuch an einer textil umwickelten elektrischen Leitung und unter dem Tuch lugte eine Ecke irgendeines Gerätes hervor. Es sah beim Näherzoomen aus wie eine moderne Fernbedienung. Ich traute meinen Augen nicht. Aufgeregt rief ich ihn an. Er hatte sich die Bilder zwar angesehen, aber dieses auffällige Tuch auch da noch nicht wahrgenommen. Immer noch nicht! Wir rätselten. Waren wir beide so blind? Das Gerät mit dem Tuch hing mitten im Raum, fast in Kopfhöhe, leuchtend hässlich, und wir haben es eine Woche lang nicht sehen können? Unfassbar! Uns fiel keine Erklärung ein. Wir glaubten weder an Spuk noch an Mystik oder Zauber. Mein Kollege rief bei der Wirtin an. Sie erklärte uns, dass ihr der Schalter der Lampe so missfiel, dass sie ein Tuch darüber gehangen hatte. Sprachlos sahen wir uns an. Was war das? Waren wir wirklich so blind gewesen? Ich muss Marta bestätigen, wenn auch zögerlich und mehr für mich bestimmt: „Ja, es gibt Dinge um uns herum, die wir nicht *sehen wollen können*", und überlege: „Und manchmal sehe ich Dinge, die mir vorher nie aufgefallen sind, obwohl sich nichts geändert hat."

„Doch, *du* hast dich geändert."

„Ist das so?"

„Ja."

Ich sinne über Martas Worte nach. Wie ticken Menschen? Warum können wir materielle Dinge nicht sehen, obwohl sie doch real da sind? Was blockiert unser Gehirn so? Wie ist das in der Architektur? Blenden wir Dinge aus, weil sie nicht in das Bild von einer heilen Welt oder zu den wirtschaftlichen Interessen der Wachstumsgesellschaft passen? Stört sich deshalb niemand mehr an Graffiti, Unrat und Müll an den Straßenrändern, an kurzlebiger Haustechnik, grellen oder blendenden Farben und Schadstoffen in Baumaterialien? Schütten wir deshalb Kies in die Vorgärten, statt einen Bauerngarten mit vielen Blumen anzulegen? Auch da *glauben* nur wenige an Alternativen. Das muss es sein: der Glaube!

„Marta, ist es der fehlende Glaube an etwas, wenn wir nicht *wollen können*?"

„Hm. Es sind letztlich Blockaden in unserem feinstofflichen Energiesystem, die aufgrund unserer Konditionierungen entstehen. Damit ist der Glaube schon maßgeblich beteiligt. Alles, was du erlebst, mitbringst, erwirbst, ungewollt über deine Spiegelneuronen übernimmst, formt deine innere Geisteshaltung. Das passiert bei den meisten Menschen unbewusst. Unkontrolliert gehen Informationen, Erfahrungen, Werte, Wissen und Gewohnheiten, eigene und die anderer, am Wachbewusstsein vorbei ins Unterbewusste. Meist ungeprüft werden sie zu einer Geisteshaltung, an die Menschen wie du – noch –", Marta zwinkert mir zu, „glauben und die deren Denken und Handeln bestimmen. Eigentlich wollen alle zum Leben beitragen, doch ihre Entscheidungen und Handlungen signalisieren das Gegenteil; weil ihr individuelles Bewusstsein sagt: ‚ich kann', das Unbewusste aber: ‚ich kann *nicht'*. Da 99% der Bevölkerung keine Ahnung von ihren Glaubenssätzen hat, die ihr Leben steuern, *können* sie dann einfach gar *nicht wollen* und *wollen nicht können*. Fremdbestimmt lebt so jeder in seiner ganz eigenen Welt, sieht nur das, was er sehen will – was anderes würde ihn erschüttern und ängstigen –, und tut sich dann schwer, sein Umfeld und sich selbst zu verstehen. Dabei *wissen* wir doch alle intuitiv, nicht nur Herr Obama, dass wir alles *können*. Die *eigene* unbewusste Geisteshaltung blockiert dich auf energetischer Ebene. Informationen können so dein Wachbewusstsein nicht erreichen. Dieser Mechanismus in unserem Hirn hat auch eine Schutzfunktion!"

So war es. Die zugehängte Fernbedienung passte nicht in unsere Wohlfühlstimmung beim Frühstück. Da war die Energiesparlampe schon genug.

Marta baumelt fröhlich mit den Beinen. „Die Welt ist so, wie du sie sehen *willst*. Der in unserem Unterbewusstsein verankerte Glaube ist mächtig, aber machtlos gegenüber deinem *freien* Willen, wenn du dir seiner selbst bewusst bist. Sei dir klar über deine Bewusstheit! Nur so lernst du wirklich sehen: mit dem Herzen. Alle Informationen, die du empfängst, kannst du prüfen, ob sie zu deinem persönlichen, individuellen Leben passen. Die Verantwortung dafür liegt in deinen Händen. Entscheide selbst, welcher Geisteshaltung Kind du sein willst, und lebe dein Leben! Das ist für uns alle eine riesige Chance. Denken wir uns eine glückliche, friedlich Welt und fühlen uns schon heute so, als gäbe es sie bereits. Dann verleihen wir ihr das Potenzial, sich zu verwirklichen. Lust drauf?"

„Ja, schon, aber ich habe überhaupt keine Vorstellung, wie eine andere Welt funktionieren könnte."

„Anne, es ist für manchen eine echte Herausforderung, bewusst zu leben. Du kannst über Affirmationen Worte lernen, deren Bedeutung unser Zell- und Unterbewusstsein erreicht und so unsere innere Haltung wandelt. Bei den meisten Menschen geht die Veränderung über Bilder schneller, weil sie an tiefe Gefühle andocken und so Blockaden schneller lösen. Alle Methoden bedürfen aber der *Gedankenhygiene*."

„Oft fällt es mir schwer, *vor* dem Sprechen zu überlegen, wie ich was sage, um mit meinem Gegenüber in Verbindung zu bleiben."

„Du kannst Situationen, mit denen du unzufrieden warst, mit ein paar Tricks im Nachhinein wandeln. Das hilft mit der Zeit."

„Ja, gern. Was meinst du für ‚Tricks'?

„Worte, die uns von unserem Bedürfnis oder dem unseres Gesprächspartners trennen. Zum Beispiel mit einem ‚aber', mit dem du nach einer Satzaussage oder Bejahung einen Nebensatz einleitest – wie gerade in deinem Fall von eben: ‚Ja, aber ich habe doch gar keine Vorstellung …' Mit diesem ‚aber' nehmen wir die Aussage wieder zurück. Das schafft Unklarheit und verunsichert. Und aus dir selbst fließt alle Energie ab. Dir bleibt die Opfer- statt der Schöpferrolle. Jedes Wort hat für unseren Körper eine Bedeutung, die sich auf unser Sein auswirkt. Die Sprache wie die Architektur ist Ausdruck deiner Geisteshaltung. Die Beeinflussung erfolgt gegenseitig. Hast du Gewalt im Kopf, drückst du dich gewaltvoll aus oder die Architektur wird entsprechend gewaltig ausfallen. Du kannst aber auch mit einer harmonischen, menschengerechten Bauweise und einer kooperativen Sprache mit bewusst gewählten

Worten und sanftem Ton menschliche Gemüter beeinflussen und dich selbst ändern. Achte auch auf die Worte ‚sollen' und ‚müssen'. Sie sind Sprachbarrieren für dein bewusstes Sein. Verwendest du sie, schiebst du die Verantwortung auf Situationen, Dinge oder andere Menschen ab. Die Lillianer in den Aufzeichnungen meiner Großma sprechen eine lebensbejahende Sprache, was ihnen ein friedvolles Leben im Einklang mit einer üppigen Natur auf Erden ermöglicht. Fülle und Glück ist ihnen beschieden. Ich würde mich freuen, wenn du das jetzige Leben nicht mehr als das ein für alle Mal gegebene hinnimmst."

Habe ich Marta gerade richtig verstanden? Sie spricht von der Erde? Sie glaubt, dass hier wirklich alle friedlich und glücklich leben können? Wahrscheinlich glaubt sie auch, dass wir es noch erleben werden! Mehr noch, sie scheint zu glauben, dass es dieses Land noch gibt, hier auf Erden! Absurd! Bin ich noch normal oder ...? Ich beobachte Marta. Sie schaut so überzeugt ins Tal, baumelt freudig mit den Beinen und wirkt wie ein unbescholtenes Kind.

Wie kann sie nur wissen, dass wir als Menschheit all das, was unsere Natur zerstört, für unser Überleben noch rechtzeitig stoppen können? Wie kann sie nur an etwas glauben, was ihren täglichen Erfahrungen widerspricht? Ist sie verrückt? Mein Verstand rebelliert, wenn ich versuche, mir etwas vorzustellen, was ich ganz anders wahrnehme oder erlebe.

Andererseits habe ich ja erlebt, dass es Dinge gibt, die meine Sinnesorgane nicht wahrnehmen. Sollte es parallel zu der Welt, in der ich lebe, eine andere geben? Wie geht das? Marta nimmt wie ich die Schäden hier wahr, stellt sich aber vor, wie es anders aussehen könnte, um sich heute dennoch wohlzufühlen. Sie geht scheinbar mit dem Wohlfühlbild vor Augen durch die Welt. Wie sonst kann sie bei all dem hier so ausgeglichen und frohen Mutes sein?

Schon komisch. Ich hänge ohnmächtig in destruktiven Gedanken fest und Marta denkt an eine blühende, friedvolle Welt – ja lebt diese! –, während wir am gleichen Platz nebeneinander in das gleiche Tal sehen – oder nicht? Lebt sie in einer anderen Welt? Sagte sie nicht ‚Alles beginnt im Kopf. Hast du Frieden im Kopf, der sich im Herzen friedvoll anfühlt, dann lebst du im Frieden'? Marta strahlt Leichtigkeit und Zufriedenheit aus. Und trotzdem steht sie voll im Leben. Ganz anders als ich. Warum gelingt mir das nicht? Habe ich Krieg im Kopf? Wenn ich ehrlich bin, kämpfe ich mich mehr durchs Leben, als dass ich lebe. Doch wie fange ich an, in meinem Kopf Frieden zu schaffen?

Wir sitzen noch immer auf dem Berggrat wie auf einem Pferderücken. Der blaue Himmel spannt sich über uns. Erst jetzt bemerke ich die Wolkenstreifen Richtung Südbrunn. Direkt über uns ist alles strahlend blau und klar, doch über Martas Heimatort ist ein dichtes Raster gezogen. Warum ist mir das noch nie aufgefallen? Meine Augen sehen es wahrscheinlich schon lange. Ist das der gleiche Effekt wie bei dem Kronleuchter? Wie oft passiert mir das denn? Ist das ein Dauerzustand? Ich schweige betroffen.

Marta zeigt nach Norden: „Der Wind, der aus dem Land weht, treibt die Schadstoffe der Industrie, die Abgase der Müllverbrennungsanlagen, des Verkehrs und von Raffinerien, die Pestizide der Land- und Forstbewirtschaftung, aber auch die Pollen gentechnisch veränderter Pflanzen in die Berge. Auch in der Stratosphäre wurden entsprechende Stoffe und Partikel nachgewiesen."

„Das Öl auf den Wiesen, woher kommt das?"

Marta zeigt nach oben und sagt unbeeindruckt: „Chemtrails."

„Was?"

„Chemtrails und andere Abgase. Du erfährst dazu, was du bereit bist, hören zu wollen. Das Internet ist voll von Informationen über die von offizieller Seite als Geo-Engineering bezeichneten Sprühaktionen. Ich kenne Menschen, die die unnatürlichen Wolkenstreifen untersuchen. Sie widmen sich seit Jahren in ihrer freien Zeit der Erforschung der Auswirkungen der Schadstoffe aus der Luft auf das Leben, haben Konzepte zur Wiederausleitung der

Chemikalien erstellt, werden aber als Verschwörungstheoretiker bezeichnet. Sie verdienen nichts daran. Das stärkt ihre Glaubwürdigkeit. Dr. Klinghardt[1] und sein Team kümmern sich vor allem um schwangere Frauen, um die Auswirkungen auf ungeborenes Leben zu mindern. Diesen Menschen zolle ich Respekt. Ihre Erkenntnisse decken sich mit meinen Beobachtungen. Schon mit meinen Großeltern habe ich regelmäßig den Himmel beobachtet, nicht nur nachts. Tags war der Himmel blau; die Kondensstreifen der Flugzeuge kurz und schnell weg. Es gab Wolken, die sich zu Figuren veränderten oder zu Gewitter zusammenballten, keine Streifenraster. Du wirst in den Wolkenstreifen bei entsprechendem Sonneneinfall Spektralfarben sehen, jedoch nicht das vollständige Spektrum, wie bei reinen Wasserwolken, nein, nur einen Teil der Farben, meist gelb, goldgelb bis orangerot. Das ist nicht natürlich. Funker sehen auf dem Radar die Unterschiede zwischen normalen Wolken aus kondensiertem Wasser und denen, die aufgrund ihrer metallischen Bestandteile mit der Radarstrahlung in Resonanz gehen oder diese reflektieren. Jedes Lebewesen nimmt zwangsläufig die Stoffe über Lunge und Haut auf und lagert sie in den Zellen ein. Auch Pflanzen assimilieren diese. Kommen so präparierte ,Körper' in ein elektromagnetisches Feld oder geraten in das Visier von Strahlung, kann das lebensbedrohliche Auswirkungen haben. Kein Wunder also, wenn der Erregungslevel ständig steigt, Aggressionen zunehmen, Pflanzen sterben. Treffen Chemikalien der Flieger im Boden auf Ackergifte wie Glyphosat, ergibt sich ein Chemikaliencocktail, der die Toxizität erhöht und dem schleichende Erkrankungen, Schwächung und Zerstörung des Immunsystems und abnormes Verhalten ursächlich zugeordnet werden. Das passiert die ganze Erde umspannend. Es gibt keine Prüfung der Konsequenzen für Flora, Fauna und Mensch. Vermutet wird, dass

---

[1] Dr. med. Dietrich Klinghardt Arzt, Psychologe, Autor des Lehrbuchs für Psycho-Kinesiologie

die Auswirkungen der Chemtrails erst in der zweiten und dritten Generation sichtbar werden."

„Das hört sich an wie Massenmord."

Marta zuckt mit den Schultern und nickt traurig, doch gelassen.

„Marta, das lässt dich doch nicht kalt!" Ich bin empört.

„Ob Fracking, Nano-, Genome Editing- oder Gentechnologie-Verfahren, uranhaltiger Phosphordünger auf unseren Äckern, Krieg führen, Müllverbrennung oder das Chloren von Trinkwasser – welchen Sinn hat das für das *Leben* aus globaler Sicht?"

„Keinen."

„Geo-Engineering ist ein weltweites gigantisches Projekt. Ich vermute, da spielen Machtinteressen in Größenordnungen eine Rolle, die können wir uns nicht vorstellen. Egal, Anne, wofür es ist und wem es dient: Ich weiß tief in mir, diese Stoffe schaden dem Leben auf der Erde *massiv*. Dafür braucht es keine Beweise. Du, ich, Pflanzen, Tiere, wir alle brauchen einen klaren Himmel und eine reine Atmosphäre. Doch alles hat seinen Sinn." Marta schaut mich ganz ruhig an, baumelt mit den Beinen und nascht vom Käsebrot aus unserer Verpflegungstüte.

„Du regst dich nicht auf, weil du eh nichts dagegen tun kannst?"

Marta schüttelt den Kopf. „Nein. Jeder kann etwas dagegen tun und sich auch schützen! Warum aber soll ich mich darüber aufregen? Soll ich mit negativen Gedanken und wütenden, angstvollen Gefühlen mir und anderen wertvolle Lebenszeit versauern und damit diese lebensfeindlichen Absichten im Informationsfeld stärken? Das wäre noch mehr geistige Umweltverschmutzung! Ärger, Angst, Wut, Frust, all diese negativen Gefühle würden dem globalen universellen Bewusstsein Energie entziehen. Ich würde die Negativität des kollektiven gesellschaftlichen Bewusstseins stärken. Nicht eine Sekunde! Wir reden schon zu lange darüber. Es wird gesprüht, gefrackt, gefällt, gentechnisch verändert, intrigiert und gemordet. Ok. Es ist so, auch wenn ich es zutiefst ablehne. Ich trage mit meinen Gedanken lieber zum Leben bei."

„Mir macht das Angst. Wie kann ich mich, meine Kinder und Enkel davor schützen? Ich will gesund sein, jeder will das!"

„Informiere dich darüber, beobachte, zeige es anderen und transformiere deine Angst. Beachte aber dabei, dass Angst aus zwei Quellen gespeist wird: einmal aus dem Unbewussten, das von deinem Ego-Ich gespeist wird. Diese Angst basiert auf Erfahrungen, Gewohnheiten, Glaubenssätzen, gesellschaftlichen Normen und Fremdmeinungen. Das ist die Angst vor der Angst, die Gedankenangst. Sie zieht dir Energie, lähmt dich. Deshalb gilt es zu unterscheiden. Denn die andere Angst, die ganz natürliche Ur-Angst vor akuten Situationen, entsteht aus dem globalen Bewusstsein und ist dein Diener und Beschützer, so du sie erkennst und wertschätzt. Das allumfassende Bewusstsein spricht über deinen Herz- und Bauchverstand auf körperlicher Ebene zu dir, mit leiser, zarter Stimme. Es warnt dich vor kommenden Gefahrensituationen. Die vom Hirnverstand unabhängig agierenden, mitdenkenden Nervenzellen der Organe deines Körpers senden dir Signale, wenn dein Leben bedroht wird oder wenn Gefahr besteht, dass du einen für deinen Lebensplan beschwerlichen Weg einschlagen willst. Diese Angst ist dein willkommener Wegbegleiter. Bist du dir deiner Allverbundenheit bewusst, stärkt sie deine Lebenskompetenz und öffnet dir ungeahnte Möglichkeiten. Statt Kampf wird das Leben Spiel. Auch wird dir *das* Wissen begegnen, das für deinen Schutz hilfreich ist.

Also, Anne, stärke dein Immunsystem durch bewusstes Essen und Bewegung, möglichst im Freien. Beobachte deine Gedanken. Verweigere dich negativen Informationen, Nachrichten über Kriege, Terror. Übe dich im Spüren deines Körpers und mit bewusstem Atmen. Informiere dich über Möglichkeiten der Ausleitung von dem, was du unfreiwillig aufnimmst. Kräuterextrakte, Schachtelhalm, Gesteinsmehl, Effektive Mikroorganismen und vor allem spezielle Algen helfen. Iss viele frische Kräuter, täglich, am besten von einer Wiese aus der Umgebung, frisch gewachsene Blättchen, die von oben noch nicht frisch ‚gedüngt' wurden. Halte deinen

Körper, also Blut, Urin und Speichel und damit dein Zellwasser, im basischen Bereich. Und denke daran, auch Stress macht den Körper sauer! Sei dankbar für das, was dir täglich geschenkt wird: ein Anruf deiner Kinder, eine Blume am Wegesrand, das Rauschen der Baumwipfel im Wind, der Vogelgesang, das Plätschern des Wassers. Lebe frei von Angst-Gedanken. Und vergib – damit das Feuer der Wut dich innerlich nicht verzehrt – den vielen Ingenieuren, Meteorologen, Piloten und Technikern, die da alle mitmachen. Sie können nicht aussteigen, selbst wenn sie wollen, solang die Angst vor dem Verlust ihres Arbeitsplatzes größer als ihr Mut ist. Sie sind Mittäter bei der Zerstörung ihrer eigenen und der Existenzgrundlage aller. Dass sie ihre eigenen Kinder vergiften und ihnen irgendwann nicht in die Augen schauen können, wenn sie nach Luft schnappen oder sich ihnen die Haut bei lebendigem Leib abpellt, daran denken sie heute *noch* nicht, nur an ihren Arbeitsplatz. Der ist wortwörtlich das Totschlagargument einer sterbenden Gesellschaft und tief in die Köpfe gebrannt."

Ich fühle mich so machtlos! Wut steigt in mir auf. Es gelingt mir nicht, sie zu bändigen, geschweige denn sie zu wandeln. Was gibt es noch für Dinge, die sich Menschen ausdenken, um ihre grenzenlose Gier und Habsucht zu befriedigen? Ich habe versucht, gesund zu bauen und aufgegeben angesichts der Dinge, die im Bauwesen passieren, doch das hier – ist einfach unfassbar. Ich bin hier auf die Alm gekommen, um dem ganzen Schlamassel zu entfliehen! Jetzt zeigt mir Marta, hier oben, in dieser schönen Bergwelt, dass das alles eine Illusion ist. Ja klar, nichts, gar nichts auf dieser Erde ist unberührt vom Menschen, auch wenn ich noch gar nicht in Martas Dimensionen denke. Luft-, Wasser- und Bodenverbund hören nicht an Landesgrenzen oder Bergketten auf. Das ist mir *schon* klar.

Marta schüttelt energisch den Kopf, schwenkt ein Bein über den Berggrat und rutscht auf dem Hosenboden ein Stück tiefer auf einen Felsvorsprung. „Lass uns das Thema wechseln."

Ich mache es ihr nach und rutsche hinterher. Hier sitzt es sich bequemer.

„Anne, Depressionen, Krankheiten und Ängste nehmen zu. Jeder Mensch will gesund sein. Wenige kennen noch dieses Gefühl und kaum einer kann sich eine Welt ohne egogesteuerter Angst vorstellen. Es braucht eine Vision! Dann werden sie erkennen, dass ein Arbeitsplatz nichts mit einem glücklichen Leben zu tun hat!“

Ich lasse meinen Blick übers Tal schweifen. Ich bin aufgeregt und noch immer mit meiner Wut beschäftigt. Ich koche innerlich, fühle mich hilflos. Verzweifelt frage ich Marta: „Wie soll mir eine Vision von einem glücklichen Leben gelingen, wenn tausend Gedanken des Empörens über eine entgegengesetzte Realität durch meinen Kopf toben?“

Marta schaut mich belustigt an und schlägt vor: „Machen wir dich doch einfach vorher leer.“

Was meint sie? „Wie, ‚leer‘ machen?“

Marta rutscht nah an mich heran und legt ihre Hand auf meinen Bauch. „Atme einmal ganz tief in deinen Bauch, genau dahin, wo du meine Hand spürst. Entspanne dich. Schließ die Augen. Versuche, deinem Atem nachzuspüren. Lenke deine ganze Aufmerksamkeit nur auf deinen Atem. Beobachte, was da im Inneren passiert.“

Ich spüre erst einmal gar nichts. Dem Atem zu folgen ist schwierig. Das gelingt mir nicht einmal in der Nase.

„Kommen Bilder? Licht? Dunkle Flecken? Kribbeln? Oder nichts? Bleib mit all deiner Aufmerksamkeit in dir und beobachte, ohne das, was da kommt, zu benennen.“

Ich bemühe mich, doch immer wieder kommen Gedanken. Ich kann mich nicht konzentrieren. Ich versuche es immer wieder. Doch die Gedanken lenken mich immer wieder von meinem Atem ab. Ich ärgere mich darüber. Ich bin wie unter Spannung.

Marta wartet geduldig. Sie scheint das zu kennen. „Kommen ungewollt Gedanken, beobachte sie und lass sie ziehen. Sie dürfen sein. Konzentriere dich wieder auf deinen Atem, immer wieder neu. Verfolge ihn bis zu meiner Hand, und wenn du kannst, wieder zurück."

Wenn ich meine Aufmerksamkeit auf ihre Hand lenke, geht es leichter. Da merke ich auch meinen atmenden Bauch. Doch bis dahin dem Atem folgen – da kommen immer wieder Gedanken dazwischen. Marta lässt mir Zeit. Ich entspanne. Da kommt plötzlich ein hilfreicher Gedanke: an meine Flötenlehrerin. Sie lehrte mir als Kind einen Trick zur Körperentspannung. Ich erinnere mich und lege meine Zunge ganz locker in den unteren Gaumen. Auch das gelingt nicht gleich. Doch nun kann ich Muskel für Muskel loslassen und entspanne. Mein Atem wird langsamer, ganz langsam. Er geht jetzt fast bis zu Martas Hand. Ich spüre in mir ein zartes, angenehmes Kribbeln. Ich beobachte das. Ein schönes Gefühl.

Nach einer viel zu kurzen Zeit bittet mich Marta: „Behalte die nach innen gerichtete Aufmerksamkeit, öffne langsam deine Augen und schau dich um."

Ein großes Staunen erfüllt mich. Irgendwie erscheint alles weiter, auch farbiger und klarer. Es ist, als sei ein großer Raum um mich herum entstanden. Ein Glücksgefühl breitet sich in mir aus, grenzenlos weit und tief. Es fühlt sich ein bisschen an wie unter dem Sternenhimmel am allerersten Abend, schöner noch: pure Glückseligkeit. Auch der Schmerz ist weg, den ich immer empfinde, wenn ich die geschundene Natur sehe. Alles weicht einer Leere. Die Dinge um mich verlieren ihre Bedeutung. Alles ist, wie es ist: die ausgetrockneten Täler, die Streifen am Himmel und die überweideten Almen. Es darf so sein. Ich bin groß und weit und gleichzeitig nichts. Kein Gefühl, aber was?

„Was du jetzt fühlst, ist deine Ur-Verbundenheit mit der irdischen und kosmischen Natur. Über die Verbindung zu deinem Körper bist du mit allem, was dich umgibt, verbunden."

Tief beeindruckt hänge ich dem Gefühl nach, bis die Gedanken wieder einsetzen. Ich möchte es festhalten, noch einmal spüren. Vergebens. Der Verstand meldet sich wieder. Das Gedankengeplapper beherrscht wieder mein Hirn.

„Mit so einem Moment konzentrierter Aufmerksamkeit fängt es an. Das ist der Unterschied zwischen wirklichem, prozesshaften Fühlen und dem Denken, dass du fühlst. Bis du nur noch auf diese Weise fühlst, braucht es viel Zeit, Geduld und Ausdauer. Das Alltägliche konzentriert zu tun und dabei einen Teil deiner Aufmerksamkeit im Körper zu belassen, um sich des Körpergefühls stets gegenwärtig zu sein, braucht viel Übung und regelmäßige Gedankenhygiene. Immer wenn du dir gewahr wirst, was in deinem Hirn gerade gedacht wird, bist du authentisch. Übe, wo immer du gerade bist. Beobachte deine Gedanken beim Essen und fühle, was du auf der Zunge hast, beim Autofahren oder Fensterputzen, was du in der Hand hältst … Übe Fühlen, wenn du dich einseifst oder eincremst. Konzentriere dich dabei auf das Gefühl in den Händen. Dann spüre an der gerade berührten Hautstelle deine Hand von innen. Fühle die inneren Wahrnehmungen im Wechsel, mal die der Hand, mal die der Körperstelle, über die du gerade hinwegstreichst. Wahres Fühlen, völlig wertfrei. Fällst du in den Bewertungsmodus zurück, denkst du wieder nur, dass du fühlst.

Weil das Gehirn zwischen Wirklichkeit und einer Interpretation der Wirklichkeit nicht unterscheiden kann, ist die Verwechslung zwischen echten Ur-Gefühlen und gedachten Gefühlen groß. Fühlst du dich angegriffen und verletzt, weißt du, du *denkst nur*, dass du fühlst. Bleibst du mit deinem Körper verbunden, kannst du die Ursache von deiner Empfindung trennen und dich sogar verletzlich zeigen, ohne verletzbar zu sein, weil du dir deines immateriellen Ursprungs bewusst bist. Dann navigiert dich das Ur-Gefühl der Liebe durch dein Leben. Sie ist das Instrument deines Selbst, die Sprache deiner Seele, die du intuitiv wahrnimmst und von der deines konditionierten Verstandes klar unterscheiden kannst, wenn du achtsam bleibst. Du *bist Liebe, wir* alle *sind* Liebe. Liebe ist ein Zustand, aber auch ein Bedürfnis. Kannst du keine Liebe fühlen, hast du das Bedürfnis danach. Das erfüllte Bedürfnis nach Liebe, die bedingungslose, absichtslose Liebe ist nicht zu beschreiben, sie ist – pure Glückseligkeit. Da gibt es keine Worte. Liebe begleitet dich bei allem, so du dich als immaterielles Wesen, als Teil der Natur und als Natur selbst wahrnimmst. Ich nehme meine Liebe überall mit hin."

Marta schmunzelt.

Dieses verschmitzte, freudige Schmunzeln! Trotz der Menschenfeindlichkeit und Gewalt unserer Themen kommt bei Marta alles leicht daher, ohne Dramatik, ohne die bei uns so oft mitschwingende Schwere. „Übe deine Allverbundenheit zu fühlen, das heilt und bringt mehr als jede Meditation. So ist es jedenfalls bei mir. Mein Geist ist viel zu rege, als dass ich ihn zwingen kann, ruhig zu bleiben. Es fällt mir immer noch leichter, mich jeder Tätigkeit mit voller Aufmerksamkeit hinzugeben, als mich hinzusetzen und über meinen Atem oder ein Mantra zu meditieren, auch wenn dies hilft. Probiere einfach aus, welche Lernmethode zu dir passt."

Ich versuche noch einmal, mit meinem Körper in Kontakt zu kommen. Es gelingt nicht; zu viele Informationen geistern durch meinen Kopf. Doch die Erfahrung dieses ‚leeren‘ Gefühls, diese gefühlte Ewigkeit eines Moments ohne Ängste und Zweifel, diese Erfahrung vergesse ich nicht. „Klar, wenn dieser Zustand so erfüllender Gedankenlosigkeit anhält, dann kann ich mir die Welt schon ganz anders vorstellen."

„Ja, dann erzähl mal, bevor wir den Vormittag beenden." Marta schaut zur Sonne, um die Zeit zu checken und beugt sich dann ganz gespannt zu mir.

„Zuerst würde ich Geld und Eigentum abschaffen. Dann die Stadtverdichtungen und alles stoppen, was unsere Natur zerstört. Kriege beenden; keine Waffen, keine Menschen dafür. Ich würde den Kindern Freiraum geben, die ganzen kontraproduktiven Baugesetze aufheben ... tausend Dinge könnte ich aufzählen, aber das sind alles Träume, weit weg von jeglicher Realität." Ich höre lieber auf, weil ich merke, es macht mich traurig und frustriert.

Marta schmunzelt und dehnt ihre Antwort: „Nööö. Träume haben das Potenzial, sich zu verwirklichen. Geld abschaffen kommt, weil es überflüssig wird. Ein Relikt des auf Trennung bedachten

Denkens. Ein erster Schritt zur Befreiung aus den Fängen des Geldes wird ein Grundeinkommen für alle sein. Es wird zunehmend öffentlich diskutiert; der Verein ‚Mein Grundeinkommen e. V.‘ verlost regelmäßig den Erhalt eines Grundeinkommens für ein Jahr, die Schweiz hatte die Abstimmung darüber geplant, Finnland dessen Einführung. Beide mit unterschiedlichen Modellen. Das Schweizerische setzte ein höheres Bewusstsein voraus. Dem Bürger sollte der Druck genommen werden, sich für Arbeit verkaufen zu müssen, um leben zu können. Es wurde dagegen gestimmt. Das finnische Modell ist ein Ersatz für das Arbeitslosengeld und so nicht repräsentativ. Die Erfahrungen des Vereins schon eher. Ich glaube, die Zeit ist reif dafür. Die alten Kontrollmechanismen versagen immer mehr. Die Schere zwischen Arm und Reich geht weiter auseinander. Das stärkt das kollektive Ego der Armen *und* der Reichen gleichermaßen. Aggression und Gewalt von beiden Seiten sind die Folge, auf der einen Seite mächtig, gewaltvoll, brutal, aber auch subtil, intrigierend und geplant, auf der anderen Seite verzweifelt, oft spontan und wenig zu Ende gedacht, ohne kollektive Vision. Mit der Einführung von Grundeinkommen wird nicht nur die Verwaltung und Kontrolle Arbeitsloser, Behinderter, Kinder und Alter, letztlich aller finanziell Bedürftigen entfallen, auch die Gefängnisse werden entlastet und: Erfolgt es weltweit, würde den Kriegen der Armutsgrund genommen. Ein erster Schritt hin zu einer lebensbejahenden, jedoch wohl systemkontroversen Entwicklungsrichtung.

Anne, glaube mir, in allen Ebenen sind Menschen bereit, ohne Zwang zum Leben beizutragen. Sie stehen in den Startlöchern und nichts kann unseren Bewusstseinswandel aufhalten. Dieses Bedürfnis ist in uns“, Marta klopft mit ihrer Hand auf ihr Herz, „ganz tief da drin sitzt es, unlöschbar, in jedem von uns, auch in Tieren und Pflanzen ist es codiert. Meine Zahnärztin sagte mir einmal, dass sie die Menschen am liebsten, ohne etwas zu verlangen, behandeln würde. Viele gehen schon Wege eines anderen Energieausgleichs. Öffne dich für Alternativen! Wir brauchen kein Geld. Was wir brauchen, ist lebendige gelebte Allverbundenheit."

Ich lehne mich beruhigt zurück, spüre die Wärme der Sonne auf meinem Körper und will über Martas Worte nachdenken. Jedoch lässt sie mir keine Zeit dafür.

„Anne, ich habe von dir Dinge gehört, die du ändern würdest. Wie willst du leben? Ganz konkret? Welche Bedürfnisse willst du dir in deinem Leben erfüllen? Was ist dir wichtig?"

Ich schweige betreten.

„Mach dir eine Liste, schreibe alle Bedürfnisse auf, also das, was du wirklich brauchst, um glücklich zu leben. Es geht dabei nicht um Auto, Haus, Boot, Professorentitel, große Firma, Familie und Kinder. Das sind nur Strategien, um deine *wahrhaftigen, angeborenen* Bedürfnisse zu erfüllen: Freisein, Selbstbestimmung, Unabhängigkeit, Freude, Bewegung, Selbstermächtigung und Selbstverwirklichung, Gemeinschaft und Liebe. All diese uns dauerhaft von Natur aus mitgegebenen Bedürfnisse lotsen uns sicher durch alle Höhen und Tiefen unseres eigenen Lebens – so wir auf sie hören und ihnen folgen mit Strategien, die im Konsens mit dem ewigen Leben, dem universellen Universum sind. Abraham Maslow hat sie zusammengetragen. Doch bedürfnisorientiert zu denken lernen wir nicht, sondern wir denken in Kategorien von Strategien, um einen Bedarf zu decken, den wir nicht wirklich haben und der uns infiltriert wird. Unsere angeborenen Bedürfnisse bleiben unserem Verstand verborgen.

Damit wir uns im Kopf eine andere Welt vorstellen und dann auch verwirklichen können, brauchen wir eine Evolution des Denkens. Das alte statische, rationale, materialistische Denken separiert, reduziert, bewertet und sucht hilflos umherirrend in äußeren Dingen nach Befriedigung. Ständig in Aktion akzeptiert der so denkende Verstand nicht, dass er auf diese Art nie Befriedung erfährt. Rastlos tobt er weiter und meint zu leben, während das Leben an dir vorbeigeht. Der Sicht nach innen verweigert er sich. Doch genau das ist notwendig.

Wenn du deine Liste der naturgegebenen Bedürfnisse erstellt hast, frage dich, welche Gedanken und Überzeugungen du über dich und über dein Umfeld, die Welt an sich hast, die dich davon abhalten, dir diese Bedürfnisse schon heute zu erfüllen. Vielleicht erlebst du bereits heute Wunder, die du gar nicht wahrnimmst? Du bist auf Mangel fokussiert. Wie soll Fülle zu dir kommen, wenn du nur die Dinge siehst, die dir zuwider sind? Das Gesetz der Resonanz wird dafür sorgen, dass du immer im Mangel bleibst. Ändere das, Anne. Komm raus aus der negativen Denkspirale, die dich immer tiefer zieht. Sieh das Verbindende statt das Trennende "

„*Wie* denn nur?" Ich bin verzweifelt.

„Du hast alles schon so wunderbar mitgemacht: Du hast dich durch das Atmen rückverbunden, gehst mit den Kühen in Kontakt, hörst mir zu und willst immer mehr wissen, öffnest dich für all das Neue, schenkst der Natur deine Aufmerksamkeit, hast erfahren, dass du deine Gedanken beobachten kannst, Gefühle einen unterschiedlichen Ursprung haben können und du allein dafür die Verantwortung trägst. Hab ein bisschen Geduld mit dir. Alle deine Körperzellen wollen überzeugt sein, und manch eine glaubt noch an überholtes Wissen. Um es aufzuspüren und zu wandeln, brauchst du noch Zeit. Wenn deine Lebensenergie durch eine dich von deiner Quelle trennende Geisteshaltung blockiert ist, steht sie dir nicht zur Verfügung. Das Gute ist, du hast einen freien Willen und die Fähigkeit, dies zu ändern. Nimm die Bedürfnisliste von Maslow. Die hilft dir herauszufinden, was du gerade brauchst, um zu erfahren, was du willst. Dann kannst du dir unter tausend Möglichkeiten eine Strategie auswählen, die für dich stimmig ist, um dein Anliegen zu erfüllen. Dann tu es!"

Wir schweigen. Eine leichte Brise unterstützt das Aufsteigen der warmen Luft aus dem Tal. Ich empfinde den Windhauch wie ein zartes Streicheln meiner Haut. Ich genieße das Gefühl, bis Marta weiterspricht.

„Ich habe damals, um aus meiner Krise heraus zu kommen, mich selbst verpflichtet, jeden Abend vor dem Schlafengehen acht Wunder des Tages aufzuschreiben und zu würdigen. Morgens stehe ich mit einem Dank für die Nacht auf. Damit hat sich meine Perspektive ziemlich schnell geändert." Marta zeigt mit beiden Armen um sich. „Ich konnte nach und nach all die Fülle der Natur wieder sehen, die üppig blühenden Bäume im Frühjahr, die Kraft in den Samen, wenn die ersten Blättchen aus ihnen gezogen werden, die Freude meiner Kühe, wenn's auf die Alm geht, das Lachen und die Unbeschwertheit meiner Kinder. Ich konnte wieder träumen!"

Nachdenklich schaue ich in das einsame, für Touristen unerschlossene Tal. Ich werde üben. Ich *will* mich ändern.

„Anne, die Zeit ist reif, dass wir uns unserer Allverbundenheit wieder erinnern. Nur so kommen wir aus dem Dilemma unseres Menschen- und Weltbildes heraus, das sich pathogen auf Mensch und Natur auswirkt."

„Übertreibst du da nicht ein bisschen?"

„Nein", widerspricht Marta. „So unglaublich das klingt, auch hier *denken* viele Bauern nur, dass sie naturverbunden leben. In Wirklichkeit sind sie dem Geld verpflichtet. Sie sind abhängig und zerrissen. Ich glaube, sie sehen *schon* die rasant fortschreitende Naturzerstörung. Sie erkennen auch, dass sie selbst dazu beitragen. Doch Angst verhindert, dass sie da raus *wollen können*. Die Bauern werden zermahlen zwischen einer über Jahrzehnte aufgebauten konventionellen Land- und Forstwirtschaft, deren Erträge zurückgehen und einer gigantischen, politikgeschützten Chemieindustrie, die ihnen jeglichen Spielraum – gesetzlich untermauert – verwehrt. Sie sind vollgetankt mit negativen Erfahrungen, negativer Energie, und dementsprechend leiden ihre Äcker und Wälder. Der geistige Müll in ihren Köpfen, ihr religiöser Glaube an ihr Getrenntsein von Gott und ihr Nicht-Glaube an eine andere Erde, ein anderes Wirtschaften hält sie davon ab, sich für ein anderes Denken, für grundsätzliche Änderungen zu öffnen. Die Bauern werden erwachen *müssen*, auch wenn es schmerzhaft für sie ist, weil es für manchen den Abschied von seinem Lebenswerk bedeutet. Doch jeder, glaub mir, j e d e r hat die Chance, nein, die Pflicht, neu anzufangen. Die Erde gehört niemandem. Sie leidet Qualen, wie auch immer mehr Menschen. Alle brauchen sie – lebenswert und enkelfähig."

„Wie soll das gehen? Zum Beispiel hier auf der Alm?"

Meine Frage löst Begeisterung bei Marta aus. Belustigt und beweglich wie ein Kind dreht sie sich so weit zu mir, dass wir nun gegenübersitzen. Auf dem kleinen Felsvorsprung fast unmöglich. „Ich habe den Fokus auf eine neue Erde gerichtet. Das ermöglicht alles. Ja, wir pflanzen Eberesche und Traubenkirsche und dort Bergahorn und da Grauerlen, die sind zu einer intensiven Wurzelbrut fähig. Sie bilden an ihren Wurzelknöllchen eine Symbiose mit stickstofffixierenden Bakterien, die bodenverbessernd wirkt. Auf dem Plateau, siehst du, da hinten", Marta weist auf eine kleine Ebene, die hinter einem Hügel nur ein Stück weit einzusehen ist, „werden wir zwischen Zirben Wildkräuter, Himbeeren und Wildblumen, auch die Alpenrose bei ihrem natürlichen Ansiedeln unterstützen. Zirben bilden nach der Pfahlwurzel in den ersten Jahren kräftige Senkerwurzeln, mit denen sie sich in Gesteinsspalten verankern und so Bodenerosion entgegenwirkt. Wir werden die Tierbeweidung stark minimieren und der Erde mit Terra Preta Kraft geben. Wo es irgend möglich der Fels erlaubt, werden wir Terrassen anlegen. Dann wird sich wieder Wasser sammeln und die Böden werden sich erholen. Quellen werden wieder sprudeln und es wird genug Wasser für alles Lebende da sein. Die Kontaminationen aus der Luft und von der Beweidung werden wir mit Effektiven Mikroorganismen und verschiedenen Gesteinsmehlen zu Leibe rücken und bald wird hier wieder ein fröhliches, aktives Bodenleben für eine einheitliche, durchgehende dicke Humusschicht sorgen. Die ausgetrockneten Teiche werden sich füllen, den Tieren und Menschen gleichermaßen zum Nutzen. Das Wasser wird wieder klar und rein sein, weil der natürliche Wasserkreislauf auf der Erde wieder vollständig ist. Dann wird hier alles wachsen wie bei

Sepp[1]. Flora und Fauna finden zu ihrer ursprünglichen Vielfalt zurück. Das Kleinklima im Tal wird sich normalisieren. Unsere Hütte gestalten wir nur geringfügig um. Aus dem Stall werden Räume für unsere Helfer, die mit uns die Berge wieder bepflanzen und später vielleicht auch hier wohnen wollen. Unsere Tiere will ich frei leben lassen bis zu ihrem natürlichen Gehen. Kinder werden kommen und staunen, wie viel die Natur den Menschen schenken will. Wir werden den Pflanzen unsere ganze Aufmerksamkeit schenken und ihnen für die reichhaltige Ernte ihrer Früchte, Samen und Pflanzenteile danken. Mit gemeinsam zubereitetem Essen werden wir feiern. Es wird für Mensch und Tier genug da sein. Keine Pflanze wird zum ‚Unkraut' degradiert, kein Baum ohne seine Einwilligung gefällt." Dabei zwinkert Marta mich an. Ihre Worte sprühen nur so. „Hier entsteht ein fruchtbares, blühendes Tal voller Bewuchs bis zu den Gipfeln, das auch uns unsere ursprüngliche Vitalität zurückgibt. Bäume geben ätherische Öle, sogenannte Phytonzide in die Luft ab. Sie halten Insekten und Bakterien in Schach. Wenn wir sie einatmen, erhöht unser Organismus die Produktion von Killerzellen in unserem zellulären Abwehrsystem. Anne, hier werden gesunde, freudige Menschen siedeln, die die Natur achten und bewahren. Ihre Herzen und ihre Gedanken werden Dankbarkeit in die Welt ausstrahlen."

Marta stoppt, sie weiß, sie braucht keine weiteren Worte. Das Vorbild unserer geistigen Vorstellungen ist identisch: der Permakulturhof von Sepp, auf dem wir uns kennengelernt haben. Wir lachen und haben Spaß, unserer Phantasie freien Lauf zu lassen. Wir sitzen auf dem Felsvorsprung und um uns herum entsteht ein üppig bewachsenes Tal voller Blüten, Düfte und Vogelgezwitscher.

---

[1] Sepp Holzer, Bergbauer im österreichischen Lungau, bewirtschaftete entgegen allen konventionellen Regeln und Bergbauern-Traditionen nach permakulturellen Prinzipien in einer Höhe zwischen 1100 und 1500 Metern 45 Hektar Land und erntete jährlich für diese Region unerwartete Mengen Früchte, Gemüse und Getreide. 2009 übergab Sepp seinem Sohn Josef den Hof, der ihn seitdem erfolgreich weiterführt.

Martas Begeisterung ist endlos. „Ich werde hier auf der Alm das Paradies erschaffen. Hier werden Menschen lernen, gesund zu *sein*. Anne, es beginnt doch schon. Ja, wir bauen hier Häuser, ganz menschgerecht: gesund, einfach, organisch geformt, hell und großzügig und doch voller Nestwärme, angefüllt mit dem Duft von Weißtanne, Zirbe, Lehm und Kräutern. Wenn du diese Häuser betrittst, geht dir das Herz auf. Du wirst mir beim Planen helfen. Wirst sehen!" Sie ist nicht zu bremsen. Ihre Freude steckt so an, dass es mir leicht fällt an ihre Vorstellung zu glauben. „Ich möchte hier eine Oase des Lernens und der Erholung schaffen. Hier werden Menschen mit einem neuen Welt- und Menschenbild leben, frei und gesund. Wie in Lillyland."

Ich halte das Bild vor meinem geistigen Auge fest bis Marta aufsteht. „Lass uns zurückgehen."

Es ist fast Mittag. Die Sonne ist schon ziemlich hoch. Ich könnte jetzt ewig so mit ihr ‚spinnen'. Aber eines will ich doch noch wissen: „Wann soll es denn konkret losgehen mit deinem Projekt?"

„Es hat schon begonnen."

Verdutzt blicke ich auf. „Habe ich da den ‚Lampenschirmeffekt'?"

Marta lacht. „Wir haben jetzt keine Zeit mehr, sonst schaffen wir es nicht zum Melken ins Tal."

Ich stehe mit einem tiefen bedauernden Seufzen auf. Marta ist schon ein paar Meter unter mir. Wie ein Wiesel steigt sie den Berg hinunter. Während ich bemüht bin, ihr zu folgen, macht es bei mir ‚klick'. Na klar, Marta trägt in sich das Bild einer neuen Erde. Das ist ihre Kraftquelle. Mit ihrem tiefen Glauben an ihre Vision hat sich ihr Denken und Verhalten geändert. Und genau das verändert die Welt um sie herum. Marta hat ein langfristiges Ziel vor Augen und ordnet dem alles unter. In allem sieht sie eine Chance. Das beeindruckt mich. Um das aus ihrem täglichen Erleben zu filtern, was nur irgendwie dazu beitragen könnte, die Erde zu befrieden und der Natur zu ihrer Vitalität zu verhelfen, scheint ihr Hirn alles zu scannen. Wenn ich das lernen könnte! Dieses einfache logische

Denken provoziert und fasziniert mich gleichermaßen. Ihre Art, die Dinge zu sehen, macht Mut zum Nachahmen. Ein Schneeballeffekt. Letztendlich wird ihre Sicht auch die Piloten der Sprühflieger erreichen.

Marta wartet am Fuß des steilen Bergteils. Als ich sie erreiche, unterbricht sie meine Überlegungen. „Lange Zeit fehlte mir der Mut dazu, meiner Familie diese Umstellung zuzutrauen. Nach reichlichen Überlegungen gestand ich mir dann ein, dass dies nur Ausreden waren. Ich war nicht ehrlich zu mir. Ich habe wie du Jahre lang nur funktioniert. Dann kam das Hochwasser, der Hof war überschwemmt. Mein Mann wurde krank. Großma und Großpa, die beide bis zum letzten Tag mitgeholfen hatten, das Chaos zu ordnen, starben kurz nacheinander. Das Futter auf den überschwemmten Wiesen war vom Hochwasser kontaminiert. Wir merkten es erst über den Schadstoffanteil in der Milch. Infolgedessen verloren wir das Biozertifikat. Wirtschaftlich war das für uns ein Desaster. Wir überlegten, wieder konventionell zu wirtschaften. Die Kinder waren in der Pubertät. Existenzangst saß mir im Nacken und ließ meine Knie weich werden. Alles kam zusammen. Ich quälte mich jeden Tag mit unsäglichen Muskel- und Kopfschmerzen über den Tag und fiel abends wie tot ins Bett. Kaum war mein Mann wieder auf den Beinen, da ging bei mir das Licht aus. Ich konnte und ich wollte nicht mehr. Meine Seele war aber anderer Meinung." Marta lacht kurz auf. „Ich war gezwungen zu pausieren, und als ich merkte, niemand kann mir helfen – Krankenhaus kam für mich nicht infrage –, bin ich in den Nächten viele Tode gestorben. Ängste, Scham und Schuld ließen mich mehrere Höllen durchleben, allein es gab sie nicht wirklich. Als mir endlich alles egal war, ich nichts mehr wollte und mich ins Unendliche fallen ließ, kam der Lebenswille wieder. Am Ende des Tunnels war jedes Mal ein Licht. Alles Schlimme war nur durch meine Bewertung schlimm geworden."

Aus dieser Erfahrung hatte Marta wohl ihre Methode entwickelt. Deshalb vermittelt sie das so authentisch. „Plötzlich wollte ich wirklich leben. Von da an ging es bergauf. Meine Familie bemerkte meine Veränderung und manchmal gelang es uns schon wieder zu lachen. Ich verweigerte mich dem Fernsehen und den Nachrichten. Ich lernte, negative Informationen zu hören, ohne daraus Ängste zu generieren. Ich fand plötzlich all die Informationen, die meiner Entwicklung hin zu einem glücklichen Menschen hilfreich waren, vor allem im Internet bei den vielen freien Anbietern, bei Konferenzen, Seminaren und in Büchern. Ich war begeistert von den so zahlreichen neuen Erkenntnissen. Mein Bild von mir und meine bisherige Auffassung vom Leben bekamen Risse. Ich merkte, dass ich unbewusst zu einem großen Anteil das Leben meiner Mutter lebte. Ich erschrak. Wie sie hatte ich geackert und auf alles verzichtet. Wie sie fraß ich abends unkontrolliert Süßes in mich rein, weil ich mir ja sonst nichts gönnte. Wie sie sprach ich mit meinem Mann nur über organisatorische Dinge und die Kinder, aber nicht über uns. Unsere Bedürfnisse und Gefühle waren nie ein Thema. Eine sprachlose Beziehung. Die Erkenntnis war wirklich erschreckend." Marta schaut mich beim Gehen kurz an. „Wer war ich geworden? Welche Werte trug ich denn eigentlich in mir? Diese Fragen brachten mir die Erinnerung an meine Großma wieder und an all das, was ich bei ihr erfahren hatte."

Martas Stimme wurde leiser, liebevoller. Ich hatte Mühe, sie zu verstehen. „Großma belohnte mich als Kind auf ihre Art. Sie lehrte mich, dass das, was ich tue, bestimmte Gefühle in mir und ihr hervorruft. Da sich hinter jedem Gefühl ein erfülltes oder unerfülltes Bedürfnis verbirgt, teilte sie mir mit, was mein Verhalten bei ihr bewirkt. Das half mir, mit ihr immer in emotionaler Verbindung zu bleiben, egal, ob ich etwas getan hatte, das ihr gefiel oder nicht. Je nachdem nannte ich es ‚wirkliche Wertschätzung' oder ‚liebevolle Entwicklungshilfe'.

Papa dagegen belohnte mich oft mit Dingen, die ich gar nicht brauchte. Ging mal was schief oder hatte ich keine Lust, seine Anweisungen zu befolgen, übersah er mich eine Weile. Gelegentlich drohte er auch mit Strafen. Passte Großma etwas nicht, erfuhr ich, wie es ihr damit ging und was sie eigentlich gebraucht hätte. In solchen Fällen bat sie mich dann, ihr Bedürfnis zu erfüllen.“

Marta geht jetzt vor mir her. Mit einem kurzen Blick über die Schulter vergewissert sie sich, ob ich mitkomme.

Ich nicke und nutze ihre Gedankenpause, indem ich sie frage: „Hast du deiner Großma den Gefallen getan?“

„Nicht immer, doch meistens erkannte ich nach ihrer Erklärung, dass ihre Vorstellung mir genauso diente. Wenn nicht, dann habe ich ihr meine Gedanken und Gefühle dazu mitgeteilt und dann haben wir eine Strategie gefunden, die unser beider Bedürfnisse erfüllte. Mit Großma war das unkompliziert. Ich lernte viel von ihr. Es war eine wunderbare Gegenseitigkeit. Bei Papa fühlte ich mich immer klein, dumm und schuldig. Mama nahm sich selten Zeit für mich. Heute weiß ich, die größte und lehrreichste Lektion lebte mir meine Großma vor: Ich durfte einfach nur sein. Ich suchte mir meine Aufgaben, um ihr im Garten zu helfen, und war abends froh darüber, was ich alles erlebt hatte. Nach solchen Tagen mit ihr hatte ich keinen Bedarf nach Süßem. Die Zeit, die ich mit Großmutter und Großvater verbringen konnte, war so erfüllend für mich. Es war Liebe. Dankbar winkte ich ihr abends vor dem Schlafen aus meinem Fenster über den Hof immer noch mal zu. Viel zu wenig solcher unbeschwerter Tage gab es. Ich hatte viele Pflichten.“

Marta hält kurz inne, um einen günstigen Weg zurück zu finden. Sie zeigt in die Richtung und ich nicke. Mit dem Weitergehen setzt sie ihren Bericht fort.

„In meinem tiefsten Elend erinnerte ich mich nun an Großmas Überzeugung: Wir alle sind geistige Wesen. Ich begriff plötzlich, dass ich bisher die atheistische Auffassung meines Vaters und das Leben meiner Mutter gelebt hatte. Anne, die Erkenntnis tat richtig weh. Ich war in Entscheidungen meinen Kindern gegenüber genauso patriarchalisch wie mein Vater. Ich funktionierte abgestumpft und esssüchtig wie meine Mutter.

Unser Unglück erwies sich als wahrer Segen. Endlich, endlich war Großma wieder präsent! Ich begriff die Tragweite ihres Glaubens erst allmählich. Auch ich hatte die Allverbundenheit nicht mehr verinnerlicht. Wie anders fühlt sich Leben an, wenn wir *wissen*, dass unser Leben hier auf der Erde nur ein Aspekt des ewigen Lebens ist; Geburt und Tod nur die Übergänge von einem Zustand in einen anderen sind. Oft hatte sie Mutter gegenüber in scheinbar ausweglosen Situationen ganz ruhig geäußert: ‚Wir sind geistige Wesen, Schöpfer dessen, was uns passiert‘. Mutter hatte daraufhin nur mit dem Kopf geschüttelt. Sie orientierte sich wie Vater lieber an den ‚harten‘ Fakten, getrennt von den Beziehungen, die das Leben ausmachen.“

Marta schweigt. Als sie weiterspricht, muss ich die Ohren spitzen, um sie beim Absteigen noch zu verstehen. Obwohl wir etwa im gleichen Alter und von gleicher Statur sind, tritt Marta wesentlich gewandter und trittsicherer auf. Sie springt fast den steilen Hang hinunter und ist dabei voll auf unser Gespräch konzentriert. Ich habe Mühe mitzuhalten.

„Es war wie eine Offenbarung. Die Kindheit mit meiner Großma war wieder präsent und all die Gefühle und Erlebnisse. Mein Selbstwertgefühl aus Kindheitstagen, vor meiner Zeit als wirtschaftsgestresste Bäuerin und Mutter, war wieder da. Das stärkte meinen Willen. Ich änderte den Umgang mit mir selbst so, dass ich mich mit mir wieder wohlfühlte. Ich stand jeden Morgen mit einem Dank auf, machte zwanzig Minuten Gymnastik, um meine Gelenk- und Muskelschmerzen zu lindern, führte Leber- und Gallenblasenreinigungen durch, um die Schlacken meiner Esssucht aus dem Körper zu bekommen, aß fast nur noch vegan, viel Rohkost und schränkte das Süße maximal ein, probierte den uns von Natur aus zugedachten Ballengang, begann sogar im Ballengang zu joggen, ging regelmäßig mittags eine Stunde in die Sonne, traf mich mit Freunden, begann mit Augengymnastik, um die Brille loszuwerden, und las alles über Körper, Geist und Seele. Was für mich stimmig schien, probierte ich.“

„Du hast eine Brille gebraucht?“

„Ja.“

Ich schüttle den Kopf. Marta hat mir erst gestern in der Küche die Inhaltsstoffe eines homöopathischen Mittels für die Kühe vorgelesen, die ich trotz Brille nicht lesen konnte. Das will ich auch können. „Was du alles unternommen hast, kostet viel Zeit. Wie verhielt sich deine Familie?"

„Alle waren erfreut, auch wenn ich mich ihnen in dieser Zeit wenig widmete. Doch wenn ich mit ihnen zusammen war, dann war das Erleben für mich wieder so intensiv wie als Kind mit meiner Großma. Ich denke, meinem Mann und meinen Kindern ging es auch so. Sie waren in dieser Zeit sehr verständnisvoll mit mir. Das ganze Haus, nein, der Hof füllte sich wieder mit Liebe. Freunde, die zu uns kamen, wunderten sich über die Energie, die sie plötzlich spürten. Sie kamen wieder oft und gern und halfen uns aus all den Schwierigkeiten heraus. Es war eine sehr lehrreiche Zeit, Anne. Es ist wirklich so, was du hast oder bekommen willst, ist alles zweitrangig, was zählt, sind die Beziehungen. Auf die kommt es an!"

Es sind nur noch ein paar Schritte bis zur Hütte von Franz. Dort wird der Weg breiter und wir können nun nebeneinander laufen. Ungewollt gleichen sich unsere Schritte an.

„Es war ein Geschenk. Die Wertschätzung und Achtung, die ich mir selbst wieder entgegenbrachte, erfuhr ich auch von meinen Kindern und meinem Mann. Vor allem von ihm kannte ich das nicht. Er begann sich zu öffnen. Seitdem sprechen wir über Gefühle, über alles, entscheiden uns jeden Tag neu für unsere Liebe, lachen wieder. Alles hat sich geändert. Hätte ich das Projekt, was wir jetzt planen, in dem Zustand meiner ,Abwesenheit' – wie ich die Auswirkung geistiger Abspaltung bezeichne – durchgezogen, wäre ganz sicher unsere Ehe gescheitert, keiner hätte uns geholfen und wir hätten den Hof aufgeben müssen und – meine Kinder wären fortgegangen. Unsagbar viele Ängste hatten mich zu einer mir selbst fremden Person gemacht. Erst nachdem ich mit mir wieder eins war, reifte langsam die Vision von meinem neuen Leben. Jetzt habe ich ein Bild im Kopf, zu dem ich mich voll bekenne, weil es aus dem Herzen kommt." Marta sieht mich an. „Meine Familie will Zuversicht bei mir spüren, *mein* Vertrauen, von dem Projekt leben zu können. Wenn ich selbst nicht daran glaube, wie soll ich es dann von ihnen erwarten können? Wenn irgendeine Zelle in mir daran zweifelt, kann ich nicht authentisch sein. Das spüren sie. Lebewesen – und so auch wir Menschen – besitzen die Fähigkeit, auf energetischer Ebene durch Informationsaustausch die Qualität der Gedanken oder Gefühle anderer. Wer offen und sensibel seinen eigenen Wahrnehmungen gegenüber ist, fühlt den Unterschied zwischen einer echten, ehrlichen Meinung und einer scheinheiligen. Wer sich ohne innere Überzeugung, also ohne mit sich selbst im Reinen zu sein, ohne Ur-Vertrauen, Erfolg einredet, belügt sich selbst. Mir war mein Ur-Vertrauen aus der Erinnerung gefallen. Ich brauchte Geduld – und Liebe, die ich von anderen nicht bekam." Mit einem Seufzer ergänzt Marta: „Eine Lektion, die mich die Natur lehrte: zuerst geben. Also schenkte ich mir und anderen die Liebe, die ich gern gehabt hätte. Die Liebe kam zurück und das Ur-Vertrauen."

Ich nicke nachdenklich und wir schweigen eine Weile.

„Ist Ur-Vertrauen etwas anderes als Vertrauen an sich, Marta?"

„Für mich, ja. Fühle ich Ur-Vertrauen, bin ich ganz und gar mit mir einverstanden und mit allem, was ich tue, denke und sage. Ur-Vertrauen basiert auf Selbstliebe und innerer Freiheit. Du bist vollkommen unabhängig. Das ist der große Unterschied zum bloßen Vertrauen, was du *in* etwas hast oder jemandem schenkst. Dieses Vertrauen darf dir auch mal fehlen. Dennoch bleibst du in deinem Ur-Vertrauen; es ist mit deiner Allverbundenheit in dir codiert. Hast du diese allerdings vergessen, bist du voller Misstrauen.

Was dich von deinem Ur-Vertrauen trennt, ist deine Geisteshaltung; eine weitverbreitete, von Angst bestimmte Haltung, die sich an überlieferten Glaubenssätzen und für deinen Verstand unüberprüfbaren Erfahrungen aus uralten Zeiten orientiert, oder an eigenen Glaubenssätzen, die deinem gegenwärtigen Leben hinderlich sind, die die Entfaltung deiner Potenziale blockieren und die du bisher nicht hinterfragst. Wenn du daran glaubst, dass Angst und Streit zum Leben gehören, wie willst du an das ewige Leben glauben können? *Wie*, Anne, willst du auf eine sichere, gesunde Zukunft vertrauen, wenn du glaubst dazu Geld zu benötigen? Ob du dein Ur-Vertrauen lebst, hängt von deiner inneren Haltung ab. Wer unter Freiheit versteht: *jederzeit alles* tun und *lassen* können, grenzenlos reisen, viel Geld, freien Sex, ein eigenes Haus oder Macht über andere, der kann dies alles verlieren und so ist er permanent abhängig von diesen äußeren Dingen – wenn er sie hat – oder er sehnt sich danach, ist süchtig nach mehr. Nur deine innere, *wahrhaftige* Freiheit macht dich wirklich frei. Die kann dir niemand nehmen. Von der wissen die wenigsten und noch weniger glauben an sie. Lasse ich alles los, fühle ich mich frei, *bin* in mir frei, spüre keinen Verlust, lebe ohne zu vergleichen und entscheide mich ganz bewusst, was an Fülle und Geschenken ich annehmen will oder über welche Einladung ich mich freue oder welche ich ablehne – ohne Schuldgefühle, Groll, Scham oder Rechtfertigungszwang."

Während ich mich bemühe, mit Marta Schritt zu halten, überlege ich: Wann war ich denn im Ur-Vertrauen? Wann ging es mir verloren? Ich gehe weit in meine Kindheit zurück, bis ich in der Erinnerung auf ein Ereignis treffe. Das muss es sein. Seit damals fühlt sich alles anders an, unsicherer, ängstlicher.

„Marta, ich bin gedanklich gerade in meine Vergangenheit gereist. Aus allerfrühester Kindheit tauchte ein Bild in mir auf, das sich für mich als ursächlich für den Verlust des Vertrauens in meinen Körper anfühlt. Kann es sein, dass ich mit einer Ohrfeige meiner Mutter vor den Augen meiner Spielkameraden, nur weil ich mein Brot nicht essen wollte, auch das Ur-Vertrauen verloren habe? Die Gefühle der Demütigung und Erniedrigung sind gerade stark präsent, auch die Scham vor den anderen."

„Das ist möglich. Was war denn danach anders? Was hast du in deinem Verhalten geändert?"

„Ich habe gefolgt, wenn andere dabei waren. Wenn ich aufessen musste, habe ich alles in mich reingestopft, auch wenn ich längst satt war. Ich habe still rebelliert oder mich verweigert, wenn es keiner sah. Ich habe im Kindergarten den Spinat mit Lebertran, den ich nicht mochte, in meine Schürzentasche gelöffelt und auf dem Nachhauseweg ausgeleert und dann Schnecken, Regenwürmer und Blätter eingesammelt, damit nicht rauskommt, warum meine Schürze wirklich so schmutzig ist."

Marta lacht. Dann bleibt sie stehen und fragt: „Du hast erzählt, du warst esssüchtig?"

„Ich bin es noch. Siehst du da einen Zusammenhang?"

„Möglich ist es schon, dass dieses Erlebnis dein Ur-Vertrauen erschüttert hat. Sicher ist dir das Vertrauen in die Signale deines Körpers mit dem angepassten Verhalten nach und nach verloren gegangen. Bei Esssucht steckt – bei Männern und Frauen gleich – meist unbewusst abgeleitet noch mehr dahinter: die Vermutung, weniger oder nicht geliebt zu werden. Entscheidend dabei ist, *wie* du das Ereignis wahrgenommen hast. Hungergefühle werden auch mental-emotional ausgelöst. Schuld und Scham erzeugen Angst und damit ein essentielles Mangelgefühl. Du meinst nicht zu genügen, zu verhungern oder verlassen zu werden. Dementsprechend verhältst dich. Wenn deine Annahme dann eintritt, schlussfolgerst du: ‚Ich hab's doch gleich gewusst'. Das ist eine böse Falle, weil das Misstrauen deinen eigenen Körpergefühlen gegenüber gestärkt wird und sich infolgedessen Verlust und Mangel in dir ausbreiten. Diese Gefühle sind der Nährboden für jegliche Art von Süchten. Bist du eine los, schleicht sich die nächste ein."

„Kann ich das ändern und *wie*?"

„Ja, klar kannst du das ändern. Wie ich dir gestern schon erklärt habe, existieren Vergangenheit, Gegenwart und Zukunft nebeneinander."

Ich schüttle den Kopf. „Den Zusammenhang verstehe ich nicht, Marta."

„Leben ist immer *jetzt*. Oder gibt es außerhalb des menschlichen Verstandes in der Natur Vergangenheit oder Zukunft? Denkt ein Tier oder Vogel über gestern oder morgen nach?"

Zögerlich antworte ich: „Wohl nicht."

„Eine Sucht ist immer ein Sehnen nach etwas, was wir nicht haben. Hinter jeder Sucht verstecken sich ein oder mehrere unerfüllte Bedürfnisse. Du empfindest also Mangel und hoffst auf die Mangelbeseitigung in der Zukunft. Doch wann beginnt deine Zukunft?"

Ich überlege. „Nie oder immer."

„Genau. Vergangenheit und Zukunft verschmelzen mit der Gegenwart. Dein Mangelgefühl loswerden, kannst du nur im Jetzt. Kennst du den ursächlichen Auslöser, schreibst du die Vergangenheit um. Wenn nicht, frage nach dem wahren Bedürfnis, was im Moment deine Sehnsucht ausgelöst hat. Dann wähle bewusst eine Strategie dieses zu erfüllen oder zu befrieden ohne die alten Muster zu bedienen. Das klingt einfach, wäre da nicht das Hirngeplapper unseres Ego-Ichs, das uns erzählt, uns könnte es viel besser gehen, wenn … in Zukunft. Wenn eine Schlange gerade gefressen hat, satt ist und nun quert noch ein Kaninchen ihren Weg, meinst du, sie verschlingt das auch noch, weil es in den nächsten fünf Tagen vielleicht keines finden könnte?"

Ich schüttle den Kopf.

„Sie legt sich im tiefen Vertrauen, dass sie immer zu fressen finden wird, an eine ruhige Stelle und lässt den lieben Gott einen guten Mann sein."

„Und wenn nicht? Soll ja vorkommen." Ich schmunzle vor mich hin, ein bisschen gehässig, doch Marta überhört den Unterton.

„Steht längere Zeit keine Nahrung zur Verfügung verabschiedet sich die Schlangenseele und geht in eine andere Dimension, einen anderen energetischen und informellen Zustand des ewigen Lebens über. Aber sie grübelt nicht vorher darüber nach und sie hat vor allem keine Angst davor. Sie lebt – jetzt!" Martas Antwort ist getragen von Freude. Ich spüre keine Spur von Häme bei ihr. Ich schäme mich. Was ist das für eine Frau!

„Und doch gibt es eine Zukunft, bevor sie Gegenwart wird! Das globale Bewusstsein hält – außerhalb von Raum und Zeit – Millionen Varianten bereit. Je näher das Ereignis oder deine Entscheidung kommt, umso mehr verdichten sich alle Informationen und Energien hin zu genau dem einen Ereignis, der einen Entscheidung, auf die du dann treffen oder die du wählen wirst. Dein Körper weiß es schon vorher und du kannst mit deinem freien Willen bis zum letzten Moment aus den Angeboten der Millionen Möglichkeiten wählen. Du kannst heute mit deinem jetzigen Denken und Handeln deine Zukunft basteln, genauso aber auch deine Vergangenheit umgestalten, indem du anders über sie denkst. Du gestaltest dir die dich belastenden Erlebnisse – wie du es mit dem Kronleuchter in der Pension unbewusst gemacht hast – einfach so um, dass sie sich gut für dich anfühlen. Dann kannst du ohne Vorverurteilungen im Heute dir ein optimales Morgen erschaffen. Die Blockade deiner Lebensenergie ist aufgehoben. Ist das nicht toll, was wir für Macht haben?"

„Das muss ich erst einmal setzen lassen. Wenn es so ist, dann bedaure ich eher die Macht."

„Weil wir sie missbrauchen?"

Ich nicke.

„Das liegt doch in unseren Händen, Anne. Unser Dilemma allein ist die Angst, vor dem Tod, vor Scham, Versagen und Verlust. Wir haben Angst auf unsere ganzen Errungenschaften, auf Reisen, den hohen Wohnstandard und Essen aus allen Herren Ländern verzichten zu müssen. Wir sehen nicht, dass Verzicht uns unermesslichen, unendlichen Reichtum bringt. Wir glauben zu verhungern, wenn wir nichts zu essen bekommen und wissen gar nicht, dass rings um uns so vieles essbar ist und für uns bereitsteht, ohne das es uns was kostet! Wir leben in einer verhängnisvollen Abspaltung von allem, in einer traurigen Unwissenheit. Aus dem Glauben heraus, dass die Gegenwart getrennt ist von Zukunft und Vergangenheit, bewerten wir vergangene Momente und interpretieren den in der Gegenwart längst gestillten Hunger in die Zukunft. Du lebst, wie du den gegenwärtigen Moment mental-emotional wahrnimmst. Wenn du deine Sucht loswerden willst, Anne, richte dich neu aus! Gestalte das Erlebnis mit deiner Mutter um. Denke bewusst an eine mitfühlende Mutter, die – beispielsweise – für alle Kinder eine Schale Obst bringt und spüre die Fülle, die Wärme, die davon ausgeht. Träume und *erfühle* die Erfüllung deiner Bedürfnisse in der Gegenwart und dann lass die Gedanken daran los. Schenk ihrer Erfüllung Vertrauen, auch wenn du noch nicht weißt, wie genau sie in Erfüllung gehen können."

Die Almhütte kommt in Sicht. Und auch Gustav. Er bleibt immer in der Nähe der Hütte. Als er uns bemerkt, kommt er uns entgegen. Er begrüßt Marta mit einer Kopfgeste, die eine Streicheleinheit geradezu einfordert. Marta lässt sich darauf ein, liebkost ihn, neckt und schubst ihn, und fordert den alten stolzen Herrn auf, aus sich herauszugehen, sich zu bewegen und … Das letzte Stück zur Hütte laufen wir mit ihm um die Wette. Mehr vor Lachen als vor Anstrengung halten wir inne.

Während wir langsam weitergehen, spricht Marta weiter: „Das Konstrukt Vergangenheit – Gegenwart – Zukunft ist durchaus sinnvoll. Wie sonst wollen wir uns über Ereignisse unterhalten, die wir bereits wirklich erlebt haben? Die sind in der *materiellen* Welt nicht mehr gegenwärtig, nur noch geistig, in der Erinnerung. Die Abbildung der Vergangenheit ändert sich mit deinem mental-emotional gegenwärtigen Zustand und dementsprechend deren Interpretation in deine Zukunft. Wir können alles zu unserem Wohlergehen verändern, wenn wir unseren Horizont erweitern und aus der Sicht des großen Ganzen die Dinge und Ereignisse wertfrei sehen. *Dabei* kann ich dir helfen."

Wir sind mit Gustav an der Hütte angekommen. Marta schaut auf die Uhr in der Küche, dann setzt sie sich auf die Bank unter dem Vordach der Almhütte. Der Schatten tut nach so viel Sonne gut. Ich hole uns Holundersirup und die Karaffe mit kühlem Wasser. Eine Erfrischung tut uns jetzt gut, bevor wir in den Stall gehen.

Ich ziehe für mich ein Fazit. „Marta, worüber wir uns ausgetauscht haben, hat mich sehr aufgewühlt. Die ganzen Schäden, die Zusammenhänge, die du mir aufgezeigt hast … ich sehne mich so nach Frieden, innerem, weißt Du? Doch ich kann nicht glauben, dass dies alles nur durch ein falsches Denken entsteht. Solange es Krieg und Zerstörung gibt, kann ich in mir keinen Frieden finden."

„Umgekehrt wird ein Schuh draus! Der Geist ändert die Materie! Alle wollen Frieden, auch die, die Krieg anstiften, schüren, führen und Terror verüben. Der innere Frieden korreliert mit dem äußeren, da gebe ich dir recht. Aber nicht der Krieg ist Verursacher negativer, aggressiver, zerstörerischer Gedanken, sondern das Feindbild im Kopf, der Konkurrenzgedanke und die Angst vor dem Tod. Oder meinst du, dass jemand in einem Land Unfrieden stiften will, wenn er die Menschen dort für Freunde hält?

Der Mensch ist ein kooperatives friedfertiges Wesen, egal wo er geboren und wie er sozialisiert wurde. Wenn du das vergisst, kannst du leicht Probleme mit seinem Anderssein bekommen, weil du dich dann getrennt von ihm wahrnimmst. Die tragische Illusion der Menschheit. Bist du dir aber bewusst, dass du mit allem eins bist, lebst du deine geistige Wahrhaftigkeit *in* deiner stofflichen Realität authentisch. *Du bist* dir deines inneren Friedens bewusst, trägst ihn nach außen! Es wird Zeit."

Marta steht voller Energie auf und geht in den Stall.

„Oh Gott", stöhne ich. Ich spüre eine lähmende Trägheit in den Gliedmaßen. Doch ich will auch zu den Kühen. Noch ein Schluck Holundersaft. Was sagte Marta … sie nimmt ihr Glück immer mit? Na dann – ich auch!

Im Stall herrscht Betriebsamkeit. Ohne Worte dirigieren Marta und ich die Kühe zu ihrem Melkplatz. Einige liegen noch im Weg. Während ich mich neben die Kuh Berta hocke und ihren dicken Babybauch streichle, damit sie zum Melken aufsteht, frage ich Marta anknüpfend an das heute Morgen Beobachtete: „Wie schaffst du es nur, so gelassen und doch voller Freude zu bleiben. Deine Lebenslust ist wirklich ansteckend."

Marta lacht. Sie beobachtet mich und wartet, bis Berta steht und ich ihr Euter pflegen kann. Dann antwortet sie mit sanfter Stimme: „Es gibt nur einen Weg aus dem Dilemma unserer zivilisierten Gesellschaft: Jeder Einzelne findet zu sich selbst zurück, allerdings auf einer neuen Stufe. Nicht zurück in Form von rückwärts, ganzheitliche Evolution ist angesagt!"

Sie will sich den anderen Kühen zuwenden, doch mein Blick stoppt ihre Bewegung. Sie kommt zu mir und während sie langsam über Bertas Bauch streicht, nimmt sie sich Zeit für eine Erklärung, sehr nachdenklich, aber bestimmt. „Der Prozess der Menschwerdung beginnt erst jetzt! Zuerst in jedem Einzelnen, bevor es kollektiv wirkt. Auch wenn es paradox klingen mag, weil das Einzelbewusstsein die Eigenschaft hat, sich dem kollektiven unterzuordnen, kann sich das kollektive Bewusstsein nur durch das einzelne, zu ihm gehörende Bewusstsein ändern. Erst bei einer kritischen Anzahl Gleichgesinnter – Untersuchungen ergaben wohl weit weniger als 10 % – tritt ein Umschwung ein. Die restlichen ändern dann ihre Meinung und laufen in die neue Richtung mit oder haben keinen Einfluss mehr auf das kollektive Bewusstsein."

Berta wird unruhig. Ich bekomme kaum Milch aus den Zitzen. Ohne das Euter aus dem Blick zu verlieren, sage ich: „Wie 1989 zur Wende."

Marta nickt. „Es kommt also auf jeden Einzelnen an. Das ganze Universum funktioniert ohne jegliche Machthierarchie, mit einem dynamischen, transzendierenden Bewusstsein."

Diesmal unterbreche ich Martas Gedankenpause nicht, obwohl ihre Schlussfolgerung bei mir einschlägt.

„Eure Wende war meines Erachtens ein Meilenstein in dem sich jetzt vollziehenden Evolutionsprozess. Wir durchlaufen beginnend mit unserer Geburt die gleiche Entwicklung, die die zivilisierte Menschheit seit Tausenden von Jahren vollzieht: Vom göttlichen Dasein zum allverbundenen, natürlichen, geistig-schöpferischen Wesen höheren Bewusstseins. Dazwischen liegt die nun zu Ende gehende Phase des Leids und der Zerstörung eines von seinem

Menschsein abgespaltenen unbewussten Wesens. Eckhardt Tolle[1] bezeichnet deshalb auch den heutigen Menschen als schizophren. Übrigens ist die Anzahl der offiziell an Schizophrenie Erkrankten in Städten im Vergleich zum ländlichen Raum doppelt so hoch. Auch viele andere Krankheiten treten in der Stadt wesentlich häufiger auf als auf dem Land. Ohne die Verbindung zur Natur werden Menschen nicht nur körperlich schwächer, auch der Informationsabgleich auf feinstofflicher Ebene fehlt. Der menschliche Körper, wie auch sein Geist, brauchen den Informationsaustausch mit der unmittelbaren Natur genauso wie mit dem Kosmos. Es gibt viele Darstellungen, warum wir uns von der ursprünglichen Verbundenheit mit der Natur abgespalten haben oder abspalten ließen. *Ein* Grund ist die Bewertung aller Dinge, Situationen, Pflanzen, Lebewesen und ihres Verhaltens nach Gut und Böse. Ein weiterer, ganz wichtiger Grund, der diese Trennung vom eigenen Sein beförderte, war die Verdammung übersinnlicher Fähigkeiten des Menschen als ketzerisch, weil dies hieße, dass Menschen göttliche Potenziale in sich tragen. Wer seine Allverbundenheit lebte, dem wurde – egal welchen Glaubens oder welcher Gesinnung – unterstellt, sich über Gott erhöhen oder sich ihm gleich stellen zu wollen. Doch gerade die eingebildete Trennung von der Allverbundenheit führte zur Erhöhung über Gott.

Es ist ein weitverbreitetes Instrument des den Menschen beherrschenden Egos: Das, was es selbst tut, unterstellt es seinen Mitbürgern, die es immer als Gegner betrachtet. Außer es will etwas von ihnen. Dann werden die Gegner zu den sogenannten Busenfreunden, frei nach dem Motto ‚Pack schlägt sich, Pack verträgt sich'. So einfach, so durchschaubar und doch ist es das unbewusste, weil eben *nicht* dem Menschen wesenseigene Leitmotiv unseres konditionierten Verstandes. Mit der Verbreitung der kirchlichen Ansicht, dass es nur *einen* und auch noch all- und übermächtigen Gott gibt, änderte sich das tief verankerte Selbstverständnis der Menschen

---

[1] Eckhardt Tolle, Bestsellerautor und Weisheitslehrer

von ihrer eigenen Göttlichkeit und dem geistigen Ursprung allen Seins. Unter dem Selbstverständnis der menschlichen Göttlichkeit verstehe ich die Allverbundenheit." Marta beobachtet mich lächelnd und wartet, bis ich aufhöre zu melken und sie ansehe. Ihr ist die Unterhaltung scheinbar wichtiger. „Wie weltweit die Geschichte zeigt, brachte das Getrenntsein, das nun tat-sächliche Erheben des sich nunmehr in einer Sonderstellung wähnenden Wesens ‚Mensch' über die Natur Elend, Zerstörung und Leid. Wer offensichtlich und kollektiv seine Existenzgrundlage zerstört, hat nichts, aber auch so gar nichts mit dem wirklichen Menschsein am Hut, auch wenn er sich hinter der Fürsorge für einzelne Gruppen, zum Beispiel für Flüchtlinge, versteckt. Wer Mauern um seine, auf Kosten anderer, erwirtschaftete Komfortzone baut und am Bildschirm das Elend anderer betrachtet, ohne nach den Ursachen zu fragen, und gar nicht auf die Idee kommt, aufrichtig teilen, geben zu wollen, ist kein Mensch, sondern seine Pseudo-Persönlichkeit.

Versteh mich nicht falsch, es geht nicht um Schuld, sondern nur allein darum, endlich zu erkennen, dass wir Menschen anders gedacht sind. Wahrhaftiges Menschsein ist Liebe, vollkommene Liebe. Deshalb steht uns die *wahre* Menschwerdung erst noch bevor. Einige, so wie du und ich, sind auf dem Weg dahin. Ich glaube, es sind schon viele. Die zeigen sich nur nicht, weil sie in den alten Strukturen und ihren Ängsten noch festhängen. Die jetzt zu Ende gehende Phase, in der wir uns als getrennt wahrnehmen, lehrt uns in einem individuell oft sehr schmerzhaft empfundenen Prozess das Loslassen von allem Haben und Wollen. Wer sich ein Loslassen von allem nicht vorstellen kann, wird es materiell oder gesundheitlich erfahren: Loslassen bis auf das blanke Sein. Zerstörung, Krankheit, Schmerz und Vernichtung schubsen uns zu uns selbst. Die Entfaltung des wahren Menschen hat längst begonnen und ist unsere Aufgabe: Verbunden sein und aus der Liebe zu uns selbst und zu allem, was ist, schöpfen."

Marta senkt die Stimme, tritt einen Schritt von Berta weg und findet zu meiner Frage zurück. „Dann erfüllt auch dich Gelassenheit, egal was passiert, du bist glückselig. Auch wenn nach wie vor Wolken durch meinen Alltag ziehen und Schatten mir zeitweise die Sicht nehmen – wenn ich mich nicht mit ihnen identifiziere, kann ich in mir ein Licht anknipsen, und die Dunkelheit verzieht sich oder ich wende mich dem Licht zu und lasse so die Schatten hinter mir. Meine Allverbundenheit hilft mir immer, eine Strategie zu finden. Mir selbst helfen zu können, um in der Balance zu bleiben ist ein Naturgesetz, uns wesenseigen."

Während Marta spricht, ist es ungewöhnlich still im Stall. Jetzt setzt das Muhen wieder ein. Auch Marta nimmt den Unterschied wahr. Sie lacht. Während sie zu den Kühen hinter mir geht, erklärt sie: „Kühe sind sehr sensibel. Sie spüren alles, wenn sie frei und ungedopt aufwachsen können und ihre Hörner behalten dürfen. Deshalb sind sie in Indien auch heilig. Du hast ja sicher auch schon gemerkt, dass jede ihren ganz eigenen Charakter hat. Sie haben meiner Stimme gelauscht. Hätte ich aufgeregt gesprochen, wäre Unruhe im Stall gewesen. Auch wenn ich sie beim Sprechen gemolken hätte; ich hätte nur die halbe Aufmerksamkeit fürs Melken gehabt. Danke, dass du aufgehört hast, Berta zu melken, und *nur* zugehört hast. Jetzt aber lass uns weitermachen und den Kühen unsere liebevollen Gedanken schenken. Dann entspannen sie, das Melken geht leichter und sie geben mehr Milch. Ich habe dir gerade gesagt, Natur *ist* Liebe. Alles, was wir mit Hingabe tun, geht leicht und gelingt."

Wir schweigen. In meinem Kopf kreiseln die Gedanken. Während auf Martas Seite die Kühe ruhig stehen und ich kaum ein Geräusch aus ihrer Stallecke wahrnehme, sind die Kühe, die ich melken will, quirlig. Hin und her, vor und zurück, Geschiebe und unzufriedenes Muhen. Marta will ich nicht um Unterstützung bitten. Was bleibt mir anderes übrig, als es ihr gleichzutun? Einen Versuch ist es wert: Ich achte auf meinen Atem. Ganz langsam schaffe ich es, meine Aufmerksamkeit nach innen zu lenken.

Wie hatte Marta mir das am Berg erklärt? Ich schließe die Augen, atme tief ein und aus und konzentriere mich voll auf den Atemfluss durch meinen Körper. Ich beginne meine Gedanken zu beobachten, wie Marta es mir gezeigt hat. Sie zu unterbrechen und gar bewusst anders zu denken gelingt mir noch nicht. Ich bin froh, dass sie weniger werden, und entspanne. Ich schicke meine Aufmerksamkeit in jedes meiner Gliedmaßen, mein Gesicht, jeden Muskel und bitte meinen Körper zu entspannen. Das Euter von Lotte rutscht aus meinen Händen. Ich genieße einen Moment lang totale Entspannung, das Kribbeln in mir, den Stallgeruch.

Die Kühe werden auch auf meiner Seite ruhig, wohltuender Frieden. Langsam öffne ich die Augen. Ganz behutsam beginne ich wieder mit dem Melken und – es gelingt! Ohne Kraftanstrengung! Marta schaut zu mir herüber und zwinkert mir zu. So richtig überzeugt bin ich noch nicht. Ist wirklich meine innere Ruhe für die Harmonie in meinem Umfeld ausschlaggebend?

Als Marta fertig ist, geht sie leise hinaus. Zwei Kühe habe ich noch zu melken. Das Milchauto wird jeden Moment kommen. Plötzlich wehrt sich die Kuh. Was ist? Was war mein letzter Gedanke? Richtig, das Milchauto muss möglicherweise wegen mir warten. Und sofort habe ich mich schuldig gefühlt. Ungeduld. Stress. Hat die Kuh das gemerkt? Scheinbar. Das gleichmäßige, konzentrierte Melken gelingt mir nicht mehr. Wegen einem Gedanken! Wie kann ich anders denken? Marta kommt mit langsamen Schritten in den Stall zurück.

„Marta, wenn das Milchauto kommt und ich bin noch nicht fertig …?"

„*Ist* es da?"

Klare Ansage: Bleib mit deiner Aufmerksamkeit bei dem, was du tust. Ich habe verstanden.

Marta legt mir die Hand auf die Schulter. „Claus wechselt gern ein paar Worte mit mir." Sie versteht sich gut mit dem Fahrer, ihre Familien sind schon viele Jahre befreundet. Während ihrer Zeit hier auf der Alm ist Claus die einzige direkte Verbindung zu ihrer Fa-

milie. Die Alm liegt in einem funktechnisch strahlungsfreien Raum
– für mich eine Idylle.

Geschafft! Noch kein Milchauto ist in Sicht. Wozu also dieser
Stress vorhin? „Warum fallen dir Lösungen ein und mir nur Gedanken, die Zweifel und Schuld bewirken?"

Martas Antwort ist kurz und überzeugend: „Wir lernen, zuerst
das Negative zu sehen. Es wird uns eingehämmert, nicht nur durch
Presse, Rundfunk und Fernsehen."

Ich trete neben sie, lenke meine Aufmerksamkeit wieder in mein
Inneres. Alles in mir ist lebendig. Da ist es wieder, dieses so erfüllende Gefühl. Doch wie kann ich es beibehalten, während ich etwas
tue? Noch gelingt es mir nur mit geschlossenen Augen. Es fällt mir
so schwer, mich zu konzentrieren. Wie kann ich diese kurzen Momente innerer Aufmerksamkeit verlängern? Nur mit Üben? Wie
lang soll das dauern? Und wie kann ich andere Szenarien willentlich kreieren? Was hatte Marta gesagt: alles Haben und Wollen
loslassen? Aber wie?

Das Milchauto beendet meine Grübelei. Ich denke an den bevorstehenden Abend. Vorfreude kommt auf. Marta hat mir versprochen, mit dem Erzählen der Geschichte ihrer Großmutter zu beginnen. Ich kann es kaum erwarten. Während Marta noch das Melkgeschirr reinigt, beeile ich mich mit dem Duschen, um das Abendbrot für uns zu bereiten. In dem kleinen Keller der Almhütte, der
über eine schmale Stiege von außen erreichbar ist, hat zwischen
Felsbrocken eine Dusche Platz gefunden. Quellwasser.

Abendliche Stille zieht ins Tal. Wir sitzen auf der Bank vor der
Hütte, genießen die Wärme der Sonnenstrahlen an diesem frühen
Abend und tanken auf nach einem prall gefüllten Tag.

Marta füllt ihr Glas. „Du auch?"

Ich nicke. „Danke, Marta." Der Quittensaft ist köstlich.

„Wie fühlst du dich, Anne? Es war nicht sehr weit, aber der An-
stieg ist ungewohnt für dich."

Ich trinke erst einmal einen Schluck. Langsam kehren meine Lebensgeister zurück. „Was mich angestrengt hat, sind die vielen neuen Eindrücke und vor allem die Gespräche. Deine Sichtweise der Dinge ist für mich so ungewohnt. Dazu noch meine Erfahrung von eben im Stall. Mein Bild von der Welt beginnt zu wanken."

Schweigend genießen wir den Saft. Marta rekelt sich und atmet tief durch. „Das gefällt mir. Ich habe mich gefreut heute, sehr sogar, weil ich gemerkt habe, dass du bereit bist, deinen äußeren Blick zu weiten. Nicht nur das, du hast dir einen Blick nach innen gestattet. Die Erfahrung scheint dich zu bewegen. Deine bisherigen Ansichten kollidieren mit dem Erlebten?"

Ich nicke. „Ich kann es noch nicht einordnen. Ich werde darüber schlafen." Ich schließe die Augen und spüre in mich hinein.

Auch Marta wendet ihr Gesicht der Sonne zu. Ich kann sie kaum verstehen, so leise spricht sie, als wäre es nicht für mich gedacht. „In mir brennt so sehr der Wunsch, dazu beizutragen, dass sich die Erde *mit uns* regenerieren kann. Auch da ich weiß, dass es gelingt, wäre ich froh, wenn es schneller gehen würde. Ich möchte so leben wie die Lillianer in den Geschichten meiner Großma. Ich habe die letzten Jahre Wissen über den Menschen und die Natur aufgesogen wie ein ausgetrockneter Schwamm. Ich konnte mir lange Zeit überhaupt nicht vorstellen, dass die Geschichten meiner Großma schon Realität sind. Nun bestätigen Erkenntnisse von Forschern, dass sich Lillyland verwirklicht."

Marta öffnet die Augen und dreht sich zu mir. „Wir können anders leben, wenn wir es nur wollen!" Dann dreht sie sich wieder um, schließt die Augen und spricht ruhig weiter: „Besonders in den letzten Jahren habe ich die Veränderungen der Gesellschaft und der Natur beobachtet und darüber nachgedacht. Das derzeitige zerstörerische Handeln, ob individuell oder kollektiv, kann nur einen Sinn haben: Es dient dem Erinnern der Menschen. Wer freiwillig nicht bereit ist, wird die Erfahrung machen müssen, um zu begreifen: Nur *jeder Einzelne* und wir *gemeinsam* tragen die Verantwortung für die jetzigen Geschehnisse und den Zustand der Erde.

Keiner, nicht einer kann sich aus der Verantwortung nehmen. Jeder Gedanke, den wir denken oder zulassen, jedes Gefühl, was wir emotional ausleben oder unterdrücken, jede Entscheidung, die wir treffen oder nicht treffen, und jede unserer Handlungen haben Konsequenzen für das Gesamtsystem Erde und das Universum. Der Mensch wird geboren als Schöpfer. Je nachdem, wie er denkt, fühlt und handelt, hat das konstruktive, Leben fördernde oder destruktive, zerstörerische Konsequenzen. *Niemand* kann sich *seiner* Verantwortung dafür entziehen. Nun aber kann der Mensch – mit der Leugnung seiner angeborenen Spiritualität und seiner damit verlorenen Körperbeziehung – die Konsequenzen nicht fühlen. Aus seiner Sicht ist immer alles richtig. Er kann sich nicht mehr selbst reflektieren. Jeglicher Versuch, ihn zu überzeugen, wird scheitern. Wirkliche Veränderung gelingt nur aus dem eigenen Innersten heraus, wenn dich etwas zutiefst berührt und die Sehnsucht in dir deine Bereitschaft weckt, alle Ängste vor Neuem über Bord zu werfen. Wenn andere *spüren, so* wie *du* lebst, lohnt es sich zu leben, 100 oder 150 Jahre lang, jeden Tag, 24 Stunden am Tag, Jahr für Jahr, dann besteht die Chance, dass sie das auch wollen.“

Leise spricht Marta weiter: „Großmas Geschichten erscheinen mir als *die* Vision für unsere Erde. Als Kind bewunderte ich ihre Phantasie. Später vermutete ich, dass sie channelte. Doch darauf angesprochen meinte sie, dass Gott jedem Geschichten erzählt, nur fragen ihn wenige. Wie soll jemand, der nicht an Gott oder ein Allbewusstseinsfeld glaubt, Fragen an dieses stellen wollen? Auch fließen Erfahrungen und Werte derer, die Gott fragen, mit ein. Oft geschieht das unbemerkt und wird auch von denen, die daran verdienen, abgestritten. Doch jeder Mensch empfängt durch und mit seiner eigenen individuellen Geisteshaltung. Erst nach dem ‚Filtern‘ wird dir die ‚Antwort‘ bewusst. Außer du bist so gegenwärtig, dass du innerlich ‚leer‘ bist. Kein Gefühl, keine Wertung, kein Gedanke, nichts. Absolut nichts. Pure Beobachtung. Wer schafft das schon? Die Informationen gehen gewöhnlich durch unseren Wahrnehmungsfilter. Ich konnte das als Kind bei Großma beobachten, waren doch ihre Geschichten, wenn sie diese wiederholte, jedes Mal ein bisschen anders. Wenn ich sie darauf hinwies, blickte sie mich schelmisch an und meinte: ‚Siehst du, Marta, wir können tausend Versionen leben und jeden Tag wird Gott uns eine andere aufzeigen, so wie wir jeden Tag anders sind. Wichtig ist nur, dass wir verstehen, dass es *unser* Wille ist, *welche* Geschichte wir gerade leben wollen‘.“

Wie soll ich das alles verarbeiten. „Marta, was ist ‚channeln‘?“

„Das Wort bezieht sich auf das englische ‚Kanal‘ und meint ungefähr, dass Du Informationen aus dem ‚Nichts‘, also dem universellen Bewusstsein, dem Feld, empfangen kannst. Wenn du sie dann in Worte oder Bilder fasst, bist du der ‚Kanal‘, durch den diese Informationen, eine Idee oder eine Stimme vernehmbar werden.“

„Informationen aus dem ‚Nichts‘ nenne ich Ideen oder Einfälle.“

„Ja, das ist für mich auch so. Du fragst dich etwas, suchst nach einer Lösung und plötzlich fällt sie dir ein. Natürlich können Ideen auch ein Ergebnis geschickter Wissenskombinationen in deinem Gehirn sein. Vielleicht ist es auch dein Geist, der dein Gehirn nur benutzt und der mit dem Universum verbunden ist. Ich glaube an den globalen Wissensspeicher des universellen Bewusstseins, aus dem sich die Ideen eines Einzelnen generieren. Jeder ist ein Teil davon – du und ich und alle Lebewesen und auch alle feste Materie. Letztendlich unterscheiden wir uns nur durch unsere Schwingungsfrequenz und die Informationen, die wir in uns tragen. Alles ist Energie. Wir können diesen Wissensspeicher anzapfen und tun es ungewollt permanent. Versuche haben ergeben, dass der Körper schon vor dem Eintreten eines Ereignisses davon weiß und sogar erkennt, ob es uns dient oder uns stresst. Auch Pflanzen und Tiere bedienen sich eines Wissens, das nicht in ihren Genen oder – bei Tieren – im Gehirn gespeichert ist. Sepp hatte beobachtet, dass Ameisen vor einem harten Winter die Eier der Blattläuse im Herbst in ihren Bau holen und sie im Frühjahr wieder auf die Bäume zurückbringen. Woher wissen die von dem harten Winter?“

„Hm."

„Ich bin noch heute überzeugt, Großma verfügte über große übersinnliche Fähigkeiten und konnte so auf das Informationsfeld zugreifen. Dennoch differenzierte sie und gab ‚ihre' Meinung dann nicht als allgemeingültige Weisheit weiter. Großma konnte sehr gut den Unterschied fühlen, was bei ihr an eigenem dazu kam. Sie war sehr bewusst ohne daraus eine Besonderheit zu machen. Sie fühlte aber auch bei anderen was ehrlich und echt, also aus dem Feld kommt oder vom konditionierten Verstand verfälscht oder verschwiegen wurde."

„Marta, wenn uns alles Wissen umgibt, brauchen wir wirklich *nur* zu fragen?"

„Ja. Die Lillianer leben so. Sie haben eine sehr hohe Bewusstheit und *leben* ihre Verbundenheit mit allem – bewusst. Sie können die Schwingungsenergie ihres Herzens erhöhen und wechseln in andere Dimensionen, in denen Raum und Zeit aufgehoben sind. Dadurch haben sie Zugang zu allem Wissen. Die Fähigkeit, dieses zu nutzen, ist in ihrer und auch in unserer DNA gespeichert. Großma hat mir auf ihre Art erklärt, wie ich meine Träume erfüllen kann: Wenn ich mir alles im kleinsten Detail vorstelle und mich in meine Wunschsituation einfühle, wäre die Chance groß, dass sie in Erfüllung geht. Aber – hat Großmutter gemeint – mein Herz muss das Bild wollen und es an Gott abgeben. Er würde sich um die Realisierung kümmern. Für sie war das universelle Bewusstsein Gott, aber ein anderer als der, für den ihn die Kirche verkauft. Er war NICHTS und doch ALLES.

„Und, hat es funktioniert?"

„Als Kind ja. Da habe ich die Erfahrung machen können. Meist wenn ich nicht mehr daran gedacht habe, und es passierte dann in einer anderen Art, als ich es mir vorgestellt hatte, so als wollte das universelle Bewusstsein mir sagen: ‚Lass mir ein bisschen Freiheit in dem Spiel des Lebens, dann bekommst du, was du willst, deine naturgegebenen Bedürfnisse werden erfüllt.' Ich habe mir die Träume, die so in Erfüllung gingen – manchmal Jahre später –, genauer angesehen. Die Verwirklichung entsprach immer meinem Herzenswunsch. Da war eine solche Stimmigkeit. Ich war jeweils so überzeugt, dass mir mein Verstand nicht den geringsten Zweifel oder gar Angst hätte unterjubeln können. Doch wenn ich an der Erfüllung des Traumes festhielt, konnte ich lange darauf warten."

„Glaubst du, deine Träume von einer friedvollen, glücklichen Welt helfen, unsere Erde *mit* den Menschen zu erhalten?"

„Ja, aber ganz sicher!" Marta ist empört über meinen Zweifel. „Anne, so wie pathologische Phantasien, Utopien, Filme, Bücher und auch nur zerstörerische Gedanken in jedem einzelnen zu Krieg, Gewalt, Aggressionen und all den Zerstörungen der Natur beitragen. Das universelle Bewusstsein bewertet das Werk der Menschen nicht und achtet deren freien Willen. Doch es *will leben*. Es *ist* das Leben. Es kann sehr wohl unterscheiden, ob das, was wir tun, dem Leben dient oder seiner Entfaltung entgegenwirkt – sowohl in unserem Organismus als auch global im Universum. Sonst würden sich Tiere und Pflanzen an unsere technischen Eskapaden anpassen und nicht aussterben. Das hat Bruce Lipton[1] in den menschlichen Zellen nachgewiesen. Es gibt mittlerweile viele Untersuchungsergebnisse, die zeigen, dass nicht nur das Bewusstsein *unserer* Zellen weiß, was es braucht, um sich und das System, zu dem es gehört, am Leben zu erhalten. Für mich ist das durchaus logisch, denn das globale Bewusstsein, das Allbewusstsein durchdringt alles. Es wertet nicht und doch reagiert es, wenn wir seine Balance gefährden mit Krankheiten und schließlich mit einem viel zu frühen Tod. Wir könnten alle viel älter werden."

„Noch älter?"

„Physiologisch durchaus. Die Weltraumärztin Dr. Galina Schatalova hält laut ihrer Forschungen ein Alter von ungefähr 150 Jahren für durchaus realistisch. Wir können uns erhöhen über all das Wunderbare, das in uns angelegt ist, wir können die Existenz des globalen Allbewusstseins abstreiten, die Natur zerstören und Krie-

---

[1] Bruce Lipton, Biologe, Epigenetiker

ge führen, wie wir wollen, oder wir können in Liebe miteinander leben und die Natur wertschätzen. Alles kommt *genau so* wieder zu uns zurück. Das Gesetz von Ursache und Wirkung und das Gesetz der Entsprechung. Auch wenn es nie nur eine Ursache für eine Wirkung und nie nur eine Wirkung auf eine Ursache gibt, so ist das Vorzeichen der Wirkung entsprechend dem der Ursache. Das universelle Bewusstsein ist einfach genial: Wir sind Teil eines gigantischen alles umfassenden kosmischen Wirkungsgefüges. Missachten wir unsere Teilhabe an diesem Göttlichen in uns, greift das universelle Bewusstsein im Sinn des Gesamtsystems ausbalancierend ein – das Gesetz des Ausgleichs. Wer aber treu und ehrlich in Allverbundenheit zum *Leben* beiträgt, dem wird sein Leben – jeden Tag neu – geschenkt. Das ist die Entsprechung. Bist du zu dir ehrlich, ist das universelle Bewusstsein oder Gott, wie Großma meinte, ‚dir hold‘. Innen *und* außen in Balance, innen und außen untrennbar eins. Siehst du sowohl deine wie auch die Bedürfnisse des Ganzen, wird das Ganze dir dienen.“

Marta ist in ihrem Element. Ich bin erstaunt. Dennoch, ihre Gedanken kann ich – mehr fühlend als verstehend – nachvollziehen.

„Forscher haben herausgefunden, dass unser Herz ein Feldbewusstsein jenseits von Raum und Zeit besitzt. Es reagiert zeitidentisch, *bevor* du mit deinem Wachbewusstsein etwas wahrnimmst. Das ist über die Herzratenvariabilität messbar. Unser Herz ist nicht nur ein Erkenntnisorgan, es verbindet uns mit der Welt ohne Zeit und Raum. Es sendet und empfängt Energie, die uns sowohl mit der irdischen und kosmischen Natur verbindet als auch mit unserer Seele, die in unserem Herzen wohnt. Deshalb ist es für mich so wichtig, dass ich auf mein Herz höre, auf *die* Stimme, die aus dem Herzen, von meiner Seele, zu mir spricht. Wir können die Probleme, die entstanden sind und immer noch entstehen, weil wir glauben, dass wir das Denken unseres Ego-Ichs sind, nicht mit unserem Verstand lösen, nur mit unserem Herzen. Liebe und Dankbarkeit sind die einzigen Mittel zur Wandlung eines selbstmörderischen Denkens.“ Marta legt ihre Hand auf ihr Herz. „Ja, *nur* mit einem befriedeten Herzen können wir die Welt verändern und wir brauchen dazu *jedes* noch so kleine Herz.“

Das Lächeln auf Martas Gesicht zeigt, dass sie mit diesen Worten an die vielen unschuldigen, reinen kleinen Kinder denkt, die in diese Welt derzeit geboren werden. „Anne, wir brauchen nicht nur Menschen mit einer anderen Geisteshaltung, sondern auch andere Räume und Bauten! Die sollten heute schon geplant und gebaut werden – als Einladung an die kommenden Kinder!“

Ich erschrecke, sind mir doch solche Zusammenhänge noch überhaupt nicht in den Sinn gekommen. „Wenn ich dir zuhöre, zweifle ich langsam an meinem Wissen, an dem allgemein und auch dem über den Menschen. Das scheint ein paar wesentliche Updates notwendig zu haben.“ Wir lachen und stoßen mit unseren Saftgläsern an.

„Ja, dann klick dich ein und hol sie dir!“

„Wenn ich das könnte!“ Ein großer Seufzer entringt sich mir. Ich fühle mich neben Marta so frei, Traurigkeit hat hier keine große Chance. „Marta, ich nutze lieber dich als Wissensquelle.“

Marta strahlt mich an und schaut zu den Bergen auf, hinter denen die Sonne bald verschwindet. „Was willst du denn wissen?“

„Wie kann ein ganz neues Zusammenleben aussehen – hier auf der Erde, für uns alle, realistisch? Ich habe keine Bilder einer anderen Erde, ganz konkrete, weißt Du? Einer Erde, die die Herzen aller berührt, alle nährt, ausreichend.“

„Ich glaube die Aufzeichnungen meiner Großmutter über Lillyland zeigen *eine* Variante eines friedlichen Miteinanders auf der Erde, die für alle genug hat. Möchtest du davon hören?“

„Ja, sehr gern.“

Marta trinkt einen Schluck. Es ist warm. Kein Luftzug geht. Gustav steht wieder wie eine Statue auf seinem Felsen. Grillen zirpen, dahinter Stille. Mit ruhiger, klangvoller Stimme versinkt Marta in der Erinnerung.

„Die Erde klingt leise. Es gibt Orte tiefer Stille ..."

„Bedaure, Marta, dass ich dich unterbreche, sprichst du von unserer Erde?"

„Ja, hinter all dem Lärm unseres heutigen Lebens herrscht Stille. Wer sie wahrnimmt, für den gibt es Lillyland, überall, immer."

Rätselhaft, doch es wird sich mir schon noch erschließen. Ich höre lieber erst einmal zu.

„Straßenlärm und technische Geräusche gibt es nicht. Die zarten Klänge der Pflanzen und die Gesänge der Tiere erfüllen die Siedlungen. Harmonisch aufeinander abgestimmt fördern sie die Vitalität der Menschen."

Das will ich näher wissen. „Die Pflanzen singen auf Lillyland?"

„Und auf der Erde", ergänzt Marta. „Hast du noch nie das ‚Gras wachsen hören'?" Marta macht einen Scherz daraus. „Nein, im Ernst, die Schwingungen in Pflanzen können gemessen werden, zwar nur in Millivolt, aber immerhin. In Damanhur wurden Konzerte von Pflanzen aufgezeichnet. Da werden deren Schwingungen über ein Keyboard hörbar gemacht."

„Wie in meiner Baubiologieausbildung. Da wandelten Messtechniker elektromagnetische Wellen in Licht um und machten so die Feldenergie sichtbar. Die gepulste Strahlung war besonders nervend."

„Genau so, nur dass die Töne der Natur harmonisierend, heilend wirken. Die Lillianer können diese Töne auch ohne Technik wahrnehmen. Sie selbst sprechen leise miteinander und lachen viel."

„Also gibt es Lillyland doch nicht."

„Lillyland lebt in uns. Anne, schon vergessen, dass jeder für sich entscheidet, was Illusion und was Wirklichkeit für ihn ist?"

Was soll ich darauf antworten? Ich höre weiter zu.

„Ich stelle mir die Lillianer immer wie Großma vor: freudig und entspannt, nie aufbrausend, egal was geschieht, und voller Herzensgüte. Die Lillianer leben ihre Wahrhaftigkeit. Sie ruhen ganz in sich selbst. Die Sprache ist – wie auch die Kunst und Architektur –

Ausdruck ihrer Denkweise. Unsere wie ihre Sprache ist ein komplexes Instrument. Ich würde sagen ein göttliches Meisterwerk für die Kommunikation der Menschenartigen. Sie entspricht dem Aufbau unserer DNS. Die Anordnung der Basen in der menschlichen DNS folgt einer geordneten Grammatik und unterliegt Regeln analog unserer Sprache. Unsere DNS versteht nicht nur die Semantik unserer Worte, sondern auch Töne und Klänge, Worte und Sätze aus unserem Umfeld. Die Lillianer benutzen nur Worte, die dem Leben dienen. Trotz der vielen Unterschiede zwischen den Lillianern untereinander Ausgrenzungen, weil es keine Bewertung gibt. Jeder wird mit seinen Eigenarten wertgeschätzt und ist in jeder Gemeinschaft immer willkommen, was ein sehr effektives und gemeinschaftliches Wirken ermöglicht. Jeder ist geistig schöpferisch, handwerklich und organisatorisch tätig, pflanzt oder baut mit Hingabe und so viel und so lange, wie es gut für ihn ist. Das zwischenmenschliche Miteinander der Lillianer basiert auf ihrem Grundanliegen, unabhängig ihrer Ansichten, in Verbindung zu bleiben. Jeder ihrer Gedanken entspringt ihrer gegenwärtigen Bewusstheit und ist getragen von Liebe und Dankbarkeit. Der beste Garant für ein glückliches Leben!

Beobachte mal einen Tag lang, was von den Worten und Sätzen, die du von dir gibst, dir oder anderen Freude bereitet, ihnen Energie gibt oder Mut macht. Wie groß ist der Anteil lebensbejahender Worte und Gedanken? Oder beobachte Gespräche anderer oder all das, was die Medien veröffentlichen. Du wirst sehen, was da für Gedankenmüll dabei ist. Da wird behauptet, vermutet, getratscht, verglichen, gestritten, bewertet, gelobt und verherrlicht, gelästert, geschimpft. Das strengt an, stresst, entzieht uns Lebensenergie, lenkt vom Wesentlichen ab.

Die Lillianer checken vor jeglicher Äußerung ihre Gefühle und Gedanken. Das ist schon zur üblichen Gewohnheit geworden und Teil ihres bewussten Lebens. Mischt sich doch einmal eine Spur von Konkurrenz, Neid, Gier, Egoismus und Hass in den Unterton, unterstützen sie sich gegenseitig beim Erkennen ihrer dahinterliegenden Bedürfnisse. Sie entscheiden ganz bewusst, wie sie sich fühlen wollen. Das lernen die Kinder schon von Geburt an. Kein Lillianer überlässt die Entscheidung über sein Denken und Handeln seinem konditionierten Verstand. Sie denken bewusst fühlend und willentlich. Der Verstand wird bei den Lillianern nicht in dem Sinn konditioniert, wie wir das kennen. Was wir heute unter Erfahrung und Sozialisierung verstehen, also dass wir von unserer Umwelt *un*bewusst geprägt werden, uns ihr unterwerfen oder auch sie beherrschen wollen, gibt es nicht. Die Lillianer leben ihr Selbst-Verständnis, ihre Natur, denn sie *sind* Natur. Mit unserer Auffassung, unser Hirn sei dazu da, alles zu bewerten, haben wir uns eine eigene Instanz – individuell wie kollektiv – geschaffen, die uns in unserer verstandesmäßigen Wahrnehmung von unserem wahrhaftigen natürlichen Wesen abspaltet. Diese individuelle Ego-Ich-Instanz erhebt die Unwirtlichkeit und Bedrohung durch die Natur zur Allgemeingültigkeit. Kollektiv fühlen wir uns der Natur ausgeliefert und müssen sie uns deshalb – um zu überleben – Untertan machen, so die gesellschaftlich normierte Lesart.

Dieser erdachten und dementsprechend auch empfundenen Illusion unterliegt der Mensch und überträgt sie analog auf alle Beziehungen, die das Leben ausmachen und auf die er angewiesen ist. Handlungen aus Angst und Misstrauen, Kampf und Fremdbestimmung sind die Folge. Jede Aktion erzeugt eine bestimmte Energie, die mit gleicher Intensität zum Ausgangspunkt, also zum Erzeuger zurückkehrt. Fühlst du dich von etwas bedroht, wird es dich bedrohen, weil es dir deine Gefühle der Angst spiegelt. Bekämpfst du etwas, von dem du annimmst, es wäre gegen dich und würde dir schaden, dann wirst *du* in den Kampf geraten. Wenn du ein Ereignis bewertest und eine negative Bilanz daraus ziehst, wird diese dein Leben bestimmen. Du wirst dem Noceboeffekt verfallen und deine Ängste und Bedenken verstärken, die entsprechenden Erfahrungen an dich ziehen und dich so immer tiefer in deine dich degenerierende Abspaltung von deinem göttlichen schöpferischen Wesen ziehen. Eine Negativspirale der Degeneration.

Tritt ein Ereignis ein, bewerten dies die Lillianer nicht, sondern spüren, während es geschieht, was sie empfinden. Diese Empfindung navigiert sie intuitiv zu der für ihr höchstes Wohl besten Verhaltensweise. Das wertfrei beobachtete Geschehen wird anerkannt und angenommen. Es wird so zu einer erlebten Erfahrung, die ihr Gehirn wachsen lässt und ihr Selbstverständnis und Selbstvertrauen stärken, statt die Entfaltung ihrer Potenziale zu blockieren. Sie vertrauen der eigenen Schöpferkraft und zeigen ihrem Selbst Möglichkeiten auf, sich selbst über die Grenzen ihres Verstandes und ihrer gegenwärtigen Fähigkeiten hinaus zu erfahren. Die Lillianer erschaffen sich mental-emotional ein Umfeld, in dem sie glücklich und gesund *sind, bevor* es dieses stofflich überhaupt wirklich gibt. Sie leben im Placebo, weil sie den tiefen Sinn des Lebens verinnerlicht haben: allverbunden mit Körper, Geist und Seele wachsen.

Für uns ist das noch eine Herausforderung, der Führung des Allbewusstseins vertrauend, im Zusammenspiel von Herz und Verstand verbunden und bewusst zu denken. Das erfordert eine andere Geisteshaltung, mit der du aber nicht nur deine Lebenskompetenz, sondern auch dein Immunsystem stärkst. Die Lillianer sind Meister darin. Das achtsame Beobachten von Gedanken gehört zu ihrer Selbstverständlichkeit, es ist Ausdruck ihres inneren Wesens. Diese Bewusstheit hilft ihnen auch, auf diese Welt mitgebrachtes Leid früherer Generationen zu transformieren. Sie sind immer gesund.

Ihre Kinder lernen ohne Schule. Ihr Lehrmeister ist das Leben in den Cellas, wie sie ihre Orte nennen, und auf ganz Lillyland. Freies Lernen passiert spielerisch durch Nachahmen, Üben, Fragen, intuitiv Neues kreieren und ausprobieren und vor allem durch ein empathisches weitverzweigtes Beziehungsgefüge. Im Vergleich dazu lernen *unsere* Kinder geistige Abwesenheit und Ohnmacht jeglichen Gefühlen gegenüber. Schutzlos sind sie dem ausgeliefert. Die Saat dieser Unbewusstheit geht nun auf: Gewalt, Elend, Hunger, Apathie, Verlust des Vermögens der Selbstreflektion. Eine das Leben schädigende Abwärtsspirale, wenn die eigene bewusste Intervention ausbleibt.

Lillianer achten konsequent darauf, dass sich ihr Verstand nicht verselbstständigt. Es kommt zuweilen vor, dass unbewältigter Schmerz aus früheren Vorleben in der neuen Inkarnation hervorbricht. Sobald Anzeichen – schon im Säuglingsalter – davon sichtbar werden, wissen die Lillianer, wie sie damit umgehen, und unterstützen das betroffene Kind dabei, sein Leid – egal ob körperlich, geistig oder seelisch – aufzulösen. Doch das kommt bei ihnen immer seltener vor."

„Wie?", erlaube ich mir Marta zu unterbrechen.

„Sie trennten die Schmerzempfindung von der Ursache des Schmerzes. *Das* ist *wirkliche* Gewaltprävention, weil Gedanken *über* den Schmerz negative Energie in uns erzeugen, die unsere Gefühle zu Emotionen aufbauschen und uns zu ungewolltem Verhalten veranlassen. Schmerzen empathisch begegnen und die ursächliche Gedankenangst transformieren, verbindet und heilt. Gedankenhygiene ist eine Voraussetzung für die evolutionäre Wandlung, die uns bevorsteht und die aus Menschen Lillianer werden ließ. Die Gedanken der Lillianer sind reinen Ursprungs. Es gibt keine Geheimnisse. Wozu auch? Die Eigenenergie der Lillianer ist so hoch, dass sie alle Täuschungen, unbewusste Absichten zum eigenen Vorteil, Lügen und mögliche Falschspielerei sofort wahrnehmen und deuten können."

„Keine Geheimnisse? Welch Paradies für unsere Datenschnüffler ..."

„... nein, es gibt keine Arbeit mehr für sie! Du spürst doch auch, wenn jemand unehrlich ist und etwas vor dir verbirgt."

„Ich trau diesem Gefühl nicht so und höre wenig darauf. Auch würde ich ungern das ganz Private, Intime teilen wollen."

„Kein Lillianer teilt seine Privatsphäre mit anderen, wenn er sie nicht teilen *will*. Hast du vergessen, dass du in jedem enthalten und jeder in dir ist? Denk an den holografischen Aufbau des Universums. Wer sollte Interesse daran haben, mehr von dir zu wissen, als du preisgeben willst?"

„Stimmt." Ich erschrecke über mein Denken, weil ich den Lillianern negative Absichten unterstelle.

„Und noch ein anderer Aspekt: Würdest du etwas verheimlichen wollen, was dir beim Mitteilen an andere Freude bereitet, weil es ihnen guttut?"

„Dann würde ich mir selbst das Bedürfnis zum Wohlbefinden anderer beitragen zu können und meine Freude daran verwehren."

„Genau, du würdest dich selbst isolieren, dich unwohl dabei fühlen und bestenfalls über dein Verhalten *nach*denken. Doch das Normale der Lillianer ist ihre Präsenz. Da ist kein Raum für Ego-Allüren wie Unterstellungen, Vermutungen, Geheimnistuerei, sich über andere erheben, aber auch nicht für ungezähmte Neugier. Sie wären mit sich uneins. Das kommt nicht vor."

„Marta, so etwas spüre ich oft, doch ich kann es nicht deuten."

„Das Beobachten deiner Gedanken wird deine Sensibilität erhöhen, die du dazu brauchst. Kosmische Ereignisse, aber auch die zunehmende technische Strahlung tragen dazu bei, ob auf zerstörerische Art oder lebensbejahend. Beides fördert den Evolutionsprozess. Du kennst doch den Ausspruch: ‚Wer nicht hören will, muss fühlen'. Unser Körper ist das perfekte Frühwarnsystem. Wenn wir unsere Achtsamkeit für ihn schärfen, können wir seine Impulse deuten und den Weg der Einsicht wählen, lernen, üben und dann kannst du auch Signale aus deinem Umfeld deuten." Marta richtet sich auf, streckt und reckt sich, steht auf, hüpft und tänzelt, lockert ihre Schultern. Gustav fühlt sich angesprochen und kommt von seinem Felsbrocken heruntergesprungen. Als sich Marta wieder zu mir auf die Bank setzt, legt er seinen Kopf auf ihren Schoß und schaut mit einem treuherzigen Blick zu ihr auf. Ich kenne das schon, Gustav ist unendlich liebesbedürftig.

„Ich habe vor kurzem eine Sendung gesehen über Reverse Speech. Stell dir vor, unsere Sprache enthält Inhalte, die versteckte

Botschaften unseres Unterbewusstseins oder die der Seele sind. Ein Australier hat eine Methode entwickelt, mit der die in unseren Gesprächen versteckten, rückwärtsgesprochenen Worte hörbar werden. Er brachte Beispiele, wo das Gesagte mit drastischen Worten wie ‚Lüge!' oder auch von Hilferufen untersetzt war. Die Botschaften entstehen ohne bewusstes Zutun und bekräftigen oder widersprechen dem gerade vorwärts Gesagten. Dieses Reversal-Phänomen ist nicht nur entlarvend, sondern meines Erachtens nur mit Gott bzw. einem allumfassenden, alles durchdringenden Bewusstseinsfeld, das uns alle verbindet, zu erklären. Ich halte das Phänomen für eine große Chance, ungünstige Verhaltensmuster und Glaubenssätze zu erkennen und zu wandeln. Das hat mich begeistert. Wir brauchen uns nicht mehr nur gegenseitig unsere Unehrlichkeit spiegeln – meist konfliktgeladen, um unsere Entwicklungsblockaden zu erkennen – auch Korruption und Unehrlichkeit wird zum Auslaufmodell. Ehrlichkeit in der Gesellschaft beginnt bei jedem selbst mit der Anerkennung der eigenen Zugehörigkeit zu allem und der untrennbaren Verbundenheit mit allem. Fühle ich mich mit allem verbunden, *kann* ich *weder* unehrlich sein *noch* recht haben wollen. Das Wissen über das Reversal-Phänomen wird den Wandlungsprozess fördern.

Statt sich bei endlosen, nichts bringenden Auseinandersetzungen aufzuhalten, ist der Fokus der Lillianer auf ihre Lebensaufgabe gerichtet. Jeder will seine ganz eigene erfüllen und gleichzeitig zur Erfüllung der Aufgabe aller, der des Allbewusstseins, beitragen. Jeder hat sein Ziel und dennoch haben alle ein gemeinsames Ziel. Beides ist untrennbar verbunden und korreliert miteinander. Das ist der stärkste Entwicklungsmotor im Universum: Kooperation, Miteinander und Konsens statt Konkurrenz, Rechthaberei und Kompromisse."

„So gar keine Streitigkeiten? Wäre wunderbar, aber wenn ich an meine Familie denke ... oder auch: eine Baustelle ohne Streit?" Ich schüttle bei der Vorstellung den Kopf.

„Ich weiß, viele verteidigen Streitigkeiten mit dem Argument, dass Streit der Klärung und Reinigung und sogar der Entwicklung dient. Sie können nichts anderes sehen, weil ihr polarisierendes Denken über diesen Glauben nicht hinausblicken kann. Würden sie dies tun, würden sie den Vater dieses Denkens, ihr Ego-Ich, entlarven und sich selbst erkennen. Solange sie an Streit glauben, vergleichen sie also fleißig alle Gegensätze, bewerten sie und halten dann an der Meinung fest, zu der sie gekommen sind. Und da jeder die Dinge anders sieht, als sie sind, *muss* es Streit geben. Jedes Ego glaubt an die Allgemeingültigkeit *seiner* einzigartigen individuellen Wahrheit. Bei über sieben Milliarden Ego-Ichs muss es krachen. Unsere Wahrnehmungen entsprechen nur selten der Wirklichkeit, sie sind Illusionen und es hat eben jeder seine. Du kannst also nicht wissen, ob ich das Grün der Wiese vor uns genau so sehe wie du. Woher willst du wissen, ob Grün für mich *genau* das Grün ist, das *du* wahrnimmst?"

„Kann ich nicht."

„Die Wahrheit liegt in der Beziehung zwischen dir und der Sache oder anderen. Lassen wir jedem seine Wahrheit, bleiben wir in Verbindung und sind offen für eine Lösung, wie wir uns darüber verständigen und uns in unserer Wahrnehmung annähern können, um daraus ein gemeinsames Grün werden zu lassen. Beharrt jeder auf seiner Wahrheit, wird das nicht möglich sein, bringt aber auch keine Entwicklung, jedenfalls keine lebensförderliche. Wir hören Kritik, schließen die Lernfenster und verweigern liebevoll gemeinte Unterstützung. Das Leben ist *sowohl als auch*; es wird von der Verbindung zwischen den Polaritäten bestimmt. Von dem, was du siehst, *und* dem, was du bist. Solange Menschen ihre Allverbundenheit ablehnen, wird es Streit und Konflikte geben. Erkennen sie diese an, werden sie bereit sein, die Wahrheit der anderen zu akzeptieren. Der größte Konflikt, der mit der Natur, wird gelöst, wenn wir uns unserer angeborenen naturgegebenen Bedürfnisse wieder bewusst werden. Sie entspringen unser aller gemeinsamer Quelle, motivieren uns und signalisieren, was wir zum Leben unbedingt brauchen. Eines hat Priorität, das nach Frieden. Wer sich von diesem Bedürfnis trennt, erhebt *seine* Wahrheit über die anderer und zieht in den Kampf dafür, egal ob auf der Bühne, im Büro, auf dem Acker, in der Luft oder auf dem Schlachtfeld in anderer Herren Länder."

Ich denke an den Lampenschirmeffekt und verstehe Martas Argumentation. Streit ist also ein Relikt der – wie sagt Marta? – pathogenen Ära, der Ära der absoluten Wahrheiten, in der *wir* leben.

Ein freudiger Ton mischt sich in Martas Stimme: „Die Lillianer leben ohne Streit. Sie brauchen keine Technik, um zwischen echtem Wahrhaftigsein und Scheinheiligkeit oder Lüge zu unterscheiden. Sie erhalten sich ihre natürliche angeborene Fähigkeit, ihren feinstofflichen Körper und Effekte feinstofflicher Materie bewusst wahrzunehmen. Sie sehen hinter der Fassade die wahre Wirklichkeit und wissen, ob ihnen ein Ego-Ich oder ein Mensch begegnet. Lillianer sind ehrlich, frei und treu sich selbst gegenüber. Lassen wir mehr Sensibilität zu, dann können wir dieses in uns angelegte Potenzial bald wieder lernen. Anne, eine höhere Sensibilität hilft dir dich selbst besser zu reflektieren und du erkennst, was andere wirklich denken! Jede dir schadende Absicht wirst du vor ihrer Ausführung bemerken und kannst dich schützen bzw. nicht mehr mit verbrecherischem Potenzial in Resonanz gehen!"

„Zeitlich vorher?"

Marta nickt. „Ja, weil der Informationsaustausch innerhalb des feinstofflichen Feldes in Überlichtgeschwindigkeit erfolgt. Physiker sprechen vom Tunneleffekt."

Ich frage mich, woher Marta das alles weiß.

„Alles Wissen aus dem Internet, von Gesprächen mit Fachleuten, aus Seminaren und Webinaren. Ich wollte wissen, wie wir ticken und wie wir uns helfen können – und auch was an Großmutters Aufzeichnungen schon wirklich *ist*."

Kann Marta wirklich Gedanken lesen oder ahnt sie nur oder fühlt, was gerade in mir vorgeht? Oder weiß sie es aus Erfahrung?

Marta lacht verschmitzt. Diesmal erkennt sie nicht meine Gedanken oder sie geht nicht darauf ein. „Ehrlichkeit im Zusammenleben fängt bei jedem Einzelnen an, auch bei dir. Auch in dir sind Lügen, Unwahrheiten und Blockaden. Sonst wärst du nicht hier auf der Alm. Jeder kennt das: die kleinen alltäglichen Notlügen gegen das eigene Selbst. Lügen ist für den Moment oft einfacher. Sich selbst und damit andere zu belügen, gehört heute zur Normalität. Doch wer andere belügt, belügt immer auch sich selbst."

„Das ist wohl wahr."

„Es braucht vor allem Mut und den Willen zum innerlichen Aufräumen. Aber es lohnt sich, wirklich." Marta strahlt mich an. „Du wirst schon sehen. Ehrlichkeit ist der Schlüssel zu einem authentischen Leben. Die Welt um dich herum verändert sich. Streit hört auf, die Beziehungen gewinnen an Qualität, alles wandelt sich. Deine innere Einstellung bewirkt einen Sinneswandel in deinem Umfeld. Dir werden Dinge gelingen, die niemand für wirklich hält. Ausruhen kannst du dich deshalb nicht. Du wirst immer wieder Aufgaben bekommen, um die zu werden, die du in echt sein willst. Schaff dich neu! Probier's aus! Es ist so bereichernd! Und du veränderst damit die Gesellschaft. Damit es leichter fällt, vernetze dich und geh dahin, wo der Geist von Lillyland schon lebt. Mir gefällt die Ansicht der Lillianer: Es gibt kein Gut oder Böse. Sie tauschen sich über Unterschiede aus, ohne zu bewerten. Großma gab einmal einen sehr kontrovers geführten Gedankenaustausch wider. Der endete statt in einem destruktiven Streit in einem Lachen. Sie spielte das Gespräch mit uns Kindern nach. Es war perfekt! Diese Art zu kommunizieren – bei der immer beide Seiten an lebensfördernder Erfahrung gewinnen – lernen wir heute nicht.

Anne, noch mal, wenn ich mich mit allem verbunden fühle, warum in Gottes Namen soll ich mich dann streiten? Um recht zu haben oder mehr zu besitzen?"

„Geb's Gott, dass sich diese Ansicht bald kollektiv durchsetzt."

„Gott ist in dir und in jedem Menschen! Die Ursache von Streit ist, wie unser ganzes Dilemma, das Vergessen unserer Allverbundenheit."

Ich überlege. Doch was soll ich da sagen?

„Entsteht Streit nicht auch dadurch, dass wir glauben – unbewusst –, der andere Mensch geht mich nichts an? Fragst du deinen Nachbarn oder Kollegen danach, wird er dir überzeugt bestätigen, dass er sich für dich interessiert. Aber wenn es um den Zaunverlauf geht oder darum Flüchtlingen Asyl zu gewähren, vergessen wir unsere Verbundenheit schnell und gründlich. Feindbilder im Kopf erzeugen Ängste, die innere abgrenzende Haltung zeigt sich. Wir leben in dem Glauben, ein nach außen abgeschlossenes Individuum zu sein. Unsere Wirtschaft, unsere Politik, die Wissenschaft, alle glauben, wir seien einzeln zu betrachtende, in sich abgeschlossene Einheiten. Doch dem ist nicht so! Wir *denken* nur, dass es so ist. Deshalb meinen wir, dem anderen schaden und selbst Gewinner werden zu *müssen*. Ob du es Wettbewerb oder Konkurrenz nennst, die Haltung dahinter ist die Gleiche. Doch der Kosmos, zu dem wir gehören, ist ein vielfach vernetztes, offenes, dynamisches System mit unendlich vielen Teilsystemen, so wie alles von Gott Geschaffene. Alles ist Leben und Leben heißt, in Beziehung sein. Offene Systeme beeinflussen sich untereinander kooperierend. Alle ihre Teile und das große Ganze können wachsen, ohne zu kollabieren. Ungleichheiten werden im Miteinander der Teilsysteme ausgeglichen. Auf *der* Basis existiert die Gemeinschaft der Lillianer. Freie, friedvolle Beziehungen im wirklichen Leben entstehen im geistig-seelischen Verbund.

Den Lillianern ist das selbstverständlich. Ihr Leben basiert auf der Pflege von zwischenmenschlichen Beziehungen und ihren Beziehungen zur irdischen und kosmischen Natur. Verstehst du?"

„Es fällt mir schwer. Wenn ich streite, bin ich also der Auffassung, dass der Kosmos ein abgeschlossenes System ist. Ist das nicht ein bisschen weit hergeholt?"

„Nein, diese Grundhaltung bestimmt ja dein Verhalten, deine innere, dir wohl fremde, gar nicht bewusste Geisteshaltung. Streit beruht auf der Einbildung des Getrenntseins. Wenn *du* der Meinung bist, dass dein Gegenüber nichts mit dir zu tun hat, ihr getrennt voneinander seid und du über das Bestehen einer Beziehung zwischen euch *allein* entscheiden kannst, bist du voll auf das Durchsetzen deiner eigenen Interessen fokussiert. Du wirst immer recht haben oder dich der Beziehung entziehen wollen. Deine Bereitschaft, deine Wahrheit als gleichberechtigt neben jeder anderen stehen lassen zu können, geht gegen null."

Ich nehme einen Schluck Saft und bemühe mich, den Zusammenhang nachzuvollziehen. „Ich bin von etwas überzeugt, und weil ich mich mit anderen nicht verbunden *fühle*, glaube ich, dass meine Meinung die für alle Beste ist und andere doch genauso wie ich denken müssen. Ich bestehe auf meiner Ansicht und halte sie für die alleinige und allgemeingültige. Weil andere in Wirklichkeit anders denken und ebenfalls auf ihrer Meinung bestehen, gibt es Streit. Habe ich das richtig verstanden?"

„Ja. Doch ist dir aufgefallen, dass dies paradox ist? Obwohl du glaubst, getrennt von allem zu sein, liegt dir so viel an der Überzeugung deines Gegenübers von *deiner* Meinung; ist es dir wert, mit ihm zu streiten. Müsste das dir dann nicht egal sein? Warum liegt dir so viel daran, dass jeder andere so denken soll wie du selbst?"

„Weil in Wirklichkeit wohl ein Teil von mir in ihm ist."

„Bingo. Du hast es begriffen." Marta umarmt mich mit ihrer spontanen, so herzlichen Freude. „Streit beweist indirekt die wirkliche Verbundenheit allen Seins. Aus der essenziellen Verbundenheit heraus leben Lillianer eine Geisteshaltung, die jede Wahrheit so stehen lassen kann, wie sie geäußert wird. Sie wissen, die eigene Meinung ist einzigartig und doch die aller. Die gefühlte Verbundenheit gibt Ihnen das Ur-Vertrauen, das alles zu ihrem höchsten und besten Wohl geschieht – trotz different erscheinender Standpunkte."

Ich schweige. Wie absurd. Wir glauben Streit befördert Leben und diskutieren sogar noch über die Kultur des Streitens!

„Denk mal noch weiter. Streitest du, kappst du nicht nur den Draht zu deinem Gegenüber, sondern gleichzeitig auch zu deinem Selbst. Dein momentanes eigenes Anliegen *kannst* du ebenso wenig hören wie seins. Wir streiten lautstark und können uns dennoch nicht hören. Was da abläuft, ist ein Wettstreit zweier erdachter E-gos, mental-emotional ausgetragen auf der Verstandesebene.“

Ich nehme einen Schluck Saft und staune. Marta hat sich mit so vielen Themen beschäftigt!

„Die Natur lebt es uns vor: sie besteht aus einem Wirkungsge-füge offener dynamischer Systeme, die permanent miteinander im Informations- und Energieaustausch stehen, wachsen, sich neu ordnen und verändern. Sie konkurriert nicht, sie kommuniziert *mit*einander mit dem Ziel das globale Leben zu ermöglichen, egal in welcher Form. Wir meinen nur, sie konkurriert, weil es so besser in unser Modell voneinander getrennter abgeschlossener Systeme passt. Diese können, im Gegensatz zu uns und allen Lebewesen, nicht oder nicht ewig und ständig wachsen. Wachsentum ist aber eine Eigenschaft unseres Seins, unserer Essenz oder ‚Ursuppe‘. Das Universum wächst, die Erde wächst – ungefähr 20 cm pro Jahr im Umfang. Jeder Mensch wächst, erst mehr körperlich, dann mehr geistig, immer aber ganzheitlich. Stell dir mal den Menschen ver-einfacht als Kugel vor. Wenn diese Kugel nun wachsen will, muss ihr irgendwie Energie zugeführt werden. Vielleicht in einer Art, die wir heute überhaupt nicht erahnen können. Also muss die Kugel eine Beziehung mit dem, was sie umgibt, eingehen. Sieht sich die Kugel getrennt von allem, wird sie nur Wachstumsmethoden an-streben, die keine Rücksicht auf das Umfeld nehmen. Sie entzieht irgendwoher Energie, ohne zu fragen. Sonst müsste sie ja in gegen-seitige Beziehung gehen. Streit ist vorprogrammiert. Verstehst du dich als ein offenes System – und das menschliche ist wie alle Sys-teme im Kosmos ein solches! –, dann gehört das Umfeld zu dir und du zu ihm – in einer anderen Dimension – und ihr seid beide daran interessiert, eine Methode zu finden, die dem gegenseitigen Erhalt des Lebens dient und zu einem Konsens führt. Die Allverbundenheit und der Glaube an ein ewiges Leben entzieht der streitsüchtigen Denkweise die Basis. Wenn sich jeder Einzelne als ein mit allem verbundenes Wesen begreift, hören die Kriege auf."

Ich habe begriffen. „Einssein bedeutet Frieden." Meine Gedanken wandern zu meiner Arbeit: „Bauen braucht Frieden."

Marta freut sich. „Genau. Auch Träumen braucht Frieden! Und Zeit. Und innere Ruhe. Das alles nehmen sich die Lillianer. Sie verstehen allerdings unter Träumen noch mehr als wir, es ist eine ihrer wesentlichen Beschäftigungen: schöpferisch schaffend tätig zu sein, ob nur geistig oder ins Handwerk einfließend, beides dient der Entfaltung des Lebens auf höherer Ebene."

„Wenn ich den ganzen Tag etwas entwerfe, also denke, bin ich abends immer wie ausgelaugt. Ich will dann nur noch Abschalten."

Marta lacht. „Das ist ganz natürlich und geht in der heutigen Gesellschaft fast allen Menschen so, weil die wenigsten sich mit ihrer Arbeit den Traum ihrer Seele erfüllen. Das trennt sie von der feinstofflichen Energie und weil der Ausgleich auf körperlicher Ebene fehlt. Unsere Lebensenergie verbraucht sich dann während des Tätigseins, statt sich zu erneuern. Die Schaffensfreude fehlt. Frag dich mal, wo die Energie bei Menschen in Extremsituationen herkommt, wenn nicht vom Herzen. Die Lillianer denken bewusst, fühlend, mit dem Herzverstand. Das passiert ganz entspannt und ohne großen Energieverbrauch, im Gegenteil: Willentlich mit hoher Bewusstheit aus dem Herzen heraus etwas zu tun erzeugt in dir Energie – aus dem ‚Nichts'."

Ich bin beeindruckt. „Marta, du hast dich mit Dingen befasst … Das ist alles neu für mich!"

„Ja, Anne. Die Vision von Großma hat mich geprägt. Während meines Burnout habe ich fragen gelernt. Alles wollte ich wissen. Ich habe mir die Zeit dafür genommen."

„Jetzt stehe ich wohl an dem Punkt."

„Vieles bekam eine andere Bedeutung. Es war spannend. Ich habe viel, sehr viel gelernt. Ich bin sehr dankbar für die Zeit. "

Die Sonne ist inzwischen ganz verschwunden. Einzelne Sterne funkeln schon am klaren Abendhimmel. Marta steht auf.

Als sie mit Kerzen zurückkommt, frage ich sie: „Marta, werden wir als Menschheit auf der Erde überleben?"

„Natürlich. Wir haben hier eine Aufgabe zu erfüllen!"

„?"

„Erkennen, dass wir allverbundene, schöpferische, fühlende Wesen sind, die das göttliche Paradies auf Erden erschaffen sollen", antwortet sie auf meine stumme Frage und ergänzt: „Als erstes haben wir zu lernen, uns dementsprechend menschengerecht zu verhalten und menschengerecht zu bauen. „Das ist eine Herausforderung, denn die heutige Technokratie fördert das Egodenken. Die vielen eintönigen Arbeiten in der Automobil-, Verpackungs- und Lebensmittelindustrie, aber auch in der Landwirtschaft, eigentlich in allen Branchen lassen den willentlichen Verstand der Menschen abstumpfen. Industrie 4.0 wird das krönen. Industrie 4.0 ergibt aus Sicht des Ganzen keinen Sinn. Das einseitige Wachstum und das Gewinnstreben sind widernatürlich. Es gibt keinen Sinn im bloßen Geldverdienen. Und hinter fast allen heutigen Tätigkeiten steckt *nur* das Geldverdienen. Auch beim Bauen. Bauen an sich ist sehr sinnvoll, aber *wie* heute gebaut wird, macht im Gesamtkontext des Universums einfach keinen Sinn. Es schadet den Menschen und der Natur."

„Du bist knallhart."

„Kompromisslos", bestätigt Marta schmunzelnd.

Ich verspüre plötzlich großen Durst. „Magst du auch?" Ich gieße uns Saft nach. Noch einmal erhellt die Sonne für einen kurzen Moment die Bergspitzen uns gegenüber, bevor sich die Dunkelheit endgültig über das Tal legen wird. Alpenglühen.

„Alles, was wir derzeit tun, ist *nur* sinnvoll aus der Sicht unserer egogesteuerten Persönlichkeit. Betrachten wir unsere Arbeiten aus der Sicht des großen Ganzen, dem Universum, bestehen nur wenige Tätigkeiten die Sinnprüfung. Es ist allerhöchste Zeit den Fokus weg vom Geld hin zum Menschen in seiner Ganzheitlichkeit zu richten, denn es ist unsere Aufgabe, schöpferisch das Leben zu befördern, statt zu schädigen. Meine Großma war zutiefst überzeugt, dass der Schöpfer die Menschen mit allen Fähigkeiten und Kompetenzen ausgestattet hat, die er selbst besitzt. Ganz darauf vertrauend meinte sie: ‚Kind, jeder hat die Aufgabe, seinen Schöpfer in sich zu finden'. Dann erklärte sie: ‚Während der Inkarnation geht Mensch wie Lillianer in eine tiefere, erdverbundene Schwingungsebene über. Dabei gehen einige Fähigkeiten und die Bewusstheit über die universellen globalen Potenziale verloren. Er agiert auf der Erde in einer anderen Dimension. Bleibt er sich seiner Ganzheitlichkeit bewusst, bleibt ihm der Zugang zu höheren Dimensionen bewahrt. Das Neugeborene nutzt intuitiv seine Kindheit, um seine mitgebrachten Potenziale an die irdischen Bedingungen anzupassen. Eine Mutter hat die Aufgabe, das Kind dabei geistig-emotional so zu unterstützen, dass es seine Verbundenheit mit der feinstofflichen Welt erhalten und seine hellfühlenden Fähigkeiten entfalten kann. Je bewusster eine Mutter mit den phänomenalen Potenzialen ihres Kindes umgeht, umso besser kann das Kind all seine Fähigkeiten in seinem irdischen Dasein entwickeln. Bei den Lillianern lernt das Kind durch das Vorleben der Eltern schon vom ersten Tag an spielerisch den bewussten Umgang mit Erfahrungen, die eigentlich keine sind, weil sie unbewertet bleiben.

Eine Mutter in der heutigen zivilisierten Welt befindet sich in einer unvergleichbar schwierigeren Situation, denn unsere kulturellen Traditionen vertreten einen sehr radikalen Reduktionismus, der die Existenz feinstofflicher Felder verneint. Fähigkeiten, feinstoffliche Effekte wahrzunehmen, werden noch immer als Spinnerei belächelt. Lillianer dagegen finden in ihrer Gemeinschaft die optimalen Rahmenbedingungen. Schon vor der Geburt ist die Mutter geistig mit ihrem Kind in Kontakt. Sie weiß, dass all *ihre* Gedanken und Gefühle, *ihre* Vorlieben und Gewohnheiten das Kind schon pränatal prägen. Das sich im Kind entwickelnde Bewusstsein übernimmt das Bewusstsein seines Umfeldes noch ungeprüft. Der eigene, noch unbescholtene Geist entfaltet sich mit dem ersten Atemzug. Lässt die Mutter, die Familie und das Umfeld insgesamt diesem dann freien Raum, wird er eine hohe Denkgeschwindigkeit entwickeln. Das fördert die Erhaltung und Erweiterung der Fähigkeit des Kindes, mit der feinstofflichen Welt zu interagieren, aber auch seine Kreativität, die die Lillianer zum Imaginieren brauchen – ein Teil ihrer Lebensaufgabe.

Damit sich alle in Kindern angelegten Potenziale entfalten können, bedarf es sehr bewusster, wacher Mütter und Familienmitglieder. Die Vorbildfunktion der Personen in seinem unmittelbaren Umfeld ist ganz bedeutend. Der kleine Mensch lebt noch in der Welt des Staunens, ohne Einspruch des konditionierten Verstandes, und so übernimmt er vertrauensvoll alles, was er beobachtet. Darf er seine eigenen ‚Erfahrungen' machen, sein Umfeld selbst erkunden, bleibt sein Selbstreflexionsvermögen erhalten. So erwirbt er sich liebevoll begleitet eine Lebenskompetenz, die ihn durch das ganze Leben trägt, gesund erhält und ihn befähigt, seiner Lebensaufgabe nachzugehen. Dessen sind sich die Lillianer bewusst." Marta zündet die Kerzen an. „Die Wahrnehmung außersinnlichen Seins und die Kreativität sind entscheidend für das Leben der Lillianer. Sie sind Visionäre aus Berufung. Bei jeder Tätigkeit, ob handwerklich oder künstlerisch, lassen sie sich geistig führen. Ihre Spiritualität dient ihnen, sich ganz dem Entstehungsprozess hinzugeben. Kreativ gehen sie dabei über das Empfangene hinaus und entwickeln daraus eine neue, schöpferische Version des Lebens. Ihr ganz individuelles, bewusstes Empfinden, alles Wissen, das in dem Moment ihr Wachbewusstsein erreicht und die gegenwärtig gewollten Gedanken und imaginierten Gefühle fließen in den Schaffensprozess ein. Das Ergebnis ist immer eine Bereicherung, für alle."

„Ein Traum, wenn im Bau die Handwerker so arbeiten würden: mit Herz und Verstand. Das Handwerk ist einer seelenlosen Industrie nachgeordnet und entsprechend von wenig Kreativität beseelt. Handwerker unterliegen stark der industriellen Konkurrenz, deren Produkten und dem Wachstumsdruck der Wirtschaft."

„Anne, eine neue Unternehmenskultur, die auf Verbundenheit setzt und das spirituelle Wesen Mensch anerkennt, beginnt zu keimen. Das ist nicht aufzuhalten. Auch nicht wenn alle Menschen mit Mikrochips infiltriert und ferngesteuert zu lebenden Industrierobotern werden sollen. Der freie Wille ist uns nicht zu nehmen, vorausgesetzt du fühlst und lebst verbunden mit allem und damit angstfrei. Ändere dein Denken. Das ist der effektivste Schutz. Dein eigenes Bewusstsein führt und schützt dich."

Marta gießt sich Holunderblütensaft ein und fragt mit einem Blick, ob ich auch möchte. Ich nicke und gieße kaltes Quellwasser nach. Das mulmige Gefühl des Wissens um der möglichen Verunreinigungen durch die Beweidung konnte ich dabei nur schwer unterdrücken.

Marta sieht mein Zögern und beruhigt mich: „Ich habe einen Aktivkohlefilter im Haus eingebaut und im Krug liegen informierte Kristalle."

„Informierte Kristalle?"

„Kristalle sind Informationsträger. Ohne sie gäbe es heute keine Mikroelektronik. So wie Siliciumchips zur Speicherung von Musik, Daten oder Videos genutzt werden, können Bergkristall, Rosenquarz und andere Informationen speichern, die auf sie übertragen wurden. In diesem Fall die reinen, lebendigen Wassers. Vor dem Wasserhahn wird chemisch gereinigt und danach physikalisch die ursprüngliche Schwingung wiederhergestellt, die Wasser naturgemäß mitsichbringt. Die Wirkung dafür liegt teilweise außerhalb herkömmlicher physikalischer Messmethoden. Von feinfühligen Menschen und radiästhetisch sind sie nachweisbar. Das passiert auf der feinstofflichen Ebene. Das Wasser wird dir guttun."

Wir sitzen weit nach hinten gebeugt und lassen uns von dem Sternenpanorama über uns gefangen nehmen.

„In Lillyland geschieht alles mit hoher geistiger Konzentration. Die Lillianer sind mit all ihrer Aufmerksamkeit bei dem, was sie tun: Musizieren, Malen, Speisen zubereiten, Putzen, Schreiben, bei handwerklichen Tätigkeiten, beim Forschen und sogar in der Liebe."

Ich lache über das Hervorheben der Liebe.

„Lach nicht Anne", scherzt Marta und pufft mir in die Seite. „Liebe ist so wichtig! Leider wird sie üblicherweise mit dem Verstand vollzogen und mit Sex gleichgesetzt. Die Liebe der Lillianer ist umfassend. Sie empfinden für jeden und alles Liebe – aus ihrem inneren Selbstverständnis heraus, mit allem verbunden zu sein. Der graduelle Unterschied zu einer intimen Beziehung beruht auf dem Sinn einer Partnerschaft: neben Freude und Leichtigkeit die geistige mit der energetischen Verbundenheit zu potenzieren und letztlich mit der Entscheidung für den Empfang einer neuen Seele zu krönen. Wenn Großma von Liebe sprach, dann wurde alles an ihr weich und warm, und ich fühlte mich geborgen, unermesslich reich und vollkommen. Auch voller Lebenskraft. Sie erzählte mir einmal, wie wichtig ihr Freiheit war, als sie Großvater kennenlernte. Das gab anfänglich Reibereien. Dann nahm Großma sich ein Herz und erzählte Großpa ihre Ängste und Bedenken. Sie sprach davon, dass sie sich nach einer stabilen, verlässlichen Verbindung zwischen ihnen sehne, der sie vertrauen kann. Sie sagte ihm, dass sie ein Nest bauen möchte – mit ihm –, von dem aus sie täglich freudig zum Arbeiten aufs Feld ziehen kann und in dem Kinder willkommen sind. Sie hatte Angst davor, dass ihre Freundschaft dies nicht leisten kann. Sie meinte, einer solchen Liebe nicht gewachsen zu sein. Sie wollte auch nur einen Mann, der sich zweifelsfrei zu ihr bekennt, der ihre Auffassung von einem gemeinsamen Leben als Papa ihrer Kinder mitträgt. Sie war selbst noch im Unklaren, wer sie ist und sein will. Sie gestand ihm ihre Unsicherheit und legte all ihre Gedanken und Gefühle vor ihm offen."

„Wie hat er reagiert?"

„Großpa hat Großma in seine Arme genommen und geweint."

„Geweint?"

„Ja, er hatte genau die gleichen Gedanken wie Großma, nur nicht den Mut dazu, sie zu äußern. Sie haben eine Nacht liebevoll ihre Vorstellungen über einen gemeinsames Leben ausgetauscht, sich innerlich wie äußerlich berührt und dabei eine andere, bereichernde Art der Vereinigung entdeckt: auf energetischer und geistiger Ebene mit viel Zärtlichkeitsaustausch und ohne Stress verursachenden Zwang, einen Orgasmus erreichen zu müssen."

Marta lässt Raum für das Nachempfinden. „Diese Art zu lieben wird heute als ‚Slower Sex' bezeichnet. Die Wirkung ist eine innige, tiefe Beziehung, die beider Lebensenergie zum Fließen bringt, sie in allen Dimensionen verbindet und ihnen Kraft spendet, statt sie zu erschöpfen. Das gegenseitige Zeigen der Gefühle und das Erkennen ihrer diesbezüglichen naturgegebenen Bedürfnisse wandelte ihre Unsicherheit zu einer dauerhaften, tragfähigen, ganzheitlichen Liebe. Als sie am Morgen erwachten, fühlten sie sich wie gereinigt und wussten, sie gehören zusammen. Sie spürten das Potenzial ihrer Liebe. Aus ihr würden sie miteinander und jeder für sich wachsen können und sich gleichzeitig sicher fühlen. Ihre Liebe wuchs 72 Jahre. Sie starben zeitlich nur kurz nacheinander."

Ich lege meinen Arm um Martas Taille. Ich bin ihr dankbar, dass sie die Liebesgeschichte ihrer Großeltern mit mir teilt.

„Sie waren für mich als Kind Lillianer. Sie lebten ihre Spiritualität nicht nur in ihrer Ehe. In alles, was sie taten, floss ihre Liebe und ihr Geist. Heute weiß ich, sie waren schon auf einer anderen Schwingungsebene. Deshalb konnte Vater sie gar nicht verstehen. Er arbeitete alles ab, weil es getan werden *musste*: Sinnlose Dinge tat er genauso mechanisch-folgsam wie dem Leben dienende. Bei meinen Großeltern konnte ich verstehende Bereitschaft, Freude oder Begeisterung wahrnehmen, egal womit sie beschäftigt waren. Und ihnen gelang auch alles, was sie anfassten oder wollten. Allerdings taten sie nur das, wozu sie auch von Herzen stehen konnten. Es konnte noch so anstrengend sein, sie strahlten so eine Gelassenheit aus", noch in der Erinnerung ist Marta beeindruckt, „während

Vater immer im Stress war. Aber er arbeitete nicht mehr als Großpa, im Gegenteil, er ärgerte sich oft, wenn er weniger auf dem
Acker schaffte als er. Ich habe mich als Kind oft gefragt, woher
meine Großeltern diese Energie, diese schier unendliche Kraft beziehen."

„Weißt du nun woher?"

„Ja, aus ihrer gelebten Spiritualität, die nichts anderes bedeutet
als eine informelle Verbindung zwischen unserem individuellen
Bewusstsein und dem Allbewusstsein, wobei den Datenaustausch
unser Geist übernimmt. Er verbindet uns mit den uns umgebenden
und durchdringenden feinstofflichen Energie- und Informationsfeldern. Über ihn haben wir Zugang zu der freien und mächtigsten
Energie des Universums: den Kräften zwischen den Räumen. Diese
Kräfte halten uns einerseits – ohne unser Zutun – in Beziehungen
und ermöglichen das permanente Interagieren miteinander, andererseits können wir aus den Kraftfeldern gewaltige Energie mobilisieren und willentlich zielgerichtet bewegen. Spiritualität und die
mit der Geburt aktivierte Geistlichkeit ist eine uns angeborene We-
senseigenschaft, ohne die wir nicht leben können, der sich aber die
meisten Menschen nicht bewusst sind, obwohl *kein* Moment ver-
geht, in dem sie diese *nicht* nutzen. Im Gegenteil, sie wird glorifi-
ziert oder mystifiziert oder ihre Existenz bestritten. Weil wir mit
dieser, uns anvertrauten Kraft nicht umzugehen wissen, sie für
kriegerische, zerstörerische Kräfte missbrauchen, macht sie uns
Angst.

Menschen, die voll und ganz allverbunden in ihrer Präsenz leben, wie meine Großeltern, nutzen intuitiv diese Kraft zum Wohle
allen Seins. Meine Großeltern waren so mit allem eins, dass sie
nicht darüber nachdachten, warum ihnen ihre Arbeit leicht und
erfüllend von der Hand ging. Sie brauchten nicht zu wissen, dass
ihre schöpferische Hingabe in alles, was sie taten, das uns umgebende Kraftfeld bewegte und ihnen alle Energien und Informationen zu ihrem höchsten und besten Wohl zuführte. Das Kraftfeld

reagiert auf konstruktive, von Liebe und reinen Gedanken getragene Impulse wie auf destruktive mit zerstörerischen Absichten.

Die Ahnen der Lillianer erkannten den Unterschied und entschieden sich für das Potenzial absichts- und bedingungsloser Liebe, die sie willentlich aus ihrer Allverbundenheit generierten, um die Natur zu heilen. Heute sind die Lillianer durch ihre allverbundene Präsenz automatisch in konstruktiver Resonanz mit der Natur und nutzen ganz bewusst die ordnenden Kräfte wie die frei zugänglichen Energien des Raumes, wann immer sie wollen."

Ich bin begeistert von den Möglichkeiten, die Marta aufzeigt. Allein der Glaube daran fehlt mir. Ich bemühe mich, es zu verstehen und vergleiche: „Wenn ich aus tiefstem Herzen etwas will, überzeugt bin und mich darauf freue, passieren Begegnungen und Ereignisse, bekomme ich Hinweise oder ich gerate in Situationen, die mich meinem Ziel näher bringen. Alles, was ich dann denke, geschieht dann außerhalb meiner weiteren Einflussnahme in dem uns umgebenden Feld – zielorientiert. Ist das so gemeint?"

„Ja, das kommt dem wohl nah. Gedanken und Gefühle sind informierte Energie. Da unser individuelles Bewusstsein mit dem globalen verbunden ist, geht mit jedem Gedanken, jedem Gefühl, jeder Handlung ein Impuls von uns an alles. Wir sitzen im Boot Erde und jeder einzelne steuert mit, um die Balance zu halten oder zu verlieren. Gedanken und Gefühle verändern Materie."

„Ein Beispiel. Großma erzählte einmal, dass es vorkommt, dass in unregelmäßigen Abständen Meteoriten auf die Erde zurasen. Die Lillianer können dank Körper- und damit Allverbundenheit sehr frühzeitig kommende Ereignisse voraussehen. Um einen Zusammenprall abzuwenden, fragen sie über ihr Körperbewusstsein den universellen Geist nach dem günstigsten Zeitpunkt für ihr aktives Handeln zum Schutz der Erde. Dann geschieht Folgendes: Alle Lillianer richten im selben Augenblick ihre Gedanken auf die Ablenkung des nahenden Gesteins. Sie sprechen in der tiefen

Überzeugung, die Erde bewahren zu können, eine Ermächtigung für alle Kräfte aus, die ihr Vorhaben zum höchsten und besten Wohl der Erde und ihrer Bewohner unterstützen wollen. Mit einer Absichtserklärung ihres reinen Bewusstseins fühlt dann jeder Lillianer die Bilder der Bahnänderung des Meteoriten. Vor ihren geistigen Augen erscheinen Bilder der unbeschadeten, blühenden Erde. Mit all ihrer freudigen, zuversichtlichen Herzensenergie halten sie diese inneren Bilder als kraftvolles Hologramm in ihrer Absicht, ohne den Erfolg erzwingen zu wollen. Das geschieht spielerisch, denn jede Anstrengung zieht Energie ab und verhindert das natürliche Bestreben einer bildhaften Vorstellung, sich zu verwirklichen. So entsteht gemeinsam ein detailreiches Bild, das die naturgegebenen Bedürfnisse erfüllt und damit im Einklang ist mit dem universellen Bewusstsein. Das große Ur-Vertrauen der Lillianer, ihre verinnerlichte Verbundenheit mit der Natur und die durch ihre hohe Einbildungskraft gefühlte Überzeugung, dass die Vision schon Wirklichkeit *ist*, ermöglicht die Neuordnung der Energien im Universum. Ein starkes Energiefeld bildet sich als Schutz um die Erde und verhindert so den Zusammenstoß. Die Flugbahn des Brockens ändert sich."

„Daher glaubst du an die Macht der Gedanken!"
„Ja. Der Geist hat das Primat. Das weiß intuitiv jeder und das steht auch in der Bibel. Ich habe als Kind ständig imaginiert! Ich lebte in einer Welt voller liebevoller, harmonischer Bilder. Sie war für andere nicht wahrnehmbar und so war ich mit meiner Lebensfreude in der konkurrierenden Welt oft allein. Doch für mich war meine Illusion die wirkliche Welt – bis sie mir abhandenkam. Von da an lebte ich in der Welt, von der andere meinten, dass sie gut für mich ist. Meine Bilder verblassten und dass ich bewusst imaginieren konnte, vergaß ich." Nach einer kurzen Pause fügt Marta freudig hinzu: „Als ich mich an die Geschichte meiner Großma erinnerte, kamen die Bilder wieder. Bis das Imaginieren wieder gelang, waren noch einige Blockaden zu lösen. "

„Kannst du es wieder?"

„Noch nicht zuverlässig. Ich wollte einem Freund zuliebe etwas imaginieren. Es funktionierte nicht. Wenn das Ziel einem meiner naturgegebenen Bedürfnisse widerspricht oder einer Wertvorstellung, einem Glaubenssatz, an dem ich unbewusst festhalte oder wenn ich zu wenig Vertrauen in die Erfüllung meines Zieles habe, es erzwingen will, obwohl vielleicht nur noch nicht der rechte Zeitpunkt gekommen ist, dann ist der Energiefluss blockiert. Oft bleiben Defizite, die die Energie von dem anvisierten Ziel abziehen, wenn du etwas *nur* anderen zuliebe tust."

„Es ist also gar nicht so einfach?"

„Nur anfangs nicht. Es ist jedoch überlebenswichtig. Es braucht die Verbundenheit mit unserer Quelle allen Seins. Spät erst verstand ich Großmas Bemerkung, dass ein reines, ehrliches Herz Voraussetzung für erfolgreich lebensbejahendes Imaginieren sei. Damals konnte ich damit nichts anfangen, denn als Kind war ich ja noch reinen Herzens. Ich wusste noch nichts vom Verbiegen der Seele, um zu gehorchen, zu gefallen oder es anderen recht zu machen. Wenn du beim bewussten Imaginieren eine Absicht verfolgst, eine Bedingung daran knüpfst oder dir selbst etwas vormachst, geht es schief. Die Lillianer imaginieren vollkommen frei nach ihrer inneren Führung und in Abstimmung mit ihrem Körper. Er ist als materielle Instanz Teil des universellen Bewusstseins und kommuniziert mit ihnen und ihrem höheren Selbst über grundlegende Gemütsbewegungen, die auf Informationen außerhalb von Raum und Zeit reagieren. Diese Informationen kündigen Ereignisse an, deren Wahrscheinlichkeit einzutreffen sehr hoch ist und auf die sie dann mittels Imagination reagieren. Aufgrund der hohen Sensibilität der Lillianer und ihres reinen Herzens erfüllen sie die weiteren drei Voraussetzungen dafür:

- die verinnerlichte Verbundenheit,

- Klarheit über das, was erreicht werden soll und

- die Überzeugung, dass die Vision schon Wirklichkeit geworden ist.

Dann entsteht in dem uns umgebenden Energie- und Informationsfeld ein Hologramm, das deine Vorstellung in die Realität bringt. Im Gegensatz zu uns gelingt es den Lillianern, so viel Energie zu mobilisieren, wie sie zur Verwirklichung ihrer Vorhaben brauchen."

„Warum können wir das nicht?"

„*Noch* nicht! Wer verbunden mit der Quelle allen Seins angstfrei lebt und sich von negativen Energien anderer schützen kann, dem gelingt es – meist. Je mehr ein Mensch sein Bewusstsein erweitert, je bewusster er wird, desto mehr Energie kann er aus dem uns umgebenden Energiefeld mobilisieren und deren Ausrichtung willentlich bestimmen. Weil wir lebensbejahende Bilder bisher aus einer lebensfeindlichen Realität erschaffen, fällt das Imaginieren dieser uns noch schwer, während sich Imaginationen mit zerstörerischen Absichten scheinbar spielerisch verwirklichen. Sie entziehen uns Energie, die wir im Einklang mit dem Leben zur Verwirklichung lebensfördernder Ideen brauchen. Menschen, die sich nicht eins fühlen mit der Natur, sind sich ihres wirklichen menschlichen Wesens, also ihrer Quelle allen Seins, ihrer Essenz nicht mehr bewusst. Deshalb sind sie – sogar im Namen Gottes – zu so gigantischen Verbrechen in der Lage, wie wir sie derzeit überall erleben. Wenn sie andere Menschen ins Elend treiben, bombardieren, umbringen, Regenwälder abholzen oder Delphine abschlachten, haben sie keinen Zugang zu ihren wahrhaftigen Gefühlen, zu ihrem Menschsein. Ihr Selbst-Ich hat aufgegeben. In ihnen agiert das Ego-Ich und beherrscht ihren Verstand. Es verhindert das Wahrnehmen der Ur-Instinkte und der Impulse ihres Körpers."

„Marta, diese Menschen stellen sich die Verbrechen, die sie planen, auch vor? Liegt nicht *allen* Veränderungen ein imaginiertes Bild zugrunde?"

„Jein, ob es bewusst erschaffen wird oder ein unbewusst agierendes Ego-Ich der Vater des Gedankens ist – einen Zufall gibt es nicht. Was dir in deinem Leben begegnet, entspringt deiner Identität. A b e r: Ein Politiker hat keine Bilder von Splitterbomben zerrissenen Kindern, von Uranbomben verseuchten, abgebrannten Olivenhainen, qualvoll sterbenden Meerestieren und verhungerten Menschen und Tiere Afrikas vor Augen, wenn er im Finanzausschuss den Ausgaben für die Rüstung zustimmt, Wirtschaftsverträge mit Drittländern unterschreibt oder den Klimaschutz und die Digitalisierung gesetzlich vorantreibt. Nein, er ist vollkommen überzeugt von seinen gut gemeinten, aber zerstörerisch wirkenden Absichten – Scheinabsichten, die nicht aus dem Herzen kommen, sondern von seinem konditionierten Verstand. Das weiß er aber nicht, weil er sich mit seiner Ego-Persönlichkeit identifiziert und nicht merkt, dass er *nicht* selbst denkt und dann auch *nicht* selbst entscheidet.

Der treibende Keil hinter seinem Verhalten sind aber die gleichen Bedürfnisse, die dich zu Leben spendenden Aktionen motivieren. Sehr oft können wir nur die Zusammenhänge nicht erfassen. Alle Lebensumstände und Ereignisse, die dir passieren, sind mit der Energie in Resonanz gegangen, die in dir schwingt und die du – oft unbewusst – ausstrahlst. Mag nur ein kleiner Anteil Selbstzweifel beteiligt sein, ein kurzer Moment geistiger Abwesenheit, führt er doch zu diesem *Zugefallenem*. Auf diese Weise ist jede Krankheit, jeder Unfall, jeder Streit ein Wegweiser zu einem Verhaltens- oder Glaubensmuster, einer schmerzhaften Erfahrung, einer Gewohnheit, die den Fluss deiner Lebensenergie blockiert, deinem Selbst widerspricht."

„Oje, dann habe ich bei meinen vielen Unfällen und Auseinandersetzungen, in die ich geraten bin, eine Menge zu hinterfragen."

Marta nickt. „Und aufzuarbeiten. Ich helfe dir gern dabei."

„Danke. Marta, es könnte so einfach sein, in Frieden zu leben", sinniere ich leise.

„Noch ist das verbrecherische Potenzial der Egos in den Menschen in der Überzahl und als kollektives Ego viel zu mächtig. Doch im Herzen wollen die Menschen Frieden, alle! Dieser innere Drang nach Frieden wird sich Bahn brechen. Viele Menschen wissen nicht, dass negative Gedanken, Jammern und Klagen, Streben nach Besitz und materiellem Reichtum, aber auch schweigender Gehorsam zu Streit und Krieg führen. Damit aufzuhören und die volle Verantwortung für den eigenen inneren Frieden zu übernehmen ist der erste Schritt zur Befriedung der Erde. Das erfordert Mut, weil du dich dazu mit deinem Ego anlegen musst. Es gibt seine Entscheidungshoheit in unserem Oberstübchen ungern ab, und da das Ego Profit aus unserem inneren Unfrieden bezieht, stimmen Politiker im Parlament für Aufrüstung und Krieg.

Kollektiv ermächtigt führen individuelle Ego-Persönlichkeiten Kriege und schüren Verunsicherung und Gewalt auf der ganzen Welt. Sie kennen dabei keine Grenzen, weil die Einzelverantwortung im Kollektiv untergeht. Das ist die globale Gefahr, die im Kopf ein paar einzelner Menschen entsteht."

„Was können wir dagegen tun?"

„Aufklären und Frieden vorleben, Anne. Wer ist sich schon bewusst, dass er mit seiner täglichen Unzufriedenheit, seinen kleinen Streitigkeiten – meist wegen banaler Dinge – zu Kriegen beiträgt? Wer ist sich schon darüber im Klaren, dass er, wenn er jemanden als Feind bezeichnet, im Kopf schon auf Krieg programmiert ist und so zu den global stattfindenden Kriegen beiträgt? Wer ist sich bewusst, mit einer ehrlichen, absichts- und bedingungslosen Liebe zu seinen Kindern den Weltfrieden bewirkt?"

„Die Wenigsten", stimme ich traurig zu.

„Die einzige Kraft, die die Transformation bewirken kann, ist *diese*, bedingungs- und absichtslose Liebe, die im tagtäglichen Miteinander geübt und belebt werden will." Marta lacht ihr so herzliches, freudiges Lachen, das mich aus meiner Schwermut reißt. „Welches Potenzial schlummert in uns! ‚Frieden schaffen ohne Waffen', der Berliner Appell von 1982 passt. Mit verbindenden Gedanken, friedvollen Bildern und Gefühlen zum Weltfrieden beitragen, dafür handeln ohne zu kämpfen! Das tun schon sehr viele Menschen, auf der ganzen Erde, auf dem Land, in den Städten. Du kannst das auch. Geh ins Internet und nimm an den weltweiten sonntäglichen Meditationen für Frieden teil, verteile dein Wissen über gesundes Bauen, kläre über die Gefahren digitalen Bauens auf. Es gibt ein Klangnetzwerk, was sich regelmäßig zur gleichen Zeit zusammenfindet und Konzerte zur Heilung der Erde gibt. Ob Künstler, Taxifahrer oder Professor, Handwerker oder IT-Spezialist: Viele werden sich derzeit ihrer inneren Kraft, der Sehnsucht nach Frieden bewusst. Nimm an Friedenszügen, Permakulturtreffen oder heilsamen Seminaren teil, triff Menschen, die schon dabei sind, sich zu ändern. Beobachte dich täglich bei Begegnungen mit anderen Menschen, welche Bilder du von ihnen im Kopf hast und was du über sie denkst. Lösche diese und geh ohne Vorurteile, staunend wie ein kleines Kind auf sie zu. Du wirst sehen, was sich da ändert: deine Geisteshaltung, Anne, und die deines Gegenübers. Denke bei allem, was du fühlst, sagst und wie du dich verhältst: ‚*Ich bin in jedem und allem enthalten und alles ist in mir*' und lebe die Verbundenheit kompromisslos, dann wird sich Lillyland zeigen." Marta atmet tief durch und rekelt sich wohlig.

Nachdenklich nehme ich einen Schluck von unserem ‚Schnäpschen'. Aus Martas besonderen Erbstücken lassen wir uns abends einen kalten Kakao, einen Saft oder ein frisch gemixtes Smoothie schmecken. Heute gibt es Aroniasaft. Eine genüssliche Gewohnheit.

„Marta, die Verbundenheit kompromisslos leben, ist das nicht egoistisch?"

„Nein. Verbundenheit ist unser Wesen und Kompromisse sind immer faul, weil dabei die angeborenen – nicht die erworbenen oder infiltrierten! – Bedürfnisse mindestens einer der Konfliktparteien unberücksichtigt bleiben. Kannst du deine naturgegebenen Bedürfnisse nicht befriedigen, gerätst du innerlich unter Druck und kannst auch anderen nicht wirklich helfen, nicht dauerhaft. Irgendwann kommt der Punkt, an dem die Hilfe zur Belastung wird. Du musst dich abgrenzen oder deine Unlust ist spürbar. *Das* ist egoistisch! Du hilfst erst aus Gier nach Anerkennung und Dank, ohne Rücksicht auf deine innere Balance, und ziehst dich dann – ohne Vorwarnung – auf Kosten anderer zurück und hinterlässt

Unklarheit, Unsicherheit, Schuldgefühle oder noch größere Hilflosigkeit. Grenzüberschreitende übergriffige Hilfeleistung schadet mehr als sie hilft. Wenn du aber *deine* Bedürfnisse gleichermaßen berücksichtigst wie die der anderen, findet sich immer ein Konsens und Leid wird wirklich gelindert.

Meine Großmutter sagte oft: ‚Kind, wenn du unglücklich bist, ist keiner auf Dauer wirklich glücklich! Horch in dich und frag dich, was du wirklich brauchst, und dann sorge für dich so, dass es auch anderen dient oder wenigstens nicht schadet‘. Das einzuschätzen geht nur, wenn du die Konsequenzen deines Handelns aus Sicht des großen Ganzen erkennen kannst. Das wiederum setzt die Allverbundenheit des Einzelnen voraus, wie bei den Lillianern.“

„Die Lillianer können immer die Konsequenzen ihres Handelns erkennen, so breitgefächert sie auch sein mögen?“

„Ja. Allerdings ist das kein Erkenntnisprozess wie wir ihn üblicherweise kennen, sondern intuitives Wissen. Jede Zelle, jedes Organ deines Körpers steht permanent mit dem alles durchdringenden universellen Bewusstsein in Informationsaustausch, ohne dass du es weißt. Impulse, die dein Körper dir gibt, entspringen einer kosmischen Instanz, die außerhalb von Raum und Zeit existiert. Weil unser Verstand die Gründe für die Impulse oft nicht nachvollziehen kann, gehört Mut und Vertrauen dazu, diesen zu folgen. Uns von ihnen führen zu lassen dient nicht nur unserem vitalen Interesse sondern dem Wohl aller, weil dann unsere Handlungen und Entscheidungen im Einklang mit dem Universum sind. Leider haben die meisten Menschen Angst, *in sich* zugehen, um auf das zu hören, was an Informationen von draußen kommt.

Versuchen wir, den Sinn einer Tätigkeit mit dem Verstand zu erfassen, wird es immer eine individuelle Beurteilung bleiben, weil sie sich nur auf einen mehr oder weniger kleinen Teil des komplexen Wirkungsgefüges namens Universum bezieht. Was für den Einzelnen Sinn haben mag, kann sich verheerend auf das Ganze auswirken und das Überleben anderer Menschen gefährden oder zerstören. Ziele ohne tieferen, nicht mit unserer Essenz verknüpften Sinn sind auf Dauer weder wertbeständig noch erfüllend. Fällst du einen Baum, mag das für dich Sinn machen, weil er dir die Sonnenkollektoren auf dem Dach beschattet und du ja der Umwelt zuliebe Energie sparen willst. Kannst du die Konsequenzen aus der Sicht des Ganzen erfassen, sind Baumfällung, Energiesparen und die Sonnenkollektoren ohne Sinn und haben global gesehen auf unsere Existenzgrundlage sogar zerstörende Auswirkungen. Solange du die Informationen aus dem feinstofflichen Feld über deinen Körper noch nicht wahrnehmen kannst, orientiere dich an deinen naturgegebenen, universellen Bedürfnissen."

„Habe ich da gerade richtig gehört, Energiesparen ist falsch? Was ist mit der Klimaerwärmung?"

Ein kühlerer Windhauch streicht über meinen Arm. Mir wird bewusst, wie leise wir uns unterhalten. Die Stille der aufkommenden Nacht hält uns in ihrem Bann. Im Kerzenschein erkenne ich Martas strahlendes Gesicht. Es hat etwas Magisches, Faszinierendes und unendlich Liebevolles.

„Anne, Energiesparen erscheint dem kleinen Häuslebauer als sinnvoll. Doch er kann die Auswirkungen der Rohstoffgewinnung für die Energiesparmaßnahmen, den Transport, die Bauteilherstellung und den Bau an sich weder wirtschaftlich, gesundheitlich noch ökologisch einschätzen. Nicht einmal über die finanziellen Konsequenzen für die Zeit seiner Nutzung hat er den Überblick. Auch mögliche Risiken hinsichtlich Fremdbestimmung durch seine Abhängigkeit, die die hochtechnisierten Gebäude heute dem Eigentümer auferlegen, kann er nicht erkennen. Die Angst vor einer möglichen Klimaerwärmung, einem CO_2-Anstieg und die daraus abgeleitete Energiewende dienen ausschließlich dem Wirtschaftswachstum und der Politik. Immer mehr Wissenschaftler und Journalisten trauen sich, kontroverse Erkenntnisse bzw. Recherchen zu veröffentlichen: Dass es auf allen Planeten wird derzeit wärmer wird, weil unser gesamtes Sonnensystem in der Galaxis durch einen Spiralarm mit intensiverer Strahlung wandert als bisher. Seit zehn Jahren beobachten Weltraumforscher das Abschmelzen der

Polkappen auf dem Mars. Die Sonne ist ein entscheidender Einflussfaktor. Sie erwärmt Erde und Wasser, sodass aus den Meeren CO_2 emittiert. Klimaerwärmung und CO_2-Gehalt in der Atmosphäre korrelieren zwar miteinander, aber zuerst steigt die Erdtemperatur und infolgedessen erst der CO_2-Gehalt in der Luft. Erderwärmung und Zunahme CO_2 korrelieren zwar miteinander, aber umgekehrt. Neben der Sonne sorgen die Wetterbeeinflussung durch die technische Strahlung, Geo-engineering und vor allem die Land- und Forstwirtschaft für eine Veränderung des Wetters. Waren letztere vor fünfzig Jahren noch CO_2-Immittenten, emittieren sie heute CO_2 in die Atmosphäre, und das nicht wenig! Forscher erkannten auch, dass die Gletscher von unten, aus der Erde heraus erwärmt werden und dadurch schneller schmelzen. Das erklärt die Zunahme ihrer Fließgeschwindigkeit. Wie bei allem sind es viele Faktoren, die da als Ursache zu betrachten sind, und bedenke immer: Nichts davon kannst du prüfen. Nichts. Umso wichtiger ist es, deine eigene Körperwahrnehmung zu sensibilisieren, um zu erkennen, was deinem höchsten Wohl dient. Die Angsthysterie wegen dem seit Jahren angekündigten Peak-Oil ist mehr als kontraproduktiv, verhindert sie doch den Blick auf das Erkennen *wirklich* wirksamer Überlebensmöglichkeiten, u. a. mit naturkonform genutzten Energien, die uns zweifelsfrei das feinstoffliche, uns immer umgebende Feld zur Verfügung stellt."

„Meinst du, dass wir wirklich in der Lage sind, uns von den Geiseln Öl, Gas, Kohle und Atomkraft zu befreien?"

„Ja, und auch von den traurigen Wind-, Wasser- und Sonnenkraftanlagen. Doch wie bei allem beginnt eine wirkliche Änderung in uns, nicht mit innovativer Technik und einem hohen IQ, sondern mit einem erwachten Bewusstsein und einem reinen Herzen."

Wir schweigen. Die Milchstraße über uns, das Funkeln der Sterne, das Flackern der Kerze in den Gläsern.

Nachdenklich blicke ich zum Sternenhimmel. Wie wird die Erde unserer Kinder und Enkel aussehen? Wie *soll* sie aussehen? Mir fällt auf, dass ich passiv abwartend an die Zukunft denke. Ich habe nie in Betracht gezogen, dass ich diese nach *meinem* Willen gestalten kann; mit gestalten kann. Warum eigentlich nicht? Habe ich Angst davor oder zu wenig Ahnung von den Zusammenhängen? Ich weiß wirklich nicht, wie die Erde aussehen soll, auf der ich zukünftig leben will. Will *ich* allein leben? Mit wem? Wie weit entfernt will *ich* von meinen Kindern leben? Wo will *ich* leben? Wo und was will *ich* beruflich tun? Welche *wirklichen* Bedürfnisse habe ich denn? Was ist mir wichtig und was brauche *ich* für ein glückliches, sinnerfülltes Leben? Wie soll das im Detail gehen?

Martas Anregungen und Ansichten haben meine volle Aufmerksamkeit gefordert. Ich fühle mich erschöpft. Die Kerze erlischt langsam. „Marta, lass uns zu Bett gehen, ich bin soooo müde, auch wenn ich gern noch mehr über Lillyland und von deinen Vorstellungen hören will."

„Gern, Anne."

Ich habe den Eindruck, es ist gerade erst Mitternacht, als mich mein Wecker aus dem Schlaf holt. Nach den Gesprächen mit Marta war ich ziemlich aufgewühlt. Trotzdem bin ich sofort in einen tiefen Schlaf gefallen. Es ist kurz nach sieben Uhr. Ich werfe meine Decke zurück und springe aus dem Bett. Ich beeile mich, um das Frühstück zu machen und Marta noch im Stall zu helfen. Sie ist schon seit fünf Uhr auf den Beinen und von dem gestrigen Tag sicher auch noch erschöpft. Denke *ich*! Als ich in den Stall schaue, streichelt Marta gerade eine Kuh, während sie ihr ins Ohr flüstert. Sie bemerkt mich und zwinkert mir zu, strahlend, ganz ohne Müdigkeit. Meine ist auch gleich wie weggeblasen. Oh, das wird wieder ein schöner Tag. Voller Freude räume ich die Asche aus dem Küchenherd. Als die Flamme lodert und das Kaffeewasser aufgestellt ist, decke ich unseren Tisch vor der Hütte.

Das sind die Momente, für die ich die ganze Erde umarmen könnte: Der klare blaue Himmel, die Berge, ab und zu Kuhgeläut, der Ziegenbock mit seinem treuherzigen Blick und die frühen Sonnenstrahlen, die gerade unseren Sitzplatz erreichen. Dankbarkeit erfüllt mich. Ich denke an meine Kinder und wünsche mir, sie in diesen Glücksmoment einbeziehen zu können.

Der Wasserkessel pfeift und reißt mich aus meinen Gedanken. Schnell noch die letzten Handgriffe für das Frühstück, dann will ich Marta im Stall helfen. Der Umgang mit den Kühen geht mir an diesem Morgen leicht von der Hand. Es sind nur noch fünf Kühe zu melken, dann können wir schon das Melkgeschirr säubern. Es ist heute noch genug Zeit, bis das Auto von der Molkerei kommt. Was will ich mehr? Eine sinnvolle Aufgabe, die ich mir selbst gesucht habe und die mich herausfordert; ein trockenes, warmes Bett; freundliche, wohlgesonnene Menschen; Marta als meine Lehrmeisterin und die uns umgebende Fülle der Natur. Ein großes inneres Staunen breitet sich in mir aus, ein stummes Wundern über die Vollkommenheit, die mich hier erfüllt. Irgendwie fehlen mir die Worte dafür – und ein bisschen ganz schön meine großen Jungs.

Ich trete vor die Tür. Dieser Anblick ins Tal und auf die Berge gegenüber! Ich nehme mir von dem roten Holunder ein paar Beeren, um meine Hände zu pflegen. Alles, was wir brauchen, ist da: Einmal im Monat fahren wir in die Stadt und ‚tanken‘ Honig und Mehl, manchmal noch Reis und Müsli. Gemüse und ein bisschen Obst hat Marta um die Hütte angepflanzt. Nudeln fertigt die Almbäuerin Lore von der Alm gleich hinter unserer Hütte. Sie bekommt von uns Käse und Butter, die Marta selbst herstellt. Brot backen wir bei Bedarf, Milch geben die Kühe frisch.

Obwohl ich weiß, dass die Zeit hier ein Ende für mich hat, gelingt es mir, immer seltener an Zukunft oder Vergangenheit zu denken. Wie sagte Marta? ‚Die Vergangenheit ist ein Hirngespinst. Unser Herz will jetzt und hier leben‘. Recht hat sie! Ich bin einfach nur hier! Nichts anderes! Es ist phantastisch! Leicht! Vollkommen ohne Angst! Den Kindern geht es gut. Wenn ich will, kann dieser Zustand ewig sein?

Es ist kein Zufall, dass ich Marta begegnet bin, doch welche Lektionen habe ich zu lernen? Werde ich am Ende der Alm-Saison wissen, was ich will? Wird meine Existenzangst weg sein?

Marta steht schon eine Weile hinter mir in der Tür. Ich drehe mich um und unsere Blicke begegnen sich. Sie spürt sofort, was gerade in mir lebendig ist. „Gedankenchaos?"

Ich nicke. Ihre mir schon bekannte Frage zu ihrer eigenen Vergewisserung. Bisher habe ich ihre Vermutungen immer bestätigen müssen. So feinfühlige, für meine Begriffe übersinnliche Menschen um mich zu haben, ist schön, aber auch sehr anstrengend. Zumindest gewöhnungsbedürftig. Aber warum? Warum fühle ich mich zeitweise richtig unwohl, ja, wie ertappt? Welche Gedanken habe ich in solchen Momenten des ‚Durchschautseins' im Kopf? Woher kommt dieses unangenehme Gefühl? Es verunsichert mich. Was will es mir sagen? Mir wird bewusst, dass ich gerade von Gedanken vereinnahmt bin, die ich gar nicht denken will, als Marta sagt: „Komm, Anne, lass uns in Ruhe frühstücken", und mit einem offenen, herzlichen Lächeln: „Ich habe solchen Hunger!"

„Kein Wunder, du hast schon vier Stunden gearbeitet."

Marta will heute mit mir die Alm abgehen und den Zustand der Zäune kontrollieren. Während wir wortlos essen, merke ich, dass ich mich Martas Verhalten anpasse. Sie isst sehr wenig, kaut aber genüsslich jeden Bissen. Es scheint, in dem Moment *ist* sie das Essen. Ich habe Marta beim Zubereiten unserer Speisen beobachtet. Auch dabei war sie ganz versunken in ihr Tun. Sie strahlte eine so gar nicht zu beschreibende Freude aus. Erst gestern konnte ich sie im Garten beim Rupfen von Kräutern und Salat beobachten. Sie sang leise und sprach mit den Pflanzen. Einmal konnte ich sie verstehen. Sie bat die Pflanzen um Erlaubnis, sie pflücken zu dürfen, und ich sah auch, wie sie die eine oder andere unversehrt stehen ließ. Nach dem Ernten bedankte sie sich leise. So fremd es mir war, so berührt war ich.

Marta nimmt nur reife, ausgewählte Früchte und lässt immer
etwas für die Tiere. Unsere Mahlzeiten bestehen meist aus Gerich-
ten, die ohne Kochen oder nur gedünstet zubereitet werden. Selten
hat es mir so geschmeckt, auch wenn ich mich erst daran gewöhnen musste. Die Frische und die mit solcher Hingabe ausgewählte
Nahrung war für meine Supermarktessen gewohnten Ge-
schmacksorgane wirklich Neuland. Bei Marta stimmt die innere
Einstellung zu den Dingen mit ihrem Handeln überein. Ich spüre
bei allem, was sie tut, dass sie sich selbst treu bleibt. Ich bewundere
ihre Herzensgüte, Klarheit und frappierende Einfachheit. Sie lebt
im vollen Vertrauen. Jedem bringt sie Dankbarkeit und Liebe entgegen, sie ist immer freundlich, offen und achtet auf eine sehr echte
Art und Weise auf Distanz, da, wo es angebracht ist. *Sie* lebt authentisch.

Fertig mit dem Essen lehne ich mich mit meinem Pott Kaffee zurück. Marta hat noch ihr Obst auf dem Teller. Sie ernährt sich wei-
testgehend vegan, obwohl sie von ihren kleinen ‚Genüsslis‘, wie sie
sie bezeichnet – der Tasse frischer Kuhmilch zum Frühstück und
ab und zu einem Stück selbst gemachten Käse –, nicht lassen will.
Ich lache bei dem Gedanken.
Marta hat mein Beobachten gespürt und ahnt wohl wieder, was
ich denke. Belustigt schaut sie mich an und nickt bestätigend.
„Ganz schön absurd für dich, oder?“
„Ja, eine Milchvieh-Bäuerin, die sich vorwiegend vegan ernährt.“
Marta isst in Ruhe ihre letzten Beeren auf. „Das ist kein Widerspruch. Ich höre nur auf meinen Körper. Er ist ein perfektes Navi-
gationssystem für meine Gesundheit und denkt global. Er sagt mir
immer ganz genau, was ich brauche, damit ich meine Vitalität erhalten kann und ich kann sicher sein, dass es mit der Natur abgestimmt ist. Jeder trägt seinen eigenen Arzt mit sich herum. Ich gehe
durch meinen Garten und er zeigt mir die Pflanzen, die mich unterstützen, um gesund zu bleiben. Appetit und Hungergefühle

melden sich auch, wenn ich geistig oder emotional unterernährt bin."

„Und was machst du dann?"

„Dann brauche ich Selbstempathie und super Methoden, um auf meinen Körper hören wollen zu *können*! Ungehorsam meinem Körper gegenüber hat immer pathogene Auswirkungen, vor allem wird mein Wille stark geschwächt und mein Geist wieder vom Ego-Ich gekapert. Das widerstrebt mir gewaltig. Ich will frei sein, vor allem geistig, sonst bin ich nirgends frei. Jetzt, wo ich unseren Bauernhof zu einem Permakulturhof umgestalten will."

„Was du denkst ist von der Ernährung abhängig?"

„Ja. Welchen Geist du fütterst, der dient dir: dein Ego-Ich oder dein Selbst-Ich. Im Verdauungstrakt befindet sich ein eigenes Nervensystem, das sogenannte enterische Nervensystem oder auch Bauchgehirn genannt. Es ist größer als das Nervensystem im Rückenmark, durchzieht nahezu den gesamten Magen-Darm-Trakt und regelt autonom die Bewegungen des Verdauungstraktes sowie die Produktion und Ausscheidung der Verdauungssäfte. Was aber so spannend ist: Es gibt einen Zusammenhang zwischen meinem Zuckerkonsum und meiner Konzentrationsfähigkeit, meiner Kreativität und meinem Willen und Durchhaltevermögen. Wenn ich zucker- oder sehr fetthaltige Lebensmittel zu mir nehme, haben Darm und Leber viel zu tun. Ich werde geistig träge und kann der Vereinnahmung der egogesteuerten Denkmaschine im Kopfgehirn nichts entgegensetzen. Mein bewusster freier Wille geht gegen null. Wenn ich Körpersignale, die mir nach einem anstrengenden Arbeitstag eine Erholungsphase auferlegen, ignoriere, sehe ich mich wie fremdgesteuert nach Naschereien suchen. In solchen Situationen bin ich dem hilflos ausgeliefert. Ich suche so lange, bis ich etwas gefunden habe. Egal wie viel es ist, ich kann auch nicht aufhören, obwohl ich das Muster und alle Konsequenzen kenne und in dem Moment auch sehe, ich kann nicht aufhören. Das Wissen über die Zusammenhänge zwischen Fett-, Laktose- und Zuckerabbau, Übersäuerung, Stress, Depression, Angst, mangelnde Belastbarkeit und seelischem Kummer, der sich bei mir in der Zunahme der Selbstzweifel zeigte, war für mich der Schlüssel zum Verstehen und Motivation für meinen Willen nicht aufzugeben. Die Korrelation zwischen Zucker, zu viel Fett und Eiweiß und meinem seelischen Gleichgewicht zu sehen, war erschreckend. Was aber wirklich half, war das Erkennen und Erlösen der Ursache: ein altes Belohnungsmuster meiner Mutter. Ich befreite mich von der Schuld, die ich *ihr* für *mein* Dilemma gegeben hatte. Ich vergab meiner Mutter in wahrhaftiger Liebe, absichts- und bedingungslos. Von da an war mein Willen stark, das Ego folgsam.

Anne, der Darm ist nicht nur für unsere Verdauung verantwortlich, sondern auch für unser generelles Wohlbefinden. Heute gilt es als sehr wahrscheinlich, dass im Darm eine Informations- und Gedächtnisbildung stattfindet. Die Kommunikation zwischen Bauch- und Kopfhirn passiert über den Vagusnerv (Parasympathikus) als verbindendem Informationskanal. Die Nervenzellen treffen alle für den Darm wichtigen Entscheidungen selbstständig und reagieren unabhängig vom Kopfhirn auf Reize von außen. Siebzig Prozent aller Abwehrzellen sitzen im Darm. Als damit größtes Immunorgan im Körper spielt es für unser gefühlsmäßiges Erfahren eine große Rolle. Seit mir das bekannt ist, lege ich sehr viel Wert auf meine Ernährung. Wie sonst soll mir das Permakulturprojekt gelingen? Da brauche ich Durchhaltevermögen und ein vitales Empfinden. Ich habe so vieles ausprobiert!"

Ich bewundere Marta. Sie ist so klar in ihren Zielen und verfolgt sie mit einer Ruhe, die große Wertschätzung in mir hervorruft.

Sie blickt kurz zur Sonne. „Wollen wir?"

„Ja."

Ausgerüstet mit Rucksack und Stock wartet Marta auf mich. Der Weg führt uns wie am Tag zuvor zur Almhütte von Franz. Dann halten wir uns links. Das ist der Weg zur Alm von Lutz. Marta schreitet leicht und voller Freude bergauf. Von Weitem sehen wir

Lutz an seiner Hütte bauen. Als wir näher kommen, winkt er uns einladend zu. Er ist dankbar, dass wir uns auf einen ‚Rundgang' durch seine Hütte einlassen. Er hat den Ziegenstall erneuert, die Schlafplätze für die Ziegen aufgestockt und für seine Familie einen neuen Wohnbereich geschaffen. Marta ist sichtlich überrascht und freut sich für Lutz. Beim Verabschieden lädt er uns zur nächsten Ziegenkäseherstellung ein.

Als wir die Hütte ein Stück hinter uns gelassen haben, äußert Marta nachdenklich: „Ein so lieber und fähiger Mann, aber so vernagelt für das, was hier geschieht. Er ist fest überzeugt, dass die Menschen aussterben, und verhält sich dementsprechend gegen die Natur. Er ist ein klassisches Beispiel für Menschen, die sich getrennt von der Natur wahrnehmen, das aber abstreiten."

„Hat er Kinder?"

„Ja, einen neunjährigen Sohn. Ein wacher Junge."

„Und wie vereinbart sich seine Auffassung damit?"

„Für ihn schon. Er geht davon aus, dass es so wie jetzt noch ewig weitergeht. In seinen Augen bin ich eine schwarzmalende Spinnerin, die er als nett, aber unrealistisch einstuft. Wir mögen uns trotz der differenten Auffassungen und unterstützen uns gegenseitig ohne Vorbehalte."

Wir gehen schweigend weiter. In der Ferne sehe ich ein paar Kühe, weiß aber nicht, ob es Martas sind. „Wie lange brauchen wir, um alles abzulaufen?"

„Reichlich zwei Stunden, wir haben genügend Zeit für eine ausgiebige Mittagsrast."

Über Nacht hat der Wind kühle Luft ins Tal geweht, und so braucht die Morgensonne etwas mehr Zeit, um den Morgentau restlos verdunsten zu lassen. Nebelfetzen hängen noch in den Kuhlen fest. Da, wo die Sonne die Erde erwärmt, steigen sie langsam auf. Ich schaue dem Naturschauspiel fasziniert zu, während wir leicht höhenversetzt nebeneinander am Hang entlanggehen. Es ist ein angenehmes Wanderwetter.

„Marta, du hast mir den Zusammenhang zwischen einem lebendigen, kreativen Geist und der Ernährung aufgezeigt. Welche Ernährung ist denn aus deiner Sicht für uns Menschen artgerecht und berücksichtigt Körper, Geist *und* Seele? Die Ernährungsempfehlungen der Wissenschaftler gehen sehr weit auseinander und ändern sich ständig. Ich esse, was mir schmeckt, wobei ich schon gemerkt habe, dass ich meinen Geschmack beliebig verändern kann. Er scheint sich an alles gewöhnen zu können. Was meiner Gesundheit dient, weiß ich dann aber auch nicht. Also kann ich mich darauf nicht verlassen."

„Aber auf deinen inneren Arzt."

„Wenn ich ihn wahrnehme."

„Und auf ihn hörst. Da sind wir wieder beim Grundübel unserer Zivilisation: Getrennt vom eigenen natürlichen Wesen sind wir fremdbestimmt und abhängig von der Meinung anderer. Wir glauben ihrem oft fraglichen Wissen und spüren dennoch, dass dieses nicht zu unserer eigenen Wahrheit passt. Die muss jeder für sich herausfinden. Ich glaube es gibt keine für alle geltende Ernährung. Kann auch nicht, wenn der Geist das Primat hat. Schau dir nur die regionalen Unterschiede bei Naturvölkern an. Jeder sollte seine, für ihn optimale Ernährung finden und so die bestmöglichen Bedingungen für die Entfaltung seiner Potenziale schaffen.

Ein lieber Freund unserer Familie, auch Bauer, litt mit Mitte fünfzig an Rheuma und Gicht. Er war so deprimiert, dass er keine Lust mehr hatte zu leben. Jeder Tag war für ihn eine Qual. Alles, was ihn noch leben ließ, war die Angst um seine Familie. Dann wurde noch Diabetes diagnostiziert. Er bekam Insulin gespritzt. Die Ärzte versicherten ihm immer wieder, dass seine Beschwerden veranlagungsbedingt seien und er auf seinen Genuss beim Essen nicht verzichten müsse. Er glaubte ihnen. Niemand hatte ihm gesagt, dass die Ursache seiner Krankheiten an der Art seiner Ernährung liegen könnte. Er staunte, als ich ihm erzählte, dass keine Zelle in seinem Körper so alt ist wie sein Lebensalter Jahre zählt. Ihm war auch neu, dass eine Zelle ihre Identität entsprechend der Informationen, die sie aus ihrer Umwelt – von dir, durch deine Gedanken, dein Verhalten oder von deinem äußeren Umfeld – erhält, ändert und diese an die neue Zelle weitergibt. Ist die alte Zelle krank oder glaubst *du* das nur, übernimmt die neue Zelle diese Botschaft, obwohl sie von ihrem Bauplan her eine junge, frische, gesunde Zelle ist. Vieles wusste unser Freund nicht, und so gehörten Dauerschmerzen genauso wie regelmäßige Gichtanfälle zu seinem Leben. Er glaubte an die kollektive Meinung, wonach Alter unbeeinflussbar gleichzusetzen ist mit körperlichem Abbau, Nachlassen der Vitalität, Demenz und Schmerzen, schlechtem Sehen und schwerem Hören.

Jahre später traf ich ihn auf einer Veranstaltung für ein neues Bauernbewusstsein. Wenn er nicht seinen Namen genannt hätte, ich hätte ihn nicht erkannt: vital, strahlend, voller Freude. Er hatte seine konventionelle Landwirtschaft aufgegeben, sein Land bis auf drei Hektar verkauft, um seinen Bauernstatus zu halten, hatte übergangsweise einen Mini-Job angenommen, um die nötigsten Ausgaben begleichen zu können. Er hatte seine Ernährung umgestellt und war allen Unstimmigkeiten in seinem Leben nachgegangen, hatte sie geändert. Die Folge war: Heilung trat ein. Er begann schrittweise eine vollkommen unabhängige Selbstversorgung aufzubauen. Es war kein einfacher Prozess. Heute ist er ein gefragter Mann bei der Re-Gestaltung großer landwirtschaftlicher Agrarbetriebe. Es gibt keinen anderen Weg als den der kleinbäuerlichen Landbewirtschaftung; kein Zurück an den Pflug, sondern ein Miteinander des Landbewirtschaftens auf einer höheren, spirituellen Ebene, ohne Pflug, dafür mit Artenvielfalt, Fülle und voller Sinn."

„Wie stand die Familie des Mannes dazu, vor allem seine Frau?"

„Seine Kinder waren glücklich über den genesenden Vater, der auf einmal wieder Pläne fürs Leben hatte und sie auch umsetzte! Die Frau war eine Bäuerin mit Leib und Seele. 70 Kühe hatte sie täglich versorgt, nie Urlaub gehabt, kaum eine Pause. Sie war sehr skeptisch, doch sie informierte sich. Abhängigkeiten, Restriktionen, die das Leben der Kleinbäuerin immer schon und immer mehr einschränkten, steigende Preise für Pachtland und Futter, dem gegenüber fallende Milchabnahmepreise, das Verbot der eigenen Saatguterzeugung, der Anschlusszwang für Trink- und Abwasser, Straßenbeiträge, Grundsteuer und nicht zuletzt die aus ihrer Sicht sinnlosen Pflichtimpfungen der Tiere halfen ihr sich zu entscheiden. Sie rechnete mit Zeit und Geld hin und her, … und entschied sich für die weichen Faktoren: mehr Zeit für die Familie, mehr Lebensqualität und vor allem wollte sie weiterhin ihren Kindern in die Augen sehen können.“

„Diese Motivation treibt mich auch. Ich will an einer enkelfähigen, natürlichen Welt mitbauen. Ich habe es so satt, Marionette einer verlogenen Bauindustrie und einer manipulierenden Architekturästhetik zu sein.“

„Das bewegt auch mich. Ich bereite meinen Übergang von der Vollzeitbäuerin zur Permakulturpraktikerin vor. Allerdings haben wir wesentlich mehr Hektar und wollen sie auch behalten bzw. Gleichgesinnten übertragen. Mein Ziel ist aufzuzeigen, dass mit einer Neuausrichtung der Landwirtschaft die Probleme der Welternährung zu lösen sind. Wir sind ein kleiner Kreis von Bauern, die eine Landbewirtschaftung etablieren wollen, die eine regionale artgerechte Ernährung sichert. Ich möchte mein Land unter Familien aufteilen, die bereit sind, nach permakulturellen Kriterien zu gärtnern, Landbewirtschaftung naturkonform zu betreiben und auch auf dem Land, *hier* wohnen. Mein Traum ist, eine Gemeinschaft zu gründen, die nicht nur sich selbst ernähren kann, sondern auch noch genug abgeben kann. Grundvoraussetzung ist ein neues Bewusstsein auf Basis der Allverbundenheit und der Anerkennung des darin enthaltenen freien Willens, was ein ausgleichende Geben und Nehmen auf allen Ebenen gewährleistet. Dann passiert es auch nicht mehr, dass Permakulturbauern mit Kunststoffen und Chemie bauen statt mit naturbelassenen Naturbaustoffen.“

Marta zeigt nach vorn. „Da ist ein schiefer Zaunpfahl und da hinten die Kuh, das ist Linda. Sie lahmt. Das will ich mir ansehen.“

Ich bin erstaunt, wie Marta trotz unserer Unterhaltung alles beobachtet hat und die Kühe aus der Entfernung unterscheiden kann. Sie spricht auch sofort weiter. „Mein Angebot wird sein: Therapeutische Landpflege für Körper, Geist und Seele: den Körper bewegenden Tätigkeiten und stärkenden Agrarprodukten vom Hanggarten frisch auf den Tisch. Nebenwirkung: gesunder Boden, heilkräftige Nahrung und integrative Heilung. Mein Verständnis von menschenartgerechter Nahrung orientiert sich an dem Wissen der viele Jahre in der Weltraumforschung tätigen sowjetischen Ärztin Dr. Galina Schatalova. Was sie beschrieb, ist stimmig für mich. Ich habe es ausprobiert. Nach einer nicht einfachen Umstellungszeit mit Enttäuschungen, Ängsten und Zweifeln fühlte ich mich nach acht bis zehn Wochen wie neugeboren. Alle Schmerzen waren weg, Narben heilten, die Haut wurde glatter und wieder straff, die Lippen färbten sich wieder in ihrer natürlichen Röte, die Gelenke wurden wieder beweglich, die Haare voller und ich konnte mich wieder riechen." Marta schwärmt lachend von ihrer Veränderung. „Es war unglaublich. Der Körpergeruch, die Ausscheidungen, alles änderte sich und ich begann alles an mir zu mögen. Die größte Freude bereitete mir meine zunehmende geistige Vitalität. Ich konnte mich wieder konzentrieren, war klarer und fühlte in jeder Situation immer sofort, was mir guttat und was ich mir zuliebe besser lassen sollte. Ich begann selbstbestimmter zu sein, hatte kein Magendrücken mehr. Endlich hörte diese nachträgliche Gedankengrübelei ‚Ach hätte ich doch' auf. Ich bekam einen ersten Eindruck gegenwärtiger Gewahrsamkeit. Ohne ungewollte Gedanken haben deine Zellen keinen Grund deine Identität zu ändern. Deine eigentliche Identität, so wie sie in deinem göttlichen Bauplan steht, kann erscheinen. Die Gedankenstille ermöglicht dir, sie zu fühlen und auch deinen inneren Arzt zu hören, auch die Ur-Empfindungen deiner Sinnesorgane wahrzunehmen – eine Fähigkeit, über die jeder Architekt verfügen sollte.

Der Zusammenhang zwischen Ernährung und dem permanenten Hirngeplapper war mir vorher nicht bewusst. Galina Schatalova und das Wissen über unseren Körper, das ich mir in dieser Zeit aneignete, haben zu einer gravierenden Verbesserung meines Lebens beigetragen. Ich gab dem Essen nicht mehr den Raum in meinen Gedanken, identifizierte mich weniger mit der Angst zu verhungern, etwas Falsches zu essen oder Mangel zu erleiden, bemühte mich stattdessen die Speisen mit allen Sinnen wahrzunehmen, zu beobachten, ganz die Empfindung zu sein und fand so immer mehr in mein gegenwärtiges Gewahrsein. Dieser Bewusstseinszustand der Gegenwärtigkeit erwächst aus unser aller Verbundensein und braucht das Ur-Vertrauen in sich selbst, in die Fülle der Natur, in die Fülle des Lebens. Beides bedingt sich und steht in Wechselwirkung mit *der* Identität, für die *ich* mich mit meinem Denken, meinen Worten, meinem Verhalten und meinen Handlungen entscheiden wollte, die ich *leben* wollte. Ich *wollte* mein schöpferisches allverbundenes Selbst-Ich *sein* und *nicht* mein separiertes, über alles sich erhebendes Ego-Ich.

Wir haben immer die Wahl uns gewahr zu werden, uns über den konditionierten Verstand hinaus in unkonditionierte Dimensionen zu begeben oder eben Gefangener der Lebenskonzepte unseres Egos zu bleiben. *Ich wollte* frei sein, frei von Gedankenängsten, frei von Krankheit, frei von Süchten, ich *wollte* bewusst leben und habe erfahren, dass ich das nur in einem Zustand gegenwärtigen Gewahrsams sein kann, der aus meiner Allverbundenheit heraus entsteht und mich meinen Anteil am Allbewusstsein außerhalb von Zeit und Raum fühlen lässt. Heute glaube ich, sich bewusst zu sein, dass das ganze Leben immer nur in dem einen Moment *ist*, den ich *jetzt* gerade wahrnehme, ist *über*lebensnotwendig – in Bezug auf unsere, uns nährenden Böden wie die Gesundheit eines jeden Einzelnen betreffend.

Galina Schatalova hat das erkannt. Gesundheit ist für sie ein Zustand von Geist, emotional-seelischer Sphäre und Körper, welcher die günstigsten Bedingungen für das Erblühen des Menschen mit seinen Talenten und Fähigkeiten herstellt, sowie ein Bewusstsein für seine untrennbare Verbindung mit der Umwelt und seine Verantwortung für diese schafft."

„Klingt kompliziert. Das muss ich mir aufschreiben, wenn wir zurück sind, sonst begreife ich das nicht."

Während wir das letzte Stück bis zu der beschädigten Stelle im Zaun den Berg hinunter eher hüpfen als laufen, erklärt Marta die Botschaft dahinter vereinfacht. „Wenn du dich als Körper, Geist und Seele und gleichermaßen eins mit allem fühlst und dich von keinen mental-emotionalen Konzepten und Geschichtchen von dem, was gerade um dich oder mit dir passiert, ablenken lässt, schaffst du dir selbst optimale Bedingungen, um gesund, vital und sinnerfüllt lange leben zu können."

Mittlerweile sind wir am Weidezaun angekommen. Marta kriecht gewandt hindurch und geht mit schnellen Schritten zu der lahmenden Kuh. Behutsam und erfahren legt sie die Hand auf ihren Rücken, spricht sie an, sie sehen sich an und Marta fühlt mehrmals an dem verletzten Bein hinunter bis zum Huf. An einer bestimmten Stelle zuckt die Kuh jedes Mal leicht. Marta kommt zu mir zurück und sagt: „Ich kann noch nicht erkennen, woher die Schwellung kommt. Ich werde ihr heute Abend im Stall einen Kräuterverband anlegen. Lass uns noch den Zaunpfahl richten und dann einen anderen Weg zurückgehen. Hier auf der Weide finde ich die Kräuter nicht, die ich für den Sud brauche."

Gedankenversunken beobachte ich Marta, wie sie der Kuh etwas ins Ohr flüstert, bevor sie den Zaunpfahl geraderücken und verankern will. Als ich endlich wahrnehme, wie sie sich abmüht, hat sie es bereits ohne meine Hilfe geschafft. Peinlich.

„Marta, entschuldige, ich hab versucht, mir die Definition noch mal in Erinnerung zu holen. Ich war geistig abwesend."

„Welche Schuld bedauerst du? Du wolltest mir helfen? Dann freue ich mich über deine Absicht." Marta lacht meine Schuldgefühle weg. „Was beschäftigt dich?"

„In letzter Zeit sind liebe Menschen in meinem Umfeld gestorben, von denen ich glaube, dass sie *schon* wussten, dass sie selbst für ihre Gesundheit verantwortlich sind. *Eine* Freundin *wollte* nicht mehr, die anderen starben gegen ihren Willen.“

„Kein Heiler, kein Mediziner kann dich mit einer noch so perfekten Methode heilen, wenn in dir auch nur *eine* Zelle die Krankheit braucht, weil du nach Liebe und Anerkennung dürstest. Das ist den Kranken oft nicht bewusst, weil deren Ego-Ich-Persönlichkeit in der Krankheit den einzigen Weg sieht, Beachtung zu erfahren und umsorgt zu werden. Das ist bei alten, alleinlebenden Menschen oft so. Manchmal ist dem Kranken dies bewusst, doch er findet keine Lösung, weil davon andere mitbetroffen sind oder unerkannte Muster die Heilung blockieren – wie bei meinem abnormen Essverhalten.“

„Es kann also sein, ich will gesund werden, kann es aber gar nicht, weil in mir ein unerkanntes Defizit an Liebe ist und nach Erfüllung schreit?“

„Ja, oder dich blockiert ein emotionaler Schmerz, der dir gar nicht bewusst ist. Ich wollte mit meinem Mann Kinder, viele. Es ging nicht. Fehlgeburt auf Fehlgeburt. Dann wurden zwei Tumore an beiden Eierstöcken diagnostiziert. Während alle erschraken, blieb ich gelassen. Warum? Tief in mir sagte eine Stimme: ‚Das brauchst du‘. Diese Stimme war mir fremd, ich konnte sie nicht deuten und vergaß sie. Viele Jahre später, als ich nach einer Erklärung für immer wieder nach dem gleichen Muster ablaufende Beschwerden suchte, war der Satz wieder präsent, diesmal verknüpft mit der Situation, als ich meinen Eltern die Diagnose mitteilte.“

„Was sagten sie?“

„Daran kann ich mich nicht entsinnen, aber an das Gefühl von Wärme und Geborgenheit. Ihre Sorge, ihre Betroffenheit waren echt und verbanden uns für einen winzigen Augenblick in unserer Wahrhaftigkeit. Genau das war es, wonach ich mich sehnte und nun von meinen Eltern erfahren durfte: Liebe, *einmal ohne* Absicht, *einmal ohne* Bedingungen.“

„Das reichte, um zu heilen?"

„Ja, und entgegen aller Arztmeinungen brachte ich zwei wunderbare Kinder zur Welt. Viel später habe ich den Sinn verstanden: Ich sollte eine Ahnung von der Kraft in mir selbst bekommen, sollte dieses *Gefühl*, bedingungs- und absichtslos anerkannt und geliebt zu werden, erfahren. Seit dem Moment brannte sie in mir, die Sehnsucht nach Liebe und – unerfüllt, wie ich glaubte, dass sie war – machte sie mich hart, streng, fast verbittert. Erst die Katastrophe auf unserem Hof, die drohende Insolvenz rüttelte mich wach und ich begriff, dass ich die Liebe, nach der ich suchte, in mir trug, und sie geben konnte, mir selbst, meinem Mann und meinen Kindern bevor ich sie empfangen konnte. Bis dahin war ich gar nicht bereit, Wertschätzung und Liebe geschenkt zu bekommen! Der Mangel in mir, meine Sehn-Sucht hatten nur andere Süchtige angezogen, die glaubten, von mir das zu bekommen, was auch ihnen fehlte. Die Liebe meiner Großeltern konnte die fehlende Liebe meiner Eltern wohl nicht kompensieren. Als ich das verstand und ich – zuerst mir selbst –, dann meiner Familie, allen anderen, der Natur großzügig Liebe schenkte, geschahen Wunder: Mein Mann, meine Kinder, meine Freunde, alles änderte sich, und was ich mir erträumt hatte, begann wahr zu werden. In dem Moment, in dem ich andere *mir zuliebe* absichts- und bedingungslos liebte, gelang es mir, die Stimme im Kopf von mir selbst zu trennen. Das war ein entscheidender Moment. Ich begann bewusst zu denken, um mit dem Herzverstand verbunden gegenwärtig zu sein. Seitdem bin ich bemüht, den Kontakt zu mir selbst nicht mehr zu verlieren.

Das ist anfangs anstrengend, aber echt lohnenswert! Ich habe gelernt zu mir zu stehen. Gelingt mir etwas nicht oder verläuft nicht so, wie ich es mir vorgestellt habe, schaue ich mir im Nachhinein die Situation an, um daraus zu lernen. Und beim nächsten Mal kann ich wieder ein Stück schneller und klarer erkennen, was ich wirklich brauche oder was mich blockiert, um die Fülle um mich herum zu sehen und zu erkennen, was ich tun kann, um bewusst und gesund noch lange zu leben."

„Und warum passieren dir dann Dinge, wie die Impfung der Kühe? Warum ging *der* Kelch nicht an dir vorbei? Und warum werden *Tiere* krank?", frage ich schon etwas provokant.

„Wir sind alle über das Bewusstseinsfeld in einem gigantischen Wirkungsgefüge miteinander verbunden. Viele Impulse bewegen die Energien des Feldes, nie gibt es nur eine Ursache. Noch überwiegen die destruktiven Gedanken. Und da das Einzelbewusstsein die Tendenz hat, sich dem kollektiven unterzuordnen, falle auch ich noch regelmäßig aus meiner Präsenz, besonders bei Ereignissen, die mich stark berühren, weil ich in dem Moment dann eben glaube, dass meine Existenz gefährdet ist oder es mir oder meinen Liebsten anderweitig schadet. Wenn ich im Augenblick des Geschehens mir meiner Gedanken *über* das Geschehen nicht bewusst bin, kann ich mich nicht schützen und finde auch keine Strategie, die mich raushält.

Bin ich mir meiner geistigen verbindenden Komponente bewusst, werde ich zum Erkennen gelenkt, wenn ich dafür reif bin, auch wenn ich naturbedingt als Teil des allverbundenen Universums nie *alles* erkennen werde, niemand. Doch ich fühle dann ein Vertrauen in mich selbst, dass ich die Situation meistern, mich heilen kann, ein Vertrauen, das nicht von dieser Welt ist. Das Universum öffnet sich und zeigt mir die Mittel und Methoden zur Lösung des Themas. Ich bin gedanklich frei, ohne Angst vor der Zukunft und den Schatten der Vergangenheit. Es kann aber auch sein, dass meine Aufgabe hier auf der Erde erfüllt ist oder meine Seele eine andere im Visier hat. Dann ist es für mich besser, auch ohne den Sinn zu erkennen, friedvoll zu gehen."

„Sind wir dann mit unserer Gesundheit nicht doch abhängig? Zwar nicht von Ärzten, aber von – uns selbst?

„Ja, Anne, solange du dich noch getrennt von deinem Selbst wahrnimmst. Du bist abhängig von dir selbst, bis du dich zu deiner Wahrhaftigkeit aus Körper, Geist und Seele bekennst, eins mit allem bist, dann *wirst* du gesundheitlich zunehmend unabhängig von anderen Einflüssen."

Während Marta weiter Kräuter sucht, bleibe ich stehen. Mit geschlossenen Augen genieße ich die Mittagssonne, lausche in mich bis ich Marta zurückkommen höre „Wenn ich mir nur schon ein bisschen bewusster wäre! Meist höre ich die Stimme meines Selbst gar nicht und wenn, fehlt mir der Wille auf sie zu hören und obwohl ich die Konsequenzen kenne, tue ich dann Dinge, die mir schaden. Ich bin noch nicht so weit."

„Es ist ein Prozess, sowohl sich ganz und gar zu akzeptieren, als auch sich selbst zu lieben. Das braucht auch viel Vergebung und …. Liebst du die Natur?"

„Ja, natürlich. Wieso fragst du?"

„Wer achtet schon auf etwas, was er nicht liebt, was ihm nichts wert ist? Wer hört schon die Schmerzen eines Tieres, für das er Abscheu empfindet oder das er essen will? Wer hört seinen Körper, wenn er ihm nicht gefällt? Wer liebt sich, wenn er scheitert? Wenn du dich eins fühlst mit der Natur, du ein Teil von ihr bist und sie liebst, kannst du da mit ihr hadern? Kannst du irgendetwas tun, was der Natur schadet, wenn sie dein bester Freund ist? Kannst du dich vor einer Kröte ekeln, wenn du sie liebst?"

„Nein, natürlich nicht."

„Kannst du dann deiner Leber, deinem Magen, deiner Lunge, deinen Muskeln und Faszien schaden, indem du zu viel Süßes oder Fetthaltiges isst oder Alkohol trinkst, dich zu wenig bewegst, rauchst oder in schadstoffbelastete Räumen aufhältst?"

„Hm."

„Du bist Natur. Fühle deine Natur und liebe sie in dir als eigenständigen Teil deiner selbst. Wenn du – trotz Willen – nicht auf die Stimme deines Selbst hören kannst, blockieren dich alte Denk- und Verhaltensmuster. Da kannst du wollen, was du willst; es gelingt dir nicht, etwas daran zu ändern. Doch es geht! Immer! Ich habe mir vorgestellt, dass zu jedem Organ, jedem Lymph- oder Blutgefäß ein kleines Geistwesen gehört. Ich bin in aller Stille gedanklich in das Organ, dem ich mich widersetzte, auf das ich nicht hören konnte und das mir Schmerzen bereitete, hineingegangen und habe mich darin umgesehen. Immer konnte ich sehen, wie es ihm geht. Wenn ich eine Frage stellte, bekam ich eine Antwort, die ich mir *nicht* ausgedacht hatte. Ich bekam Respekt vor meinem Körper und lernte achtsam und liebevoll mit ihm umzugehen. Es ist wichtig, zuerst für sich zu sorgen."

„Ist das *nicht* doch ganz schön egoistisch gedacht?"

„Nein, nochmal: Zuerst für sich zu sorgen, bedeutet nicht, die Interessen anderer zu übergehen. Egoismus – nein. Im Gegenteil, gut für sich sorgen zu können ist die Voraussetzung, um absichts- und auch bedingungslos anderen helfen und damit auch die Welt ändern zu können. Die meisten Menschen meinen, sie seien großzügig und merken nicht, dass sie subtil von ihrem Ego gesteuert sind. Ihre Hilfe basiert – meist unbewusst – auf einem übergroßen eigenen Bedarf an Wertschätzung, Anerkennung, Liebe und Zugehörigkeit. An ihr selbstloses Geben ist die Forderung geknüpft, dies zu bekommen. Diese Bedürfnisse sich mit Hilfe anderer zu erfüllen, ist ansich nichts Schlimmes. Wenn es aber auf deren Kosten passiert oder ein gewisses Maß übersteigt, entsteht aus Hilfeleistung übergriffige Aufopferung. *Das* ist egoistisch. Die Ursache liegt wieder in der vermeintlichen Trennung von allem und von uns selbst. Wir können unsere Grenzen nicht erkennen. Das wird momentan gerade bei der Flüchtlingshilfe sichtbar."....

„Sollen sie *nicht* helfen?"

„Doch, aber ausgeglichen! Wie soll ein Mensch dauerhaft anderen helfen können, und das auch noch freundlich, wenn er erschöpft ist und vielleicht selbst Schmerzen leidet? Wenn ein Boot, das andere aus Seenot rettet, die eigene Ladekapazität überschreitet, geht es genauso unter wie das, dem es zu Hilfe gekommen war. Ist das noch sinnvoll? Werden und Vergehen, Freude und Leid sind eine Seite der gleichen Medaille und nur unbewertet zu ertragen. Aus Sicht des großen Ganzen, aus Sicht unseres ewigen Seins geht niemand unter, niemand verloren. Es passiert nur ein Wandel in eine andere Komponente unseres Seins. Wir sind traurig, weil *wir* dann jemanden nicht mehr *haben*. Doch wissen wir, ob seine

Seele es nicht so *wollte*? Wie weiß ich, ob meine Seele sich nicht überfordern, untergehen *will*? Egoismus tritt in vielen Spielarten auf, oft mit seiner Schwester: der Unehrlichkeit. Beide sind Kinder des trennenden Denkens. Wir *fühlen* nicht mit anderen, sondern *leiden* mit. Das hilft niemandem. Ein *scheinheilig*-liebevolles Umfeld fördert egoistisches, unehrliches und in Folge gefühlloses Denken und Verhalten. Die sehr weitverbreitete *subtile Lieblosigkeit* prägt – neben den millionenfachen Kriegen – besonders Kinder in den ersten sechs Lebensjahren, stumpft ihre Gefühle ab und macht sie – unbewusst – zu mitleidenden Liebebedürftigen, aus denen sich potenzielle Verbrecher oder Depressive generieren."

„Was meinst du mit subtiler Lieblosigkeit?"

„Das unehrliche, meist unbewusste Verhalten der Eltern: An Absichten und Bedingungen geknüpfte Zugeständnisse oder Geschenke, die unerkennbar für das kindliche Gemüt in Liebesbekundungen und Zärtlichkeiten verpackt und mit sanfter Stimme oder selbst auferlegter Gelassenheit gesagt werden. Das fängt ganz harmlos an mit: ‚Mein Liebes, du bekommst ein Eis, wenn du jetzt aufhörst, deinen Bruder zu ärgern' und kann sich steigern bis: ‚Wenn du den Rasen gemäht hast, darfst du zu deinem Vater' oder ‚Ich werde krank, wenn du in eine andere Stadt ziehst'.

Die elektrische Gehirnaktivität von Kleinkindern liegt vorwiegend im Bereich der Delta- und Theta-Wellen. Das sind langsame Wellen in einem niedrigen Frequenzbereich des Unterbewusstseins. Diese Eigenschaft des frühkindlichen Gehirns ermöglicht Kindern – sofern die Rahmenbedingungen stimmen –, unvorstellbar große Informationsmengen zu speichern und die Fülle neuronaler Verschaltungen zu aktivieren, mit denen jedes Kind auf die Welt kommt. Wächst nun der Mensch heran, bestimmen zunehmend die höheren Hirnwellen im Betabereich das normale Wachbewusstsein des Menschen. Das hilft, die Aufmerksamkeit nach außen zu richten: logisch, prüfend und auch bewusst denkend.

Kinder, die in den entscheidenden ersten Jahren in einem lieblosen oder einem zerstörten Umfeld leben, passen sich ihrem Umfeld so weit an, dass sie mit ihm kommunizieren und interagieren können, um zu überleben. Der Zugang zu ihrem Körper und damit zu ihren naturgegebenen Bedürfnissen und Werten, auch zu ihren Potenzialen, geht verloren. Sie können nicht mehr wahrnehmen, dass ihre Seele, ihr Körper und auch ihr Geist leiden. Sie sind Bedürftige. Sie nehmen weder das Leid anderer noch das der Natur wahr und wollen nur raus aus ihrem Dilemma. Doch ihr Schmerz trennt sie von ihrem Körper wie von ihrem Umfeld. Sie sind nicht in der Lage, sich *selbst* zu reflektieren, und Anne: In solch einer Situation *kannst* du deine körperlichen Signale nicht wahrnehmen."

„Damit haben meine Eltern Schuld an meinen Krankheiten und meiner Zerrissenheit?"

„Nein, es geht *nicht* um Schuld! Du allein entscheidest mit Körper, Geist und Seele über *dein* Leben! Deine Eltern wussten es nicht besser. Sie haben ihr Allerbestes gegeben. Auch sie wurden geprägt." Martas Stimme klingt jetzt ganz sanft: „Gerade unsere Eltern erfuhren durch Krieg und Hunger so immens viel Leid. Doch jeder kann sich zu jedem Zeitpunkt in seinem Leben entscheiden, seine Programmierungen zu ändern. Heute sind die Bedingungen besonders ideal dafür. Je nachdem, ob du an das Getrenntsein oder die Allverbundenheit glaubst, denkst und handelst du egoistisch oder kooperativ, bewertend oder beobachtend. Allein im Kopf die Wahl zu treffen lässt dich aber noch nicht vom Egoisten zum verbunden Liebenden werden. Die Allverbundenheit muss im Herzen wieder leben dürfen. Da gilt es, alte Muster, Blockaden und Ängste anzuerkennen und zu überwinden."

„Die muss ich erst einmal erkennen, Marta."

„Ja, sicher. Es gibt unterschiedliche Methoden, die uns dabei unterstützen können: Kinesiologie, Quantenheilung, Psych-K und viele, viele andere. Hypnose nutzt niedrige Frequenzbereiche, um Informationen des Unterbewusstseins ins Wachbewusstsein zu holen. So kann das Unbewusste leichter umprogrammiert werden. Aber auch Theta-Floating und Morphisches Feldlesen sind Methoden, die dich mittels Symbolbildern die Blockaden erkennen und lösen lassen. Ohne die Vergangenheit analysieren und bewerten zu müssen, verbindest du dich mit deinen Themen über das Informationsfeld. Die dabei hochkommenden Gefühle sind der Schlüssel zu deiner Rückverbindung mit deiner Quelle. Das ermöglicht dir ein sicheres Empfinden für dein Wohlergehen und einen starken Willen, dich zu ändern, dich zu heilen – ganzheitlich, integrativ. Hier auf der Alm trägst du schon zu deiner Veränderung bei."

„Allein durch mein Hiersein?"

„Ja, Natur und Mensch beeinflussen sich gegenseitig. Änderst du etwas in der Natur, gibt es in dir Veränderungen. Veränderst du dich, wird sich dein Umfeld ändern. Verändern wir die Natur so, dass ihre informelle und energetische Wirkung gestört ist, werden wir krank, degenerieren. Weil wir die Natur aus unseren Städten verbannt, aus den ländlichen Räumen ausräumt haben, ist Natur nicht mehr erlebbar. Ohne Abgleich mit der ursprünglich allverbundenen Natur, können wir Körper und Geist nicht vollkommen entwickeln – und das Schlimmste ist: Keinem fällt es auf, weil es inzwischen alle für normal halten! Krankheit, sterbende, energielose Wälder, Landschaften ohne Tiere, ohne Vogelstimmen, ohne Insekten, Wasser ohne Leben spendender Information und Luft voller Schadstoffe werden zur Normalität und verändern unsere Gene. Diese Rückentwicklung hat längst begonnen."

Marta blickt kräutersuchend immer wieder nach rechts und links. Wir gehen jetzt ganz langsam. Es ist schön für mich, so zu schlendern, die Bergkulisse zu betrachten und in Ruhe nachzudenken. „Das Schicksal unserer Erde bestimmt also der Einzelnen mit seiner Geisteshaltung."

„Ja, über das Feld bestimmen wir die Welt – mit. Es gibt aus meiner Sicht zwei Wege, die innere Haltung zu ändern: über das Beobachten der Gedanken oder mittels der Motorik deines Körpers. Mit Gedankenhygiene erkennst du Glaubenssätze, und was sonst noch das Fließen deiner Lebensenergie behindert, und kannst sie willentlich wandeln. Der andere Weg ist, über deine Körperhaltung, Gestik und Mimik eine Änderung deiner Geisteshaltung herbeizuführen. Wenn du lächelst, wird sich deine Stimmung ändern, auch wenn du scheinbar gerade nichts zu lachen hast. Du kannst deine Angst überwinden, indem du singst. Willst du echt und ehrlich leben, dann richte dich auf, geh mit erhobenem Kopf – nicht hochnäsig! – und geradem Rücken durchs Leben. Dein Hirn fragt nicht, *warum* du lächelst oder singst. Es reagiert mit Enzym- und Hormonausschüttungen gleichermaßen. Infolgedessen verändert sich dein Geist, deine gelockerten und gedehnten Stimmbänder lassen dich frei, dein aufrechter Gang hat Achtung vor dir selbst, dein Lächeln bewirkt Gelassenheit und Freude. Das strahlst du in dein Umfeld und dieses wird sich entsprechend verändern. Dann *bist* du froh, ruhig, aufrecht, achtsam.

Als ich einmal in eine bedrohliche Situation geriet, habe ich ganz unbewusst angefangen zu singen. Der Mann stutze, ließ meine Hand los und den Prügel fallen. Ich war frei und konnte einem am Boden liegenden, bereits arg zugerichteten Kind helfen. Der Mann kam zur Besinnung und half dann sogar noch mit. Viele solcher Erfahrungen folgten und mein Denken änderte sich und dann wieder mein Körper … ich war aus der Negativspirale ausgebrochen. Eine klassische Rückkopplung zwischen Körper und Gehirn, die meinen Willen stärkte und mich lebensbejahend wachsen ließ.

Weil ich mich schnell ändern will, nutze ich beide Wege, Anne, den geistigen, für mich schwierigeren über das Beobachten meiner Gedanken und das Wandeln meiner Glaubenssätze *und* den einfacheren über all die vielen motorischen Zusammenhänge. Es macht richtig Spaß, auch jetzt noch. Jede Veränderung ist eine Belohnung für mein Bemühen.“

Marta dreht sich auf dem schmalen Pfad mit weit abgespreizten Armen, um die eigene Achse zu mir und strahlt. „Noch sind viele Menschen überzeugt, dass wir das mächtigste Raubtier auf dieser Erde sind. Wir sozialisieren unsere Kinder in diesem Glauben und wundern uns, dass sich viele immer aggressiver verhalten. Sie lernen bei uns, dass Besitz und Reichtum scheinbar glücklich machen. Wollen sie später ihre Sehnsucht danach stillen, wenden sie subtil, verbal oder tätlich Gewalt als die ihnen vorgelebte Strategie für *ihren* ‚Lebenskampf‘ an. Gelingt das nicht, lernt der kleine Erdenbürger, sich unterzuordnen. Das aber widerspricht unserem inneren, freien, natürlichen Wesen und sie zerbrechen daran.“

Marta bleibt stehen. „Hier ist so ein schöner Ausblick, lass uns den genießen, wir haben noch Zeit.“

Wir gönnen uns eine Pause, setzen uns, ziehen die Schuhe aus und ich denke an Martas Tipp, alles bewusst zu tun. Ich versuche es und verfolge meinen Atem, fühle in meine Hände, die die Schuhe aufbinden, spüre das Gras an den Füßen, schließe die Augen, entspanne. Da ist es wieder, das Gefühl des Einsseins. Ich versuche es zu halten, auch beim Öffnen der Augen. Gedankenlos, ohne eine Bewertung, gelingt es mir nur kurz. Doch die Welt scheint anders. Es ist, als würde sich mein Körper auflösen und alle Grenzen zu meinem Umfeld würden sich verflüchtigen. Das ist so ein großes, vollkommen gefühlloses, aber doch erfüllendes, irgendwie beruhigendes Leersein. Dem folgt eine unermessliche Zufriedenheit.

„Marta, wenn ich – wie du es mich gelehrt hast – in mich fühle und mit dem sich dann einstellenden weiten Gefühl mein Umfeld wahrnehme, erscheint es anderes. Ich sehe die Landschaft plastischer und farbiger.“

„Ja, das ist ein toller Effekt, die Wahrnehmung ändert sich. Du wirst sehen, das passiert dir auch mit Menschen. Wenn du jemandem ohne Informationen über ihn und ohne Vorurteile begegnest und mit dir selbst verbunden bleibst, wirst du staunen wie ein Kind. Das Gesicht deines Gegenübers wird ein anderes sein und auch sein Verhalten dir gegenüber wandelt sich. Wenn du Menschen aus deinem Einssein heraus ansiehst, kannst Du hinter die Maske, unter die Oberfläche sehen.“

Wow, wenn ich das immer kann! Ich übe immer wieder dieses Einssein. Ich beobachte in mir, was passiert, wenn mein Blick über die Berge gleitet, meine Augen die Kühe beim Weiden und die Wolken am Himmel sehen. Noch stören ständig unerwünschte

Gedanken. Doch ich bin zuversichtlich, dass ich dieses Hirngeplapper bald loswerde und mein Umfeld mit gedankenleerem
Kopf betrachten kann. Vorfreude erfüllt mich.

Wir legen uns hin. Ich genieße die Stille bis ... wieder ungewollt
Gedanken kommen. Ich denke bewusst ‚dagegen‘ und frage Marta:
„Wer glaubt ein Raubtier zu sein, verhält sich entsprechend. Er
sieht in allen um sich Konkurrenten, Feinde oder in Freunden Diener. Damit lässt unser kollektives gesellschaftliches Denken ja eigentlich gar keine ehrliche Freundschaft, keinen ‚freien‘ oder fairen
Handel, keine gegenseitige Rücksichtnahme – nicht einmal auf uns
selbst – zu. Wir sind nur damit beschäftigt Macht und Kontrolle
über alles zu erlangen, anzugreifen oder uns zu verteidigen.“

Marta nickt. „Auf der Erde gibt es 7 Milliarden dieser Raubtiere.
Wobei viele nicht wissen, dass dieser kollektive Glaube sie in ihrem
Verhalten steuert.“

Ich erschrecke über diese Schlussfolgerung, bin bestürzt. „Zu
denen zähle ich dann auch“, gestehe ich leise und überlege: „Vielleicht sind deshalb meine Beziehungen derzeit so konfliktgeladen,
weil ich das nicht mehr will? Und vielleicht bauen wir deshalb zunehmend Käfige statt Häuser?“

„Wir können uns jederzeit neu erfinden und damit das kollektive Bewusstsein, das aller, ändern. Es ist unsere – überlebenswichtige – Aufgabe! Jeder Einzelne hat die Macht, sein Bewusstsein zu
verändern.“

„Zu zerstören“, korrigiere ich.

„Nur solange sich der Mensch als getrennt wahrnimmt kann er
seine geistige Macht *gegen* das Leben einsetzen.“

Marta schließt die Augen. Ich *will* ihr glauben. Meine Erregung
legt sich. Ich genieße den Blick ins Tal und die langsam treibenden
Wolken über mir. Mit geschlossenen Augen fragt Marta: „Woran
denken Architekten, die barrierefreie oder altersgerechte Häuser
propagieren und die vielen Seniorenheime planen?“

Ich bin überrascht. „Vordergründig wohl an einen Auftrag. Doch der ist ja sinnvoll: alten Menschen helfen, allein zurechtzukommen bzw. einen angenehmen Alterssitz zu haben."

„Hm. Welches Anliegen steckt denn noch hinter dem Ansinnen, barrierefrei oder altersgerecht zu bauen? Welches Bedürfnis sollen sich alte Menschen damit erfüllen können?"

Marta lässt mir Zeit zu antworten. Ich zögere, denke an meine Eltern. „Ein leichteres Leben zu haben."

„Was noch?"

Sie hilft mir mit einer weiteren Frage: „Was brauchen sie?"

Das ist leichter zu beantworten. „Liebe, Geborgenheit, die Sicherheit für den Fall einer Notsituation, Nähe zur Familie, den Kindern, Enkeln, also Gemeinschaft, Freunde und, klar, auch Freiräume für Hobbies. Sie wollen noch beitragen zum Wohle aller, in ihrem täglichen Tun unabhängig und mobil sein. Sie brauchen Anerkennung und Wertschätzung, wollen in Entscheidungen mit einbezogen werden und Akzeptanz erfahren, brauchen Freude, Möglichkeiten zu feiern und Gäste zu empfangen, angemessenen Freiraum; sie wollen Kunst und Kultur erleben oder selbst produzieren, sich gesund ernähren, die Natur und das Beisammensein mit ihren Lieben genießen, sie wollen Zugehörigkeit fühlen. Für mich kann ich sagen, ich möchte mich selbst versorgen, also brauche ich einen Garten oder einen, wo ich mitarbeiten und ernten kann."

„Viele Bedürfnisse, erfüllen unsere Heime diese?"

„Wohl nur sehr wenige."

„Und welches Interesse steckt hinter üblichen Seniorensitz- oder Alterspflegeheimkonzeptionen – ganz ehrlich?"

„Geld verdienen."

„Ok. Welche Botschaft transportiert das Ziel ‚Geld verdienen'?"

Ich zucke mit den Schultern. Marta wartet, liegend, mit geschlossenen Augen. Als ich nicht antworte, sagt sie: „Den an Siechtum, Alzheimer, Unvermögen. Wir vermitteln uns selbst, dass wir im fortgeschrittenen Alter nicht mehr in der Lage sein werden, beim Laufen oder Fahrradfahren aufzupassen. Wir glauben, dass im Alter unser Körper degeneriert, lahmt, wir zu gebrechlich sind, die Beine zu heben, Stufen zu steigen; dass zwangsläufig gewisse Krankheiten eintreten und – was mir ganz dramatisch erscheint – wir gehen davon aus, dass keiner da ist, der uns helfen könnte."

Betroffen schweige ich.

„Mit der suggerierten Notwendigkeit der ‚barrierefreien' Planung speichern wir unbemerkt den Glauben an die eigene Unfähigkeit, uns bis ins hohe Alter gesund zu erhalten. Dazu kommt, dass wir meinen, schon eh viel zu alt zu werden. Wir orientieren uns dabei an längst überwundenen Entwicklungsstufen der Menschheit! Glaubenssätze wie ‚ab 40 brauchst du eine Brille', ‚ab 50 lassen die Kräfte allmählich nach', ‚wir werden immer älter und deshalb ist das lange Siechtum normal' hat das kollektive und unser Unterbewusstsein massenhaft gespeichert.

Die meisten Menschen geben die Verantwortung für ihre eigene Gesundheit ab, tun nichts für ihre Vitalität und akzeptieren die kollektive Meinung. Mit jedem Seniorensitz, jedem behindertengerechten Haus wird an die Allgemeinheit signalisiert: Wie furchtbar, es werden immer mehr gebrechliche Alte, und dann gibt es nur einen Weg, ab ins Heim. Die Folge? Angst vor dem Altwerden und – Wut auf alte Menschen. Doch alt sein kann wunderbar sein. Wie bei meiner Großma. Ihr waren solche Gedanken vollkommen fremd. Bis ins hohe Alter war sie vital, geistig und körperlich und war gern gesehen, überall. Sie bestimmte für sich, wann es Zeit war zu gehen, nämlich kurz nach Großvaters Tod. Der Glaube an Leid, Sinnleere, Alleinsein und Siechtum im Alter ist ein Standbein unserer Wachstumswirtschaft. Sie werden degradiert zu Stimmvieh und Konsumenten, besonders der Medizin und Pharmazie. Was soll mit den alten Menschen passieren? Großfamilien funktionieren in den heutigen Gesellschaftsformen nicht. Auch sind Familien immer weniger ein Hort der Liebe."

Marta schmunzelt, blinzelt gegen die Sonne und steht auf.

Als wir weitergehen, überlege ich: „Ich habe mich oft gefragt, warum junge, gesunde Menschen behinderten- oder barrierefreie

Häuser fürs Alter bauen lassen, gerade in der heute so unsicheren wie auch flexiblen Zeit. Sie geben Geld aus, was ihnen für ein gesundes Bauen mit naturbelassenen Baustoffen dann oft fehlt. Nach deiner Theorie verbindet ihr Unterbewusstsein mit ihrem Haus statt Lebensfreude den Auftrag krank zu werden."

„Das nennt man eine sich selbst erfüllende Prophezeiung."

„Unbewusst habe ich mit meinem Baubiologiestudium entschieden, Bauherren andere Wege aufzuzeigen. Ich will sie darin bestärken, gesund und vital hundert Jahre alt zu werden; will sie präventiv ganzheitlich beraten."

Marta nickt. Als es der Weg zulässt, dass wir nebeneinander gehen können, fragt sie – ohne dass ich Ihren Gedankensprüngen folgen kann: „Ist dir bewusst, dass wir Menschen ein Gehirn im Kopf tragen, das zu 90 % ungenutzt einfach nur da ist? Was ist der Sinn dieser ungenutzten Hirnmasse?"

„Darüber habe ich noch nicht nachgedacht."

„Darwin hat dafür keine Antwort. Für mich hat es Sinn. Es steht für unser Erwachen bereit. Uns unserer Potenziale bewusst werden, das ist unsere Aufgabe, keine Apokalypse. Wir können entscheiden, frei als Schöpfer einer neuen Erde zu leben!"

Marta geht heute in einem zum Unterhalten angenehmen Tempo. Sie lebt in einer anderen Welt, zumindest gedanklich, der ich nicht immer folgen kann. Dennoch, ich antworte überzeugt: „Ich habe mich für den Schöpfer entschieden."

„Super! Da sind wir schon zwei." Sie hält mir ihre Hand hin zum Abklatschen und freuen uns. Gutgelaunt springen wir das letzte Stück den Hang hinunter.

An unserer Almhütte angekommen setzt Marta den dicken Strauß Kräuter für einen Sud an, um abends damit die Kuh zu behandeln. Wir sind froh darüber, dass trotz unserer vielen Pausen noch genug Zeit ist, und trinken vor dem Ausmisten des Stalls noch in Ruhe ein Käffchen Muckefuck. Dazu gibt es ein Stück Apfelstrudel. Lore, die Almbäuerin von der über uns am Berg gelegenen Alm brachte es uns gestern Abend, zu spät zum Essen. Nun nicht mehr warm ist es jetzt in der Mittagshitze genau das Richtige. Eine Stunde Zeit bleibt noch. Es ist so entspannend hier in der Sonne vor Martas Hütte.

Ich bemühe mich wieder, meine Gedanken zu beobachten. Es macht richtig Spaß! Und es sind welche dabei, die es lohnt zu denken. „Marta, aus unserem Gespräch schlussfolgere ich, dass mit unseren modernen Gebäude mit Aufzügen, selbst öffnenden Türen, langsam runtergehenden Klodeckeln, sich aus der Ferne öffnenden Garagentoren, warmen Treppenhäusern und gleichmäßig beheizten Wohnungen, mit dem ganzen intelligenten Bauen dem Menschen die Möglichkeit genommen wird, seine geistige und körperliche Gesundheit im alltäglichen Tagesablauf zu kräftigen.“

„Leider ist das so; eine folgenschwere ‚Verbesserung‘, die zur Verweichlichung und zur Abhängigkeit von der Technik führt und die Achtsamkeit einschläfert. Der Mensch muss im Alltag immer weniger präsent sein, merkt nicht, dass er geistig degeneriert. Glaubenssätze wie ‚Frauen wollen die vielen kleinen Fenstersprossen in alten Häusern nicht mehr putzen‘ suggerieren uns, dass wir an bestimmten Arbeiten keine Freude haben. Dein Ego-Ich bewertet deine Tätigkeiten und passt – von dir unbemerkt – deine innere Einstellung zu den Arbeiten der kollektiven Meinung an. Daraus entsteht eine Geisteshaltung, die gegen die menschliche Natur wirkt und sich in der heutigen Architektur materialisiert. Die Folge sind u. a. unsäglich monotone Fassaden mit Fensterlöchern. Im Buddhismus ist das Putzen eine achtsame Art der Reinigung der Seele. Der ganzheitliche Zusammenhang von Haus und Mensch ist allgegenwärtig und für die Gesundheit von Bedeutung. Ist im Äußeren aufgeräumt, ist das auch im Inneren und umgekehrt. Auch kennen die Asiaten den feinstofflichen Hintergrund: Schwellen wie Fenstersprossen dienen dem Schutz. Unerwünschte Wesenheiten und negativen Kräften wird mit einem kleingegliederten Fenster und einer hohen Schwelle der Eintritt erschwert. Außerdem entsprechen kleine Gliederungen der menschlichen Maßstäblichkeit und der kosmischen Ordnung.“

„Die geistige Komponente, die unserem heutigen Bauen fehlt."
„Oh ja! Die Technokratisierung verschließt sich integrativem
Denken, geistig-feinstoffliche Auswirkungen, auch existenzielle,
bleiben unberücksichtigt. Die Produktion all der dafür notwendigen Dinge erhöht ständig und immer schneller den Schadstoffge-
halt in Boden, Wasser und Luft. Die Müllberge wachsen. Was ver-
brannt oder vergraben wird, weil es zu gefährlich ist, verbleibt
dennoch im energetischen, informellen, fein- oder grobstofflichen
Kreislauf der Biosphäre. Dass die modernen Anlagen bei der Ab-
fallverbrennung nahezu sämtliche Schadstoffe der Umwelt entziehen, ist eine glatte Lüge. Die zahlreichen toxischen, chlorierten,
bromierten und fluorierten sowie gemischt halogenierten Dioxine
und Furane sind nur aus den Augen – aber *in* der Natur! Sie verteilen sich um die Verbrennungsanlagen, aber auch bis in große Ent-
fernungen, auf Äcker und Almen und gelangen so in unsere Nah-
rungskette, lagern in unserer Haut, schädigen unser Nerven- und
Immunsystem. Viele sind biogen oder deren Wirkung unbekannt.
Warum nicht einfach Müll verhindern? CO_2, der große Angstbuh-
mann, ist wirklich marginal gegenüber all den anderen Schadstoffen und Beeinträchtigungen, die durch unser grenzenloses Konsu-
mieren und auch Bauen entstehen. Wir verstecken uns hinter dieser Angst, sind wie gelähmt, statt uns ein anderes Leben vorzustellen und dessen Verwirklichung bewusst anzugehen. Jeder Einzelne
wird in den nächsten Jahren die Fragen zu klären haben: Will ich
mich evolutionär ändern oder nur scheinbar oder gar nicht? Will
ich die Angst vor Verzicht hinterfragen oder nicht? Will ich über
Reichtum hinausgehen und in ewiger Fülle leben?
Wir werden uns nicht mehr ewig von unseren überlebenswich-
tigen Themen ablenken lassen und in Einkaufserlebniswelten, Ver-
gnügungsparks, Messen und Sportarenen ersatzweise befriedigen
können. Leben bedeutet In-Verbindung-Gehen und Sich-Einlassen.
Dazu wird der Mensch *in dir* wohl kaum im Supermarkt, noch in
verdichteten Städten und ausgeräumten Landschaften eingeladen,
aber in Tante Emmas Laden, auf Bauernhöfen, in kleinen Hand-

werksbetrieben und bei sinnerfülltem Schaffen von Natur. Sehen wir den Menschen ganzheitlich, dann wird die Planung nicht mehr von der Umsatzhöhe bestimmt, sondern von der zu erfahrenden Lebensqualität durch und für das natürliche Wesen Mensch. Das Paradoxe ist, dass das Bauen erst durch die menschenartgerechte Neuausrichtung eine Chance erhält, wirklich ökonomisch und nachhaltig zu sein. Wobei das Kriterium Ökonomie eine Krücke der überholten Denkweise für ein untaugliches Gesellschaftskonstrukt ist."

Martas Blick zur Sonne sagt mir, dass es Zeit ist für die Stallarbeiten. Wie soll ich mich mit *dem* Denkstoff auf die Kühe einlassen? Dennoch freue ich mich drauf.

Die Luft fühlt sich noch wärmer an als am Vorabend. Ein leiser Wind weht wie ein zartes Streicheln über die Haut. Wir sitzen zum Abendausklang vor der Hütte. Es ist für mich nun ein gewohnter Ablauf: Nach der Stallarbeit, dem Melken und dem Austreiben der Kühe duschen wir und bereiten das Abendbrot. Heute ist es für mich ein besonders schönes Essen. Leise Gitarrenklänge klingen von Lores Hütte zu uns herüber. Sie bekommt oft Besuch von ihren Enkeln oder Freunden. Marta vermutet, dass Doro gekommen ist, eines von Lores vielen Enkelkindern. Sie spielen wohl alle ein Instrument, Gitarre nur Doro. Die Klänge erinnern mich an meinen Vater. Wenn er Gitarre spielte und dazu sang, fühlte ich mich geborgen und richtig glücklich. Eine heute noch willkommene Erinnerung, war er doch oft und für längere Zeit immer wieder auswärts unterwegs.

Auch Marta lauscht andächtig.

Bei der Beschäftigung im Stall verflog die Zeit heute schnell; vielleicht, weil es mir gelang, mich voll auf die Kühe zu konzentrieren?

Bezugnehmend auf das mir von Marta vor Augen geführte menschenunwürdige Bauen, frage ich sie: „Was haben wir Planer nur für ein Bild im Kopf – von uns als Menschen?"

„Kollektiv gesehen gar keins, nur das Dollar- oder Eurozeichen", lacht sie leise, traurig. „Unser derzeitiges Menschenbild beruht auf der Annahme, dass der Mensch ähnlich einer Maschine funktioniert. Wir betrachten uns als mit der Haut nach außen abgegrenztes, rein stoffliches Wesen. Ernährungstechnisch wird uns ein Bild vom Menschen vermittelt, das an eine Dampfmaschine erinnert: Wir atmen Sauerstoff ein, um die aufgenommene stoffliche Nahrung in Form von festen und flüssigen Nahrungsmitteln zu verbrennen, und entwickeln dabei Wärme und ‚Kraftstoff' zur Bewegung. Was wir nicht verbrennen können, scheiden wir wieder aus oder setzen es an. Die meisten Menschen wissen nicht, was sie als Fettzellen für Schadstoffdepots mit sich herumschleppen."

„Mit diesem Menschenbild bin ich groß geworden. Doch in der Baubiologieausbildung bekam dieses Bild bei mir Risse."

„Es ist wirklich unglaublich, welche Vorstellungen in so manchen Köpfen existieren. Doro fand im Internet eine Theorie, die mich fast erheiterte, wäre sie nicht so traurig gewesen: Bei der Untersuchung von Kriterien für die Behaglichkeit von Räumen hat ein Wissenschaftler den Menschen auf ein wärmetechnisches System reduziert. Wir unterliegen demnach den physikalischen Gesetzen und dem ersten Hauptsatz der Thermodynamik. Er verglich den Menschen mit einem biologischen Reaktor mit einer Betriebstemperatur von 37 °C. Da die Umgebungstemperatur des Menschen für gewöhnlich niedriger ist und er ständig Wärme abgibt, schlussfolgerte er, dass der Mensch durch innere Verbrennungsprozesse laufend Energie erzeugen *muss*. Eine klassische Begründung für die Angst vor dem Verhungern." Marta schüttelt schon fast wütend den Kopf. „In der Natur gibt es keine physikalischen Gesetze und keinen Hauptsatz der Thermodynamik. Das sind Hilfskonstruktionen der Menschen, um Phänomene erklär-, zähl- und messbar zu machen. Der Mensch ist ein natürliches Wesen mit Gefühlen, sich ständig verändernd, keine Maschine. Wir leben in einer Zeit, in der wir über unser bisheriges Verständnis unseres Selbst hinausgehen können. Wir sind Beobachter und Beobachteter des gigantischen feinstofflichen, informativen und energetischen Feldes eines bewussten Universums. Auch wenn wir das – zumindest nach heute anerkannten wissenschaftlichen Methoden – nicht beweisen können. Aber wir haben es mit den Auswirkungen zu tun und sollten endlich so intelligent sein, diese anzuerkennen, um sie zum Nutzen aller anzunehmen und anzuwenden.

Wie sonst wollen wir mit Phänomenen, wie sie bei Tai Chi Anwendung finden, oder das geistige Operieren oder dem Sehen ohne Augen, umgehen? Sie bereichern unser Leben und heilen uns, nur erklären können wir sie nicht. Sollen wir sie deshalb in unseren Regionen weiterhin ablehnen und totschweigen, statt zu nutzen?"

„Das wäre unklug."

„Legitimiert sind sie nicht. Ich habe mich vor Jahren von einem Philippinischen Geistchirurgen operieren lassen. Er griff an verschiedenen Stellen in meinem Körper ein. Mein Mann war dabei. Ich spürte das Blut und die Hände des Philippino in meinem Inneren, ohne Narkose, jedoch mit geschlossenen Augen. Trotz Neugier schaffte ich es nicht, sie zu öffnen. Ich spürte alles, was er tat, aber es schmerzte nicht. Danach hat er mir gezeigt, was er alles entnommen hatte, und: keine Narbe. Seitdem sind meine jahrelangen Unterleibsschmerzen infolge der großen OP weg. Es war für mich ein Exkurs in eine Parallelwelt. Vielleicht eine unwirkliche? Selbst wenn dies alles nur Magie ist, warum nutzen wir sie nicht um uns alle zu heilen, die Natur zu regenerieren und in Frieden glücklich zu leben? Dürfen wir etwa Gifte auf Felder sprühen, weil deren Wirkung wissenschaftlich nachweisbar ist? Darf nur anwendet werden, was wissenschaftlich belegt uns ins Grab bringt? Was für ein lebensgefährliches Denken!

Geistoperationen sind bei uns verboten, Lichtnahrungsseminare auch. Also fuhr ich nach Italien, um dort 21 Tage ohne Essen und 7 Tage ohne Trinken einen Selbstklärungsprozess zu durchlaufen.

Was du da erlebst, erklärt dir kein Naturwissenschaftler. Ich rate allen, die das nicht glauben, es einfach auszuprobieren!

Uns wird erzählt, dass unser Energiehaushalt nur aufrechterhalten werden kann, wenn dem Körper täglich eine nach dieser Verbrennungsmotor-Vorstellung errechnete Menge Kalorien und eine bestimmte Menge Nährstoffe zugeführt wird. Der Energiewert der Nahrung wird quantitativ bewertet und einem theoretisch errechneten Energieverbrauch – je nach Tätigkeit – gegengerechnet, vorrangig bewertet nach dem Bewegungsanteil des Körpers. Woher willst du wissen, welchen Energie- und Nährwert eine Tomate – im Zelt gewachsen, mit Pestiziden vollgepumpt, tausend Kilometer transportiert und wer weiß wie alt – noch hat? Da kannst du ein Minuszeichen davor machen. Wie groß schätzt du die notwendige Energie, die du brauchst, um die Pestizide aus dir rauszukriegen?"

Während Marta erzählt, gesellte sich eine junge Frau zu uns. Sie steht unter dem Vordach der Hütte hinter uns und lächelt mich an, als ich sie bemerke.

„Entschuldigt", meint die junge Frau mit einem spitzbübischen Lächeln, „dass ich mich einmische, aber ich habe euch so vertieft in euer Gespräch sitzen gesehen, da bin ich neugierig geworden. Ich habe schon eine Weile zugehört. Euer Thema interessiert mich." Und zu mir gewandt geht sie gleich darauf ein. „Ist doch eine hübsche Theorie: der Mensch als Mess- und Regelungsmechanismus mit Stellschrauben, Betriebstemperatur, Wärmeabgabe und Nahrungszufuhr. Dann bräuchte ich im Winter keine Heizung in meiner Wohnung, ich bräuchte nur kalorienreichere Nahrung essen. Dann würde mein Körper mehr verbrennen und mir wäre immer ausreichend warm. Blöd, dass mein Körper Vorräte anlegt, ich dick werde und bei niedrigen Temperaturen trotzdem friere."

Die junge Frau lacht. Ich kann es nicht richtig deuten, aber ich höre schon einen frustrierten Unterton mitschwingen. Das Thema berührt sie. Warum habe ich nie darüber nachgedacht? Es war mir als Baubiologin bekannt, dass der Mensch immer auch Wärme aufnimmt und nicht nur abgibt, auch mit Feuchte, Sauerstoff und feinstofflichen Informationen verhält es sich so. Doch von welchen biologischen Prozessen des Menschen, die scheinbar auch für das Planen und Bauen von Räumen wichtig und mir nicht bekannt sind, weiß die junge Frau noch?

„Ich bin Doro, die Enkelin von Lore." Sie begrüßt mich mit einer kurzen, aber herzlichen Umarmung. Während sie sich zu uns setzt, bittet Marta: „Doro, erkläre du Anne, was sie als Architektin vom Menschen noch wissen sollte, du bist vom Fach – fast", ergänzt sie noch mit einem Augenzwinkern.

Doro lässt sich nicht zweimal bitten: „Es ist ein fundamentaler Irrtum, dass wir Menschen denken, all unsere Lebensenergie beziehen wir aus unserer Nahrung, und deren Menge und Zusammensetzung sei abhängig von unserer täglich zu erbringenden Leistung. Im Gegenteil, wir ernähren uns so artfremd, dass unser Organismus sogar bis zu 30 % der Energie, die er aus der zugeführten ‚ausgewogenen' Nahrung zieht, für die Verdauung eben dieser braucht. Sehr uneffektiv.

Wir alle sind Sonnenkinder. Ohne Sonne und ohne Wasser wären wir nicht. Die Sonnenstrahlung ist die Hauptenergiequelle für unsere Lebensfunktionen hier auf Erden. Unsere Augen, unsere Haut und unser mentaler Körper filtern die Strahlung und die Informationen heraus, die wir zum Leben brauchen. Die Natur bietet dem Menschen dann noch Nahrung in Form von gewandelter Sonnenenergie an: als Pflanze und als Tier. Ernähren wir uns von Pflanzen, nehmen wir Sonnenenergie zu uns, die ein Mal gewandelt ist, essen wir tote Tiere, hat die Energie zwei Wandlungen – bei pflanzenfressenden Tieren – bzw. drei – bei fleischfressenden Tieren – durchlaufen. Bedingt durch die mehrmaligen Wandlungsprozesse der Lichtenergie schwächt sich die Wirkung ab und für unseren Körper gehen wichtige Informationen der Sonne verloren. Fleisch ist somit schon aus dieser Perspektive wenig effektiv für uns, zumal wir nicht lebendiges Fleisch zu uns nehmen, sondern eine tote Kreation von Proteinen und Fetten mit einer Menge eingelagerter Schadstoffe, Enzyme wie Adrenalin und pharmazeutischer Präparate. Für ihre Verstoffwechselung brauchen wir zusätzlich Energie, im Gegensatz zu vegetarischer Kost. Leider gibt es dahingehend kaum Forschungsinteresse.

Ich orientiere mich an den Erkenntnissen der Weltraumforschung, weil es unter den extremen kosmischen Bedingungen ums reine Überleben geht. Da sind Fragen zur Ernährung besonders wichtig. Man fand heraus, dass der Mensch nach der anatomischen und physiologischen Beschaffenheit des Verdauungstraktes, seines Gebisses und der chemischen Reaktion im Mund zur Gruppe der Fruchtesser gehört und eben *kein* Allesfresser ist und, dass seine innere Haltung das Leben sichert. Viele weitere Erkenntnisse zeigen, dass der Mensch ein optimaler Energiewandler ist, wenn er sich nur artgerecht ernährt und seine Geisteshaltung dazu beiträgt, dass Lebensenergien mobilisiert werden, die ein vitales Überleben auch unter unmenschlichen Bedingungen ermöglichen."

Marta erinnert sich: „Meine Großma erklärte mir, dass uns aus der Erde und dem Kosmos Informationen erreichen, die unser Leben beeinflussen und die unsere Zellen mit unserem unmittelbaren und auch fernen Umfeld austauschen. Nicht nur der Kosmos, auch das Wasser ist ein Informationsträger. Das Wasser der Bäche und Seen informiert uns schon vor der Geburt über den Zustand des Umfelds, in das wir geboren werden. Unser Unterbewusstsein speichert diese Informationen. Ein Leben lang erinnern wir uns und nennen die dabei aufkommende Stimmung Heimat."

„In der Baubiologieausbildung lernte ich, dass wir feinste magnetische Kristalle im Gehirn und auch in anderen Organen haben. Vielleicht entsteht das Heimatgefühl nicht nur durch die Resonanz zwischen Zellwasser, Körperflüssigkeiten und den Gewässern im Umfeld, sondern auch über diese mikroskopisch kleinen Magnetit-Teilchen, die wir Menschen in unserem Körper haben. Mit diesen interagiert unser Körper ganz sensibel auf äußere Magnetfelder – wie das der Erde, der Sonne oder auch auf technische elektromagnetische Felder. Wenn das Gehirn direkt beeinflusst wird, vermute ich, dass jedes Neugeborene am Geburtsort eine Art Grund-Eichung erhält, die es an die teilweise extremen regionalen Anomalien des Erdmagnetfeldes optimal anpasst."

„Das ist gar nicht so abwegig. Von den Lillianern erzählte meine Großma, dass sie über einen magnetischen Sinn verfügen ähnlich dem, der Walen zur Orientierung dient. Sie können vieles wahrnehmen, was zivilisierte Menschen wie wir weder bewusst empfinden noch deuten können."

„Ja", antwortet Doro, „wir wissen so wenig von uns und erlauben uns, so viel mit unserem Körper zu experimentieren. Aus der Weltraumforschung ist auch bekannt, dass der Mensch für seinen Stoffwechsel nur ca. 250–400 Kilokalorien pro Tag benötigt. Auch bei schwerer körperlicher Belastung bleibt bei entsprechend artgerecht ernährten Menschen die Körpermasse konstant. So unglaublich es klingt, die Widerstandsfähigkeit erhöht sich sogar im Vergleich zu Menschen, die sich nach heutiger Lehrmeinung ‚ausgewogen' ernähren. Der Körper bezieht die Nährstoffe nicht allein über die Nahrung, sondern auch aus seinem Umfeld."

„Zum Beispiel Stickstoff aus der Luft", ergänzt Marta.

„Genau. In den Anfängen der Weltraumforschung wurde nach den Gründen des schnellen Muskelschwunds bei Kosmonauten gesucht", erklärt mir Doro. „Es stellte sich heraus, dass der menschliche Organismus über den Atemvorgang Stickstoff aus der Luft aufnimmt und daraus Eiweiß produziert, unter anderem für den Aufbau der Muskeln. Spitze, nicht?"

Das ist mir neu. Damit gibt es einen neuen Aspekt in der Haustechnik zu beachten. Ich überlege laut: „Wenn wir auf Umluft oder auf Mischluft basierende Lüftungsanlagen einbauen – wie durchaus im Bau üblich, ist diese Erkenntnis bei unseren dichten Räumen wohl von Bedeutung, oder?"

„Ja. Doch es wird für Planer noch spannender, es kommt auf die Ernährung der Raumnutzer an."

Ich schaue Doro erstaunt an. „Gibt es da Unterschiede?"

„Wer sich artgerecht ernährt, nimmt Stickstoff auf, wer seine Nahrung ausgewogen, also wie bisher gutbürgerlich zusammenstellt, scheidet Stickstoff als Stoffwechselprodukt aus. Damit erhöht sich der Stickstoffanteil in der Luft. Artgerecht Ernährte mindern den Stickstoffanteil in der Raumluft. Doch es gibt noch eine weitere, vom Ernährungsverhalten abhängige Raumluftkomponente: Menschen mit ausgewogener Ernährung geben mehr unangenehme Ausdünstungen wie Methan und Schwefelwasserstoff ab als Menschen, die sich artgerecht ernähren. Deren Körpergeruch ist neutral oder ähnelt einer Sommerblumenwiese. Das bedeutet, dass bei Fleischessern die mikrobielle Belastung in der Raumluft zunimmt. Da man das riechen kann, bietet die Industrie Duftstoffe zum ‚Überlagern‘ an. Damit werden die schädigenden Stoffe in der Raumluft nicht weniger, sondern nur nicht mehr wahrgenommen."

Ich bin betroffen. Als Baubiologin beschäftige ich mich zwar mit den Schadstoffen in der Luft von Innenräumen, doch das, was wir aus der Luft brauchen, darüber habe ich in einschlägiger Literatur noch nichts gefunden. Ich frage mich, ob Doro die Auswirkungen der Chemie auf den Menschen kennt? „Duftstoffe verursachen Konzentrationsschwäche, Kopfschmerzen bis hin zu Übelkeit; ein die Gesundheit des Raumnutzers beeinträchtigender Stoffmix, an den sich viele wahrscheinlich schon gewöhnt haben. Nicht wenige finden Gefallen an den künstlichen Gerüchen. Sie genießen diese ohne zu merken, dass durchaus Allergien provoziert werden können oder auch nur die Vitalität nachlässt."
„Wir wissen noch so wenig über uns. Stell dir die vielen Informationen vor, die allein unser tägliches Trinkwasser aus der Leitung mitbringt. Durch welche Rohre muss es kriechen, welche technischen Prozesse über sich ergehen lassen, wo wird es hervorgepumpt und was alles in es hineingefüllt. Europas Flüsse sind so mit Chemikalien – vor allem von Einträgen aus Kläranlagen und der Landwirtschaft – überfrachtet, dass Forscher eine starke Gefährdung von Fischen, Insekten, Krebsen, Schnecken, aber auch

Algen sehen, bis hin zu ihrem Aussterben. Der Menschen ist über den Wirkungspfad der Nahrung davon ebenfalls betroffen. Wasser kann in Aufbereitungsanlagen *teilweise* biologisch-chemisch gereinigt und von Bakterien befreit werden, nicht physikalisch. Es weist danach noch elektromagnetische Frequenzen auf, die genau den zuvor beseitigten Schadstoffen zuzuordnen sind! Aufgrund der gespeicherten Informationen bleibt das Trinkwasser trotz chemischer Aufbereitung für uns gesundheitsschädlich. Auch das kristalline Zellwasser in unserem Körper sorgt dafür, dass Informationen selbst noch gespeichert bleiben, wenn deren Ursprung gar nicht mehr materiell, also nachweisbar vorhanden ist. Dieses intrazelluläre Wasser aber ist verantwortlich für die Lebensdauer und Funktion unserer Körperzellen. Ohne Zellwasser gibt es kein menschliches Leben. Zellwasser ist Information."

„Allerhöchste Zeit, in Stadtplanungs-, Haustechnik- und Architekturbüros die Reißleine zu ziehen und umzudenken."

Marta schlussfolgert wieder knallhart: „Rigoros und konsequent. Ansonsten: Beihilfe zu Mord."

„Da hast du recht, auch wenn ich das Urteil verweigere, denn: Sie wissen nicht, was sie tun", meint Doro. „Jeder Einzelne hängt in seinen persönlichen Ängsten und Zwängen. Wie die Reißleine ziehen, Anne? Darüber hinaus denken! Dass alles aus Energie und Information besteht, ist für die Architektur so essenziell. Doch die Kollegen und Kolleginnen – im täglichen Hamsterrad unterwegs – nehmen sich keine Zeit zum Hinterfragen und gelehrt wird es nicht. Jeder einzelne Architekt und Handwerker beginnt aus sich heraus und *für sich* umzudenken oder er lügt weiter, kämpft weiter, leidet weiter, schämt sich weiter, zerstört weiter. Zu erkennen, dass wir uns jahrhundertelang selbst belogen haben, ist eine der größten Hürden auf dem Weg des Erwachens. In der Baubranche ein weitverbreitetes Phänomen. Doch auch die Bevölkerung hat umzudenken."

Ich schaue Doro an. „Du bist beruflich auch in der Baubranche tätig?"

Doro lacht: „Zum Glück nicht."

„Na, untertreib' nicht, Doro. Du wärst mit Herz und Seele gern Architektin."

„Oh, das finde ich ja lustig, klärt mich doch bitte auf."

Marta verweist mit einem vielsagenden Lächeln an Doro.

„Na, ein bisschen trifft das schon zu, was Marta sagt. Ich habe nach dem Abi und einem Jahr auf dem Bau an der Uni ein Architekturstudium angefangen. Einiges war ganz interessant, aber sehr theoretisch. Möglicherweise hätte ich das alles nicht so wahrgenommen, wäre ich nicht bei dieser Sanierungsfirma tätig gewesen."

„?" Stumm fragend sehe ich Doro an.

„Ein Handwerker mit Herz und Verstand. Eine wunderbare, lehrreiche Zeit, auch wenn es nicht immer einfach für mich war." Doro schwärmt. Ihre Augen glänzen. Es war für sie als große, aber zierliche Frau sicher eine Herausforderung.

„Die Firma erwarb alte, oft unter Denkmalschutz stehende Gebäude, die zum Abriss freigegeben waren. Der Chef verstand es, die geplanten Abrisskosten der Fördermittelgeber in einen Sanierungskostenzuschuss zu wandeln. Dann konnte er, ohne sich gleich verschulden zu müssen, mit Entrümpeln und den meist dringend notwendigen Sicherungsarbeiten beginnen. Es war jedes Mal spannend, was da zum Teil an alter Gebäudesubstanz und Spuren früherer Bauphasen zum Vorschein kam. Jeder Bauarchäologe wäre begeistert gewesen. Die Handwerker dieser Firma hatten so viel Erfahrung und einen Spürsinn für Details entwickelt!

Erst während meines Studiums und bei einem Praktikum in einem Architekturbüro wurde mir bewusst, was ich bei ihnen alles gelernt hatte: vor allem die Liebe zum Einfachen und zur kreativen Handarbeit. Seitdem lässt mich die Faszination der natürlichen Baustoffe, vor allem die von Lehm und Holz, nicht mehr los. Es ist einfach unglaublich, wie *vollkommen* ein Lehmhaus sein kann. Du kannst dir vorstellen, wie schwer mir danach die Uni fiel. Da ging es nicht mehr um den Menschen, der in den Gebäuden wohnt. Auch nicht um die Menschen, die das Material gewinnen und die Baustoffe herstellen oder gar um die Natur. Da ging es nur um Geld, wurden ohne Sinn und Verstand Zahlen hin- und hergeschoben und darum gestritten. Es war lächerlich. In der Praxis, du kennst es doch, Anne, da kann jedes Bauwerk als abrisswürdig gerechnet werden. Wie willst du auch den immateriellen Wert, die gefühlte Ausstrahlung und den Wert der oft naturbelassenen Bausubstanz zahlenmäßig erfassen? Wo, bitte schön, fließt denn der Wert der Natur ein? Wir denken alles andere als integrativ und menschenwürdig." Ein trauriges Lächeln huscht über ihr Gesicht.

„Im Gegensatz zu dem ganzen technokratisch-wirtschaftlichen Denken habe ich in der Firma das *wirklich Wichtige* gelernt. Mein Meister erklärte mir, warum er mit Flachsfaser und Lehm sogar die geforderte Gebäudedichtheit erreicht, obwohl er das gar nicht anstrebte. Er zeigte mir, *wie* die abdichtenden Eigenschaften von Lehm petrochemiefrei und dauerhaft eine vertikale Abdichtung gegen Feuchte aus dem Erdreich gewährleisten und wie ein versotteter Schornstein mit Kuhdung saniert wurde – preiswert und wirksam. Wir kitteten Einfachscheiben – alte mundgeblasene Gläser – in aufgearbeitete Holzkastenfenster aus dem 18. Jahrhundert, fast ohne Substanzverlust. Was da für Leben drin ist und welche lebensbejahenden Informationen!

Wir verlegten Wand- und Sockelleistenheizungen, teilweise als pumpenunabhängige Schwerkraftheizung ausgeführt, um die Gebäude mit Strahlungswärme zu temperieren und dauerhaft zu erhalten. Er kombinierte altes Wissen mit neuem. Und alles menschengerecht – wie Marta gern sagt. Durch Martas Allverbundenheitsdenken kapierte ich, dass Denkmalschutz weder Häuser schützt noch ihren Wert erfassen kann. Es ist ein brauchbares Vehikel, um den radikalen Niedergang viel menschenwürdigerer traditioneller Kultur zu verhindern und zu einem verbundenen Denken und einem gefühlten Einssein zu kommen."

Martas und Doros Blicke treffen sich.

„Mich überzeugte die Bauweise meines Meisters, doch an der Uni lernte ich, dass diese den allgemein anerkannten Regeln der Technik und auch verschiedenen Vorschriften wie der Energieeinsparverordnung oft nicht gerecht wird. Ich habe doch aber deren positive Wirkung auf das Wohlbefinden selbst erlebt!

Ich musste mich jeden Tag vor den Rechner klemmen und Dinge tun, die mich nicht interessierten: 3-D-Visualisierungen und Unmengen von Technik, die bei dieser Art zu bauen und für die Lebensweise unserer Bauherrenschaft überhaupt nicht gebraucht werden. Die Häuser, die diese Handwerksfirma saniert hatte, fanden über die 50 Jahre ihres Firmenbestehens die vollste Zufriedenheit der Nutzer. Viele Bewohner rühmten das angenehme Raumklima, die geringen Heizkosten und vor allem die lange Haltbarkeit bei geringem Instandhaltungsaufwand. Die bisher angefallenen Reparaturen waren von geringem Umfang und meist sehr schnell – oft auch vom Nutzer selbst – zu beheben. Es gab keine komplizierte Technik.

In der Uni jedoch wurde die Automatisierung der Gebäude angestrebt und deren Vereinheitlichung auf Beton, Stahl und Glas – für mich tote Materialien, nicht nur durch ihre industrielle Vorfertigung. Von baubiologischen Kriterien wollte an der Uni keiner etwas wissen. Wenn sie wenigstens bei ihren Materialien mal über den Tellerrand geschaut und altes Wissen genutzt hätten, z. B. Zement Vulkanasche untergemischt, damit Beton in Salzwasser widerstandsfähig bleibt", ergänzt Doro und wendet sich mir zu. „Der Mensch: Fehlanzeige. Es ging nur um Innovation, Erfolg und Wettbewerbsgewinne – alles Ziele, die mich unberührt ließen. Uns wurde eine Architektur gelehrt, die mich im tiefsten Mark erschütterte. Ökologisches Denken wurde beschränkt auf ein Kreislaufdenken, das nicht funktionieren kann, weil es dem systemimmanenten Wachstumszwang und auch der Natur widerspricht und dem alten Denken dient.

Tja, Unis leben in einer anderen Welt. So konnte auch keiner hören, dass zum Beispiel ein mit Lehm geputztes massives Mauerwerk in Verbindung mit einer Strahlungsheizung ein optimales Raumklima bietet, für Mensch *und* Gebäude. Auch nicht, dass damit die heutigen Passivhäuser nicht nur ökologisch, sondern auch ökonomisch übertrumpft werden, ohne deren Nachteile zu haben. Sie *wollen* das nicht hören können. Die Lehrpläne sind mit der Industrie abgestimmt, die Forschungsaufträge kommen aus der Wirtschaft, Ergebnisse somit vorgegeben. Das Wissen über den Menschen und was er braucht, ist da überhaupt nicht gefragt."

Doro erregt sich bei dem Gedanken daran und bringt ein Beispiel. „Ich hatte einen Disput mit einem Professor. Es ging um Energieeinsparung. Wir hatten die Aufgabe, ein Einfamilienhaus für ein hochgedämmtes Energiesparhaus zu entwerfen. Schon die Aufgabenstellung ging aus meiner Sicht am Ziel vorbei. Energie ‚sparen' ist physikalischer Unsinn. Alles besteht aus Energie und kann nur gewandelt werden. Das eigentliche Ziel ist, so denke ich, die Erde als Existenzgrundlage so zu bewahren, dass die Menschen dauerhaft, in Fülle und glücklich auf ihr leben können und sich in den Häusern wohlfühlen und gesund bleiben. Mein Entwurf war ein Strohballenhaus, innen mit Lehm und außen mit Kalk verputzt. Kastenfenster boten interessante Ausblicke. Meine Fenster gingen auch nach außen auf, wie in Schweden, sodass der Wind sie andrücken kann und das Wasser außen sicher abläuft.

Ist dir schon mal aufgefallen, dass viele unserer heutigen Fensterkonstruktionen das Wasser erst in den Rahmen laufen lassen und dann wieder nach außen abführen? Oder dass wir Häuser vollständig abdichten *müssen*, um dann – damit wir nicht ersticken – Fensterrahmen mit technisch ausgeklügelten Lüftungsschlitzen einbauen? Meist befinden diese sich an ganz sensiblen tauwassergefährdeten Bereichen; ganz kritisch zu sehen in Holzrahmen. Meist bestehen sie aus Kunststoff, der als Wärmetauscher dienen soll. Welch schönes Zuhause für Bakterien und allerlei anderes Getier! Ein Beitrag zur Artenvielfalt? Da gibt es absurd viele Beispiele – für mich Obsoleszenz am Bau.

In meinem Entwurf plante ich eine Strahlungsheizung und eine bezahlbare Haustechnik wie in Schweden: Elektroleitungen in geschützter Leitungsführung über Putz, ebenso die Wasserleitungen. Ich hatte Details entworfen, die zeigten, wie ich diese in die Raumgestaltung miteinbezog. Das hat sogar meinen Kommilitonen gefallen. Der Grundriss war nach energetischen Kriterien gestaltet. Ich verwendete bei der Gestaltung organische Formen, ließ all meine Erfahrungen aus dem Jahr Baupraxis, aber auch Angelesenes aus Bionik und Feng Shui mit einfließen. Es hat mir viel Freude gemacht. Doch mein Entwurf war ein Exot unter den Studentenarbeiten, auch weil er handgezeichnet war."

„War grafisch gelungen, echt!", meint Marta.

„An meinen Erklärungen zum Heizsystem entzündete sich dann eine Diskussion, die fast eskalierte. Ich war wütend und hatte damals noch keine Ahnung, wie viel Gewalt in verbalen Auseinandersetzungen versteckt sein kann. Ich konnte nicht anerkennen, dass bei Streitigkeiten durchaus zwei unterschiedliche Standpunkte unbewertet nebeneinander stehen bleiben dürfen, ohne dass einer der Meinungsträger sich schlecht dabei fühlt. Nein! Ich beharrte auf meinem Standpunkt und begründete, warum die Konvektionsheizung in meinen Augen nicht dauerhaft funktionieren konnte." Obwohl leise gesprochen, steht Doro der damalige Trotz im Gesicht.

„Alle Achtung. Und was hast du erzählt?"

„Ich habe das erzählt, was ich von meinem alten Meister wusste und was für mich so total logisch war. Er hat mir das mit dem Wärmeempfinden des Menschen begründet: Für unseren Wärmehaushalt sind wir auf die Strahlungswärme der Sonne programmiert. Die Sonnenenergie braucht zu ihrer Übertragung keinen stofflichen Träger wie unsere Konvektionsheizungen, die durch die Erwärmung der sie umgebenden Luft den Raum erwärmen. Sie wirkt unabhängig von der Temperatur der durchstrahlten Luft auf unserer Haut. Die von ihr erwärmten Materialien in unseren Räumen geben diese dann wieder als Strahlungswärme ab. Ich habe meinem Prof das anhand des Beispiels auf dem Skihang erzählt. Die Leute liegen bei -10 °C Lufttemperatur mit freiem Oberkörper in der Sonne und keiner friert. Auch wenn du am Lagerfeuer sitzt, ist dir zwar hinten kalt, aber die dem Feuer zugewandte Seite glüht fast. Die Luft zwischen dir und dem Feuer ist deswegen nicht wärmer als hinter deinem Rücken. Natürlich erwärmt sich Luft auch durch Sonneneinstrahlung. Aber das ist ein sehr langsamer und von vielen anderen Faktoren abhängiger Vorgang, wie z. B. von Wind oder Thermik. Es dauert, bis sich die Luftmoleküle schneller bewegen.

Für eine optimale Raumheizung auf Basis von Strahlungswärme war mein Prof nicht offen. Er kam mir mit angestaubten Argumenten wegen Feinstaub und wie sauber doch jetzt die Luft im Vergleich zu früher wäre. Er machte die Schotten dicht vor Chemtrails und Nanopartikeln. Mit feinstofflichen Argumenten brauchte ich ihm gar nicht kommen. Er hatte das Bild der ofenbeheizten Häuser vor Augen, als Kohleöfen mit Holz geheizt wurden. Was er weder hörte, sah noch roch, gab es nicht. So einfach war das für ihn."

Doro spricht wie aufgezogen. Ich spüre einen undefinierbaren Gefühlsmix aus Begeisterung und Wut.

„Stell dir vor, wir sorgen mit einer optimalen Strahlungswärme für einen steten Ausgleich der Oberflächentemperatur der Wände und Decken eines Raumes, deren Material in einem optimalen Verhältnis über Wärmespeicherfähigkeit und Wärmedämmvermögen verfügt. Dann bräuchten wir mit der Wärmezufuhr nur noch regulierend den Wärmeverlust zwischen Tag und Nacht, je nach Jahreszeit differenziert, auszugleichen.

Ich plante also in der Mitte des Hauses einen Lehmgrundofen, der mit Holz geheizt wird", erklärte Doro. „Der wird einmal am Tag oder auch alle zwei Tage angeheizt. Das Holz verbrennt – bei fachgerechtem Bau – rückstands- und rußfrei und erwärmt die umgebenden Raumflächen und die Gegenstände im Raum, bis diese selbst Wärmeenergie abstrahlen. Den Ofen kombinierte ich mit einem Wasserspeicher, der eine Sockelleistenheizung speisen

sollte. Damit war gesichert, dass die Außenwände trocken bleiben
– eine Voraussetzung für die Schimmelfreiheit und für eine konstante Wärmedämmung, was bei den üblichen Dämmkonstruktionen nicht unbedingt gewährleistet ist. In einem mittels Strahlungswärme beheizten Raum ist unser Behaglichkeitsempfinden bei 2-3 Grad geringerer Raumlufttemperatur gleich dem in einem konventionell beheizten Raum. Ein Grad höhere Raumtemperatur bedeuten aber 5–6 % mehr Energieverbrauch.

Na ja, ein Anteil von Konvektion ist bei jeder Heizung dabei. Wir leben halt nicht im luftleeren Raum. Doch das Entscheidende ist das Wohlbefinden und da trägt die Ofenheizung noch auf eine andere Weise bei. Sie sorgt für ein optimales Ionenverhältnis in der Raumluft. Ein größerer Anteil negativer Ionen fördert unseren Stoffwechsel.

Mein Prof wollte davon nichts hören. Kein Argument konnte ihn für eine andere Sichtweise öffnen. Auf Strahlungswärme bin ich dann noch mal anhand meiner nach Süden geplanten Fenster eingegangen. Du weißt doch: Die kurzwellige Infrarotstrahlung der Sonne gelangt zwar durch das Glas in den Raum, aber die von den erwärmten Oberflächen wieder abgegebene langwellige Wärmestrahlung kann nicht durch das Glas hinaus – der ‚Barackeneffekt‘. Ich hatte eine Hypokausten-Wandheizung geplant, die von einer Sonnenfalle gespeist wurde, die im Sommer der Kühlung dient. Auch das fand keine Beachtung. Der Meister der Firma dagegen ist begeistert und will sie bauen.“

Allmählich senkt sich die Sonne hinter die Bergkette. Der Wind ist eingeschlafen, die Grillen sind verstummt. Nachdenklich über Doros Studienerfahrungen schaue ich ihr beim Anzünden der Kerze zu.

„Anne, gegen Scheitholzfeuerung war er prinzipiell. Mit den Bildern qualmender Kohleschornsteine aus Kindertagen vor Augen fehlte es ihm für die nötige Offenheit für weiterreichende Erkenntnisse. Die einseitige Ausbildung der Architekten hat mich gestört. Keine Neugier und kein Interesse, andere Wege zu gehen. Es schien einfach stures Festhalten an einem Wissen, was den Menschen, für die ich ja bauen wollte, schadet und – unsere Natur vernichtet. Ich brauche kein Wissen über eine Alufassade und melaninbeschichtete Außenwandverkleidungen, um der heutigen Architekturästhetik gerecht werdend eine Stadtvilla im sogenannten Schießschartenlook oder eine Solitär zu entwerfen. Nein!"

Doro klingt bockig wie ein Kind.

„Ich will ein lebendiges Gebäude für Menschen aller Generationen planen, dabei auf den Menschen eingehen, seine Psyche wie seinen Körper beachten, alles zusammen: Körper, Geist und Seele. Deshalb wollte ich Architektur studieren. Oooh, ich spüre gerade wieder meine Wut, die mich damals überkam. Versteht ihr, ich will, dass es Mensch und Natur gut dabei geht. Wir haben doch die Öfen nicht abgeschafft, damit wir jetzt ganze Wälder, aber auch einen Haufen unkontrollierter Brennstoffe, schadstoffbelastet, voller Pestizide in Biomasseheizkraftwerken verfeuern. Was passiert mit den Verbrennungsprodukten und Reststoffen? Was mit den ganzen Wärmedämmfassaden in 15 bis 20 Jahren? Sondermüll und giftige Gase!"

Doro holt tief Luft und trinkt einen Schluck. Marta füllt gleich nach und meint mit einem Zwinkern zu mir: „Zur Abkühlung."

Doro spricht unbeeindruckt weiter. Sie weiß, dass wir die Tragik der Sache verstehen. „Ich habe ihm dann noch den Unterschied von Kohle- und Holzfeuerung erklärt. Er wusste nichts von dem zweistufigen Prozess, in dem Holz optimal und auch fast rückstandsfrei mit einem viel höheren Wirkungsgrad verbrennt, was ich ihm übel nahm. Ich hatte das Hypokaustensystem der Römer kombiniert mit einer selbstregulierenden Luftzirkulation in der Außenwand, bei der die Luft in einem besonders gebauten Wintergarten erwärmt wurde und dann die Wände temperierte. Der mittig angeordnete Grundofen erwärmte zusätzlich das ganze Haus. Das war mein Plan: mittels Sonnenfallen das Haus warm halten und nur an sehr kalten Tagen heizen. Der Ofen war als Wohnlandschaft gedacht: zum Kochen, als Warmwasserspeicher, Sitz- wie Treppenmöbel. Ich hatte ihn so im Haus platziert, dass der Garten eingesehen werden konnte und gleichzeitig die Sonnenstrahlen durch das Oberlicht über der Treppe die Kochstelle erhellten. Irgendwann werde ich mir so ein Haus bauen, allerdings aus selbsttragenden Strohballen. Vielleicht hier auf einer Almwiese."

Doros Wut wich jäh der Begeisterung für den eigenen Entwurf.

„Es ist für mich unvorstellbar, dass es einfache Bauweisen gibt, die alle für den Menschen sinnvollen und lebensfördernden Bedingungen erfüllen, regionale Baustoffe nutzen und die werden einfach ignoriert! Stattdessen wird geredet über Nachhaltigkeit und Ökologie, Verkehr und gesunde Häuser und es finden seit Jahrzehnten weltweit Konferenzen statt und … ich kann es nicht mehr hören! Wer soll da noch glauben, dass das nicht ein gewolltes Verbrechen ist? Ich habe so viele Ideen, ich habe so eine Freude am Entwerfen, doch es ist nicht möglich in dieser Gesellschaft sie zu verwirklichen!"

Doro hört abrupt erschöpft und frustriert auf zu sprechen, und doch irgendwie erleichtert. Spüre ich da Zuversicht? Sie sieht zu Marta. „Wenn ich Marta nicht gehabt hätte. Ich weiß nicht. Bei ihr habe ich mich oft ausgeheult. Sie konnte mir die menschlichen Zusammenhänge und Hintergründe aufzeigen und ich verstand, warum der Prof nicht verstehen wollen konnte. Zwei Jahre habe ich beim Studium gehofft, dann habe ich die Hochschule gewechselt. Dort traf ich auf andere Gesichter, aber letztlich die gleichen eng begrenzten Sichtweisen. Ich habe mich von meinem Traum verabschiedet."

„Dem trauerst du immer noch nach."

Doro nickt.

„Ich stehe vor einer ähnlichen Entscheidung. Ich weiß noch nicht, wohin ich gehen will, und begreife wahrscheinlich viel langsamer."

„Marta hat mir schon vor deinem Kommen ein bisschen von dir erzählt. Nur Mut, Anne! Du hast mit über 30 Jahren Berufserfahrung wesentlich mehr erlebt als ich in dem einen Jahr in der Firma. Da hast du ganz andere Mengen an negativen Erfahrungen angehäuft. Die sind zu hinterfragen und sicher viel zu vergeben. Das geht nicht von heute auf morgen.“

Marta nickt. Für mich ist es wenig Trost.

„Dein Jahr bei der Firma war wahrscheinlich sehr intensiv. Es war wirklich ein Glücksgriff. Es gibt nur noch sehr wenige Handwerker, die sich der Manipulation der Industrie und auch der der Architektur verweigern und einen Weg gefunden haben, mit den oft widersprüchlichen, sich ständig ändernden Verordnungen und Gesetzen und fehlinformierten Bauherren klarzukommen. Womit beschäftigst du dich jetzt? Bist du in die Firma zurückgegangen?“

„Nein. Ich helfe zwar hin und wieder aus, doch mein Geld verdiene ich jetzt mit Bauberatungen und Einzelcoaching. Der Chef der Firma hatte mir empfohlen, eine baubiologische Ausbildung zu absolvieren und mich als Strohballenhausbauerin ausbilden zu lassen.“

„Bist du dem Rat gefolgt?“

„Nein, aber ich war bei einem Strohballenbau-Workshop dabei und habe unter Leitung einer sehr erfahrenen Strohballenbauerin ein Einfamilienhaus miterstellt. Es war wirklich eine unglaubliche Bereicherung. Doch ich habe auch gesehen, wie komplex diese Arbeit ist. Es passiert dabei innerlich viel mit den Menschen. Es provoziert ein Andersdenken, und das habe ich auch bei den anderen gespürt. Da triffst du auch keinen wie meinen Prof, der die spirituelle Seite am Menschen außer Acht lässt. Da herrscht ein anderer Umgangston auf der Baustelle, eine andere Ordnung, viel Achtung und Wertschätzung. “

„Ist das wirklich so anders?“

„Ja. Ich war genauso überrascht und habe nachgedacht, warum so ein entspanntes und trotzdem erfolgreiches Arbeiten möglich war. Wir haben alle Zeitvorgaben und Qualitätsansprüche erfüllt.

Vor allem fragte ich mich, warum nur Menschen mit dieser Offenheit und der Lust am Lernen und gemeinsamen Schaffen dort hingekommen. Marta brachte mich dann darauf, dass nur Menschen mit diesem speziellen Workshop-Angebot in Resonanz gehen, die bereit sind, die Verantwortung für ihr Leben selbst zu übernehmen. Das war für mich nachvollziehbar. Wer in seinem Leben selbst der Herr ist, will gesund bauen und ist außerdem sensibel genug, für sich wichtige Impulse aus dem universellen Hintergrundfeld wahrzunehmen. Er setzt andere Prioritäten und dementsprechend finden ihn die Angebote."

„Und bei all dieser Leidenschaft hast du aufgegeben, Architektin werden zu wollen?", frage ich ungläubig.

Doro lacht laut auf. „Ja, weil die derzeitige Art von Architektur Leiden schafft."

Wieder ernst erzählt sie dann nachdenklich: „Ich habe beim Studium gemerkt, dass ich noch nicht reif bin für ein neues Bauen, eine andere Architektur." Sie lehnt sich zu mir und flüstert mir laut ins Ohr: „Hat Marta dir von den Lillianern erzählt?" Im flackernden Kerzenlicht sehe ich, wie sie mir zuzwinkert.

Marta erklärt: „Doro will in Lillyland Architektin sein und da braucht sie eine andere Kommunikation als die, die wir für gewöhnlich lernen."

Ich schaue sie erstaunt an und Doro fügt hinzu: „Eine, die uns verbindet statt trennt. Marshall B. Rosenberg nennt sie gewaltfrei. Ich habe eine Ausbildung begonnen."

„Mein Respekt, Doro, im Gegensatz zu mir weißt du, was du willst."

„Ja, ich habe mir viel Zeit gelassen, um herauszufinden, was mir auf der Seele brennt. Ich wusste nicht, was ich beruflich wirklich machen will. Architektin über diese Ausbildung – nein, niemals. Planen und bauen, ja, aber wie? Also habe ich mich intensiv mit allem befasst, was das Bauen tangiert. Und das ist das gesamte Leben. Leider trennen Architekten und Stadtplaner alles, was zusammengehört: Stadt und Landschaft, Innenraumluft von Außenluft, Tier und Mensch, Herz und Verstand ... ach, da liegt so viel im Argen. Ich habe das nicht verstanden. Auch nicht, warum die Baubranche eine der konfliktträchtigsten ist. Die Gespräche mit Marta über die Auseinandersetzung mit meinem Prof ermöglichten mir einen anderen Fokus. Dann traf ich eine Freundin in einer Buchhandlung. Sie wollte sich das Buch ‚Die gewaltfreie Kommunikation' von Marshall B. Rosenberg[1] kaufen. Der Klappentext fesselte auch mich. Du glaubst nicht, wie viele kompetente Experten und hoch angesehene Menschen ich schon getroffen habe, die mit ihrem zwischenmenschlichen Verhalten ihre angestrebten Ziele konterkarierten. Eine für mich traurige Feststellung, die ich erst durch Marshall Rosenbergs Erkenntnisse verstand."

Doro nimmt genießerisch einen Schluck Holunderwasser. Dunkelheit legt sich ins Tal. Es wird kühler. Marta bläst die Kerzen aus. Jetzt können wir die ganze Pracht der Sterne wahrnehmen. Eine Weile betrachten wir – wie jeden Abend, doch immer wieder neu – andächtig und fasziniert das Wunder über uns. Dann spricht Doro weiter:

„Marshall B. Rosenberg, Schüler des Human-Psychologen Carl Rogers, beschäftigte sich sehr früh mit den Auswirkungen unserer Wortwahl und unserer Formulierungen auf unser Verhalten. Er fand heraus, was die Hirnforscher heute bestätigen: Wir sind zuerst Gefühlsmenschen, auf ein Miteinander angewiesen. Auf der Grundlage der Theorie des amerikanischen Psychologen Abraham Harold Maslow, wonach alle Menschen von den gleichen universellen Bedürfnissen motiviert werden, entwickelte er eine Sprache, die uns mit diesen, *allen* angeborenen Bedürfnissen verbindet. Beginnst du, sie zu erlernen, merkst du sehr schnell, dass sie mehr ist als nur eine Methode. Sie führt dich zu einer anderen inneren Haltung. Da sie anfänglich wenig zu meiner alten Haltung passte, erlebte ich erst einmal eher distanzierte Reaktionen. Bis ich diese lebensbejahende Sprache im Alltag kommunizieren konnte, bin ich

---

[1] Marshall B. Rosenberg, US-amerikanischer Psychologe, Mediator

manches Mal vor Wut zu Marta gerannt, weil ich immer noch nicht den Kontakt bekam, den ich mir damit erhoffte. Doch ich wollte, dass meine Gesprächspartner mich verstehen, und dazu musste ich in Verbindung mit ihnen bleiben. Also lernte ich fühlen und übte, übte, … Es lohnt sich!"

Doro schaut in den klaren Sternenhimmel.

Marta erinnert sich: „Endlich wollte sie nicht mehr nur anderen gefallen und das liebe kleine Mädchen sein, sondern ließ ihre Wut zu. Erst als die vollständig gewürdigt und alles, was sie an sich nicht mochte, anerkannt hatte, begann Doro ihre ganze innere Pracht zu entfalten, wieder Gitarre zu spielen und zu singen, zu tanzen und bewusst ihren Tag zu leben. Die Wandlung zu sehen war und ist eine große Freude für mich, Anne."

Doro sitzt ganz still. Ich spüre ihren Dank. Keine Spur von Stolz oder Verlegenheit. Nein. Sie ist echt.

„Es ist eine Bereicherung, ich kann jetzt zuhören, mir selbst und anderen. Und ich kann auf mich hören und auf andere. Das ermöglicht das Hören dessen, was der andere braucht. Ich kann ein eigenes Bedürfnis, meinen Ärger oder ein Feedback mitteilen, ohne dass mein Gegenüber verletzt oder beschuldigt wird oder gar dass mein eigenes Anliegen als egoistisch empfunden wird. Die entstehenden Verbindungen faszinieren mich."

„Das ist wahrscheinlich wie bei der Permakultur."

„Ja, das sehe ich bei Marta. Seit sie bei Sepp Holzer die Ausbildung beendet hat, ach, schon während dieser, hat sie sich verändert. Doch irgendwie gab es da noch mal einen ,Quantensprung', stimmt's, Marta?", fragt Doro und lacht.

„Du übertreibst ganz schön. Den haben wir noch vor uns!"

Wir lachen. Es geht mir so gut in dieser Runde.

„Permakultur ist wesentlich mehr als nur gärtnern. Das Beobachten und Forschen, dieses Offensein für alles uns Umgebende bestätigt mir meine Weltansicht: Es gibt mindestens so viele Wahrheiten, wie es Menschen gibt auf dieser Erde, und diese dürfen alle sein! Die Achtsamkeit und Liebe, ganz besonders Tieren und

Pflanzen gegenüber, haben in meinem Leben viel bewirkt. Ich habe heute andere Denkansätze, mehr Zuversicht und mehr Selbstvertrauen. Ich habe Doro empfohlen, ihre zwischenmenschlichen Erfahrungen doch zu professionalisieren und dann in der Baubranche weiterzugeben. Da ist ein Riesenbedarf. Der kleine Einblick, den ich durch Doro bekommen habe, ließ mich erkennen, das im Bauen ein Bewusstseinswandel bevorsteht, der Unterstützung von Menschen wie Doro braucht."

„Ich habe viel mit Marta philosophiert. Zuerst ging es mir nur um das Verstehen des Verhaltens meines Professors. Ich wollte wissen, was hat ihn und auch mich bewegt, so stur zu sein. Warum hielt er an Theorien fest, die ganz offensichtlich weder ihm noch den Studenten noch den Menschen dienten, für die er Häuser entwarf? Wie kann jemand Wissen lehren, was nachweislich zu kostenträchtigen Bauschäden und nachhaltigen gesundheitlichen Beeinträchtigungen führt? Erst als ich bereit war anzuerkennen, dass er das gleiche Bedürfnis hatte wie ich, den Menschen und der Natur zu helfen, nur aus einer anderen Weltsicht heraus, verstand ich ihn. Hinter seine Fassade verbargen sich Existenzangst und familiäre Zwänge. Mir wurde klar, dass er meine Rede vor all den Studenten wie eine riesige Demütigung und Bedrohung empfunden haben musste. Ich hatte ihn – ganz unbewusst – bloßgestellt. Auf einmal konnte ich ihm Mitgefühl entgegenbringen und vergeben. Marshalls Erkenntnisse zeigen mir, wie ich – auch mit ganz konträrer Ansicht – achtsam und auf Augenhöhe mit meinem Gegenüber kommunizieren kann. Das war ein großer Lichtblick, eine Befreiung für mich. Diese Art zu denken und zu sprechen hat mein Leben grundsätzlich verändert."

„Doro erzählte mir oft von Konflikten, die sie noch beschäftigten. Wir haben uns zusammengesetzt und im Nachhinein die Situation noch mal in Marshalls bedürfnisorientierter Sprache nachgespielt, alles Gesagte übersetzt in Gefühle und Bedürfnisse. Das hat uns Freude bereitet und wir haben gemeinsam dabei viel gelernt."

„Ich vor allem. Mit diesen Übungen sackte bei mir das Wissen, dass wir alle miteinander verbunden sind, in den Bauch. Ich *fühlte* mich auf einmal als Teil von Gebäuden, Baustoffen und Gegenständen als auch von Personen. Ich spürte auch alles in mir, fraktal wie das ganze große Universum. Ich konnte mich plötzlich leichter, in Kollegen, Handwerker, Bauherrn oder Freunde hineinversetzen und trotz kontroverser Ansichten die Verbundenheit spüren, den Fokus auf dem Gemeinsamen halten."

„Seitdem nutzt Doro das Wissen der Hirnforscher, die eine große Übereinstimmung bei uns Menschen feststellten. Neben den biologischen Eigenschaften einen uns die gleichen universellen Bedürfnisse, die uns steuern. Wir haben alle ein und dasselbe Ziel: glücklich und bewusst, in Liebe, sinnerfüllt, lang und gesund in Fülle zu leben."

„Bist du dir dessen bewusst und fühlst dies auch in der gegenwärtigen Situation, findet sich bei allen Streitereien ein Konsens. Als ich das begriffen hatte, konnte ich jede mit meinem Prof erlebte Konfrontation wandeln. Es war wie ein Wunder: Als ich ihm kurz danach begegnete, lud er mich spontan auf einen Kaffee ein. Bis dahin hatte er die Straßenseite gewechselt, wenn er mich kommen sah. Wenn diese Kommunikationsart so eine Wirkung hat, … Anne, was kann schöner sein, als diese präventiv zu verbreiten? Ich bin überzeugt, sie trägt wesentlich dazu bei, die Bewusstheit für unser aller Verbundenheit zu wecken, um dann aus dem Gefühl der Allverbundenheit zu bauen. Die Zeit menschenunwürdiger Bauten und zusammenpferchender Städte ist vorbei!"

„Ja. Ja!" Doros Begeisterung steckt an.

„Dann können wir ehrlichen Herzens von Ganzheit und Nachhaltigkeit sprechen."

„Ich glaube schon, dass das möglich werden kann, Doro, doch die Zeit bis dahin, bis alle so denken …"

„… die wird umso früher vorbei sein, je schneller *du* danach lebst." Doro legt ihren Arm um meine Schulter. „Ich kann dich beruhigen. Alle, wirklich alle Menschen spüren intuitiv, dass es so nicht weitergeht. Sie fühlen die tragische Zerrissenheit, die Destruktivität des heutigen Lebens. Sicher, sie reagieren unterschiedlich und die meisten sind von tiefer Negativität durchdrungen. Doch auch sie sind von der irdischen und kosmischen Natur programmiert. Auch sie tragen einen Ur-Code in sich, der nicht zu löschen ist und der heißt: absichtslose, bedingungslose Liebe. Bedürfnis und Erfüllung zugleich. Die Sehnsucht danach ist groß.

Liebe ist Motivation zum *Wachsen* und gleichermaßen für *Verbundenheit*. Diese einzig wahrhaftige Art der Liebe kann im Menschen verschüttet sein, doch verhält sich der Mensch auf Dauer dann unnatürlich. Das widerspricht seinem inneren Wesen und zeigt Reaktionen wie Unzufriedenheit, Krankheit, Unfälle, Trennungen. Wenn sie aber um sich herum Menschen sehen, die aus ihren Alltagszwängen – zumindest geistig – ausgestiegen sind und denen es gut geht, die auf einmal gesund sind, strahlen, wieder lachen, ein harmonisches Leben führen, dann können sie einen Sinn darin erkennen und wollen es auch. Dann werden sich immer mehr Menschen in allen Bereichen des Lebens diesen Gesellschaften, in denen wir heute leben, entziehen wollen. Das beginnt zuerst im Kopf …"

„Ich genieße die Stunden mit euch, denn nicht immer kommen so aufgeschlossene Menschen in diese entlegene Gegend. Doch mein Körper braucht jetzt nur eines: Schlaf", unterbricht Marta Doro gähnend.

Ich denke Doros Satz zu Ende: ,… mit der Beobachtung und Wandlung der Gedanken'.

Während des Erzählens war der Mond aufgegangen. Obwohl noch nicht Vollmond ist, erscheint mir sein Licht heute besonders hell. Ich genieße mein Gläschen Holunderwasser. Dankbarkeit erfüllt mich. Dankbarkeit, hier zu sein.

Wir sitzen noch einen Moment, um auszutrinken. Als Marta aufsteht, fragt sie: „Habt ihr Lust zum Baden, morgen?"

Doro freut sich wie ein kleines Kind: „Oh ja."

Als Marta mich umarmt, flüstert sie mir ins Ohr: „Morgen denke ich an die Schatulle mit den Aufzeichnungen meiner Großma. Versprochen. Die Gespräche sind doch auch wichtig, oder?" Unter eifrigem Nicken drücke ich sie heftig und freue mich.

Nach diesem langen Abend war ich schnell eingeschlafen, wenn der Schlaf auch wenig entspannend wirkte. Doch nach einer Woche beginnt wohl die Gewöhnung an die nächtlichen Geräusche aus dem Stall. Wenn Marta morgens die Kälber auf die Weide treibt und es still wird hinter der Holzbohlenwand neben meinem Bett, ist das mein morgendlicher Wecker. Nur so nehme ich wahr, dass ich gar nicht richtig schlafen kann. Die Geräusche im Stall lassen mich zwar einschlafen, aber das Unterbewusstsein kommt nicht so recht zur Ruhe. Ungesunde Gewöhnung lassen auf Dauer Kreislauf und Herz krank werden. Ich erbringe diese ‚Nachtanstrengung' aber nur kurze Zeit und werde wohl, ohne Schaden zu nehmen, damit umgehen können, im Gegensatz zu dem mich nervenden, krank machenden Dauerlärmpegel in meiner Heimatstadt.

Die Stille signalisiert, dass es Zeit ist, mich um das Frühstück zu kümmern und den Stall für das Melken der Milchkühe vorzubereiten. Diese bleiben über Nacht auf der Alm und Marta bringt sie zum Melken mit.

Wenn ich aufstehe, laufe ich zuerst barfuß zur Wiese am Bach, um den Morgentau zu spüren; vorsichtig, auf Zehenspitzen über den Schotterweg. Dann geht's hüpfend den Berg hinunter. Die Kühle des feuchten Grases weckt alle meine Sinne. Wenn ich mich ganz auf meine Fußsohlen konzentriere, begreife ich, was Marta mir erklärte hatte: ‚Füße sind ganz wichtige Tastorgane'. Ich bin zwar schon immer gern barfuß gelaufen, doch gespürt habe ich sie immer nur, wenn ich in etwas getreten bin oder die Schuhe drückten. Irgendwie merke ich, dass Martas Lebensauffassung und die Arbeit mit den Kühen mich verändert. Ich achte plötzlich auf Dinge, die ich sonst nicht wahrnahm, und sie sind mir sogar wichtig.

Mein Körpergefühl verändert sich. Und ich fühle mich, wenn ich mir beim Eincremen über die Haut streiche, die Haare kämme, … Ich habe auch Martas aufmerksamen Umgang mit den Kühen übernommen, die Art, wie sie mit ihnen spricht und sie streichelt. Marta verrichtet im Stall alles voller Konzentration mit ruhigen, aber kraftvollen und konzentrierten Bewegungen. Viel Achtsamkeit und Wertschätzung den Kühen gegenüber liegt darin.

Gestern Morgen bin ich Martas Empfehlung gefolgt und habe beim Aufwachen einen Dank gesprochen. Es war überraschend, ich habe automatisch gelächelt und bin viel leichter aufgestanden als sonst. Frappierend! Es funktioniert! Und tut gut! Heute auch!

Ich freue mich auf das Baden. Nur wo? Marta meinte, in dem Bach unterhalb unserer Hütte. Ich kann mir nur noch nicht vorstellen, wie wir in dem Bächlein baden wollen. Außer mit den Füßen im Wasser zu planschen und ein bisschen rumzuspritzen kann da von Baden kaum die Rede sein.

Als ich von meiner morgendlichen Tautretrunde zurückkomme, sehe ich Marta schon mit den Kühen den Berg hinunter kommen. Schnell heize ich den Herd an. An die Abläufe bin ich mittlerweile gewöhnt. Marta steckt den Kopf in die Küche und wir umarmen uns über den unteren Teil der Stalltür hinweg voller Freude.

„Wie fühlst du dich?"

„Noch ein bisschen müde, aber voller Vorfreude auf das Baden und Lesen."

„Oh ja, darauf freue ich mich auch!"

Mit mir zieht der Kaffeeduft in den Stall. Gemeinsam ist die Arbeit schnell erledigt, Claus mit der Milch verabschiedet. Während ich mich wie üblich an den Frühstückstisch setze, verschwindet Marta in ihrem Zimmer und erscheint mit einer Kiste aus Metall unter dem Arm. Ich habe nur Augen für die Kiste, die richtig schwer sein muss. Marta bemerkt meine ungebändigte Neugier und legt die Hand darauf: „Nach dem Essen! Lass uns frühstücken."

Das fällt mir schwer. Ich bettle: „Nur kurz reinsehen, ob ich die Schrift überhaupt lesen kann und ob nicht alles schon von Motten zerfressen ist."

Marta lässt sich nicht darauf ein, lacht und beginnt mit der morgendlichen Wertschätzung.

Ich esse im Gegensatz zu Marta schnell und ungeduldig und muss warten. Endlich ist auch Marta fertig. Sie dreht sich auf der Bank in meine Richtung, stellt die schwere Kiste zwischen ihre Beine und ich kann zusehen, wie mit ganz kleiner Schrift dicht beschriebene Seiten, mit Bindfäden zu unterschiedlich dicken Päckchen zusammengeschnürt, zum Vorschein kommen. Marta gibt mir eines. „Schau mal, ob du das lesen kannst."

Ich lese holprig: „‚Lillyland'. Die Schrift ist zu erkennen, doch ich werde mich erst wieder in das Altdeutsch einlesen müssen."

„Kannst du das?"

„Ja."

„Na super."

„Dann kann ich es heute beim Sonnen lesen."

„Eher ungern, Anne, das sind Originale." Ich bin enttäuscht, akzeptiere aber Martas Entscheidung. Ich nicke eher beiläufig und nehme vorsichtig einige Blätter heraus. Fasziniert lese ich ein paar Worte: ‚Lernen ohne Lernräume' und ‚Reise nach Tamaja'. Ich bin so gespannt auf die Geschichten ihrer Großmutter, dass ich am liebsten hierbleiben würde.

Doro kommt freudig ihr Handtuch schwenkend den Hang hinunter. Ich will alles in die Blechkiste packen, da hält Marta das oberste Päckchen zurück. Sie gibt es mir und meint: „Bitte ganz achtsam damit umgehen."

Ich nicke ganz überrascht. Ich werde mich wohl daran gewöhnen müssen, dass Marta meine Gedanken lesen kann. „Oh, danke Marta. Kennt Doro die Geschichte?"

„Nur von meinen Erzählungen, nicht diese Aufzeichnungen."

„Danke, Marta. Ich bin achtsam."

Mit Doro kommt ein ganzer Schwall jugendlicher Freude den Berg hinab. Ausgeschlafen und voller Elan setzt sie sich zu uns.

„Darf ich?" Doro trinkt lieber die Milch von Martas behörnten Biokühen als von den Kühen aus dem Stall ihrer Großmutter Lore. Sie glaubt an das Wissen, wonach die Hörner eine wesentlich größere Bedeutung für die Kühe haben, als dass sie nur Waffen sind. Die Milch ist wohl auch bekömmlicher.

Sie trinkt ein paar Schluck und sprudelt gleich los: „Köstlich. Wie fühlt ihr euch?" Und ohne eine Antwort abzuwarten: „Bei dem vielen Neuen sicher kein einfaches Sortieren für deinen Verstand, Anne."

„Wirklich nicht. Ich brauche schon noch eine Weile, um da wieder Ordnung reinzubekommen."

„Dann aber gleich die richtige, bewusst gewählte und nicht die deines konditionierten Verstandes."

Ich frage mich, ob hier auf der Alm alle Frauen so voller fröhlicher Leichtigkeit ständig tiefgründige Bemerkungen zum Besten geben? Meine Denkmaschine rotiert unaufhörlich.

„Ich denke, mit eurer Hilfe wird mir gar nichts anderes übrig bleiben, Doro. Wenn ich auch nachts wenig grüble, sobald ich munter bin, kommen doch die Gedanken an all das von euch Gehörte. Beim Frühstückmachen habe ich überlegt, *wie* ich meinen Beruf noch ausüben kann und ob überhaupt. Ich habe immer mehr Zweifel, ob ich dazu berufen bin."

„Vielleicht ist es auch noch nicht deine Zeit? Du bist jetzt *hier!*"

„Danke für die Erinnerung. Was ich gestern Abend über Kommunikation gehört habe, interessiert mich sehr. Aus allem, was ich von euch gehört habe, folgt für mich die Schlussfolgerung, dass jegliche Veränderung bei mir anfängt."

„Und bei mir und bei Marta und …", ergänzt Doro und will wissen: „Wer fängt an?".

„So viel habe ich begriffen: Ich."

„Und ich …", folgt Doro.

„Und ich …", sagt Marta.

„Ok. Ich vermute, dass sich die meisten Menschen dessen *nicht* bewusst sind."

„Da triffst du leider ins Schwarze, weil du es weniger mit wahrhaftigen Menschen als mit Pseudo-Persönlichkeiten zu tun hast. Und das, liebe Anne, muss sich jeder eingestehen *wollen*."

„Als du mir aufgezeigt hast, Marta, dass ich nicht meine Gedanken bin und es da ein Pseudo-Ich gibt, dem ich mich bisher überlassen habe, war ich sogar erleichtert"

„Warum?", fragen beide.

„Ich habe dieses Pseudo-Ego erst einmal für all mein Dilemma verantwortlich gemacht. Das hat mir etwas von dieser enormen Schuld genommen, die ich mir für alles aufgebürdet hatte und Distanz geschafft. Dadurch zeigten sich ein paar Themen, die ich nur schwer annehmen kann und … wisst ihr, zu mir selbst so ohne jegliche Kompromisse ehrlich zu sein … egal ob es meine Existenzängste, meinen Schwimmring oder …"

Marta und Doro lachen laut auf und nicken heftig. Sie können sich kaum beruhigen.

Doro hat das so erlebt: „Oh ja, das fällt schwer. Da musst du vor dir selbst die ‚Hosen runterlassen'. Alles, was du auch nur in einer Zelle deines Körpers noch bist, musst du dir eingestehen. Du glaubst noch lange, dein Ego-Ich zu sein, ohne es dir eingestehen zu wollen. Bei mir war es extrem: Ich war eifersüchtig, kleinlich, bieder, voller Ängste, gierig, neidisch, vergleichend, beleidigt, eigenwillig, analysierend, nachtragend … da kam bei mir ganz schön was zusammen, was ich nicht sein wollte und vielleicht noch bin?"

„Bei dir?", frage ich Doro ungläubig.

„Ja."

Und Marta meint: „Bei mir genauso. Ich konnte nicht mit ansehen, wenn andere glücklich waren. Immer hatte ich ein negatives Szenario im Kopf und für jede Empfehlung ein ‚aber'. Und Ratschläge habe ich erteilt, wie ein Weltmeister, bis Doro mit der Weisheit kam, Ratschläge seien auch Schläge. Ich kannte weder meine Grenzen, noch respektierte ich die der anderen. Alles ging mir zu langsam und jeden und alles wollte ich verändern, ohne zu merken, dass ich mich davon ausnahm."

„Ich kann es nicht fassen!" Dass *ich* ein starkes Ego habe, davon gehe ich aus, doch die beiden – unvorstellbar. Diesmal kann ich mitlachen.

„Ich habe in gewohnter Umgebung mit meinem Mann auf dem Hof allein gearbeitet. Erst als ich mich notgedrungen aus diesem sterilen Raum herausbewegte, bekam ich den Spiegel vorgehalten, in dem ich mich erkennen durfte. Anne, beobachte nur einfach die Reaktionen deiner Umwelt. Auf wen triffst du? Welche Antworten bekommst du? Was passiert dir? Die Antworten spiegeln dir die Eigenschaften deiner Ego-Persönlichkeit. Erkennst du dein Verhalten, kannst du dein Denken erstens *erkennen*, zweitens *anerkennen* und dann drittens, endlich, *annehmen* und *bewusst selbst* denkend dich *ändern*. Der letzte Schritt ist dann einfach und geht schnell. So schnell, dass sich andere wundern werden", macht Marta Mut.

„Wandlung ist ‚in'. Der Knackpunkt ist das Anerkennen, weil das der Bauch fühlen muss." Doro schmunzelt über mein verblüfftes Gesicht. „Außerdem bin ich überzeugt, dass die Zeit gekommen ist, in der alles Dunkle, alle Unwahrheiten und das eigene Beschwindeln ans Licht kommt. Die Schizophrenie, diese Spaltung in zwei Persönlichkeiten, bei der die eine etwas sagt und die andere das Gegenteil tut, ist nicht länger zu ertragen. Die gegensätzlichen Stimmen, bei der die eine ‚Hüh' und die andere ‚Hott' sagt, werden lauter, auch im außen. Immer mehr Verbrechen, immer mehr Korruption, immer mehr Umweltzerstörungen und Intrigen kommen an die Öffentlichkeit oder erreichen ein unerträgliches Maß, das immer mehr Menschen rebellieren lässt. Aber auch die Körper der Menschen wehren sich immer mehr gegen die innere Spaltung. Die unzähligen Krankheiten sind Ausdruck davon. Wirst sehen, jeder Mensch wird seine Einheit suchen, nicht mehr im Außen, nein, im Inneren. Am besten fängst du rechtzeitig bei dir selbst an. Sprich mit deinem inneren Team und entscheide ganz bewusst ..." Sie beugt sich zu mir und mahnt eindringlich: „... und steh dazu! Passiert dir ein Unfall oder du bekommst Ärger, wo auch immer, sei einfach nur ganz und gar ehrlich und erkenne an, dass da noch etwas in dir ist, das mit diesen negativ wirkenden Energien in Resonanz gegangen ist. Lerne daraus." Doro sagt das in so einem fröhlichen Plauderton, als wäre das ein Kinderspiel.

„Wenn das so einfach wäre, mit dem inneren Team zu sprechen. Ich habe gar nicht gewusst, dass meine Unstimmigkeit aus mir selbst kommt."

„Die Zerrissenheit, die du auf einen Widerspruch mit einer äußeren Situation zurückführst, liegt in dir selbst. Ist immer so. Bei jedem Konflikt. *Ein* Aspekt des Streits ist immer auch in dir, Anne. Äußeres, Materielles hat immer eine immaterielle Entsprechung. Oft kannst du die nicht sehen, weil die Ursache dafür, zu schmerzhaft war. Bei schweren Unfällen, schlimmen Krankheiten oder wenn Kinder schon als Säuglinge wieder gehen, ist die damit verbundene Botschaft schwer zu ergründen. Großer Schmerz überlagert den Zugang zu den dahinterliegenden Bedürfnissen; Depressionen entstehen."

„Das mag sein."

Noch ehe ich zum Nachdenken komme, erklärt Marta: „Auch wenn du es nicht wahrhaben willst, dein Herz sendet deine wirkliche Verfassung. Dein Schmerz, Trübsinn, Negativität und Zweifel erreichen andere. Das Herz strahlt viel stärker als der konditionierte Verstand. Die elektrische Aktivität des Herzmuskels, die unseren körperlichen wie Gefühlszustand widerspiegelt, konnte schon im 19. Jahrhundert mit dem aus heutiger Sicht vergleichsweise einfachen Elektrokardiogramm aufgezeichnet werden. Für die Messung der Hirnaktivitäten bedurfte es wesentlich sensiblerer Gerätetechnik, die erst viel später entwickelt wurde. Die Biophotonen als Teil des elektromagnetischen Strahlungsfeldes, das unseren Körper umgibt, wurden wiederum erst in der neueren Zeit gemessen. Doch es wurden weitere Felder – feinstoffliche Informationsfelder, die den Menschen umgeben – mittels hochsensibler Wägetechnik festgestellt, deren Existenz wissenschaftlich dennoch nicht anerkannt ist. Auslöser und Inhalt dieser Felder sind Informationen, die zu Prozessen führen, an deren Wirkung wir sie erkennen. Wobei der Realisierungsvorgang, als auch schon der Wahrnehmungsvorgang Energie benötigen. Die wird aus dem Umfeld gezogen, auch aus Organismen. Deshalb spürt jeder, der nur ein bisschen sensibel ist, was sich hinter deiner von deinem Ego-Ich erdachten Rolle als Mutter, Architektin, Autofahrerin oder Sennerin in deinem Herzen verbirgt. Gedankenlesen dagegen braucht schon ein bisschen mehr Übung." Dieses schelmische Zwinkern! Ich muss Marta knuffen!

„Dein Herz informiert – ohne dass du dir dessen bewusst bist – dein Umfeld über deine *wirkliche* Gesinnung. Denk mal daran, wie das ist, wenn du frisch verliebt bist. Auch wenn du nicht darüber sprichst, es niemandem erzählst, kannst du das verbergen?"

„Wohl kaum."

„Dein inneres, wahrhaftiges ‚Ich-Selbst' stimmt in beiden Fällen – bei Euphorie wie Angst – nicht mit deinem ‚Ich-Ego' überein. Euphorie wie Angst, unabhängig ihrer Gründe, demonstrieren innere Zerrissenheit. Dieses innere Getrenntsein erzeugt Stress im Kopf, in deinen Körperzellen. Deine Muskelspannung reagiert. Du verkrampfst, dein Atem stockt."

„Auch bei Euphorie?"

„Euphorie ist verschleierte Angst."

„Verschleierte Angst?"

Marta nickt. „Verlustangst. Hinter Euphorie versteckt sich die Angst, dass die Freude zu Ende gehen, du verlassen werden könntest, alles wieder wie vorher ist. Wahrhaft ehrliche Begeisterung ist Freude ihrer selbst willen, geboren aus Liebe zu dir selbst, aus der Gewissheit des Einsseins, ohne Erwartung, ohne Ziel, ohne Wunsch – wie echte Liebe, die du auch unerwidert empfindest, ohne Bocken, ohne Groll oder Rachegelüste, ohne Eifersucht und Schmerz. Kannst du das, bist du frei, ist deine Liebe ehrlich."

„Ziemlich hoher Anspruch", überlege ich.

„Ja. Das ist stetes, pures Glücklichsein, ohne Angst. In der puren Liebe lösen sich Gefühle und Bedürfnisse auf. Das ist die Ur-Liebe.

Die ist in dir, immer, auch wenn du ganz allein in einer als ausweglos erscheinenden Situation steckst."

„Für mich nicht vorstellbar."

„Tröste dich, Anne. Bevor ich anfing, ehrlich zu mir zu sein,
konnte ich mir das auch nicht vorstellen, denn ich war überzeugt,
immer ehrlich zu mir zu sein."

Doro sieht mich an und zieht ihr rechtes Unterlid nach unten.

„Und wie erkenne ich, dass ich unehrlich zu mir bin?"

„Wenn du dich hinterher über dich selbst ärgerst, grübelst, etwas gern anders gesagt, dich anders verhalten hättest, Notlügen
benutzt oder einfach nur eine unerklärbare Unstimmigkeit spürst.
Für die unerklärbaren Lernaufgaben brauche ich oft noch fremde
Hilfe." Dabei schielt Doro zu Marta. „Geheimtipp: Marta kennt da
so einige Methoden, die bewirken bei mir echte Quantensprünge.
Warum nicht auch bei dir?"

Ich schaue zu Marta. Sie nickt zuversichtlich.

„Der erste Schritt aber ist …?"

„Gedankenhygiene", gebe ich zur Antwort.

„Eins! Setzen!", spielt Doro Lehrerin.

„Und der zweite Schritt?"

„Fühlen."

„Und wenn die Erregung zu groß ist?"

„Atmen, Fühlen, das innere Team anhören und fragen, was es
braucht oder gedanklich auf die Megaebene gehen, dich von einem
Baum aus beobachten, um wieder authentisch zu sein. Dann werden dich auch Bauherren finden, die es ehrlich meinen, dir vertrauen und deinen Energieaufwand gern ausgleichen. Und: Dann
leben wir in Lillyland."

Doro trinkt einen großen Schluck Milch.

Marta macht mir Mut. „Egal wie, jeder geht seinen Weg. Die
Natur wertet nicht, aber sie fordert eine Entscheidung – von jedem
Erdenbürger! Will er den Evolutionssprung wagen oder nicht. Ich
vertraue darauf, dass es bald so weit sein wird. Unsere Program-

mierung hat die Natur geschrieben. Wir haben uns von allem Natürlichen so gründlich abgeschnitten, dass es langsam jedem wehtut. Wirst sehen, die Menschen begreifen schon, oder …"

Doro schickt dem, was Marta denkt, ein Gebet hinterher: „Ich bitte den lieben Gott, dass möglichst schnell immer mehr Menschen die Lügen satt haben, nachdenken, *bewusst* denken und sich einer Wandlung öffnen. Diese Verlogenheit steht mir hier!", und macht eine Geste, so weit ihr Arm über ihren Kopf reicht. „Was mich heute schon freut, dass nur noch Dumme denken, dass andere ihre Unehrlichkeit nicht merken. Ich spüre sehr genau, ob das Ego-Ich oder das Selbst-Ich meines Gegenübers bei ihm die Regie führt. Intuitiv spürt doch auch ihr, ob jemand nur nett ist oder echt, angstgesteuert reagiert oder in sich ruhend agiert?"

Wir nicken. Beruhigt trinkt Doro ihre Milch aus.

Wir haben gar nicht bemerkt, dass fast eine Stunde vergangen war. Voller Vorfreude auf das Baden – und ich auf das Lesen der ersten Seiten zu Lillyland – stehen wir auf. Gemeinsam ist schnell abgeräumt. Wie kleine Kinder rennen wir drei erwachsenen Frauen voller Freude den Hang zum Bach hinunter.

Ein Sprung reicht, um den Bach zu überqueren. „Wieso hast du bei diesem Flüsschen von Baden gesprochen, Marta?" Ohne zu antworten, folgt sie dem Bach abwärts bis zu einer Gruppe von Fichten. Der Weg führt ein Stück vom Bach weg und dann aufwärts. Hinter einem Hügel sehe ich Martas ‚Badewanne'! Das klare Wasser lädt wirklich zum Baden ein.

Marta zieht sich aus und springt kopfüber in den angestauten Bach, ihre ‚blaue Lagune'. Ich zögere. Das Wasser wird kalt sein. Langsam reingehen ist nicht, nur Springen. Ich überwinde mich – und es ist wunderbar. Wie Kinder tollen wir herum, bis ich anfange zu frieren.

Ich bin schon längst trocken, als Doro und Marta kommen.

Glücklich aale ich mich in der Sonne. Brauche ich jetzt noch etwas? Ja, Durst meldet sich. Also, was habe ich gelernt? Das Gefühl zeigt mir ein unerfülltes Bedürfnis an, das nach Trinken – noch eins, auf mental-emotionaler Ebene? Heute nicht. Und wie lösche ich meinen Durst? Geht ganz automatisch: der Griff nach der Flasche. Ich trinke Tee, Doro Wasser und Marta Milch. Jeder hat seine Strategie und jede ist für mich, für Doro und Marta genau richtig. Wenn das analog beim Hausentwurf auch so einfach wäre!

Dass Gefühle uns signalisieren, wenn eines oder mehrere unserer naturgegebenen Bedürfnisse nicht erfüllt sind, beschäftigt mich und ich denke laut: „Wenn alle Menschen die gleichen naturgegebenen Bedürfnisse haben, sollte es doch einfach sein, Häuser zu planen, die allen gefallen. Oder?"

Doro antwortet: „Ja. Doch das individuelle, angeborene Schönheitsempfinden eines jeden, das – wenn es unbeeinflusst bleiben darf – aus den naturgegebenen Ordnungs- und Harmonieprinzipien des Universums erwächst, wird von der Subjektivität des konditionierten Verstandes überlagert. Die Vorstellungen der Bauherren über Schönheit differieren extrem. Es fehlt die übersinnliche Wahrnehmung der immateriellen Werte eines gebauten Raumes, eines Gebäudes oder einer Landschaft. Diese aber ist die entscheidende, uns alle verbindende Wahrnehmung, weil sie unser aller Quelle entspricht, sich an den Ordnungsprinzipien des universellen Bewusstseins orientiert. Wenn wir gelernt haben, aus unserer Allverbundenheit heraus unser Umfeld wahrzunehmen, dann entwerfe ich Häuser, und was für welche!"

„Wisst ihr, was Subjektivität aus dem Lateinischen übersetzt heißt?", fragt Marta.

Doro und ich schauen uns an und schütteln den Kopf. Marta sagt es uns: „Unterworfenheit. Unsere Sprache ist wieder mal tiefgründig. Echt verblüffend, aber es ist so: Wir lassen uns von unserem konditionierten Verstand beherrschen oder gar besiegen!"

„Das ist wirklich treffend!" Auch Doro ist erstaunt. „Unser Selbst-Ich unterwirft seine Wahrnehmung der Kontrolle des Ego-

Ich. Alles um uns herum ist Illusion. Wir ergeben uns dieser und haben das passende Wort dafür. Die Subjektivität selbst beherrscht uns und wir verteidigen sie auch noch mit der Floskel ‚über Geschmack lässt sich nicht streiten‘!"

Marta überlegt: „Die ist eine gern verwendete Begründung für jedes Produkt, jede Mahlzeit, jedes Haus, das unseren natürlichen Ur-Empfindungen, unserem intuitiven Schönheits- und Ordnungsempfinden und damit den Ordnungssystemen des großen Ganzen, z. B. der heiligen Geometrie widerspricht. Die universelle Schönheit der Natur ist mit den von der Gesellschaft stets neu definierten Modekreationen nicht gleichzusetzen. Diese Floskel dient der inneren Balance. Wenn du beispielsweise nach der neuesten Architekturästhetik ein Haus baust, die deinem eigenen Schönheitsempfinden widerspricht, aber deinem Partner gefällt und du dich ihm zuliebe fügst, dann kann deine Seele sich nicht wirklich freuen, wenn du nach Hause kommst. Dann hilft die Floskel den Widerspruch zwischen dem kollektiven Glauben, der neueste Architekturtrend sei schön und deinem inneren, eigenen Ur-Empfinden auszugleichen. Doch ob diese Beruhigungspille reicht, wenn der Trend vorbei, das Haus unmodern und damit wirtschaftlich ‚entwertet‘ dasteht, wage ich zu bezweifeln. Es wird dir nicht leicht fallen Argumente zu finden, die den Energieverlust ausgleichen, der entsteht, wenn du viele Jahre in einem Haus wohnst, was deinem innersten, mit der universellen Ordnung konformen Empfinden von Schönheit widerspricht.

Subjektivität ist eine von unserer Seele getrennte Wahrnehmung unserer Pseudo-Persönlichkeit, die alles entsprechend unserer Geisteshaltung bewertet. Glaubst du, dass *allein* deine Sinnesorgane dir die *Wirklichkeit* widerspiegeln, dann wird dir alles gefallen, was andere dir suggerieren. Die Sinne erfassen nur einen minimalen, den elektro-magnetischen und materiellen Teil der Welt und sind Ausdruck der begrenzten Weltanschauung deiner Pseudo-Persönlichkeit, der du dich – unbewusst – unterwirfst und die in Widerspruch zu deinem natürlichen Wesen steht.

Die angeborene Individualität, deine wahrhaftige Identität verkörpert deine Einzigartigkeit. Sie schwingt in Harmonie mit dem großen Ganzen. Bist du dir dessen bewusst, kannst du entscheiden, ob du als Ego-Persönlichkeit wahrnehmen willst oder verbunden mit dir selbst. Das ist ein gewaltiger Unterschied. Unsere Sinnesorgane nehmen die Umwelt nur als das Abbild von ihr wahr, was *deine Pseudo*-Persönlichkeit sehen *will, nicht* aber die Wirklichkeit, deren Ganzheit einschließlich aller immaterieller Aspekte, die sie zweifelsfrei hat. Wirklichkeit ist intuitiv fühlbar, weil sie, aus der Zeit- und Raumlosigkeit kommend, in ihrer zeitlich fixierten und räumlich verorteten Wirkung beide Aspekte vereint. *Individuelle* Wahrnehmung in Raum und Zeit passiert aus deiner zeit- und raumlosen Allverbundenheit heraus; du empfindest diese unbeschreiblichen Ur-Gefühle als stimmig oder nicht. Einer Erklärung bedarf es dafür nicht. Gedankengefühle sind hingegen illusorisch subjektiv und damit manipulierbar.

Nimmst du aus dem Selbst-Verständnis deiner Allverbundenheit die Wirklichkeit wahr, wirst du wertfrei, motiviert von deinen naturgegebenen Bedürfnissen, nur nach deinem Ur-Empfinden Häuser entwerfen. Die Gebäude werden *gleichermaßen* dein Bedürfnis nach wahrer Schönheit, das *aller und* die Ordnungsprinzipien des Universums erfüllen.

Heute unterliegt das Verständnis von Schönheit gesellschaftlichen, sich ständig ändernden Wertvorstellungen, die beeinflusst sind von den Zielen der Wirtschafts- und Finanzwelt und dem Geschehen in der Gesellschaft. Die individuellen Wahrnehmungen der Bauherren werden davon maßgeblich beeinflusst, sodass du es, Anne, bei der Hausplanung schwer hast, mit dem in Verbindung zu kommen, was Bauherren wirklich brauchen. Du planst nicht für sie, sondern für deren Pseudo-Persönlichkeit, die die höhere harmonikale, alles integrierende Ordnung der Natur weder empfinden *können* noch *wollen*. Die Achtsamkeit eines Architekten sollte sich deshalb beim Bauen vorrangig auf den Gemütszustand der am Bau Beteiligten, auf den Standort und sein Umfeld richten.

Als ich begann die globalen Zusammenhänge zwischen uns als Mensch und unserem Wesen zu begreifen, änderten sich meine Worte und meine individuelle Wahrnehmung. Den Begriff ‚Subjektivität' vertauschte ich oft mit Individualität. Deshalb habe ich nachgeschaut, was die Übersetzung heißt. Jetzt ist mir das klar. Viele Redewendungen und Worte sind Produkte unserer Getrenntheit. Ich glaube, dass der Bewusstseinswandel eine neue Sprache braucht, eine, die uns verbindet statt trennt. Die lebensbejahende Kommunikation nach Marschall B. Rosenberg, die du jetzt lernst, Doro, halte ich für eine sehr geeignete. Für die Architektur sehe ich das analog. Hier glaube ich, dass es der breiten Mitwirkung aller bedarf. In jedem steckt ein Baumeister, ein Künstler, Musiker, Schriftsteller. Lies über Lillyland, Anne, da erfährst du, wohin die Reise gehen kann."

Das lasse ich mir nicht zweimal sagen. Endlich! Ich beginne mit dem Lesen in den Aufzeichnungen von Martas Großmutter:

*

Minerva schläft noch. Die ersten Sonnenstrahlen erhellen allmählich den Raum. Carmin wacht regelmäßig etwas früher auf als seine Frau. Fasziniert beobachtet er jeden Morgen das gleiche Schauspiel: Erreicht die Sonne Minervas Kopfkissen, beginnt ihr Gesicht zu strahlen, ein Lächeln zeigt das wiederkehrende Bewusstsein nach dem tiefen Schlaf der Nacht. Rekelt sich Minerva, ist das das erwartete Zeichen für Carmin zum Munterkuscheln. Minerva empfängt seine Zärtlichkeiten mit allen Sinnen und öffnet ihm ihr Herz voller Liebe. So wie heute kommt es vor, dass ihr Lachen und ihre Fröhlichkeit bis zu den Kindern dringen. Dann trappelt es im Flur und schon stehen sie in der Tür. Wenn sie Papas Arm einladend winken sehen, stürzen sie sich mit freudigem Geschrei ins große elterliche, wie eine Muschel geformte Bett.

Marwin und Marla genießen die morgendliche Zeit des Schmusens und Rumtollens. Minerva bleibt seelenruhig liegen und erfreut sich lächelnd an den Turbulenzen der Kinder, bis jedes den für sich wärmsten und bequemsten Platz gefunden hat. Dann wird es still: die Zeit der inneren Reinigung und Besinnung.

Während jeder für sich mit konzentrierter Aufmerksamkeit sein Innerstes scannt, verzaubert ein lebendiges Licht-Schatten-Spiel das ganze Zimmer. Konnten die ersten Sonnenstrahlen noch unter der Krone des großen Kirschbaums hindurch das Zimmer erhellen, tanzen jetzt die Schatten der Blätter auf den Bettdecken. Ein warmer Sommertag kündigt sich an.

Nach und nach kehrt die Lebendigkeit unter den Bettdecken zurück. Marwin kriecht zu seiner Schwester. Es tuschelt. Minerva genießt den Augenblick, in dem sich ihre Kinder über ihre Tagespläne austauschen. Ein Spiel, denn sie wissen, es ist kein wirkliches Geheimnis und kein wirkliches Konzept. Der Tag ist, wie er ist und die Eltern könnten ihre Gedanken mitlesen. Doch jetzt hört nur Marwin, dass Marla heute mit einer Freundin dem Bodenleben im Garten ihre Aufmerksamkeit schenken will. Sie hat die Traurigkeit von ein paar Pflanzen gespürt und will den Grund erfragen.

Marwin will mit Cora, einem etwas älteren Mädchen aus der gleichen Cella, so nennen die Lillianer ihre Ortschaften, an einem Magnetkonverter tüfteln. Sie wollen selbst ausprobieren, wie die Technologien der Lebewesen auf anderen Planeten funktionieren, die noch nichts von den frei zur Verfügung stehenden Energien und deren Nutzung wissen. Die Kinder entwickeln bei diesem Spiel viele ihrer Potenziale. Es regt den Geist an, fordert handwerkliche Fähigkeiten und belebt das Erinnern an die Erfahrungen der eigenen Ahnen.

Carmin will heute zusammen mit seinem ältesten Sohn Tamas und anderen Lillianern die Experimentierflächen des Gemeinschaftsgartens begutachten. Tamas reiste schon gestern Abend an. Wie hatte er sich auf seine Familie gefreut! Es gab viel zu erzählen. Die Gemeinschaft, in der er derzeit lebt, ist ein sehr gemischtes Völkchen mit ganz unterschiedlichen Lebensvorstellungen. Doch genau das reizt Tamas und seine Freundin auf ihrer Wohnort-

Wanderschaft, bei der sie für sich die Eignung von Orten als Familiensitz erfühlen. Die jetzt erwählte Cella liegt am Meer. Obwohl überall auf dem Planeten die Luft klar und rein ist, enthält Meeresluft – wie auch die in den Bergen – eine noch höhere Anzahl negativer Ionen. Das kurbelt den Stoffwechsel zusätzlich noch einmal an. Tamas empfindet das als wohltuende Herausforderung. Er und seine Freundin spüren unendlich viel Lebenskraft. Schon fast ein halbes Jahr wohnen sie in einem Haus der dortigen Gemeinschaft. Ihrer Intuition folgend hatten sie gleich das für sie stimmige gefunden oder besser *er*funden. Es entsprach genau ihren Vorstellungen: nicht weit vom Meer, etwas erhöht stehend, mit freiem Blick über einen großen Garten, der an den Strand grenzt, eine bunte Mischung von Gemüsepflanzen, Beerensträuchern und Obstbäumen. Ein Haus, gewachsen wie ein Baum, die Weite der Sonne und die Geborgenheit der Nacht vereinend.

Da Tamas und seine Freundin aber gern viele Cellas erfahren und erspüren wollen, planen sie, noch weitere zu besuchen, bevor sie genau die Cella als Heimat wählen, die für sie beide am besten passt. Bisher fühlt sich Tamas auf dem elterlichen Hof am allerwohlsten und seine Freundin auf dem ihrer Eltern. Sie lassen sich Zeit, um sich gegenseitig kennenzulernen und all ihre Bedürfnisse erfühlen zu können, deren Erfüllung für ihre zukünftige Familie hier auf Erden ihnen wichtig ist.

Tamas sieht die angelehnte Tür des Elternschlafzimmers. Er bleibt im Türrahmen stehen und schaut dem freudigen Spektakel des Erwachens zu. Ein Strahlen erleuchtet sein Gesicht, als er die Kuschelszene zwischen seinen Geschwistern und seinen Eltern beobachtet. Die Gefühle aus seinen Kindertagen sind plötzlich ganz präsent und eine tiefe Dankbarkeit durchströmt ihn. Wie hat er diese Liebe genossen. Noch nirgendwo hat er so eine Geborgenheit empfunden. Und dennoch hat ihn niemand abhalten wollen auszufliegen, die Erde zu erkunden. Immer durfte er gehen und wiederkommen. Er weiß, hier begegnet ihm bei jeder Rückkehr pure Liebe. Still genießt er den Augenblick.

Als Carmin ihn wahrnimmt, schlägt er die Decke schwungvoll zurück, stemmt seinen nun schon 10-jährigen Sohn Marwin in die Luft, herzt und dreht ihn noch einmal und signalisiert so, dass er aufstehen will. Auch Marla bemerkt nun Tamas. Voller Freude springt sie aus dem Bett und flitzt zu ihrem großen Bruder, der sie sanft und innig umarmt. Als Tamas alle begrüßt hat, reihen sie sich im Gänsemarsch ein zum morgendlichen Tautreten im Garten. Ein Ritual, dem sich auch Tamas anschließt, zur Freude seiner Geschwister. Der Marsch führt barfuß über die große Kräuterwiese zum Walnussbaum, einmal um den Baum herum und weiter an der Kräuterschnecke und den Beerensträuchern vorbei zur Streuobstwiese. Hier beginnt die ganze Familie mit Atem- und Bewegungsübungen den Körper auf den Tag einzustimmen. Die Bewegungen wirken kraft- und zugleich sanft. Zwischendurch nehmen sich alle ein paar Minuten Zeit, um ihre Verbindung mit Mutter Erde und dem Zentrum des Universums zu beleben. Üblicherweise endet alles mit Paarübungen, die mit viel Gelächter Schwung in den Tagesbeginn bringen. Heute wird zugunsten eines Kreisspiels darauf verzichtet. Schließlich ist Tamas dabei. Sie schieben sich Energiewolken zu, mal kräftig, mal schwungvoll leicht. Die Kinder errichten energetische Schutzschilde um sich und prüfen gegenseitig deren Stabilität und Undurchlässigkeit.

Ein lehrreiches Spiel, bei dem sie mit den feinstofflichen Energiefeldern umgehen lernen; eine Art Kombination von bewegter Meditation, Achtsamkeitsübung, Körperkraft- und Empfindungstraining.

Das morgendliche Spektakel endet unter fröhlichem Lachen mit einem Erfrischungsbad im Teich des Gartens. Nur kurze Zeit später treffen sich alle in der Küche. Minerva pflückt noch einen Blumenstrauß für den Frühstückstisch. Tamas bereitet das Morgengetränk, ein Mix aus frisch geernteten Früchten, Kräutern und Gemüse, Carmin und Marla decken den Tisch auf der Terrasse.

Als alle sitzen, beginnt jeder leise für sich mit seiner Morgenandacht. Wertschätzung, Dank und eine Bitte an die Quelle allen Seins, ihre heutigen Projekte zu unterstützen, leitet das gemeinsame Frühstück ein.

Nach dem Essen warten alle geduldig bis Carmin sich äußert. Jeder hat gespürt, dass ihn heute etwas bewegt. Die Familie kennt das. Wenn Carmin eine Information aus dem Kosmos erhält, zieht er sich in sich zurück, bevor er darüber spricht. Die ‚Schneckenzeit‘, wie Tamas sie als Kind nannte, wird von allen respektiert; ohne den Versuch, seine Gedanken zu lesen. Da Carmin nur bewusst denkt, würde das auch nicht gelingen.

Weder die Kinder noch Minerva beunruhigt sein Verhalten. Doch sie wissen, es wird etwas nicht Alltägliches passieren. Carmin hat in frühester Kindheit schon Fähigkeiten gezeigt, die den Mitgliedern seiner Gemeinschaft signalisiert hatten, dass er das Potenzial in sich trägt, einer der Weltenmeister auf Lillyland zu werden. Das sind Lillianer, die aus dem Kosmos Informationen von weit entfernten Sternennationen empfangen können. Nicht jedem Lillianer gelingt es, so klar außersinnliche Wahrnehmungen zu entwickeln und vor allem damit verlässlich umzugehen. Um diese Informationen für die Gemeinschaft sicher deuten zu lernen, brauchte es die Erfahrung der Ältesten. In seiner Kindheit zogen seine Eltern mit Carmin an einen entlegenen Ort in den Bergen zu den Meistern des Universums, wie die auf diesem Gebiet erfahrenen Alten genannt wurden. Hier erfuhr er Unterstützung, wann immer er sie brauchte, um seine Fähigkeiten zu entfalten. Dort hinderte ihn nichts, sein Potenzial zu entfalten. Seine Eltern sorgten für die optimalen Rahmenbedingungen. Heute ist er in der Lage, Informationen von Planeten und Sternen weit entfernter Galaxien zu empfangen und zu deuten. Ebenso kann er in das gesamte Universum Informationen senden. Das ist wichtig, um Gefahren – zum Beispiel durch Meteoriten – von der Erde abzuhalten. Seine Eltern beendeten den Aufenthalt in der Berg-Cella, als Carmin von seinen Meistern nichts mehr lernen konnte.

Seine Aufgabe war es fortan, regelmäßig zu üben, sein Können zu vervollkommnen und sich weiterzuentwickeln, so wie das Universum es selbst tut, mit ihm. Denn die Lillianer sehen ihre Aufgabe in der Mitgestaltung des Prozesses der weiteren Entwicklung und Vervollkommnung des Universums und der Natur.

Geduldig wartet Carmins Familie, bis er bereit ist zu erzählen.

Carmin beginnt mit stiller Wertschätzung für die erhaltene Information und dankt für die Rücksichtnahme seiner Familie. „Heute Nacht erreichte mich ein Ersuchen von einem weit entfernten Planeten außerhalb unseres Sonnensystems. Siria, eine Frau vom Planeten Tamaja, sprach zu mir. Sie überstand eine Zeit der Degeneration der Lebewesen auf ihrem Planeten. Die Zerstörungen sind existenziell für das Leben aller, und nicht nur dort. Siria konnte sich, wie einige wenige der Überlebenden, der Degeneration entziehen. Sie entwickelte während dieser Phase die Fähigkeit, sich in eine höhere Schwingung zu bringen. Nur so gelang es ihr, Kontakt im Universum zu finden. Ich habe die Information so gedeutet, dass die Bewohner ihres Planeten keine Vorstellung davon haben, wie sie friedlich miteinander leben wollen. Vor allem fehlt ihnen das Vertrauen in ihre eigene Kraft und sie fühlen sich schutzlos. Der Zugang zu ihrer eigenen Ur-Kraft scheint ihnen noch verwehrt. Sie bitten um Unterstützung für den Neuanfang nach dem Zerfall des bisherigen Systems. Sie sind einen anderen Weg ihrer Befreiung gegangen als unsere Ahnen, die sich friedlich selbst befreiten und die Zerstörungen aus eigenen Kräften heilen konnten. Auf Tamaja gab es eine große Katastrophe. Es herrscht große Hungersnot und viele Tamjaner sterben noch immer. Die Natur kann sich nicht so schnell erholen. Auch sind wohl die alten geistigen Muster ihrer dualen Denkweise noch nicht so weit transformiert, dass sich ihre Körper von Licht und Liebe heilen und ernähren könnten. Noch nicht alle können auf ihr volles Hirnpotenzial und eine wieder vollständig aktivierte DNS zugreifen. Zur Wiederbelebung Tamajas ist kosmische Hilfe gefragt.

Siria blieb unversehrt. Insgesamt erreichten auf Tamaja nur wenige die Reinheit der Gedanken und Echtheit ihres Wollens, was notwendig gewesen wäre, das selbstzerstörerische Handeln aller früh genug zu stoppen. Die Tamjaner hatten vergessen, wie sich der Zustand anfühlt und welche Kraft er verleiht.

Die Überlebenden bringen Siria Vertrauen entgegen und unterstützen sie bei der interplanetaren Suche nach Beispielen friedvollen Zusammenlebens auf anderen Planeten. Sie wählten sie aus für das Hilfeersuchen. Siria sagt, der Planet hat alle kriegerischen Auseinandersetzungen überstanden, jedoch stark geschädigt. Die Tamjaner wollen nun dauerhaft in Frieden leben und ihrem Planeten bei der Heilung helfen. Aber viele von Ihnen brauchen selbst noch Hilfe für ihre Heilung.

Am Ende des kurzen Gedankenaustauschs bat Siria darum, uns in Begleitung eines zweiten Tamjaners, der die Informationen aus dem universellen Feld noch nicht deuten kann, besuchen zu dürfen. Er hat – wie die meisten Tamjaner – keine Vorstellung von einer Lebensweise, die alle frei entscheiden und trotzdem im Konsens leben lässt. Die Wiederbelebung von Lebensformen analog bisher bekannter Gesellschaftsstrukturen würde nur ein weiteres pathogenes Zeitalter einläuten." Carmin macht eine Pause und sieht in die Runde, bevor er weiterspricht.

„*Wir* brauchen weitere Planeten, auf denen sich Menschartige ihrer wahren Natur erinnern, eins mit allem sind und sich mit ihrem freien Willen unser aller Aufgabe zuwenden: der Vollendung und Vervollkommnung dieser wundervollen Natur. Wir haben nun zu entscheiden, ob wir sie unterstützen wollen und wie sie zu uns kommen. Um Raumschiffe für solche Reisen bauen zu können, fehlt es ihnen noch an der notwendigen Gegenwärtigkeit. Sie haben noch keinen Zugang zur energetischen Ur-Quelle. Ihre Schwingungsfrequenz ist kollektiv noch zu niedrig. Ein Teleportieren fällt aus gleichem Grund aus."

Tamas will von seinem Vater wissen: „Was planst du zu tun?"

„Ihr kennt die Vorgehensweise. Wir werden alle befragen und gemeinsam entscheiden. Doch eure Meinung interessiert mich schon jetzt. Meine eigene werde ich euch mitteilen, wenn ihr erst einmal für euch geschaut habt."

Damit lässt er eine Pause entstehen, bevor er Marla und Marwin fragt: „Was wurde während meines Berichtes in euch lebendig? Was fühlt ihr?"

Ihre Empfindungen sind Carmin besonders wichtig. Kinder wie Marla und Marwin, aufgewachsen in einem Umfeld freier, bewusst lebender Lillianer, leben mit acht bzw. zehn Jahren eine intensive Verbundenheit zur kosmischen Natur. Sie sind rein, frei und hoch schwingend.

Marla sitzt ganz still und aufrecht. Beide Füße fest auf der Erde. Die Hände offen nach oben auf den Beinen liegend malt sie mit geschlossenen Augen ein gedankliches Bild in die Luft. Ihr Bruder Marwin beobachtet mit seinem Gedankenstrahl das Entstehen des Bildes, lächelt und staunt abwechselnd. Marla teilt Informationen gern mithilfe eines Hologramms mit. Es ist ein aussagekräftiges Bild: eine Kugel, braun-beige mit fast schmutzig-weißen Flächen, mit großen dunklen, fast schwarzen, ausgezackten Flecken, umhüllt von einem dunkelgelben, ins rot übergehenden Nebel. Während Marla langsam tief durchatmet, verändert sich der Planet: Die ausgeblichenen Flächen färben sich grün, teilweise wandeln sie sich zu einem strahlenden Azurblau, das dunkle Blauschwarz löst sich auf. Die Flecken vereinzeln sich und erscheinen zunehmend in freundlichen, warmen Rottönen, durchsetzt mit sattem Grün und Blau. Der rötliche Nebel klärt sich und verwandelt sich in ein strahlendes und doch zartes, transparentes Goldgelb.

Marla beendet ihre Vorführung still mit einer Verbeugung und aneinandergelegten Händen. Carmin und alle anderen am Tisch danken wortlos mit der gleichen Geste.

Nachdem sich auch Marwin und Tamas geäußert haben, sind nun alle gespannt auf Minervas Empfindungen. Ihre Gefühle sind weniger frei und unbeschwert wie bei ihren Kindern. Sie hat ihren irdischen Erfahrungsfilter bewusst zugelassen und so neben der Freude über dieses Hilfeersuchen auch eine gewisse Unruhe und Irritation wahrgenommen. Sie ist trotz ihrer großen Erfahrung und tiefen Verbundenheit mit den irdischen und kosmischen Feldern unsicher. Es fehlt ihr an Klarheit, um einschätzen zu können, welche Auswirkungen es auf Lillyland und ihre Familie haben wird. Das Feld signalisiert ihr eine sehr komplexe Aufgabe. Die Informationen sind, wenn auch nicht besorgniserregend, so doch sehr umfassend und komplex. Ihre widersprüchlichen Wahrnehmungen spiegeln sich in ihrem Gesicht. Sie weiß, dass alle Fragen an das Feld Momentaufnahmen sind, die sie mit ihrem freien Willen beeinflussen kann. Doch das will sie jetzt nicht. Still öffnet Minerva ihr Herz, lässt einen Strom von Liebe nach Tamaja fließen und fragt an, ob die Wesenheit Tamaja die Unterstützung zulässt.

Carmin beobachtet seine Frau aufmerksam. Die Entspannung auf ihrem Gesicht lässt ihn die Antwort wissen. Als Minerva die Augen wieder öffnet, beendet er die Runde mit einer stillen Wertschätzung. Er hat wahrgenommen, was seine Familie fühlt. Minervas Bedenken haben ihm gezeigt, was die Gemeinschaft der Lillianer braucht, um unbeschadet Tamaja helfen zu können. In Gedanken stimmen sie einvernehmlich ab, es dabei zu belassen. Um den Bedenken jegliche Chance ihrer Manifestierung zu nehmen, richten sie ihre Aufmerksamkeit auf das beide Planeten Verbindende. Carmin vertraut auf Minervas besonders umfassendes Selbstreflektionsvermögen. Sie wird ihn bitten, wenn sie Hilfe braucht.

Doch nun gehen alle mit Marlas Vision in Resonanz. Auch wenn die Farben und Flecken noch nicht konkret zu deuten sind, spürt jeder, dass es gilt, die Wandlung eines zerstörten Planeten in einen blühenden zu unterstützen. Siria hat Lillyland gefunden, weil das allumfassende und alles durchdringende Bewusstsein das irdische Lebensmodell der Lillianer als Vorbild für die Tamjaner für geeignet hält. Das ist eine beeindruckende Würdigung der Lebensauffassung der Lillianer. Unabhängig davon sind sich alle durchaus der Größe der Aufgabe bewusst. Carmin nimmt Minerva in den

Arm und dankt ihr für die Achtungszeichen hinsichtlich möglicher Risiken, die er beachten will.

Bevor alle vom Tisch aufstehen, beantwortet Carmin die anfänglich gestellte Frage seines Sohnes: „Tamas, wir werden wie heute geplant die Experimentierflächen inspizieren, und wenn du willst, Marla, kannst du mitkommen und deine Untersuchungen auf den verschiedenen Flächen vornehmen. Da habt ihr gleich kompetente Wissende, falls euch nicht die richtigen Fragen einfallen und ihr einen Impuls braucht. Die Lillianer, die heute dabei sind, gehören zu den erfahrensten Männern und Frauen unserer Gemeinschaft. Ich werde ihnen von Sirias Ersuchen berichten und auch ihre Meinung erfragen. Danach werden wir überregional die Information an die Gemeinschaften von ganz Lillyland weitergeben. Ich werde einen Gedankenaustausch anbieten und ich denke Morgen werden wir zu einer Entscheidung über die Vorgehensweise kommen. Was denkst du, Tamas?“

Tamas nickt nachdenklich. „Die Größe des Vorhabens verlangt besondere Besonnenheit und gut überlegte Schritte, auch wenn ich gerade viele Impulse empfange. Ich könnte gleich loslegen.“

„Ja. An Kreativität wird es uns nicht fehlen. Wir werden behutsam vorgehen. Alle Konsequenzen aus Sicht des großen Ganzen beim Feld zu erspüren stellt wohl die eigentliche Herausforderung dar. Wir werden gezielt Fragen formulieren. Alles ist möglich.“

„Ich denke, Papa, ihr kennt euch aus. Ihr werdet weitsichtig die Störlust der dunklen Seite einkalkulieren und euch intensiv einfühlen, verbinden und bewusst Sein.“

„Danke, Tamas, für dein Vertrauen. Die Aufgabe, Tamaja zu unterstützen, wird ein Überschreiten der eigenen Grenzen erforderlich machen. Das will bedacht sein. Wir werden Neues kreieren. Ob und wie wir diese Herausforderung annehmen, entscheiden wir gemeinsam mit allen Lillianern in den nächsten Tagen.“

Marla hat das Gespräch zwischen ihrem Papa und ihrem Bruder abgewartet und fällt ihm nun um den Hals. Sie küsst ihn vor Freude. Eigentlich ist es ja auf Lillyland selbstverständlich, dass Kinder bei allen Tätigkeiten der Erwachsenen und vor allem bei der Vorbereitung von Entscheidungen dabei sein können, doch heute ist es schon etwas Besonderes. Ausgerechnet ihr Papa empfing die Nachricht von Tamaja. Und ihr Papa übernimmt die Leitung der Organisation der Entscheidungsfindung. Sie kann alles von Anfang an miterleben. Marla und ihr Bruder Marwin sind aufgeregt wie lange nicht. Ihre eigene Tagesplanung ist plötzlich gar nicht mehr so wichtig.

Am Spiralhaus, dem Gemeinschaftshaus der Cella, warten acht Lillianer auf Carmin und seine Kinder. Das Haus steht inmitten kleiner Felder. Von Weitem sieht es aus wie eine große exotische Schnecke mit auskragender Hutkrempe. Der Dachüberstand folgt spiralförmig der Gebäudeform und verringert sich aufsteigend. Hier treffen sich Lillianer zum Gedankenaustausch, zu Beratungen und für gemeinsame Tätigkeiten schöpferischer wie handwerklicher Art. Es bietet alles, was sie brauchen: viel Licht, Luft, Wärme, Platz für die verschiedenen Aktivitäten, aber auch zum Trocknen der geernteten Pflanzen, für Tanz, Besinnung und Feierlichkeiten.

Auf den umliegenden Feldern können die Lillianer das Gedeihen verschiedener Pflanzen unter unterschiedlichen Bedingungen beobachten und schenken ihnen auf verschiedene Weise ihre Aufmerksamkeit, immer aber verbinden sie sich mit deren Geistwesen. Auf dem Weg zur Gruppe fragt Tamas seinen Vater: „Entsteht für eure Forschungen hier auf den Feldern ein Risiko, wenn ihr alles auf morgen verschiebt und du gleich mit den Ältesten sprichst?"

„Das werden wir gemeinsam mit den anderen prüfen. Wir werden mit den Devas der Pflanzen sprechen. Wenn wir ihnen den Grund dafür darlegen, werden sie Verständnis haben und uns sicher unterstützen. Ich verstehe jedoch deine Sorge. Die Anfrage von Siria ist von größter Bedeutung. Unser Leben hier auf Lillyland, Tamas, hat jedoch Priorität. Alles geschieht im Sinn des ewigen Lebens. Wir werden sorgfältig abwägen, denn wir wissen, dass Ungeduld und übereilte Reaktionen großes zerstörerisches Potenzial in sich tragen. Du kennst die Erfahrung unserer Ahnen: Sie ließen sich überwiegend von dunklen, niederen Energien ihres Egos beherrschen. Aus dem Zeitalter erdrückender Zeitregime, des Habens und Wollens, des Erzwingens und Kontrollierens haben wir gelernt. Deshalb bin ich froh, dass du deine plötzliche Angst zulässt und sie mir mitteilst. Welche Art Angst hat sich bei dir gemeldet? Ist es die warnende Angst deines höheren Selbst oder sind es aufsteigende Erinnerungen, Gedankenängste?" Carmin sieht seinen großen Sohn liebevoll an.

„Papa, ich spüre so eine Unruhe und kann sie noch nicht deuten. Als du uns um unsere Meinung gebeten hast, hatte ich ein verschwommenes Bild mit dunklen Wolken über Tamaja vor Augen."

Carmin nickt beruhigend. Doch er sieht noch mehr in den Augen seines Sohnes. „Tamas, welches Bild hast du vor deinem inneren Auge?"

„Vor Jahren hast du mir von unseren Ahnen erzählt. Außerirdische waren auf die Erde gekommen und hatten die damals hier lebenden Bewohner geistig infiziert, sodass sie danach glaubten, sie hätten nur dieses eine Leben hier auf der Erde. Ihre Gene wurden manipuliert, sie verloren ihr Selbstgefühl. Was sie dachten und taten, konnten sie nicht mehr selbst reflektieren und ihr Gehirn war von der Zeit an nur noch zu einem geringen Teil nutzbar. Sie waren degeneriert und von ihrer Ur-Quelle allen Seins getrennt. Die Bewusstheit für ihr Bewusstsein ging verloren. Was sie behalten hatten, war ihr freier Wille, und den nutzten sie fortan zur Zerstörung der Natur. Sie sahen sich als über der Natur stehende Wesen und wollten die Natur und ihr Leben auf der Erde verbessern. Aber ohne eins zu sein mit allem, war jegliches Bemühen zum Scheitern verurteilt. Ihr Verstand konnte nicht einmal *das* erfassen. Folglich zerstörten sie nicht nur die Erde, sondern auch sich selbst. Wie viele Krankheiten sie erfanden und an sich ausprobierten, wie viel Streitigkeiten sie sich erdachten und austrugen! Papa, du hast mir als Kind davon erzählt. Natürlich auch vom langen Prozess der Heilung der Erde. Doch das war mit unsagbar viel Leid verbunden und erforderte unendlich viel Mut und Ausdauer! Und viele unserer Ahnen starben damals."

„Und nun hast du Angst, dass für uns ein ebensolches Risiko besteht?"

„Ja. Ich habe auch Zweifel, ob unsere Kräfte zum Imaginieren eines geeigneten Schutzes ausreichen."

„Tamas, wir erhalten die Erinnerungen für euch lebendig, um jede Generation immer wieder für unvorhersehbare Ereignisse zu sensibilisieren. Wir brauchen Antennen in alle Richtungen, um das ganzheitliche Leben im Sinne des universellen Bewusstseins *und* in seinem vorgegebenen Rahmen zu vervollkommnen, hier auf der Erde wie im Kosmos. Dir ist unsere Aufgabe hier bewusst. Deine Angst zeigt mir, wie wichtig es ist, alle Zeichen in Ruhe wahrzunehmen. Sie scheint aber zum Teil aus der Erinnerung geboren. Anerkenne und würdige diesen Aspekt der Angst als das, was er ist: eine Prüfung deiner Bewusstheit. Ein pathogener Ego-Anteil hat sich gemeldet und du hast ihm Aufmerksamkeit geschenkt. Aus der bloßen Information über die pathogene Zeit erwuchsen dir Gedanken-Ängste. Tamas, wer *sind* wir, wer *bist* du?"

„Danke, Vater."

*

Ich kann nicht nachvollziehen, warum sich Tamas bedankt. Ich bemerke, dass Marta mich schmunzelnd beobachtet. Sie ahnt sicher, dass mich etwas bewegt. „Ich verstehe den Zusammenhang nicht zwischen einer aufkommenden Angst und der Bewusstheit darüber, wer man ist, Marta."

Martas Schmunzeln wandelt sich augenblicklich in einen ernsten doch liebevollen Gesichtsausdruck. Mit einem Seitenblick auf die schlafende Doro erklärt sie leise: „Wenn du nicht gegenwärtig *bist*, vergessen hast, dass du Teil des schöpferischen globalen Universums bist, aktivierst du im Feld negative Kräfte. Du empfängst Zweifel, Unklarheit, Bedenken. Unsicherheit, Misstrauen breiten sich aus, Gedankenängste fassen Fuß, du wirst verletztbar, bist bereit in die Rolle des Opfers zu schlüpfen, glaubst deine nun machtübernehmende Pseudo-Persönlichkeit zu sein. Du gibst die Verantwortung ab, was dir Angst macht, weil die gewohnte Sicherheit und innere Klarheit, die dir eigentlich aus deiner Präsenz, deiner Verbundenheit mit allem erwächst, fehlt. Denkst du aber mit deinem Herzverstand, dann kann dich *keine* Angst so schnell aus deinen unkonditionierten Dimensionen herausholen. Dann wird es für dich nur noch die akute Angst geben, die leise, aktuelle Angst, die dich im Hier und Jetzt begleitet, die dich vor lebensbedrohlichen Situationen warnt und mit der du – ohne Angst vor ihr zu haben – umgehen kannst. Sie ist dein wachsamer Freund, eigentlich deine Intuition."

Martas Erklärung kann ich folgen, auch wenn ich noch nicht weiß, wie das praktisch funktioniert, wenn ich wieder in meinem Gedanken-Angstloch hänge. Vielleicht finde ich beim Lesen noch die Erklärung.

*

„Tamas, du brauchst die Zuversicht, dass wir sehr sorgfältig und ohne Risiko für Lillyland handeln, um eine Gefährdung unseres Lebens zu verhindern?"

„Ja."

„Wie kann ich dich unterstützen, dass du dich wieder bewusst allverbunden fühlst und uns vertraust? Marla hat – wie deine Mutter – die dunkle Wolke der Energievampire über Tamaja gesehen. Nur unser Ur-Vertrauen schützt uns vor Energien, die unserem höchsten und besten Wohl entgegenwirken. Sind wir uns unserer Allverbundenheit bewusst, unterstützen uns die kosmischen Kräfte bei der Transformation Tamajas. Du weißt, Gedankenangst ist das Werkzeug der pathogenen Ego-Persönlichkeiten, deren Macht unsere Ahnen auf der Erde beendeten. Sollte dich Negativität mit den Bildern von Tamaja vereinnahmen und Zweifel säen wollen, schütze dich mit kraftvollen Bildern unseres blühenden Lillylandes und übertrage diese auf Tamaja. Für unser Vorhaben brauchen wir jeden Lillianer, auch dich, Tamas – ohne Gedankenängste."

Tamas bleibt stehen und atmet tief ein und aus. Carmin beobachtet ganz in Ruhe sein angespanntes Gesicht und wartet geduldig, bis ein Lächeln darüber huscht – das Zeichen für ihn, dass Tamas wieder verbunden ist. Er weiß, nun hat er wieder Zugang zu seiner inneren Kraftquelle. Als Tamas seinen Vater umarmt, spürt Carmin seine Erleichterung und seine feuchten Wangen. Er fühlt den Herzschlag seines Sohnes und wie sich ein Energiekreis zwischen ihnen und um sie herum aufbaut. Jede Körperzelle in ihnen, jeder ihrer Energiekörper ist beteiligt. Als der Energiefluss schwächer wird, lösen sich die Männer aus der Umarmung.

Tamas blickt seinem Vater in die Augen. „Danke, Papa. Ich werde bei eurer Beratung dabei sein."

„Ja, *jeder* ist gern gesehen. Ich freu mich auf dich."

„Ich war unsicher geworden, weil ich diese Ego-Ängste bisher nur aus Erzählungen kannte. Es scheint, irgendetwas blockierte meinen Energiefluss. Die Teilnahme wird mich unterstützen, dort noch mal hinzuspüren."

„Nimm dir *vorher* Zeit dafür. Halte deine düsteren Gedanken und furchteinflößenden Gefühle aus, sie würdigend, bewusst, nicht mitleidend – als Beobachter, um mögliche restliche Blockaden zu lösen. Die Macht dazu ruht in dir!"

„Das werde ich tun."

Vater und Sohn umarmen sich noch einmal. Dieses Mal bedarf es keines Energieausgleichs. Während des Gesprächs warten die anderen Lillianer geduldig. Sie kennen keine Langeweile. Sie anerkennen jede Situation wie sie ist. Warten bedeutet für sie eine Chance zum Innehalten: willkommene Minuten des intensiven Kontaktes mit dem eigenen Körper oder dem Umfeld. Jedes ‚Nichtstun' wird auch als eine willkommene Gelegenheit empfunden, im globalen, alles umgebenden und alles durchdringenden Bewusstseinsfeld zu surfen, dabei auf die Körperempfindungen zu achten und Impulse wahrzunehmen, die sie auffordern, geistig mit zu agieren – Zeit zum Imaginieren. Lillianer kommunizieren auf verschiedenen Ebenen. Die Verständigung mit dem universellen Bewusstsein, eine Form bewussten, verbundenen Denkens, geschieht ohne Worte.

Zeiten des ‚Nichtstuns' sind der Lillianer produktivste. Sie empfangen während dieser oft Impulse, die sie auf eine anstehende Aufgabe vorbereiten. So erreichte Tamas die Aufgabe den Einfluss technisch erzeugter elektromagnetischer Felder auf das Gedeihen von Pflanzen zu erforschen. Er wusste, dass in der pathogenen Zeitepoche auf der Erde künstlich erzeugte Felder zu einem immensen Baumsterben führten. Über das so genannte biologische Fenster der Zellen erfolgt der Informationsaustausch zwischen den Zellen des individuellen Lebewesens, ob Pflanze oder Tier und dem globalen Bewusstseinsfeld, sowie den einzelnen Feldern ihres Umfelds. Informationen, die innerhalb eines bestimmten Spektrums elektromagnetischer Energie liegen, lassen Organismen auf diesem Weg in ihr inneres System hinein. Sie gehen mit ihnen in konstruktive oder destruktive Resonanz.

Damals wurde nicht erkannt, dass lebenswichtige Informationen in den Zellen der Lebewesen verändert werden können und somit die mikrokosmische Ordnung gestört wird. Die biologisch wirksamen Konsequenzen technisch erzeugter Felder auf das Leben waren gravierend: Zellwucherungen, ein labiles Immunsystem, Wachstumsstörungen, immer neue Autoimmun-Krankheiten und geringe Anpassungsfähigkeit an Veränderungen der Umwelt sowie weitere, den Zellorganismus destabilisierende Auswirkungen. Infolge zogen sich die aufbauenden Kräfte der Natur mehr und mehr zurück, wie jetzt in weit größerem Umfang auf Tamaja.

Mit der Anfrage von Siria erschließt sich nun für Tamas der Sinn der Forschungen. Alle lebensbejahenden Kräfte gilt es auf Tamaja neu zu erwecken und zu stärken, um die Regeneration der Tier- und Pflanzenwelt zu befördern – ein kooperativer Prozess, der das Einverständnis der Tamjaner und des Planeten Tamaja selbst wie der Hüter allen Lebens bedarf. Auch wenn dies über die Allverbundenheit aller zwar gegeben ist, werden die Ergebnisse nur teilweise auf Tamaja übertragbar sein, weil ein Teil des spannenden Verwirklichungsprozesses außerhalb von Zeit und Raum geschieht und die Beteiligten der geistigen Welt selbstbewusst mitwirken. Das Ziel der Forschungen ist, zu erkennen, was die Regenerationsphase des Lebens auf anderen Planeten – im aktuellen Fall auf Tamaja – nach ihrer pathogenen Ära verkürzt. Zur Umsetzung braucht es ein belastbares neues Vertrauen, das von den Tamjanern selbst aktiviert und verlässlich gelebt werden muss. Forschung ist für die Lillianer der Inbegriff an Faszination, weil immer ergebnisoffen, nie vorhersagbar und nie kalkulierbar immer unerwartet sich die Erkenntnisse offenbaren.

Marla kann es kaum erwarten, sich in den dynamischen Erkenntnis- und Gestaltungsprozess einzulassen. Sie will beobachten, wie lebende Organismen auf technische Felder reagieren und weiß doch, dass sie dabei ebenfalls beobachtet wird: von den Wesen der Pflanzen, den Bodenlebewesen, dem Allbewusstsein und ihrem großen Bruder. Sie möchte heute mit ihrer Freundin herausfinden, was auf einem Quadratmeter Boden alles kreucht und fleucht und sich mit den Natur- und Elementarkräften verbinden, um von ihnen zu hören, welche Aufgaben die Lillianer auf Tamaja haben.

Nach der Begrüßung der wartenden Lillianer kündigt Carmin die Nachricht an, die er aus Tamaja empfangen hat: „Ich möchte unser heutiges Zusammentreffen nutzen, um euch über eine Nachricht zu informieren, die mich heute Nacht aus dem Kosmos erreichte. Mir ist wichtig, mit euch gemeinsam zu prüfen, welche Relevanz dieses Hilfeersuchen für unser Leben auf Lillyland hat.

Wer traut sich die dazu notwendige Weitsicht zu?" Carmin stellt sich auf die Zehenspitzen und schaut sich um.

„Alle? Ok. Seid ihr damit einverstanden, dass ich erst einmal nur frage, ob ihr sehen könnt, inwieweit aufgrund der Nachricht Eile geboten ist, bevor ich alles berichte, was mir bekanntgegeben wurde?"

Da alle nicken, beginnt Carmin mit einem kleinen Ritual für eine allumfassende Entscheidung und bittet das ewige, unendliche, allumfassende, reine Bewusstsein, die Quelle allen Seins, um Prüfung der Angelegenheit. Die Lillianer gehen weit genug auseinander, um gegenseitig aus dem Energiefeld der anderen herauszutreten. Sie brauchen genug Platz für die notwendige innere Ruhe. So geben sie ihr schattiges Plätzchen unter dem Kirschbaum auf und verteilen sich über die angrenzenden Gärten, um die gegenseitige Beeinflussung gering zu halten. Als Carmin den für sich geeignetsten Platz gefunden hat, schließt er die Augen, öffnet die Arme und beginnt tief und langsam zu atmen. Es dauert nicht lange, da steht er in einer leuchtend weißen Lichtsäule. Nicht jeder der Lillianer tut es ihm gleich. Jeder hat seine eigene Methode, sich mit dem universellen Bewusstsein zu verbinden. Bei manchen erfolgt es, ohne dass sein veränderter Zustand von anderen, die sich nicht in der gleichen Dimension bewegen, wahrgenommen wird.

Nach einer Weile kommen alle in den Halbschatten des Kirschbaums zurück. Auch Tamas tritt nun wieder in den Kreis der Teilnehmer. Nach einem kurzen, leisen Austausch sind sie sich einig: Eine existenzielle Gefahr besteht nicht. Eile ist dennoch geboten, weil der Schutzschirm um Tamaja – als Müllhalde von der Weltraumtechnik missbraucht und durch die Wettermanipulation verseucht – teilweise seine Funktion verloren hat.

Carmin bittet nun alle in das aus Strohballen, Lehm und Holz errichtete Versammlungshaus. Der Wetterschutz der Öffnungen in den Wänden wird über ein energetisches Schutzschild gewährleistet. Die Holzsprossen der Fenster harmonisieren durch ihre Anordnung nicht nur die in den Raum flutenden Energien, sie halten störende Fremdenergien ab, ebenso wie die unterschiedlich gestalteten Türrahmungen. Die Lillianer treten unter das weit ausschwingende Vordach und dann sehr achtsam und bewusst in den Raum. Das Beinheben ist eine meditative Bewegung. Der Körper richtet sich auf und öffnet sich für die übersinnliche Wahrnehmung der Energien und Informationen des Raumes. Ein kurzes Innehalten nach der Schwelle ermöglicht dem Organismus der Lillianer mit dem Gebäude Kontakt aufzunehmen. Die Lillianer treten mit dem Raum bewusst in Beziehung. Sie bitten ihn gedanklich, ihr Anliegen, während ihres Aufenthaltes hier, mit seiner Energie zu fördern.

*

„Marta, die Lillianer halten Gebäude für beseelt?"

„Sie sehen in Gebäuden einen eigenständigen Organismus, nicht nur wie Baubiologen biologisch-chemisch, sondern auch als Teil des Allbewusstseins, physikalisch und mental-emotional. Lillianer nehmen die Gebäude als Resonanzkörper und Bauteile als Antennen wahr. Sie nutzen ganz bewusst nicht nur Licht und Klänge, sondern auch die Informationen und feinstofflichen Energien, auch die der Baustoffe. Die Standortwahl und jeglicher Eingriff in den Boden erfolgen im Einklang mit den kosmischen und irdischen Strukturen, auf allen Ebenen und in allen Dimensionen. In ihren Gebäuden verdichten sich die Felder kosmischer Ein- und irdischer Abstrahlung, wobei die Gesundheit erhöhende und die Vitalität steigernde Frequenzen optimiert werden. Feldstörende Energien und Informationen werden gewandelt, reflektiert oder abgelenkt. Der so entstehende Lebensraum fördert das Entfalten der Potenziale in den Lillianern und stärkt ihr Immunsystem. Die Lillianer sehen bauliche Räume wie eine Gitarre, denen der Gitarrist – beim Gebäude der Architekt – harmonische Töne entlocken kann. Er weiß aber auch, dass schmerzende Disharmonien möglich sind. Alle baulichen Veränderungen auf Lillyland zielen auf eine ausgleichende Wirkung und Kooperation mit den Wesenheiten und Kräften des jeweiligen Ortes. Die organischen Formen fördern die Energien, die in dem Gebäude gewünscht sind und der geplanten Nutzung dienen. Gleichzeitig wird das Wesensmerkmal des Ortes hervorgehoben. Kaum ein Architekt ist sich heute bewusst, dass er mit seiner Planung die Energien, die jegliche Räume durchweben, stören oder harmonisieren kann. Auf Lillyland hat alles seine umfassende Bedeutung, auch die Wahl der Baustoffe."

Marta versetzt mich mit ihrem Wissen wieder in Erstaunen. Ich sehe, da habe ich eine Menge an Wissen nachzuholen.

„Frühere Generationen lebten in tiefer Verbundenheit mit der Natur und verfügten ohne darüber nachzudenken über das im Feld gespeicherte Wissen. Ob Sepp, Victor Schauberger[1] oder der Großvater von Erwin Thoma[2] – die Beobachtungen dieser Pioniere werden heute wissenschaftlich untersetzt, wenn auch noch nicht alle. Doch lies nur weiter, Anne."

Eine angenehme Kühle und ein belebender Duft empfangen die Lillianer. Die Raumluft veranlasst die Eintretenden, tief durchzuatmen, wie beim Betreten eines Waldes. Ein befreiendes Gefühl. Die Dachgestaltung und der große Dachraum über dem mittig liegenden ovalen Mehrzweckraum ermöglichen den optimalen Empfang kosmischer Informationen und Energien. Unter dem Dach ist genügend Raum für geistige Wesen, die für den Schutz der Benutzer des Hauses sorgen und die kreativen Höhenflüge der Lillianer unterstützen. In allen Lebensbereichen vereinen die Lillianer mit

---

[1] Victor Schauberger, österreichischer Förster, Vordenker und Erfinder zahlreicher Geräte und Maschinen, u. a. zur Wasserregenerierung, hinterfragte mit seinen Naturbeobachtungen das wissenschaftliche Weltbild.

[2] Erwin Thoma, österreichischer Förster und studierter Forst- und Betriebswirt, baut Häuser mit Mondholz und schrieb über deren Eigenschaften und Wirkungen – in zahlreichen Studien wissenschaftlich belegt.

Hilfe der geistigen Welt in idealer Weise ihre bis weit in die Vergangenheit zurückgehenden Erfahrungen und ihre selbstbestimmten Ziele. Dieses Miteinander ermöglicht ihnen bewusst, mit ihrem freien Willen, alle ihre Fähigkeiten zu entfalten ohne den Rahmen ihres Seins zu sprengen. Die Kooperation mit der geistigen Komponente allen Lebens befähigt sie, ihrem schöpferischen Wesen Ausdruck zu verleihen und intuitiv ohne zerstörende Auswirkungen zu bauen. Ihre Architektur erfasst den Sinn der Gebäudenutzung und lässt aus dem geistigen Anliegen ein dreidimensionales Gebilde entstehen, das der Erfüllung der naturgegebenen Bedürfnisse ihrer Nutzer und allen Seins vollkommen dient.

Im Spiralhaus ermöglichen verschiedene Funktionsräume optimale Bedingungen für Forschungen. Der zentrale Raum öffnet sich nach Süden zu den Feldern hin. Der Grundriss ist wie bei einem Schneckenhaus spiralförmig angelegt. Dem nordöstlich angeordneten Eingangsbereich sind die Sanitärräume mit Komposttoiletten, die Wasch- und Kochgelegenheiten sowie Garderoben zugeordnet. Die Geräte- und Laborräume sind durch eine zweite Tür nach Westen direkt mit dem Garten verbunden. Das große Eingangsvordach gewährleistet ein wettergeschütztes, ruhiges Ankommen und Eintreten. Vom Vorraum zum Hauptraum zieht zwischen den Holzbalken des runden Daches die Schilfrohrbekleidung den Blick nach oben. Über einen den zentralen Raum von der Küche trennenden Lehmofen, der viele Funktionen vereint, gelangt man zur Galerie. Der Raum wirkt hell und weit. Die Konstruktion aus naturbelassenem Massivholz, Stroh, Schilf und Lehm wirkt heilend und entspannend.

Lillianer sind Genussmenschen. Genuss ist für sie das freudige Aushalten konstruktiver Resonanz von Körper, Geist und Seele gleichermaßen auf einen Sinneseindruck, ohne seine Steigerung bis zur Ekstase erzwingen zu wollen, aber bereit zu sein für ihren Empfang, egal wobei. Zu den größten Genüssen zählt für sie, sich einer selbst gewählten geistigen oder handwerklichen Tätigkeit hinzugeben. Dann kommt es vor, dass sie – häufig bei Gemeinschaftsprojekten – Essen und Trinken vergessen. Wenn dann nach ein paar Tagen das Projekt beendet ist, genießen sie – im Einklang von Körper, Geist und Seele – Obst und Gemüse; am liebsten roh und gemeinsam. Doch sie experimentieren auch gern bei der Zubereitung ihrer Speisen und der Zusammenstellung der Zutaten. Wenn sie kochen und backen, dann auf einem Solarkocher im Freien oder über dem Holzfeuer des Lehmofens. Das gibt den Speisen einen ganz besonderen Geschmack. Die Lillianer schenken der Qualität ihrer Ernährung große Aufmerksamkeit, weniger der Menge und Häufigkeit der Mahlzeiten. *Wenn* dann gegessen wird, richten Sie auch das Umfeld so her, dass die Nahrungsaufnahme in tiefer Dankbarkeit wertschätzend zum höchsten Genuss wird. Regelmäßig wird die alle Sinne ansprechende Ofenlandschaft zum Mittelpunkt des Miteinanders im Spiralhaus. Wird es kühl draußen, kommen hier die Lillianer gern auch zu einem Spiel zusammen. Die Sonne durchflutet tagsüber den Raum und heizt die dicken Dielen auf. Drei große, alte Eichen stellten ihr Holz für den Fußboden zur Verfügung. Mehrere Bäume hatten sich bereit erklärt, dem Gemeinschaftshaus zu dienen. Die Entscheidung fiel schwer. Das ganze Dorf hatte feierlich Abschied von den Baumwesen genommen. Der Umgang mit dem Holz wurde von ausgewählten Lillianern bis zur Einweihung begleitet.

Nach dem Stand des Mondes, zu einem idealen Zeitpunkt gefällt, über den Winter am Fällort mit der Krone nach unten liegen gelassen, wuchsen die Dielenbretter nach dem Einbau so zusammen, dass eine einheitliche fugenlose Fläche entstand. Mit dem Öl eines am Wuchsort stehenden Walnussbaumes behandelt, verstärkt es nicht nur die sinnlichen Eindrücke des Raumes. Die Information der ganzen Pracht dieses Baumes und des ehemaligen Standortes prägen die Atmosphäre des Raumes. Sein Holz ist wie mondgeschlagenes Zirbenholz resistent gegenüber Insekten und Pilzen und auch jetzt noch mit den umgebenden Kraftfeldern verbunden und trägt so aufbauende Energien in den Raum ein.

Der mittig unter dem Oberlicht stehende große Beratungstisch, aus einer dicken Längsscheibe des Stammes eines Mammutbaums, gefertigt, von der nur die Rinde entfernt wurde, schmeichelt dem Holzfußboden auf ganz eigene Weise. Zwei seiner mächtigen Äste stemmen wuchtig die dicke Platte über den Holzboden. Sie scheinen miteinander zu verschmelzen. Nach über 2000 Jahren hatte das Mammutbaumwesen seine Aufgabe als Baum für erfüllt angesehen. Die jüngeren Bäume in seinem Umfeld waren schon lange kräftig und erfahren genug. Es gab viele, und so freute es sich über die dankbare, ihn ehrende Verwendung seines Holzes nach seinem Abschied von seinem irdischen Leben als Baum. Seine Kraft und Energie beflügeln die Kreativität der Lillianer bei ihren Versammlungen. Auf dem Fußboden bewusst platzierte Steine spenden den Anwesenden zusätzlich Energie.

Marla und ihre Freundin bringen frisches Obst und Karaffen mit Quellwasser aus dem Garten.

Carmin eröffnet die Beratung mit einer Absichtserklärung an die Quelle allen Seins und erlaubt ihr dazu beizutragen, dass alle Energien und Informationen, die für das Projekt Tamaja notwendig sind, sich zum höchsten und besten Wohle aller Beteiligten klären, neu ordnen, harmonisierend zur Verfügung stehen und dem erklärten Ziel der Beratung dienen. Er erbittet den Schutz vor allen Energien und Informationen, die dem höchsten und besten Wohl der Lillianer und der beteiligten Tamjaner entgegenwirken.

Mit diesem Ritual stärken die Lillianer ihre Verbindung und ihren Schutz auf allen Ebenen und in allen Dimensionen mit allen das Leben fördernden Energien und Informationsquellen in Dankbarkeit und Liebe. In den höheren Dimensionen entstehen nun optimale Rahmenbedingungen für das Projekt.

Als Erstes berichtet Carmin von Sirias Anliegen. Nachdenklichkeit erfüllt den Raum. Er wartet. Als alle zu ihm schauen, beginnt er jeden Einzelnen der Anwesenden zu fragen, was diese Nachricht in ihnen ausgelöst hat. Die Aufgabe wird von allen begrüßt.

„Jedoch ist ein erhöhtes Maß an Achtsamkeit notwendig", bemerkt ein sehr alter Lillianer ruhig. Carmin schlägt vor, für den morgigen Tag alle aktuell selbstberufenen Cella-Vertreter zu einer Telepathie-Konferenz einzuladen. Vorbereitend bittet er darum, dass jeder das Feld entsprechend seiner Fähigkeiten und Interessen hinsichtlich der Konsequenzen für Tamaja befragt. Auch die aktuelle Situation der Planetenkonstellation und der Galaxienbewegungen ist zu beachten. Jegliche Risiken sind vorher aufzuspüren.

„Wir werden die Teilnehmer für die Reise sehr bedacht auswählen und dann gemeinsam die Schwingung unseres Organismus – unterstützt durch das Kauen von Zirbenkernen – erhöhen. Ebenfalls werden wir die geistige Welt um Segen und Begleitung bitten. Wir werden unsere Rituale verfeinern, um ihre Wirkung zu verstärken. Die Reisenden brauchen einen perfekten Schutz, um während des Fluges vor jeglicher Beeinflussung lebensfeindlicher Informationen und Energien sicher zu sein", endet Carmin. Damit ist die Vorgehensweise klar. Er wendet sich den heute anstehenden Themen zu und visualisiert sie in einem Hologramm über dem Tisch. Die Teilnehmer lassen ihre Gedanken einfließen. Ein Konsens über die Aufgaben ist schnell gefunden. Alle Anwesenden formulieren Fragen an das Feld und sammeln die Antworten, die ihnen kommen. Sie nehmen sich ausreichend Zeit, auch um bei Unklarheiten nachzufragen, bevor die Auswertung erfolgt. Wie immer wird dazu das Ausgangshologramm gemeinsam weiterentwickelt. Hologramme werden gern genutzt, um geeignete Lösungen zu imaginieren und destruktive, unklare Energien zu transformieren.

Carmin beginnt mit zwei weiteren Lillianern seine Studien an dem Feld, an dem seine Tochter akribisch das Kribbeln und Krabbeln untersucht. Er ist erstaunt, wie viel sie sich bereits von den Erwachsenen abgeschaut hat. Unbemerkt beobachtet er sie eine Weile. Als er sieht, mit welchem inneren Frieden sie alles aufmerksam beobachtet, breitet sich Glück in ihm aus. Er weiß, sie ist in Verbindung mit dem Feld und löchert es mit ihren Fragen. Marla wird alles Wissen intuitiv erhalten, was sie heute braucht, um ein Stück mehr zu erkennen. Sie spricht mit den Pflanzenwesen und lauscht, was sie sagen, um mit ihnen, so sie ihrem Vorschlag zustimmen, Neues zu kreieren. Sie sind heute von Marla für ihre Tests mit elektromagnetischer Strahlung auserkoren.

Beruhigt wendet sich Carmin wieder seiner Aufgabe zu. Seine Vorliebe gilt den natürlichen Grundlagen der Lillianer. Sein ganz besonderes Steckenpferd sind Böden. Aufgrund der hohen Bevölkerungszahl auf Lillyland und der Erfahrungen aus der pathogenen Ära der Erde ist er sich der großen Bedeutung eines Bodens in naturgegebener Balance bewusst. Das separierende Denken ihrer Ahnen lehrt die Lillianer, niemals die Signale der Böden zu missachten. Damals wurde sämtliches Leben im Boden systematisch abgetötet, um dann mittels künstlicher Eingriffe in Erbgut und Biochemie der Organismen auf den toten Böden Erträge zu generieren. Nur wenige erkannten die Konsequenzen, noch weniger taten etwas zur Beseitigung der Ursachen. Das Bodenleben wurde den Gewinnen der Großkonzerne geopfert. Der Weltbevölkerung wurde verboten eigenes Saatgut zu gewinnen, um ihnen Samen und Pflanzen zu verkaufen, die sich nicht vermehren konnten, um die Menschen weltweit in ihre Abhängigkeit zu zwingen. Die veränderten Pflanzen waren auf künstliche Nährstoffgaben und toxische Pflanzenschutzmittel angewiesen. Infolge starben erst der Boden, dann die Menschen.

Inzwischen sind auf Lillyland alle Böden höchst lebendig und die Erträge ausreichend für die doppelte Anzahl Lillianer. An sich brauchen sie weder feste, noch flüssige Nahrung. Ihre Ahnen entdeckten am Ende der pathogenen Ära sogar, dass ihnen Lichtnahrung ausreicht. Ihr Körper verweigerte immer häufiger die ihm angebotene Nahrung. Sensible Menschen hörten darauf, weniger fühlende aßen weiter wie gewohnt und erkrankten. Die Menschen wurden vom göttlichen Allbewusstsein zur inneren Reinigung aufgefordert, um ihren Bewusstseinswandel vollziehen zu können. Bereits vorhandene Fähigkeiten sollten aktiviert und trainiert werden, so die Bindung von abiotischem Stickstoff aus der Luft, um daraus körpereigenes Eiweiß herzustellen.

Geist und Körper unserer Ahnen wurden umfassend sensibilisiert, um sie auf ein Überleben der eigenen Zerstörungen vorzubereiten. Wer dafür nicht offen war, auch nichts wissen wollte von der Bedeutung der Sonne, des Wassers, von Bewegung und Ernährung und von feinstofflichen Wesen, lernte nicht Mineralien und Vitamine zu generieren, die der Organismus braucht, um seine Depots für Zeiten mit wenig verwertbarer Nahrung zu füllen und die Umstellung auf geistig-feinstoffliche Nahrung zu vorzubereiten. Licht, Luft und Liebe, die drei Grundkomponenten des Lebens, ermöglichten aufgelöst und neu geordnet in Wasser die notwendige Transzendenz für die ganzheitliche Evolution der Menschen.

*

Ich habe gelernt, dass wir nicht länger als drei Tage ohne Wasser leben können. Doch auch Marta hat Erfahrungen mit Lichtnahrung. Klar, Wasser besteht aus Sauerstoff und Wasserstoff und beides ist in der Luft enthalten. Doch können sich unsere Körpermasse und unser Körperwasser wirklich allein aus der Luft generieren? Ist es eine Frage der inneren Haltung, ob wir verhungern oder nicht?

*

Im alltäglichen Leben genießen Lillianer feste und flüssige Nahrung in zwei Mahlzeiten, dem morgendlichen Frühstück, und bei Bedarf oder aus Freude ein Mittagessen bestehend aus Gemüse, Obst, Trockenfrüchten im Winter, Nüssen, Mandeln und Wurzeln. Diese Mahlzeiten bedeuten für sie, sich der tiefen Verbundenheit mit dem eigenen Körper und den am Essen teilnehmenden Lillianern bewusst zu sein. Es ist eine geistige Bereicherung und ein Höchstgenuss der Vereinigung aller Sinne mit den übersinnlichen Wahrnehmungen, aber auch eine Reminiszenz an das verdichtete

Sein, an die vergängliche irdische Existenz. Sie würdigen die Fülle, die Vielfalt und die Nahrungsspender. Die Essenszeiten richten sie nach den Zeiten der jeweils höchsten Aktivität ihrer Organe, um den Energiefluss im Körper optimal zu nutzen.

*

Die Lillianer scheinen sich nach ihrem Biorhythmus zu richten. Darüber habe ich einmal gelesen: In der Traditionellen Chinesischen Medizin unterliegen unsere Organe einem bestimmten Tagesrhythmus, bei dem ihre Leistung zwischen einer aktiven Phase und einer Ruhepause pendelt. Nach deren Wissen sind die Leitbahnen der zwölf Hauptmeridiane jeweils einem Organ zugeordnet. Über diese werden die Organe im Zweistundentakt mit mal mehr und mal weniger Energie versorgt. Einmal innerhalb von 24 Stunden wird jedem Organ für zwei Stunden maximale Energie zugeführt, worauf das Organ seine volle Leistungsfähigkeit entfaltet. Man spricht von der sogenannten Organuhr, der eine große Bedeutung für das Wohlergehen von Körper, Geist und Seele zugeschrieben wird. Richten wir unsere Nahrungsaufnahme nach den aktiven Zeiten unserer Verdauungsorgane, wären zwei Mahlzeiten optimal: morgens zwischen 7 und 9 Uhr – wenn der Magen aktiv ist – eine kräftige und mittags zwischen 13 und 15 Uhr eine kleinere Mahlzeit mit wenig Fett und ohne viel Kohlenhydrate – wenn der Dünndarm aktiv ist und die Leber ihre Ruhepause hat.

Carmin hat sich viele Jahre mit dem Bodenleben beschäftigt. Er hat mit Pflanzen und Tieren und deren Wesen gesprochen, um zu erfahren, welcher Boden ihr Wachsen und Gedeihen am besten unterstützt. Schon als Kind konnte er die richtigen Fragen stellen, um gezielt an alles Wissen zu gelangen, was lebendige Böden brauchen, um ertragreich zu sein. Mit jedem Tier und jeder Pflanze kann er Kontakt aufbauen. Carmin ist klar, dass seinen Forschungen auf Tamaja ein Praxistest unter extremen Bedingungen bevorsteht. Doch ob dies so sein wird, entscheiden letztlich die Tamjaner. Das Universum – das immer kooperieren will – hat mit der Anfrage von Siria und dem Empfang der Botschaft durch Carmin bereits das Signal gegeben, dass Tamajas Wiederbelebung möglich ist.

Noch schwingt Tamaja in einer zu tiefen Frequenz, um allein die Energien der Heilung zum Fließen zu bringen, die es braucht, um lebensbejahende Visionen zeitnah zu materialisieren.

Carmin ist zutiefst überzeugt, dass Tamaja so wie Lillyland erblühen wird. Auf Lillyland entfaltet die Natur eine solche Fülle, dass es an Testfeldern unter realen Bedingungen einfach fehlt. Carmin erahnt einen ‚Härtetest'. Bei dem Gedanken, das Wiedererwachen der Natur auf Tamaja zu befördern, erfüllt ihn Freude. Er weiß, dass sich alles zum höchsten Wohl der dortigen Menschartigen, der Tamjaner, wandeln wird.

Später, vielleicht am Abend, will sich Carmin Zeit nehmen, mit seinem Gedankenstrahl nach Tamaja zu reisen, um sich über die konkreten Bedingungen für die Renaturierung zu informieren. Das braucht seine ganze Aufmerksamkeit. Jetzt ist er hier präsent. Intuitiv weiß er, dass er zu jenen Lillianern gehören wird, die Siria mit dem Kaimot abholen. Spätestens dann kann er sich vor Ort ein Bild machen. Er reist gern in unbekannte Sphären. Ein Abenteuer, das ihn an Erzählungen seiner Ahnen über Science-Fiction-Filme erinnert, nur reist er mit friedlichen Absichten. Damals wurde die Kreativität der Menschen von zerstörerisch statt lebensbejahend wirkender Energie beeinflusst. Die Menschen interpretierten ihre eigenen habgierigen, besitzanmaßenden, feindlichen Absichten in alle fremden Wesen und das Universum insgesamt. Lillianer begegnen Fremden mit freudigen, liebenden Herzen ohne Feindbilder, aber auch ohne naiv zu sein. Bewusst und achtsam imaginieren sie ihre Vorstellungen und geben ihre Vision mit Dankbarkeit an das ewige, unendliche Bewusstsein mit der Bitte um Realisierung ab. Das Bewusstsein geht in konstruktive Interferenz, ist in der Lage negative Absichten zu wandeln und trägt zur Harmonisierung des Lebens bei statt zu seinem Chaos. Lillianer lieben den spielerisch-sportlichen Aspekt bei ihren Imaginationen.

Marla beobachtet, wie sich Pflanzenliebe auswirken kann. Eine Pflanze wächst nicht in die Richtung des Lichtes, sondern hin zu einer anderen Pflanze, die an einem schattigen Ort steht. Beide gehen miteinander in Resonanz, wachsen aufeinander zu und umwinden sich – völlig unüblich.

Marlas Freundin Talja meint: „Oh, wie schön, das gibt es also nicht nur im Reich der Pflanzenflüsterer!"

„Natürlich nicht, Liebes", bemerkt eine Lillianerin, die neben ihnen ihrerseits die Pflanzen beobachtet. „Pflanzen reagieren auf ihr Umfeld. Liebe und Licht sind zwei Aspekte unseres Seins. Beides ist untrennbar verbunden. Fehlt es an Licht, braucht es zum Ausgleich mehr Liebe oder umgekehrt. Wir können aus der Ur-Quelle allen Seins unendlich Liebe generieren und in uns zu Licht wandeln. Aufmerksamkeit bedeutet Licht, Aufmerksamkeit ist Liebe. Ohne sie fehlt den Pflanzen, genau wie uns Lebensenergie, sie gedeihen nicht so, wie sie können, stagnieren in ihrem Wachstum oder ziehen sich sogar zurück und sterben.

Die Pflanzenflüsterer nehmen sich für die Pflanzen in ihrer Cella den ganzen Tag Zeit. Der stete mental-emotionale Kontakt veranlasst diese, sich mit besonders starkem Wachstum zu bedanken."

Talja fragt die Lillianerin: „Haben wir diese Pflanzen zu wenig beachtet, dass sie sich nun gegenseitig trösten?"

„Wünschst du dir, dass sie sich aus ihrer Umarmung lösen und wieder dem Licht zustreben?" Talja ist nachdenklich. „Nein. Ich hätte nur gern gewusst, ob sie sich auch umschlungen hätten, wenn wir ihnen mehr Aufmerksamkeit geschenkt hätten."

„Dann probiert es aus und schenkt ihnen Aufmerksamkeit."

„Oh. Ich werde mich ihnen jetzt jeden Tag widmen, aber nicht den ganzen Tag", meint Marla. „Ein bisschen Abwechslung brauche ich dennoch."

Unter Lachen erzählt die Lillianerin weiter. „Die Pflanzenflüsterer leben mit den Pflanzen in einem engen Verbund in lebenden

Häusern. Alle Wände und Dächer sind in der Form eines Hauses gewachsen. Sie tragen die dort lebenden Lillianer mit Leichtigkeit. In den frisch gewachsenen Räumen gibt es einen immer gern genutzten Nebeneffekt: Sie federn und wiegen sich im Wind. Das sind die begehrtesten Zimmer für die Kinder der Pflanzenflüsterer und ihre Gäste. Die Lillianer in den Baumhauswäldern haben eine ganz besonders tiefe kooperative Verbindung zur Flora. Sie genießen den Schutz der Pflanzen und gleichzeitig wissen die Pflanzen, dass die Pflanzenflüsterer den Lebewesen helfen und darauf achten, dass ihre Innovationen den Prinzipien des universellen Bewusstseins entsprechen und immer nur aus ihrer Allverbundenheit heraus erwachsen. Sie stellen ihnen nicht nur ihre Ausscheidungen als Informations- und Energiequelle zur Verfügung, wie überall auf Lillyland, sondern kommunizieren recht intensiv mit den Bodenlebewesen. Sie sorgen auch dafür, dass das besonders sensible Wurzelgeflecht alle erdenkliche Rücksichtnahme und Achtsamkeit erfährt, damit die Pflanzen ihre Fähigkeit voll entwickeln können, Informationen, die ihrem Wachstum optimal dienen, von ihren Artgenossen rund um die Erde zu empfangen. So können die Pflanzenflüsterer mehr Früchte ernten als anderswo.

Die mit den Lillianern tief vertrauten Pflanzen erfüllen ihnen bei Bedarf besondere Wünsche: Sie lassen es z. B. regnen, damit die Lillianer duschen können, auch wenn der Regen für die Pflanzen selbst noch nicht unbedingt notwendig ist. Sie wissen, dass die Pflanzenflüsterer dieses Geschenk nicht über Gebühr nutzen. So bleibt das natürliche Gleichgewicht des Waldgebietes erhalten."

Talja hüpft aufgeregt vor Freude und bittet: „Oh, ich möchte das auch können. Ich will auch so mit ihnen kommunizieren können." Talja weiß, dass sie zu den Pflanzenflüsterern darf, wenn sie den Eltern ihren Wunsch mitteilt. Zuerst aber wird sie sich selbst fragen, was sie bereit ist, dafür zu geben. Sie will sich in die Stille begeben und horchen, ob es noch andere Dinge gibt, die sie braucht und auf die sie dann verzichten müsste. Sie weiß schon jetzt, wenn sie sich entscheidet, zu den Pflanzenflüsterern zu gehen, will sie, dass es für sie und ihre Familie rundum stimmig ist. Hat sie für sich Klarheit, wird sie mit ihren Eltern, ihrer Schwester, mit den Großeltern, den Ur- und Ururgroßeltern sprechen. Alle möchte sie einbeziehen.

Als die Sonne am höchsten steht, treffen sich die Lillianer im Haus zu einem kleinen Früchte-Imbiss. Jeder hat bei seiner Beschäftigung auf den Feldern das gepflückt, was er gern essen würde, und ein bisschen mehr für alle mitgebracht. So entsteht ein gemeinsames Buffet, von dem auch für die Tiere und Insekten, die sich in der Nähe des Mittagslagers eingefunden haben, noch genug übrig bleibt. Bevor gegessen wird, tauschen die Lillianer ihren Beobachtungen aus. Diese und die ihnen dabei gekommenen Einsichten lassen sie in ein Hologramm einfließen. Nun beginnt der spannendste Teil des Schöpfungsprozesses: Gemeinsam mit dem Allbewusstsein entwickeln sie neue Vorstellungen; es entstehen neue Formen; sie erschaffen miteinander Materie neu. Um die Lillianer entsteht ein hoch schwingendes Energiefeld. Sie sind eingehüllt in eine mit den Sinnesorganen nicht wahrnehmbare Wolke aus Informationen, die sich mit dem Hologramm auflöst, als die Antworten auf die Fragen gegeben und darüber hinaus neue Ziele formuliert sind. Die Lillianer verbeugen sich und sprechen gemeinsam einen Dank, der gleichzeitig ihr Mittagessen vorbereitet. Ein Ritual zur inneren Besinnung und zur Einstimmung auf den erwarteten Genuss. Die Stille beim Essen ermöglicht dem Bewusstsein, sich auf die Nahrung zu konzentrieren, leer zu werden, loszulassen, um bereit zu sein für ein nächstes Thema.

Die landesweite Telepathiekonferenz endet mit der Vereinbarung, dass vier Lillianer mit einem Kaimot mittlerer Größe nach Tamaja reisen werden, um Siria und einen weiteren Tamjaner nach Lillyland zu holen. Carmin übernimmt gemäß seiner Berufung die Organisationsleitung. Er und Minerva boten auch an, die Tamjaner als Gäste bei sich aufzunehmen. Dem stimmten alle zu. Carmins

Kinder jubelten. Marla hakte ihren Bruder unter und tanzte mit ihm ausgelassen über die Terrasse, auf der die Familie während der Konferenz saß.

Carmin sucht sich nun im Garten einen stillen Ort, um mit Siria wieder in Kontakt zu kommen. Als es gelingt, gibt er ihr Anweisungen, wie sie sich und ihren Begleiter auf diese Reise außerhalb von Zeit und Raum vorbereiten kann.

Auf Lillyland verbreitet sich die bevorstehende Reise nach Tamaja wie ein Lauffeuer. Sehr viele hatten sich in die Telepathiekonferenz eingeschaltet. Wen die Nachricht noch nicht erreichte, der erfährt es von seinen Nachbarn und Freunden. Die Bereitschaft, zum Gelingen des Projektes beizutragen, ist riesig. Die freudige Erregung ihrer Herzen bündelt die Aufmerksamkeit der Bewohner Lillylands. Bewusst und gewollt drehen sich ihre Gedanken um die Unterstützung der Bewohner eines fernen Planeten. Mit ihrer Begeisterung erhöhen die Lillianer die Schwingung der Erde. Das wiederum mobilisiert die geistigen Kräfte der Lillianer. Ihre so schon wache Wahrnehmungsfähigkeit erhöht sich noch einmal und befähigt sie zu noch höherer Sensibilität für den Empfang kreativer Intuitionen. Das dient auch dem eigenen Schutz.

*

„Gedanken sollen die Frequenz der Erde erhöhen können?" Ich erschrecke, als Doro antwortet. Ungewollt habe ich laut gedacht.

„Ja, Gedanken sind Energie. Sie beeinflussen auch das Wetter, das Verhalten der Tiere, der Pflanzen, dein ganzes Umfeld. Du bist nie nur Beobachtete, du bist immer auch dein Umfeld beeinflussende Beobachterin. Sender und Empfänger in einem", antwortet Doro schmunzelnd, wendet sich und sonnt sich weiter.

*

Carmins Frau Minerva spürt die Veränderung im Feld. Sie weiß, wie bedeutend die Synchronizität des kollektiven Geistes für das

Gelingen der Mission ist. Minerva ist bei den Lillianern bekannt für ihre große Kreativität beim Imaginieren von Häusern. Sie verfügt über ein hochsensibles Gespür für Stimmungen und innere Prozesse bei anderen. Das stärkt ihre Gabe, andere in ihrem Entwicklungsprozess und beim Schaffen ihres Familiensitzes zu begleiten. Sie fühlt, wann der richtige Zeitpunkt für ein Projekt gekommen ist und auch *was* die Beteiligten dazu brauchen.

Im Zusammenwirken mit den Bauwilligen und den handwerklich tätigen Lillianern zaubert sie farbige Hologramme und materialisiert danach diese so, dass sie als wahre ‚Energietankstellen‘ speziell zur Erhöhung der Vitalität ihrer Bewohner beitragen.

Minerva ist eine besonders fähige Visionärin. Zum Schutz der Reisenden lässt sie aus ihrem Herzen heraus ein Bild entstehen, das alle Lillianer mit ihrer Liebe stärken. Absichts- und bedingungslose Liebe beweist sich immer wieder als der beste Schutz vor schädlichen Einflüssen und Katastrophen. Sie vermag Fesseln zu sprengen und Schatten der Angst zu erhellen. Wird Liebe von wahrhaftigen Gedanken begleitet, ist sie unüberwindbar.

Das erinnert mich an meine gescheiterte Ehe und den missglückten Versuch einer neuen Beziehung. Wie groß war die Hoffnung! Doch wenn die Schmetterlingseuphorie, wie Marta sagt, vom Ego kommt und ich es selbst bin, die sich den Partner ins Leben zieht, wie habe ich mich da verhalten? Was habe ich in meinen Beziehungen erlebt? Woran bin ich gescheitert? Was hat mich gestört, was habe ich abgelehnt?

Wenn ich ehrlich bin, habe ich nicht unwesentlich zum Scheitern beigetragen. Ich war eifersüchtig, stur, rechthaberisch, misstrauisch, einnehmend, gierig – oder bin es immer noch? Ich habe die Männer an meiner Seite nicht wirklich geliebt, nur das Bild, was ich von ihnen im Kopf hatte! Ich habe sie verändern wollen! Noch ist das alles in mir lebendig. Die Selbsterkenntnis schmerzt. Selbst-Erkenntnis, trenne ich nachdenklich das Wort. Es tut weh, sehr weh. Bin oder war ich schizophren? Ich wollte geliebt werden und traute meinen Partnern nicht zu, mich zu lieben? Ich wollte akzeptiert werden wie ich bin und konnte sie nicht so nehmen wie sie waren, mit allen ihren Macken? Das bin ich nicht! Nein, nein, das will ich nicht sein! Ist das dieses Ego? In mir? Entsetzlich! Wer bin ich denn? Nein, wer will ich sein? Habe ich *wirklich* die Wahl?

Als ich den Kopf auf die Aufzeichnungen lege, rekelt sich Marta. „Geht es dir nicht gut, Anne?"

„Mir ist gerade ganz schlecht, speiübel."

„Was hast du denn gelesen?

„Ich habe an meine gescheiterten Beziehungen mit Männern gedacht. Mir ist gerade mein Anteil daran klar geworden."

„Du schämst dich dafür, weil du dich gern anders verhalten hättest?"

„Ja, ich habe es nicht gemerkt. Mir wird auch gerade klar, dass ich mich wie meine Mutter verhalten habe: unehrlich, immer die Schuld bei anderen suchend, nur negativ denkend, permanent misstrauisch, streng, übergriffig und anderen eigene Hirngespinste, eigene Konzepte unterstellend. Ich habe das bei ihr gehasst!"

Ich spüre zum ersten Mal Wut. Ich sitze und weine, vor Wut auf mich selbst. Marta legt sanft den Arm um meine Schultern. Noch etwas will raus: „Wir haben nie darüber gesprochen. In meinen Beziehungen wurde nur über Organisatorisches, Fachliches, Alltagsprobleme oder die Kinder gesprochen. Nie über uns und unsere Gefühle! Nie über unsere ganz konkreten Lebensvorstellungen!"

Marta wartet. Während ich mich beruhige, wird mir klar: Ich habe die Sprachlosigkeit der Ehe meiner Eltern gelebt! Ich bin mit Männern in Resonanz gegangen, die das auch *nur so* oder das andere Extrem kannten. Was bei uns nicht raus durfte – weil wir gelernt hatten, brav zu sein –, haben wir uns gegenseitig fühlen lassen: Groll, Unzufriedenheit, Ungeduld, Unzuverlässigkeit, stumme Achtlosigkeit … dann wieder Reue, Demut, Unterwürfigkeit, was aber schon wieder fordernd daherkam. Ein ewiges Spiel zwischen Hass und Liebe. Subtil. Kräfte zehrend. Einmal bezog ich Schläge.

Den tiefen Schmerz konnte die Rose am nächsten Tag nicht lindern. Noch unter Tränen frage ich Marta: „Wie kann ich mich ändern?"

„So wie du es gerade tust. Erkenne all diese Gefühle und Anteile in dir an, ohne dich darin festzubeißen. Sie helfen dir deine Ego-Persönlichkeit zu entlarven und zeigen dir auf, was du brauchst: Ohne Absicht, ohne Bedingung geliebt werden? Dann geh gedanklich in die Situationen zurück. Traust du dir zu, immer für deinen Partner da zu sein, seine Unpünktlichkeit ohne Groll in Freude anzuerkennen, auch seine Beziehungen zu anderen Frauen, seine Unehrlichkeit und Notlügen, seine fordernde Art, mit dir zu sprechen, und das Rücksichtslose, wenn er dich geliebt hat? Oder fühlst du da Unstimmigkeit oder gar Widerspruch zu deinen Vorstellungen? Wenn ja, fühle die Wut darüber, aber nicht, um dich zu bemitleiden, sondern um *mit* dir zu fühlen und deinen Anteil Verantwortung an der Situation zu übernehmen. Dann stell dir vor, wie dein Partner reagiert, wenn du dir selbst und ihm all das gibst, was du von ihm erwartest: Zärtlichkeit, Achtsamkeit und Respekt, ein klares Bekenntnis zueinander, dich selbst mit allen ‚Mängeln' – so wie du bist –, zu lieben, dir geistig und körperlich treu und doch frei zu sein, …. Und dann beobachte einfach nur, was sich ändert. Du kannst dir auch symbolisch eine neutrale Figur in der Situation vorstellen, da passiert die Veränderung leichter. Du verbindest dich mit dem uns umgebenden Bewusstseinsfeld und bittest es, dir ein für die Situation passendes Bild zu senden. Empfange es wertfrei, als Beobachterin. Meist ist es geschlechtslos, meist schwarz, doch es kann auch passieren, dass du ein Tierbild bekommst. Dann geh mit deinen Gefühlen und Gedanken in das Bild, stell deine Fragen, beobachte die Veränderungen und fühle.

Du wirst erkennen, dass du nur gedacht hast, dass du liebst. Erst wenn du dich selbst absichts- und bedingungslos lieben kannst, wird sie dir begegnen, diese Liebe. Erst geben, dann empfangen."

Allein mein Gefühl und was dahintersteckt zu erkennen macht, dass es mir schon viel besser geht. In dem Maße, wie ich die Zusammenhänge erhelle, wandelt sich die Wut und mein Entsetzen.

„Damit du bis Mittag die Übelkeit los bist, erinnere dich an eine Situation, in der du dich liebevoll, sanft, zuvorkommend, achtsam und helfend verhalten hast."

„Danke, Marta."

Bevor ich weiterlese, denke ich an die Familie mit den zwei kleinen Kindern, denen ich vor einem Vierteljahr für eine Woche Asyl gewährt hatte.

*

In den nächsten Tagen laufen die Vorbereitungen für die Reise nach Tamaja auf Hochtouren. Endlich ist es so weit. Carmin verabschiedet sich von seiner Familie. Mit ihm reisen Loria, die die Gedankenhoheit für den Flug übernimmt, Silvana, die Carmin beim Landgang auf Tamaja begleiten wird, und Caro, dessen Aufgabe es ist, für das Wohlbefinden aller während der Reise zu sorgen. Er ist besonders erfahren im Umgang mit Außerirdischen und ihrer jeweiligen Kommunikationsart. Die Mitglieder der Crew stammen aus ganz unterschiedlichen Cellas auf Lillyland und kennen sich bisher nicht persönlich. Das gesamte Team nimmt nun Abschied von den Lillianern und Lillyland.

Wer von den zurückbleibenden Lillianern will, kann die Reise mit seinem Gedankenstrahl miterleben und bei Bedarf Unterstützung geben.

Das Kaimot besteht aus organischen Häuten, die mehrfach übereinander eine von innen nach außen transparente Hülle und dennoch einen perfekten Schutz gegen Strahlung, Hitze und Partikel bieten. Größeren kosmischen Teilen weicht es selbstlenkend aus. Mittels Levitation hebt es sich vom Boden ab und schwebt erst langsam, dann unter Nutzung der Raumenergie so rasend schnell, dass es schlagartig von den Zurückgebliebenen nicht mehr gesehen wird. Minerva füllt ihre Aura mit hoch schwingender Energie der Liebe und begleitet das Kaimot zum Schutz der Reisenden mit ihrem Strahl. Zur Überwindung des größten Anteils der Distanz zwischen beiden Planeten nutzt das Kaimot einen Raum, in dem alles Existierende eine nichtlokale und nichtgegenständliche Dimension hat. Die Geschwindigkeit ist unendlich, die Reise zeitlos.

Mit dem Wandel ihrer Ahnen erreichte das Bewusstsein der Menschen eine Reinheit, die den heutigen Lillianern den Zugang zu den kosmischen Energien des Universums ermöglicht. Diese Energien sind nur mittels eines allverbundenen Geistes in seiner vollen Präsenz nutzbar. Dieser beendete die pathogenen Ära und damit die Zeit irdischer Energieausbeutung.

Das satte Grün und die vielen verschiedenen Blautöne des Planeten Lillyland strahlen in den Kosmos. Während der langsameren Startphase kann sich keiner der Mitreisenden diesem faszinierenden Anblick entziehen. Doch als das Raumschiff in die für den Flug höhere Dimension übergeht, wird Lillyland und der Kosmos für ihre Augen unsichtbar und das Kaimot erreicht den Planeten Tamaja. Carmin und Loria beginnen mit den Vorbereitungen zur Landung. Gemeinsam beobachten die Lillianer mit ihrem Gedankenstrahl das Geschehen auf Tamaja. Loria imaginiert ein optimales Eintauchen in die Atmosphäre, wofür sie – angesichts des Weltraumschrotts um Tamaja – all ihr hellfühlendes Potenzial aktiviert. Das Kaimot empfängt ihre gedanklichen Instruktionen und steuert sie sicher durch den Schrottgürtel. Keiner der Insassen weiß, wie viel Zeit wirklich vergangen ist und welche Entfernung zurückgelegt wurde. Der Wechsel von der energetisch höchsten Dimension auf die für die Landung niedrigere erfolgt ohne Probleme. Sie bleiben mit ihrem Kaimot vorerst auf Distanz und visualisieren gemeinsam das Gelingen der Landung und ihrer gesamten Mission.

Carmin nimmt Kontakt mit Siria auf: „Siria, wir werden Tamaja zu eurer und unserer eigenen Sicherheit nur mit unseren astralen Körpern betreten. Du wirst uns nicht sehen, aber fühlen können.

Bitte verbinde dich mit dem Zentrum des Universums und dem Herz von Tamaja und bleibe mit mir telepathisch in Kontakt. Lass die Energien, die von beiden kommen, in dich und um dich herum fließen, um euch umfassend zu schützen. Meine Begleiter im Kaimot können telepathisch unseren Gedankenaustausch verfolgen und uns zusätzlich Schutz gewähren."

Siria sendet zurück: „Carmin, der auserwählte Tamjaner, der mich begleitet, ist Taurus. Er wurde von den Tamjanern, die in das Vorhaben involviert sind, erwählt, weil er vor dem Systemzusammenbruch hier zu den renommiertesten Wissenschaftlern der alten Schule gehörte, die sich bereits für ein neues Bewusstsein geöffnet hatten. Ihm wird ein breites Vertrauen entgegengebracht. Er selbst traut seiner inneren Stärke noch nicht so recht. Er war bei seinen Forschungen auf Phänomene gestoßen, die innerhalb des herrschenden wissenschaftlichen Paradigmas nicht erklärbar waren. Er öffnete seinen Blickwinkel jedoch sehr weit und erkannte, dass es noch andere Wirklichkeiten in diesem Kosmos gibt und ist vorurteilsfrei offen dafür. Er hat sich viele Jahre damit beschäftigt und Erstaunliches geleistet. Ich habe ihn auf die Reise vorbereitet, so gut ich es konnte. Steht dem irgendetwas entgegen, was ich im Feld möglicherweise nicht erkannt habe?"

Stille.

Nach ein paar für Siria ewig dauernden Sekunden der geistigen Prüfung antwortet Carmin: „Nein."

„Dann sind wir bereit."

„Gut, Siria, wir werden den Planeten zu unserer Sicherheit nochmals umfliegen, dann melde ich mich wieder bei dir. Bleib auf Empfang."

„Ja."

Je näher das Kaimot Tamaja kommt, umso mehr wandelt sich das anfängliche Erstaunen der Lillianer in Entsetzen. Loria hatte zwar mit ihrem Gedankenstrahl schon einiges gesehen, aber so richtig daran glauben wollte sie nicht. Fassungslos sagt sie: „Hier ist ja der Boden fast weiß. Es fühlt sich alles tot an. Könnt ihr Flächen mit Bewuchs oder Wasser sehen? Schaut, die schwarzen Flecken!"

„Das sind sogenannte Städte, die bestehen aus dicht zusammengestellten Kisten aus Beton und Stahl, in denen sie versuchten zu leben", erklärt Carmin, der sich darüber informiert hat. „Sie ziehen unglaublich Energie. Gebäude wie Städte haben die Lebenskraft untergraben. Viel schlimmer als bei unseren Ahnen!"

„Doch Tamaja lebt noch. Ich spüre lebendige Kraft in ihrem Inneren", freut sich Loria.

„Ja, es ist alles nur blockiert. Einem solchen Umgang hätte ich mich, wenn ich Tamaja wäre, auch verweigert. Es wird mit zu unseren Aufgaben gehören, die Tamjaner zu unterstützen, diese Blockaden zu lösen." Carmins strahlt Ehrfurcht aus.

„So sie Unterstützung wollen und es uns erlauben, sie zu geben", meint Caro nachdenklich.

„Ja, sie haben die Wahl", bestätigt Silvana nickend.

*

Total verrückt: Die Lillianer sehen in den Planeten eigenständige Wesen! Das ist interessant! Und der Boden ist weiß? „Doro, wann sehen Böden von oben weiß aus? Kannst du das erklären?"

„Hm", überlegt Doro mit geschlossenen Augen. „Ich habe Aufnahmen von sogenannten toten Gebieten in Amerika gesehen. Ausgelaugte Böden, auf denen trotz synthetischem Dünger und jahrelangem Sprühen von Pestiziden künstliche Pflanzen keine Erträge mehr bringen; auch Frackinggebiete sehen so aus. Nicht mehr lange, da kannst du solche auch bei uns bewundern. Erst stirbt die Pflanze, die sie Unkraut schimpfen, dann das Bodenleben, gefolgt von Insekten, Vögeln, Feld- und Wiesentieren, dann auch die gezüchtete künstliche Kulturpflanze. Kühe und Schweine folgen dem Wirkungspfad, tun sich aber schwerer mit dem Sterben. Sie bekommen erst einmal Missgeburten oder gar keine Kinder, Krebs, lahmen und quälen sich. Ähnlich uns Menschen. Nur kennt ‚Mensch‘ Ärzte und ist stolz auf ein langes Siechtum, statt gesund zu sterben. Zur eigenen Rechtfertigung sprechen wir uns von jeglicher Verantwortung frei mit dem Glauben an eine angeblich höhere Lebenserwartung. Sorry.“ Doro bemerkt ihren Sarkasmus selbst. „Mich ärgern diese Giftsprüherei und diese Bodenvernichtungsfeldzüge dermaßen. Schau dir bei Google Maps unsere Äcker an. Je mehr weiße Flächen unsere Felder haben, umso weniger Bodenleben ist vorhanden und umso weniger zu ernten.“

„Das werde ich.“

Doro wendet sich wieder ihrem Buch zu, und ich will wissen, wie Tamaja geholfen werden kann.

*

Alle sitzen im Zentralraum des Kaimots in großen Schalen, die sich ihren Körpern anpassen. Das Kaimot setzt über dem Ort zur Landung an, an dem Siria und Taurus auf sie warten. Während Carmin und Silvana astral das für Tamjaner unsichtbare Kaimot verlassen, bleiben ihre Körper an Bord. Alles ist gut durchdacht. Mit voller Aufmerksamkeit konzentrieren sie sich auf die Umgebung und geleiten Siria und Taurus zum Kaimot, das an einem entlegenen, jedoch gut überschaubaren Standort auf sie wartet. Noch gibt es destruktive Energien auf Tamaja, die das Vorhaben stören könnten.

Als Siria und Taurus das Kaimot erreichen, kommen Carmin und Silvana ihnen schon wieder in ihren physischen Körpern entgegen. Das Betreten des Kaimots geschieht über eine Art Schleuse. In dieser werden von außen eindringende Energien und Informationen geprüft und bei Bedarf gereinigt bzw. umgeschrieben, um ungewollte interplanetarische Beeinflussungen zu vermeiden. Dann endlich können die Lillianer die Tamjaner begrüßen.

Die Lillianer wollen Siria und Taurus Tamaja von oben zeigen, um ihnen das Erkennen der Konsequenzen des jahrhundertelangen

Raubbaus an der Natur auf ihrem Planeten aus der Entfernung zu ermöglichen. Der Anblick ist selbsterklärend. Wirkungszusammenhänge erschließen sich. Das ist vor allem für Taurus wichtig. Solange die meisten Tamjaner noch nicht in der Bewusstheit ihres bewussten Seins leben, ist ihre Fähigkeit, die Konsequenzen ihres Tuns aus der Sicht des All-Eins-Seins zu sehen, noch unterentwickelt. Siria fühlte schon frühzeitig die Konsequenzen. Taurus wollte sie eher nicht wahrhaben. Eine Schutzfunktion, geboren und genährt von der Überlebensangst angesichts des Ausmaßes der Zerstörungen im nun zerfallenen System.

Sie überfliegen Tamaja in geringer Entfernung, ohne für die Bewohner des Planeten sichtbar zu sein. Das wird durch das Energiefeld um das Kaimot ermöglicht. Siria und Taurus staunen über die brillante Rundumsicht. Der langsame Flug ermöglicht ein unmittelbares Erleben.

Siria sagt: „Seht dort drüben, die roten Lichter in dem großen schwarzen Fleck. Das sind ungelöschte Brände, die immer wieder aufflackern. Ein riesiges Stück Land, das wir aufgegeben haben. Der Versuch, aus den Bodenschichten flächig verteiltes Öl zu gewinnen, verseuchte ganze Landstriche. Toxische Chemikaliengemische wurden – wirtschaftlich und energetisch vollkommen irrsinnig – in den Boden gepresst. In Folge wurde unser Wasser bis in die untersten Schichten mit Chemikalien verseucht. Ungezählte Tamjaner, Tiere und Pflanzen starben qualvoll. Das Wasser aus den Wasserhähnen in den Häusern konnten wir anzünden, aber nicht aufgrund seiner Anomalien, sondern die Zusätze ließen es brennen. Die toxische Wirkung dieses Ölgewinnungsverfahrens wurde jahrzehntelang durch das Ablassen von Partikeln und Abgasen aus Flugzeugen noch verstärkt. Die darin enthaltenen kleinsten Aluminiumteilchen halten die Flächen schon jahrelang am Brennen, noch immer schwelt es auf großen Flächen unter der obersten Schicht. Auch in Städten führten die Chemikalien in der Luft zu einer erhöhten Brandgefahr. Nicht nur die Wärmedämmungen der Häuser ließen die Wohnkisten wie Fackeln brennen; das Aluminium-

Barium-Strontium-Luftstaubgemisch, das sich mit dem sauren Regen auf ihnen angesammelt hatte, sorgte für eine hochexplosive Gefährdungslage.

Ihr seht selbst, wie groß der Anteil toter Gebiete ist. Massiver Wasserbedarf in den Städten, die Abholzung riesiger Flächen, um den Energiebedarf zu decken, und vor allem der Einsatz von Giften in der Landwirtschaft trugen dazu bei, dass der Boden keine Feuchtigkeit mehr speichern kann. Pflanzen und Bäume, die noch nicht verdorrt waren, brennen aus dem geringsten Anlass wie Zunder. Wir haben den aussichtslosen Kampf dagegen aufgegeben; irgendwann auch die Städte und zogen in noch nicht verbrannte Gebiete aufs Land. Überall war Krieg. Schaut, die dunkelgrauen Trümmerberge. Tamaja ist noch nicht ganz befriedet. Ich glaube, in den Köpfen hocken noch Schuld-, Rache- und Wut-Gedanken. Es braucht viel Vergebung, bis die Wunden vollständig heilen. Doch die *Herzen aller* wollen Frieden." Leise, traurige Worte Sirias, die dennoch Hoffnung stiften.

Loria hat etwas entdeckt und steuert das Kaimot etwas näher heran. „Seht ihr? In dieser Stadt leuchten kleine grüne Flecken. Siria, Tamaja lebt!"

Ein zaghaftes Lächeln huscht über Sirias Gesicht. Sie beobachtet Tamjaner, die emsig wie Ameisen unterschiedlich tief in dem hellen Boden graben. Staubwolken umgeben sie. An manchen Stellen bemühen sich viele gleichzeitig, dunkle Stücke festen Materials aufzubrechen.

„Das sind Straßen, die wir nicht mehr brauchen. Es ist vorerst einfacher, hier Boden aufzubereiten, als Häuser abzutragen."

Loria steuert das Kaimot perfekt über Städte und Landschaften. Es gibt unglaublich hohe Kisten. „Hochhäuser", sagt Siria.

Sowohl die Lillianer als auch Siria und Taurus sind wie gelähmt. Das Ausmaß der Zerstörungen ist unfassbar groß.

Siria lässt ihren Gedanken freien Lauf: „Da, wo früher Urwald riesige Flächen einnahm, wo breite, stark mäandernde Flüsse das Land durchzogen, sind heute nur noch Wüsten. Verdorrte, leblose

Böden blieben übrig. Auf vereinzelten Stellen seht ihr noch verkohlte Baumstümpfe. Es begann mit dem extrem zunehmenden, künstlich erzeugten Tabak- und Palmölbedarf. Die Flächen toten Landes erscheinen mir so unglaublich groß. Die Statistiken, die über die zunehmende Abholzung geführt wurden, haben mir schon Angst eingeflößt, aber dieser Anblick übersteigt alle meine Vorstellungen. Wir hatten keinerlei Möglichkeit, das aus der Ferne zu betrachten. Die aus dem Kosmos übermittelten Nahaufnahmen erreichten nur wenige Tamjanern und wer konnte sie deuten? Bis sich das erholt, vergehen Jahrhunderte." Dann zeigt sie in eine andere Richtung. „Da hinten, seht ihr? Fliegt bitte mal dahin, da wurde Bauxit abgebaut. Hier stand Urwald und nur kurz unter der Humusschicht fand man aluminiumhaltiges Erz."

„Eine riesige Wunde."

„Eine von vielen, die in kürzester Zeit unserem Planeten zugefügt wurden", bestätigt Siria traurig. „Baustoffe wie Marmor, Seltene Erden, Sandstein, Porphyr, Salz, aber auch Brennstoffe wie Kohle, Öl und Gas führten zu nachhaltigen Verletzungen unseres Planeten, nicht nur oberirdisch. Es gab Gebiete, die waren so unterhöhlt, dass ganze Städte langsam, aber stetig absackten. Die meisten Bewohner hatten davon keine Ahnung. Rund um die Uhr liefen starke Pumpen. Ein solches Gebiet nannten wir ‚Ruhrpott'."

Taurus ergänzt: „Das Wetter spielte verrückt, eine Naturkatastrophe nach der anderen versetzte uns in Angst und Schrecken. Viele Arbeiter und Tausende der Ur-Einwohner starben nicht nur hier an den Folgen des wachstumsbedingten Rohstoffwahns."

Loria fliegt sehr tief. Sie entdeckt Tamjaner, die ein großes Loch ausheben. Silvana erkennt sofort den Sinn: „Hier wird ein Wasserfang gebaut."

Loria freut sich: „Tamjaner, die mithelfen, das Leben auf Tamaja zu bewahren, werden uns erlauben, ihnen zu helfen." Siria sieht Loria fragend an.

Sie erläutert: „Die geistigen Gesetze der Natur sind universell. Wollen wir dem Leben dienen, halten wir uns strikt an diese Gesetze. In diesen ist verankert, wer körperlich oder geistig das Leben in seinen unterschiedlichen Formen unterstützt, dem – oder dem Teil in ihm – darf geholfen werden. Wir unterstützen Revitalisierungsbemühungen nur, wenn wir dazu von dem Hilfebedürftigen ermächtigt werden. Der freie, allverbundene Selbst-Wille der Lebewesen – überall im Kosmos – darf nie eingeschränkt und begrenzt, noch fremdübernommen werden. Passiert dies, entsteht Druck und Widerstand, der zu großen, das Gesamtsystem beeinträchtigenden Zerstörungen führt, wie wir hier sehen. Die Auffassung der meisten Tamjaner, dass sie unabhängig von der Natur agieren können, entsprach einer Überlassung ihres eigenen freien Willens an ihren konditionierten Verstand, ihr Ego. Das verweigert sich der Intelligenz der Natur.

Die Allverbundenheit gebietet uns, den freien Willen anderer zu achten und zu respektieren, weil er immer auch unser eigener Wille ist. Wer seinen Weg allein gehen will, darf das tun. Bittet er um Unterstützung, wird er sie bekommen."

Bewundernd beobachten die Lillianer die sich mühenden, ausgezehrten, zum Teil kranken Tamjaner. Loria fliegt sehr dicht über sie hinweg. „Sie sind krank. Sie leiden an Leber-, Galle- und Magen-Darmbeschwerden. Ihr Kreislauf ist geschwächt. Die Eiterpusteln deuten auf einen hohen Vergiftungsgrad, die Reaktion auf die Schadstoffe aus dem zerstörten Umfeld. Der Körper reinigt sich."

Siria nickt. „Bei vielen Kindern und älteren Tamjanern überlebt der Körper den Reinigungsprozess nicht. Es sind noch zu viele Schadstoffe in der Umgebung, die das Immunsystem überfordern. Moose, Flechten und Algen, die die Luft reinigen und sich auf Wirtspflanzen ansiedeln, sind mit den letzten Pflanzen gegangen. Von den Raupen und Bakterien, die sich von Kunststoffen ernährten und somit begannen, unseren Müll zu entsorgen, überlebten auch nur wenige, obwohl anfangs eine regelrechte Plage ausgebrochen war und jeder sich bemühte, möglichst keinen Kunststoff mehr zu nutzen. Zu spät die Einsicht, der Müll und die Schadstoffe sind übrig geblieben. Kinder sterben und vieler Männer und Frauen sind unfruchtbar. Versteht ihr unsere große Sorge?"

Sie überfliegen nun weite, wellige Bereiche und Taurus sagt: „Das sind Teile unserer ehemaligen Ozeane. In diesen landnahen Bereichen wurde Öl und Gas, die Lebenssäfte von Tamaja, jahrzehntelang gefördert. Es bestand die Sorge, dass diese Säfte zu Ende gehen könnten. Doch die Tamjaner entdeckten immer neue Rohstoffadern. Auch diese wollten sie erschließen, hemmungslos. Doch Tamaja ist ein Organismus, der den gleichen Gesetzen unterliegt wie unsere Körper. In dem Fall forderte das Gesetz des Ausgleichs seinen Tribut. Der Zusammenhang mit Umweltkatastrophen wurde bis zuletzt abgestritten. Doch wer von Tamaja nur nimmt, ohne vorher gegeben zu haben, dem wird nach und nach alles genommen. Ein logischer Energieausgleich. Alles ist letztlich Energie und Information. Wird die Information geändert, ändert sich die Form der Energie, auch verdichtete Energie in Form von Materie. Damit habe ich mich jahrelang befasst. Hören wollte das aus Wirtschaft und Politik keiner. Taurus verstand mich, machte mir Mut." Siria nickt ihm dankend zu.

Die Firmen, die die Lebenssäfte förderten, wandten immer riskantere Methoden bei der Gewinnung an. Viele davon schlugen fehl. Explosionen bei Bohrungen, Havarien bei Transporten, aber auch Kriege im Kampf um die Ausnutzung der Rohstoffe führten zu Katastrophen ungeahnten Ausmaßes. Nicht nur ganze Landschaften wurden zerbombt, auch die Meere wurden zerstört. Ehemalige Tauchparadiese, Fische, Meeresvögel und alles Leben wurden langsam, aber stetig vernichtet. Dazu kam die gigantische Menge an jährlich erzeugten Kunststoffprodukten, die nicht in das natürliche Werden und Vergehen passten. Irgendwann sammelte sich ein großer Teil davon in den Meeren und zermahlen an den Stränden. Immer mehr Tiere starben, weil sie den Müll für Nahrung hielten. Die kleinen Kunststoffpartikel töteten Korallen, trübten die Sicht, statt Plankton füllte Kunststoff die Mägen der Wale.

Die Botschaften der Tier- und Pflanzenwelt nahm kaum ein Tamjaner ernst. Flussdelphine aus den großen Lebensadern starben, Wale und Delphine der Meere wurden aus Glaubensgründen unsagbar brutal abgeschlachtet, als Delikatesse verspeist oder als Beifang mit abgeschnittenen Flossen dem Meer wieder übergeben. Nur sehr wenige Tamjaner wussten, dass diese Tiere mit ihren Gesängen die Eigenschwingung von Tamaja balancierten. Jahrtausendelang unterstützten sie die Schöpfung mit ihren Klängen: Sie heilten und beruhigten oder regten an und brachten Energie in Bewegung. Doch es reichte nicht, dass die Tamjaner ihren Müll in die Meere kippten und in die Flüsse ihr stark mit Chemikalien und Substanzen aus Medikamenten, Düngemitteln und Fäkalien belastetes Wasser einbrachten. Sie durchstrahlten die Meere mit Radar, Sonar und Lidar genau mit der Frequenz, mit der die Biophotonen lebender Organismen in Resonanz gehen. Immer wieder starben ganze Walherden qualvoll an Stränden und fanden Fischschwärme ihre Laichplätze nicht mehr, platzten Gehörgänge oder Blutgefäße in den Gehirnen. Die heilenden Gesänge wurden weniger, bis sie ganz verstummten. Das Wasser war so desinformiert, dass es seine natürliche hexagonale Struktur auf dem ganzen Planeten – auch in unseren eigenen Adern und in den von Tieren und Pflanzen – so veränderte, dass es die Fähigkeit, Leben zu spenden, verlor.

Nur wenige Tamjaner begannen schon während der Zerstörungen sich selbst zu schützen. Sie bemühten sich, die verseuchten Lebensmittel und Getränke zu meiden und Schadstoffe auszuleiten." Taurus zeigt auf Tamaja. „Das sind diese Tamjaner, die ihr hier seht. Sie haben überlebt."

Gelähmt vor Entsetzen schweigen alle.

„Ich weiß nicht, ob es noch eine Quelle gibt, aus der lebendiges, reines Wasser an die Oberfläche tritt", überlegt Siria, und Taurus ergänzt verbittert: „Die Mehrzahl der Tamjaner störte all das tragische Verhalten wenig. Viele wollten auch nichts davon wissen. Ihr Komfort, Reisen in ferne Länder, ihr Konto, ihr Auto, Haus und Garten … ihr Wohlstand erschienen ihnen wichtiger. Sie sahen zu und spekulierten weiter mit ihren Gewinnen, als würde es ewig immer so weitergehen. Sogar Boden und Wasser wurde an den Börsen gehandelt!" Ihm steigen die Tränen in die Augen.

Silvana fühlt mit ihm. „Taurus, es ist schwer zu ertragen. Auch in mir breitet sich Betroffenheit aus. Hilft es dir, wenn ich dir versichere, dass wir euch unterstützen werden, so wie ihr es wollt, auch wenn es noch dauern wird, das pathogene Zeitalter endgültig zu überwinden?"

Mit erstickender Stimme bringt Taurus nur kopfnickend ein leises „Danke" heraus. Dann schaut er wieder auf Tamaja hinunter.

„Entscheidend ist, die Ur-Erinnerung der Schöpfung in allen euren Zellen zu beleben. Das Zellbewusstsein jeder einzelnen Zelle in euch ist zu wandeln. Wenn auch nur eine Zelle in euch eure naturgegebenen Lebensmotive nicht wahrnehmen kann, weil Glaubenssätze und Wertvorstellungen eurer bisherigen Gesellschaft sie daran hindern, boykottiert ihr euch weiterhin. Ihr habt jetzt die Wahl: Entweder bleibt ihr von dem Schock des Erlebten traumatisiert und beginnt wie nach jeder kleineren Katastrophe den Aufbau nach den gleichen Gedankenmustern."

„Oder?" Taurus kann Silvanas Alternative gar nicht abwarten.

„Oder ihr kommt zu Bewusstsein und erkennt eure Allverbundenheit, die euch aus Schmerz und Elend führen wird. Der Weg zu einem glücklichen und friedvollen Leben hier auf Tamaja legt sich euch dann unter die Füße. Ein anderer Weg, als die Technokratisierung, die zwar ungewollte, aber zerstörerische Konsequenzen hatte. Sie ist das Werk eines begrenzten Verstandes, dem die Sicht auf die Dinge aus der Perspektive des großen Ganzen verwehrt bleibt. Der Verstand hat sich selbst reduziert auf die Separierung der Dinge, um sie in Häppchen verstehen zu können. Er hält an Erfahrungen und Gedankenkonstrukten fest, weil sie ihm vertraut sind. Vor Neuem hat er Angst. Da unten siehst du die Auswirkungen dieses einseitigen Denkens." Silvana zeigt auf Tamaja und erklärt weiter: „Zwischen innerer und äußerer Ordnung der Dinge besteht ein untrennbarer Zusammenhang, Taurus. Eure Erfindungen erschienen euch einzeln betrachtet innovativ, bewundernswert, nachhaltig und schön. Innerhalb eures von stetem Wachstum der Wirtschaft bestimmten Betrachtungsrahmens war die Technokratisierung sogar sinnvoll. Erst mit der Erweiterung des Horizonts auf das Ganze kann das zerstörerische Potenzial einer genialen Erfindung, einer florierenden Kosmetikindustrie oder eures Umgangs mit Tieren erkannt werden. Die Gefahr hinter der Industrialisierung und Digitalisierung habt ihr nicht sehen können wollen."

Taurus nickt. „Irgendwann versagten die Selbstheilungskräfte."

„Die der Natur und eure. Ihr habt euch keine Erholungsphasen gegönnt. Hektisch habt ihr nach neuen Erkenntnissen, Gewinn und Macht gelechzt. Ihr wart blind für das, was euch euer Umfeld spiegelte und konntet euren eigenen Zustand nicht spüren. Durch die eigenen Innovationen erkrankt, seid ihr zu Ärzten gegangen und habt erwartet, dass *sie* eure Körper ganz machen – als hätten diese nichts mit euch zu tun! Und vor allem: Ohne dass ihr damit aufhört, sie weiter kaputtzumachen!"

„Siria war oft verärgert über unser Verhalten. Sie hatte schon frühzeitig erkannt, dass wir irgendwann scheitern, wenn wir das ganzheitliche Wirkungsgefüge weiter so vernachlässigen. Ihre Voraussage hat sich bewahrheiten. Die Auswirkungen waren anfangs sicher gering, aber dann wurde das Chaos immer schneller immer größer."

„Das Denkmuster ist das Gleiche wie das unserer Ahnen auf der Erde. Ihr habt wie sie darauf vertraut, dass das große System der Biosphäre, das seit Jahrmillionen mit einem hundertprozentigen Wirkungsgrad und einem gigantischen jährlichen Stoffumsatz funktioniert, die Milliarden Tonnen synthetischer Chemikalien, Schwermetalle und Mikroben, aber auch Kohlendioxid, Schwefel und Radioaktivität, die jährlich zusätzlich zu den Milliarden Tonnen Kohlenstoff und organischem Material dazukamen, genauso zuverlässig verarbeitet wie vor der Technokratisierung. Ihr habt euch euren Planeten Untertan gemacht ohne über seine komplexe Natur nachzudenken.

Und wenn, habt ihr wieder separiert. Wie sonst hätte euer Verstand die Konsequenzen erfassen wollen? Es ist immer das gleiche Dilemma: Eure Weltanschauung, wie auch die unserer Ahnen, ließen nicht zu, das Leben als einen Komplex miteinander verbundener, offener und dynamischer Systeme zu begreifen. Solange ihr auf Tamaja lebt, ohne zu fühlen, dass ihr selbst ein Teil des Planeten seid, werdet ihr die Konsequenzen eures Denkens und Handelns nicht erfassen können und wollen."

Auch Siria versetzt sich in die vergangene Zeit. „Als die Konsequenzen maßloser Ressourcenausbeutung und rücksichtsloser Anhäufung von Reichtum unübersehbar wurden, verhinderten Politik, Wissenschaft und Wirtschaft ein Gegensteuern. Um der Bevölkerung das zu erklären, wurde eine Argumentation aufgebaut, die Ursache und Konsequenz perfekt vertauschte. Statt die Ursachen von Kriegen zu beseitigen, wurden Mauern errichtet und Flüchtlinge zu Buhmännern erklärt. Statt weniger Schadstoffe zu produzieren, wurden die zunehmenden Krankheiten bekämpft. Statt die weltweite Waffenproduktion konsequent zu stoppen, wurde gegenseitig immer unverblümter intrigiert und erbittert gekämpft. Auf allen Ebenen, in allen Bereichen wurde der Kampf gegen die Auswirkungen immer subtiler und härter. Es konnte auch gar nicht anders sein. Die Waffen niederzulegen setzt voraus, dass ich mich mit allem verbunden fühle. Jeder. Wie soll das gehen, wenn jede Seite nur eine Wahrheit kennt: die eigene und ein Ziel: Macht?

Das auch im Alltag zu erkennen war für mich gar nicht so einfach, weil das Chaos so perfekt organisiert war. Die Manipulation der Gefühle; eine Wissenschaft, die immer weniger ergebnisoffen forschte; gefilterte Informationen von wirtschafts- und politikhörigen Medien; allumfassende Lenkung und Steuerung durch Meinungsvorgaben und Werbung, aber auch durch implantierte Mikrochips führten zur Bewusstseinsbeeinflussung, ohne dass die Tamjaner es merkten. Über das installierte Elektroklima wurde nicht nur das Wetter manipuliert, die Tamjaner tanzten wie Marionetten. Ferngesteuerte, lebende Roboter. Zu wenige erkannten, was mit ihnen geschah. Bei vielen war ein bis an die Grenze des Ertragbaren gestiegener Erregungslevel die Folge. Depressionen einerseits und Gewaltbereitschaft andererseits, aber auch die Gedankenangst im Kopf nahmen extrem zu."

Abrupt hält Siria inne und schaut sich irritiert um. „Ich merke gerade, dass ich keine Gedanken mehr habe."

Loria erklärt: „Unser Umfeld hier schwingt in einer unkonditionierten Dimension. Trennende Energien haben kaum eine Chance."

Sirias Gesicht strahlt als sie sich erinnert: „Ich war an einem Tiefpunkt angekommen. Ich wollte einfach nicht mehr. Alles war mir egal. Ich nahm mein letztes Geld und flog auf eine Insel. Eine Insel, die jeglichen ‚Fortschritt' ablehnte: keine Elektrizität, kein Fahrzeug, außer mit Muskelkraft betriebene, keine Kommunikationstechnik. Die, die hier lebten, verzichteten freiwillig auf alle technischen ‚Lebenserleichterungen' und es ging ihnen gut, sehr gut sogar. Ohne Einladung durfte niemand auf diese Insel. Ich erhielt vollkommen unerwartet eine E-Mail, in der eine Frau eine Begleitung für einen Besuch bei ihrer Schwester suchte. Sie hatte mich über das Internet gefunden. Alles ergab sich.

Dann auf der Insel: Stille; freundliche Tamjaner; berührende Gespräche; lachende, spielende Kinder; dichte, duftende Wälder; in den Flüssen klares, lebendiges Wasser unter einem ungetrübten Himmel. Ich schwamm mit wilden Delphinen im offenen Meer. Ein intensiver Blickkontakt mit einem großen, abseits der anderen schwimmenden Delphin – ein Einzelgänger – verwandelte mich. Das Gequatsche meines Egos im Kopf verstummte. Ich sah ein Bild von mir, was ich nie vergessen werde. Ein Symbol für Reinheit, Geborgenheit, unendliches Potenzial: Liebe. All die Bewertungen, Vergleiche, Analysen und Vermutungen verflogen so, wie sie sonst jeden Morgen auftauchten. Frieden. Es war für mich pure Glückseligkeit. Alles um mich, die Natur wie die Menschen, schenkten mir Wohlwollen. Es gab auf dieser Insel keine Raubtiere, keine Giftpflanzen, auch keine Pflanzen mit Dornen, dafür eine Fülle an Früchten! Noch nirgendwo war mir das so aufgefallen.

Ich spürte hier eine Energie, die meine geschundene Seele heilte. Ging ich ins Wasser, fand sich immer eine Schildkröte, von der ich mich aufgefordert fühlte, mich mit ihr in den Wellen treiben zu lassen. Im Wasser zerfloss mein Körper. Übrig blieb ich selbst. Ein ganz tiefe Gefühle erfassten mich: ein Staunen, rein und unschuldig, gedankenlos, frei. Alle meine körperlichen Beschwerden ließen nach und verschwanden. Ich spürte nur Weite, grenzenlose Weite und Licht. Liebe. Alle Angst war weg.

Das erste und bisher einzige Mal bekam ich eine Ahnung davon, was es heißt, bewusst und willentlich selbst, ohne Störfeuer, denken zu können, Gedanken unbewertet ‚einfallen zu lassen'. Mein Glaube, dass Tamjaner glücklich, friedlich, in Fülle miteinander und im Einklang mit der Natur leben können, wurde in dieser Zeit zur tiefen Überzeugung. Es war faszinierend. Ich war ganz präsent in allem, und alles war in mir. Ich fühlte mich wie ein Vogel, der immer, wenn er von seinem Nest aus zu Erkundungsflügen startet, die Gewissheit mit sich nimmt, dahin zurückkehren und für einen neuen Flug in ungeahnte Höhen und Weiten Kraft schöpfen kann. Ich hatte meine Kraftquelle wiederentdeckt und Mut keimte auf.

Überzeugt, das Gefühl würde anhalten, entschloss ich mich zur Rückkehr. Tiefes Vertrauen in eine mögliche andere Welt nahm ich mit.

Das Zurückkommen in meiner Heimatstadt empfand ich dann wie einen üblen Scherz. Ich wollte es anfangs nicht fassen, doch schon auf dem Flughafen meldete sich mein Gedanken spinnendes Ego wieder. Mein Bewusstsein ergab sich dem herrschenden kollektiven Bewusstsein. Schon nach 14 Tagen fiel ich aus dem tiefen Gefühl der Allverbundenheit zunehmend wieder heraus. Alte Muster brachen auf. Ich verlor mich in der Alltagshektik. Jetzt erfahre ich diese Gegenwärtigkeit wieder." Siria strahlt vor Dankbarkeit.

Eine Pause tritt ein, die Carmin leise beendet. „Ja, dein Körper geht mit unserer höheren Schwingung in Resonanz. Deine Begegnung mit den Delphinen hat die Erinnerung an deine Fähigkeit erhellt, in höhere Dimensionen zu wechseln. Wie fühlst du dich?"

„Glücklich."

„Ganz glücklich? Trotz der bevorstehenden Aufgaben?"

„Ganz glücklich. Aber wie geht das so schnell?"

„Wenn du deine Allverbundenheit spürst, gegenwärtig bist, wandeln sich die Dinge oft spontan."

„Bei mir dreht sich das Gedankenkarussell noch." Taurus klingt enttäuscht. „Was kann ich tun?"

„Es gibt verschiedene Methoden, den Wandlungsprozess zu unterstützen. Siria hatte sich mit der Insel intuitiv ein Umfeld gesucht, das ihrem Körper half, sich an den Zustand der Allverbundenheit zu erinnern. Geeignete äußere Umstände erleichtern den Prozess. Nachhaltiger ist die innere Wandlung, die ihr beide bereits begonnen habt. Sie benötigt jedoch mehr Zeit. Um deine Verbundenheit zur Selbstverständlichkeit werden zu lassen, wird dich unser bewusstes Umfeld unterstützen, Taurus."

Ungläubig schaut Taurus zu Carmin. Der nickt und erklärt: „Unabhängig von deinem Kopfgehirn sind verschiedene Organe in deinem und unserem Körper in der Lage, zu empfinden, sich zu erinnern, zu lernen und Entscheidungen zu treffen. Es gibt neben unserem Bauch-Hirn ein ganz eigenes Nervensystem im Herzen. Es ist fähig, unabhängig vom Gehirn mit deinem Umfeld zu kommunizieren. Das im Vergleich zum Gehirn wesentlich stärkere Magnetfeld des Herzens trägt dazu bei, dass sich während eines Gesprächs die Herzen der Gesprächspartner und aller Anwesenden synchronisieren. Während wir miteinander sprechen, Taurus, synchronisiert sich dein Körper mit meinem und auch mit dem Umfeld hier. Das hilft dir bei der Umstellung auf höhere Schwingungen, wie sie dich auf Lillyland erwarten.

Über die elektromagnetischen Felder der Herzen werden Informationen zwischen uns ausgetauscht und bearbeitet. Das Herz leitet diese dann an das Gehirn weiter. Je nachdem, ob du willst oder nicht, nimmst du sie wahr. Wenn du auf dein Herz hörst, wirst du dich leichter mit der Quelle allen Seins rückverbinden können. Es reagiert auf die Informationen aus der Umwelt, unbeeinflusst von deinem konditionierten Verstand, und: Es ist der Wohnort deiner Seele, aus der dein höheres Selbst spricht. Überlässt du deine Wahrnehmungen und die aus ihr abzuleitenden Entscheidungen deinem konditionierten Verstand, ist die Wahrscheinlichkeit sehr hoch, dass du dich gegen dein Herz entscheidest. Du verharrst in deiner Abspaltung von allem. Dein begrenzter Verstand denkt für dich.

Denkst du mit dem Herzen, Taurus, lebst du in wirklicher Allverbundenheit. Höre auf deine Herzensstimme. Sie ist zwar leise, sendet aber mit bis zu sechstausendfacher Stärke im Vergleich zu deinem Verstand.

Wichtig ist zu wissen, dass unser Herz und unser Körper schon vor dem Eintreten eines Ereignisses Kenntnis davon haben. Da dein Körper, speziell dein Herz, seine Allverbundenheit nicht abstreitet, erreichen unseren Herzverstand Informationen aus dem Allbewusstsein. Dein Herz ist dein zuverlässigster Prophet."

Während Silvanas Erklärungen blickt Taurus unentwegt auf Tamaja. Fassungslos, entsetzt hört er von Silvana, welche Wahl sie hatten:

„Unsere Ahnen wählten einen weniger zerstörerischen Weg. Erst erkannten ganz vereinzelt ein paar wenige Menschen, dass ein Ende der Zerstörungen nur gelingt, wenn sie mit der eigenen inneren Heilung einhergeht. Sie begannen Methoden zu entwickeln, ihre seelischen Verletzungen zu wandeln. Sie transformierten auch den in vorangegangenen Generationen erlebten Schmerz, Beleidigungen, Demütigungen, Unterdrückung und Gewalt, lebensfeindliche Erfahrungen. So überwanden sie Schamgefühle, Schuld, Kriegserlebnisse, Hunger, Epidemien und die vielen Spielarten der Angst. Was blieb, war Liebe – die Basis für ein authentisches Leben. Frei und selbstbestimmt wollten sie leben. Zu den einzelnen Pionieren, die *zuerst allein* auf geistiger Ebene begonnen hatten, eine andere Welt zu manifestieren, gesellten sich weitere. Auch sie begannen mit dem inneren Fühlen der eigenen Verbundenheit zur Natur und damit zur Quelle alles Seins.

In kleinen Gruppen, bei unzähligen Begegnungen überwanden sie ihre Bedenken und Ängste. Die Sehnsucht war groß: berühren und verbinden, grenzenlos schöpferisch tätig sein, forschen, gemeinsam schaffen und feiern. Sich dem Leben hingeben, ohne es – in all seinen Nuancen und Spielarten – zu missachten.

Das universelle Bewusstsein entfachte die Kraft ihres Einsseins mit Allem. Die kosmischen Energie- und Informationsfelder formierten sich neu. Das Tor für den ersten wesentlichen Schritt der Umsetzung ihrer Vision von einer anderen Erde öffnete sich. Sie nutzten die Chance und gestalteten ungehorsam, aber beherzt die von der Landwirtschaft missbrauchten, verödeten Flächen neu. Sie pflanzten neues Leben, lebendige Vielfalt. Das war der Anfang eines friedlichen Übergangs. Weltweit vernetzt wuchs die Kraft kleiner, in den Herzen der Menschen lebender und teilweise schon realisierter Parallelwelten, die Gewalt und Zerstörung beendeten. Lillyland wurde geboren. Das Leben auf der Insel, die Siria besuchte, ist eine Parallelwelt, ein Kraftort auf Tamaja."

Silvana fühlt, dass Taurus noch nicht so recht an ein Wiedererblühen Tamajas glaubt. „Der Wandlungsprozess durchläuft Phasen. Wenn die äußere Welt im Chaos versinkt und das Gefühl der Allverbundenheit noch nicht trägt, entsteht eine Art Ohnmacht, auch, weil eine überzeugende Vision fehlt. Ihr werdet auf Lillyland viele Möglichkeiten des Zusammenlebens kennenlernen. Das sollen Inspirationen für euch sein. Seid offen, greift sie auf und ihr werdet eure eigenen Formen des Zusammenlebens finden. Wir Lillianer unterstützen euch mit unseren Gedanken. Dann ordnet sich das Universum selbst: präzise und unendlich in den kleinsten Teilchen der Materie wie unergründbar weit in der Unendlichkeit des Universums." Silvana lächelt und umschreibt mit einer großen Geste die Weite des Alls.

Taurus schaut nachdenklich auf seinen Heimatplaneten. Tränen vernebeln seinen Blick. Siria schiebt sanft ihre Hand in seine. Auch sie sehnt sich nach einem anderen Bild von ihrem Heimatplaneten.

Loria, die während der Ausführungen von Silvana das Kaimot stoppte, setzt nun den langsamen Flug fort. Die Aufmerksamkeit konzentriert sich wieder auf Tamaja. Ausgedehnte Flächen verbrannter Wälder, dazwischen schwer zu deutende graue Flächen, zu denen schnurgerade Straßen führen.

Plötzlich zeigt Siria auf viele kleine Kisten. „Das könnten die Container des Atommüllzwischenlagers Nuri sein."

Taurus ergänzt: „Eine einsame Gegend, an die wohl kaum einer denkt, ehemals in einem riesigen Waldgebiet nahe der Stadt Nuri gelegen. Ein noch ganz und gar ungelöstes Problem."

Während Loria das Kaimot wieder über besiedeltes Gebiet lenkt, beruhigt sie Taurus: „Auch dafür gibt es eine Lösung."

Nachdenklich fragt er: „Obwohl die Selbstheilungskräfte unseres Planeten ja offensichtlich versagten?"

Silvana schüttelt den Kopf. „Die von euch sogenannten Selbstheilungskräfte sind nichts anderes als Informationen, die die Fähigkeit haben, Energien zu ordnen und Kräfte neu zu formatieren. Die bleiben im Feld immer erhalten. Das Leben ist ein ewiges Werden und Vergehen. Tod und Geburt sind nur individuelle Formen ein und derselben Quelle."

Sie zeigt mit dem Finger auf so gar nicht in das Landschaftsbild passende Bergkegel und fragt Taurus: „Was sind das für Berge?"

„Das ist das Ergebnis der Erfindungen der Chemieindustrie. Viele Jahrzehnte wollte keiner merken, dass mit dem Wirtschaftswachstum auch die Müllberge wuchsen. Neben Bergbauhalden gab es Unmengen an Halden von Abfall, Haushaltsmüll und Bauschutt."

„Müll? Bauschutt?"

„Ja, in allen Branchen wurden Produkte der öl- und gasverarbeitenden Industrie eingesetzt. Die Industrie wurde immer kreativer in der Herstellung von in der Natur nicht vorkommenden Stoffen, die dann nicht verrotteten. Sie fügten sich so nicht mehr in den natürlichen Kreislauf der Natur und wurden für Hunderte von Jahren auf Deponien gelagert oder in die Meere gekippt. Kunststoffe haben eine Halbwertszeit von 500–800 Jahren. Die Ära dieser Industrie begann vor knapp 100 Jahren! Produkte aus Kunststoff waren nicht für 500 Jahre und länger konzipiert, nein, die Lebensdauer war oft extrem kurz; waren die Weichmacher ausgegast, die Farbe verblichen, die Stabilität oder Elastizität dahin, … Es wurde die Nutzungsdauer auch willentlich verkürzt, vor allem in der Elektronik. ,Obsoleszenz' nannte sich das. Dazu kam der Verpackungs- und Wärmedämmwahn. Im Baugewerbe trugen Architekten und Designer zusätzlich mit ständig neuen Trends fleißig zur Maximierung von Bauschutt bei. Nach zehn bis maximal 50 Jahren wurden die Gebäude wieder abgerissen. Häuser aus früheren Zeiten überdauerten längst die in den letzten Jahrzehnten errichten. Viele andere hausgemachte Kriterien trugen zur Kurzlebigkeit und dem Wachsen von Müllbergen bei", schließt Taurus mit einem traurigen Seufzer seine Erklärung ab.

„Müll und Bauschutt und was war das Dritte?"

„Abfall, auch Gartenabfall."

„Gartenabfall?"

„Unkräuter, Baum-, Rasen- und Heckenschnitt, vergilbte Pflanzenteile, Essenreste, die wir auch Bioabfall nannten."

„Oje, das sind wertvolle Nährstoffe. Und Unkräuter? Lass mich raten … das sind Pflanzen, die euch nicht gefallen?"

„Na ja, deren Nutzen war vergessen, sie wuchsen dort, wo es uns nicht gefiel. Sie brachten Unordnung in unsere Gärten und auf unsere Felder."

„Unordnung? Die Natur hat eine geniale, kooperative Ordnung. Sie ist von höherem Sinn. Wir sind Teil von ihr und auf sie geeicht. Uns gefällt alles, was die Natur hervorbringt!"

„Dann haben wir sie wohl nie verstanden." Taurus sieht zu Siria. Er ist verwundert, Sirias Worte, die sie ihm bei seinem ersten Besuch in ihrem kleinen Garten sagte, von Silvana zu hören. Siria hatte von ihrem Permakultur-Garten, wie sie ihn nannte, geschwärmt. Er konnte das damals gar nicht nachvollziehen. Aus seiner Sicht herrschte dort Chaos. Aber er gab ihr recht: Es gab unzählige, zum Teil schon als ausgestorben geltende Pflanzen in ihrem Garten und die Pflanzen haben fast alle die dunkle Zeit überlebt. So konnten sie sich aus diesem Garten nach der Katastrophe leicht ernähren.

Noch immer sehen alle gespannt auf Tamaja. Keiner war auf dieses Ausmaß der Verwüstung vorbereitet. Siria und Taurus wird die Größe der Aufgabe für die überlebenden Tamjaner langsam bewusst. „Wie weit haben wir Tamjaner uns von unserem natürlichen Wesen entfernt. Wie unwürdig, steril, naturfremd und erdrückend lebten wir!"

Silvana stellt mitfühlend fest: „Auch wenn wir oft über die pathogene Zeit unserer Ahnen sprechen, klang es in meinen Ohren bisher wie eine unglaubliche Geschichte. Jetzt bin ich auf einmal mittendrin – bei euch! Von welchen Ängsten müsst ihr beherrscht gewesen sein, um einen Teil des eigenen Wesens so zuzurichten!"

Sanft beschleunigt Loria das Kaimot. Zwischen gigantischen Hochhäusern, entlang schnurgerader Straßen zieht etwas ihre Aufmerksamkeit an. Beim Näherkommen erkennt sie, dass sich durch dicke Platten hindurch etwas Grünes seinen Weg bricht. Die Gesichter entspannen sich. Ein Anzeichen für die sich schon besinnende Lebenskraft. Tamaja wird wieder erblühen! Der Wille Tamajas zum neuen Erwachen zeigt sich – aus sich heraus!

„Taurus, Tamaja wird ein Paradies wie Lillyland. Ihr tragt dazu bei. Alles, was zu dieser Zerstörung führte, kann gewandelt werden. Wie das funktioniert, zeigen wir euch auf Lillyland."

Carmin gibt das Signal zum Rückflug.

Nun geht alles sehr rasch. Es wird nur über das gesprochen, was für den unmittelbaren Rückflug notwendig ist. Carmin erklärt Siria und Taurus noch schnell die Maßnahmen für die Reise: „Die Sitze ermöglichen eurer Aura, ein eigenes Kraftfeld zu erzeugen. Das ist so stark, dass keine Informationen und Energien von außen eindringen können, die eurem höchsten und besten Wohl entgegenwirken könnten. Bitte erlaubt mir, dass ich eure Gedanken mitlesen und eurem Geist die entsprechenden Anweisungen geben darf."

Siria hat seit dem ersten Kontakt mit Carmin großes Vertrauen zu ihm und nickt. Taurus folgt der Entscheidung von Siria, aber nicht weil er Carmin vertraut. Für ihn ist alles neu und fremd. Doch schließlich schließt auch Taurus die Augen.

Carmin verbeugt sich dankend vor den beiden. Im Rahmen ihrer Allverbundenheit hat für die Lillianer die Souveränität eines jeden Lebewesens höchste Priorität. Die Gedanken von Siria und Taurus zu lesen erlaubt sich Carmin nur mit deren Einverständnis oder wenn ein hohes Gefährdungsrisiko besteht. Für ihn ist die Zustimmung der beiden Tamjaner ein großer Vertrauensbeweis.

Was Siria und Taurus nunmehr erleben, wird tiefe Gefühle in ihnen auslösen, die ihr ganzes Leben prägen werden. Carmin hofft, frühzeitig erkennen zu können, wann sie möglicherweise Hilfe benötigen. Bei der Größe der vor ihnen liegenden Aufgaben braucht er ein sicheres Gefühl für ihre Bedürfnisse. Nur darauf richtet er seine Aufmerksamkeit. Er nimmt mit seinem Gedankenstrahl Kontakt zu beiden auf und gibt die Informationen, die sie für ihren Schutz brauchen, gedanklich an beide weiter. Er prüft, ob ihr Kraftfeld geschlossen ist. Das ist wichtig, da Carmin besonders bei Taurus das fehlende Ur-Vertrauen bemerkt, das für die Reise benötigt wird. Angst verunsichert und zieht Energie ab. Damit sich Zeitfenster für die Reise öffnen können, ist es jedoch notwendig, sich dem universellen Bewusstsein anzuvertrauen. Das bedeutet: das Ziel bedürfnisorientiert benennen, aus ihm die Richtung bestimmen, sich vollkommen mit dem Universum verbunden fühlen und wissen, dass sich ohne ihr weiteres Zutun das universelle Bewusstsein zu ihrem höchsten und besten Wohl neu ordnet. Dann kann sich die Parallelität der Ereignisse in ihrer ordnenden Dynamik verwirklichen.

Als alle Lillianer auf ihren Plätzen sitzen und ihre Kraftfelder geschlossen sind, beginnt Loria mit dem langsamen Abheben. Siria und Taurus verfolgen gebannt, wie sie sich immer weiter und schneller von ihrem Planeten entfernen, bis Loria in die zeit- und raumlose Dimension übergeht.

Die Reise verläuft entsprechend der gemeinsamen Imagination der Lillianer ohne Zwischenfälle. Auch jetzt sind die zu Hause Gebliebenen am Gelingen des Rückflugs beteiligt. Entspannt, aber voll konzentrierter Aufmerksamkeit geht die Crew mit ihrem Bewusstsein in der Weite des Universums spazieren.

Siria und Taurus sind überwältigt. Ganz im Gegensatz zu den Lillianern befinden sie sich in einer Art Bewusstseinstaumel.

Taurus verfällt in eine Art Trance. Doch was spürt er? Einsamkeit? Alleinsein? Oder Gefühllosigkeit? Bilder kommen auf, verschwinden, alles gerät in eine geistige Unschärfe. Eine riesige Leere breitet sich in ihm aus. Ein wohliges Frösteln durchläuft ihn. Sein Verstand gibt auf. Es ist unfassbar für ihn. In der Weite der Unendlichkeit wird Taurus als winziges Teilchen unendlich schnell von einem winzigen Teil namens Tamaja zu einem anderen winzigen Teil namens Lillyland teleportiert. Wie fühlt sich das an? Ist das Glück? Es ist mehr als Glück. Ur-Vertrauen? Tiefe Allverbundenheit? Frei und doch unfrei? Taurus lässt sich fallen. Sein konditionierter Verstand ist still. Er genießt ohne Denken den zeitlosen und scheinbar ewigen Moment des Versetzens, der keiner *ist*.

Beim Erwachen aus seiner Trance stellt sich ihm die Frage: ‚Musste ich erst Tamaja aus dem Kosmos erleben, um meine Allverbundenheit zu erfahren?'. Noch bevor der Gedanke zu Ende gedacht ist, gibt ihm sein höchstes Selbst die Antwort: ‚Ja'.

Als es bei dem Ja bleibt und er Taurus' Hilflosigkeit fühlt, hilft ihm Carmin mit einer Erklärung: „Dir fehlte der Adlerblick. Wenn du in einem Haus bist, kannst du nicht wissen, wie das Dach von oben aussieht. Du kannst dir jedoch mit deiner Erfahrung vorstellen, wie das Haus von oben aussehen könnte. Ein Bild entsteht, das dem Wissen deines begrenzten Verstandes entspringt, der aus deinem Unterbewusstsein eine Idee des Daches rekrutiert. Es wird in den Details nicht dem wirklichen Dach im augenblicklichen Moment über dir entsprechen. Bist du eins mit allem, kannst dich in die unkonditionierten Bewusstseinsebenen deines Selbst hineinbegeben. Du fühlst dich, als würdest du dich in der Weite des Universums ausbreiten. Das ermöglicht dir einerseits, alles Geschehen im Kontext des Ganzen zu beobachten, aber auch einzelne kleinste Details wahrzunehmen, ohne sie aus dem Beziehungsgefüge des globalen universellen Bewusstseinsfeldes herauszutrennen. Dir gelingt dann das Betrachten einzelner Veränderungen, während du den Gesamtüberblick über alles behältst. Du kannst mit deinem Gedankenstrahl das Dach des Hauses von außen sehen – ganz real, während du im Haus bist. Diese Fähigkeit zu erlernen steht in Wechselwirkung mit deinem Rückverbinden. Schule deine intuitive Wahrnehmung, sei lebendige Allverbundenheit und das *Fern*-Sehen wird dir zur Selbstverständlichkeit. Lerne dein Selbst von deinem Ego zu unterscheiden. Die Vorstellungskraft deines konditionierten, begrenzten Ego-Verstandes, Taurus, erübrigt sich. Sie kann dir kein reales Bild liefern. Sie ist immer in der Vergangenheit oder der Zukunft unterwegs. Sie informiert dich nur über das, woran sich dein abgetrenntes Ich, dein Ego erinnern kann oder was es sehen will. Deine Verbundenheit aber lässt dich das universelle Wissen erkennen."

Taurus rutscht unruhig auf seinem Stuhl hin und her. ‚Das widerspricht zu sehr allem, wovon wir ausgegangen sind. Wollten wir nicht die Wahrheit finden? Wir wollten die gegenwärtige Wirklichkeit für immer und überall festlegen und haben nicht gemerkt, dass wir ständig nur die Vergangenheit auf einen aus der Gesamtheit getrennten Ausschnitt übertragen und eventuell noch neu interpretieren? Die Wirklichkeit sollte für die Ewigkeit mess-, zähl- und begreifbar sein und wir haben das Wichtigste, unser Bewusstsein nicht wahrhaben wollen? Ein fataler Irrtum?‘

Carmin verfolgt seine Gedanken. „Es ist schwer zu begreifen, was unsere übersinnlichen Fähigkeiten alles vermögen, Taurus.

Wir sind alle mehr als die Summe perfekt ineinander geschachtelter stofflicher Teilchen. Wir sind informierte Energie in unterschiedlicher Dichte. Informationen durchdringen ständig unser Gehirn – wie Neutrinos. Wären wir nur unser Körper, könnten wir jetzt nicht so reisen, wie wir es gerade tun."

„Schon komisch", überlegt Taurus, jetzt laut, „ich bin, und ich bin gerade nicht. Irgendwas sträubt sich, beides gleichzeitig zu fühlen. Glaube ich noch immer, dass die Materie den Geist bestimmt? Ich weiß doch längst, dass es eine Illusion ist und ich nicht mein Denken bin, das Gehirn nur ein ausführendes Organ ist. Was hindert mich, meine Verbundenheit zu fühlen?"

„Du hältst Dualität für Polarität und willst diese mit dem Entweder-oder-Denken des Verstandes begreifen, statt die Beziehungen zwischen den Gegensätzen zu *fühlen*", antwortet Carmin. „Aus diesem Grund konntet ihr Tamaja zerstören, obwohl ihr unter den Konsequenzen gelitten habt und euer wahres Wesen euer Handeln verabscheute. So grausam es jedem Einzelnen von euch erscheint, das Leben lebt, indem es sich selbst entsorgt. So sieht es die Natur vor: Der Apfel trägt unter seiner Schale schon das Enzym, was ihn sich selbst verdauen hilft, wenn seine Zeit gekommen ist. Jede Idee, die das Gleichgewicht des globalen Lebens bedroht, und der, der sie nährt, werden von ihrer Destruktivität zerstört. Das ist ein universelles Prinzip. Du bekommst, was du säst. Niemand kann sich der Wirkung seines Denkens und Handelns entziehen. Ihr habt Tamaja kollektiv zerstört und nicht begriffen, dass ihr euch selbst, jeder sich, zerstört. Tamaja will aber *mit* euch leben.

Ihr hattet und habt die Wahl, immer, euch *für* das Leben zu entscheiden. Wer sich darauf einlässt, lernt in den Weiten des universellen Wissens zu surfen. Auf die eigene Intuition vertrauend wirst du, Taurus, weit über euren technischen Fortschritt hinaus Neues erfinden. Ihr lernt eure Sinnes- und Gedankenstrahlen zu nutzen. Euer Gehirn wird sich durch die Anerkennung eurer Teilhabe am Allbewusstsein und unter Berücksichtigung seiner Priorität über evolutionäre Prozesse hinaus verändern. Jeder Tamjaner wird frei sein, so er sich der Führung der Quelle allen Seins hingibt und im *Konsens mit allem am Lebenswerk mitwirkt.*"

Wie auch die anderen Lillianer hat Siria das Gespräch gedanklich verfolgen können. Ganz entspannt beobachtet sie in sich Bilder aufsteigen. Sie erlebt noch einmal ihre Begegnung mit den wilden Delfinen und genießt den Moment des Einsseins in der großen blauen, funkelnden Weite des Ozeans. Ganz in ihrer Präsenz fühlt sie in tiefer Ausgeglichenheit: ‚Einssein ist kein Gefühl. Es ist … unbeschreibbar, nicht zu verstehen … vielleicht muss ich gar nicht alles beschreiben und verstehen'. Dann schläft Siria ein.

Carmin denkt: ‚Nein, liebe Siria, das musst du nicht. Was du fühlst, macht dich aus – ohne dass du es beschreiben musst'.

Auch Taurus ist eingeschlafen. Für Carmin ist das eine erwartete Reaktion. Im Kaimot entspricht die Zusammensetzung der Luft der auf Lillyland. Sie enthält einen wesentlich größeren Anteil an Sauerstoff als auf Tamaja. Siria und Taurus sind an eine Luft gewöhnt, die einen großen Anteil an Stoffen und Partikeln enthält, die das Atmen erschweren, die Funktion der Lunge dauerhaft schädigen und ihre Vitalität stark einschränken. Außerdem sorgten die Technik und die Materialien, mit denen sich die Tamjaner umgaben, für einen höheren Anteil positiver Ionen in der Luft, was den Stoffwechsel erschwerte.

Caro denkt ebenfalls darüber nach: ‚Der hohe Reinheitsgrad unserer Luft bewegt ihre Körper, die angereicherten Schadstoffe zu entsorgen. Das erfordert Energie, die sie müde werden lässt. Es ist gut, dass wir hier die Luft langsam umstellen. Es wird nicht mehr lange dauern, dann werden sie sich wohler fühlen. Wir geben ihnen dann unser Wasser zu trinken. Es wird nicht nur die Leistungsfähigkeit ihres Gehirns, sondern auch ihre körperliche Vitalität um ein Vielfaches erhöhen.'

Wieder eingetaucht in Raum und Zeit zeigt sich Lillyland. Als Taurus erwacht, ist er verwirrt. Er hat vergessen, wo er sich befindet, und braucht eine Weile, bis er sein Umfeld einordnen kann.

Dann blickt er genauso fasziniert auf Lillyland wie Siria. Was er jetzt sieht, überwältigt ihn. Sein Herz geht auf. Die von der Sonne angestrahlte Seite leuchtet in Grün- und Blautönen. Darüber ziehen weiße Wolken, die einmal ein engeres, dann wieder ein weiteres Muster über die ganze Murmel ziehen. Je näher sie kommen, umso mehr Details werden sichtbar. Taurus und Siria suchen vergebens nach den schwarzen Flecken von Städten und nach weißen Feldern. *Alles* Land ist grün. Sie tauchen langsam durch ein paar Wolken. Nun wird ein großes Muster erkennbar. Unterschiedlich große rote und blaue Flächen lockern hell- und dunkelgrüne Gebiete auf. Fast jede der roten Flächen ist von einem blauen Band durchzogen, das sich hellgrün, braun oder gelb besäumt dahinschlängelt.

„Das sind unsere Orte, in denen wir wohnen. Was ihr Städte nennt, heißt bei uns Cellaria. Unsere Cellarias bestehen aus mehreren Cellas, die enger beieinanderliegen als andere Cellas." Caro zeigt auf die kleinen roten, vernetzten Punkte. „Sie sind von der Größe her nicht mit euren Städten zu vergleichen. Die Lebensdichte, die ihr euch gewählt hattet, ist ungeeignet für ein menschengerechtes Leben. In derartigen Zusammenballungen überlagern und durchdringen sich die Körperebenen zigfach. So passiert unbewusst ein ständiger Informations- und Energieaustausch. Es kommt ungewollt zu Synchronisationen individueller Lebensrhythmen und -ansichten. Da sich das individuelle Bewusstsein dem kollektiven gern unterordnet, zieht eine dermaßen große Nähe einer unüberschaubaren Menge dem Einzelnen – so er es nicht gelernt hat damit umzugehen – enorm viel Energie ab. Körper, Geist und Seele sind ständig damit beschäftigt, den unfreiwilligen Informationsaustausch zu kontrollieren. Die ganze Aufmerksamkeit ist unbewusst darauf gerichtet, das innere Gleichgewicht zu balancieren. Das Fehlen der notwendigen Distanz zum Umfeld kommt einer permanenten Grenzüberschreitung gleich und lässt die Psyche unsagbar leiden. Durch den Energieverlust aufgrund der hohen Lebensdichte in Städten wie auf Tamaja wäre unser Leben gefährdet. Wir achten sehr auf den Energieraum, den jeder ganz individuell braucht. Deshalb sind Cellarias keine wirklichen Städte. Eine Art Cella-Haufen. Da, seht ihr? Dort ist es gut zu erkennen." Caro zeigt auf fünf näher beieinanderliegende rote Flecken. Sie sind über einen sich schlängelnden Streifen von hellem Grün verbunden. „Es sieht aus wie ein Bild von Nervenzellen mit ihren Synapsen", bemerkt Siria.

„So funktionieren sie auch", sagt Caro. „Jede durchfließt ein Wasser, als Kraftspender. Natürlich fließendes Wasser ionisiert die Luft und gleicht das Mikroklima in den Cellas energetisch und stofflich aus. Wir wertschätzen ganz besonders, dass es uns informativ mit seiner Quelle und allen Gebieten, die es durchfließt, verbindet und flussabwärts über uns erzählt. Dafür sind wir sehr dankbar, weil diese Fähigkeit des Wassers nicht nur unser Leben mannigfaltig bereichert, sondern auch Pflanzen und Tiere davon profitieren. Sie nutzen die Wasseradern von Lillyland als Informationsträger, um untereinander in Verbindung zu bleiben, sich zu warnen oder um Hilfe zu bitten. Andererseits freut sich das Wasser, wenn es lange braucht, bevor es unsere Orte wieder verlässt. Es ist wissbegierig und uns zugetan. Auch wir halten uns gern in der Nähe der Gewässer auf, schauen zu, wie es sprudelnd und glucksend, auch mal rückwärts über Hindernisse fließt. Oft vertrauen wir Blattschiffchen unsere Gedanken an und schicken sie mit dem Wasser auf Reise. Gern legen wir – im gegenseitigen Interesse – Steine in die Strommitte, um die Verweildauer des Wassers im Ort zu verlängern. Das hat noch einen anderen Effekt: das Ufer bleibt von Auswaschungen verschont.

*

Über diesen Effekt hatte ich mich informiert, als ich mit einem städtebaulichen Gutachten beauftragt war. Zum Schutz vor Hochwasser sollte entlang eines Flusses an einem sozial und städtebaulich sensiblen Bereich eine bis zu drei Meter hohe Betonwand errichtet werden. Ich war so verärgert darüber, weil ich von anderen

Methoden und Möglichkeiten des Hochwasserschutzes gerade für solche erholungsträchtige, energiereiche Orte wusste, die z. B. in der Steiermark bereits zur Anwendung kommen. Dort wird nach den Erkenntnissen von Viktor Schauberger der Hochwasserschutz an der Mur mit mittig eingebrachten Steinen realisiert. Und bei uns will kein Wasserbauer davon was wissen? Am meisten erzürnte mich aber, dass keiner über die Ursachen sprach! Ich durfte nicht einmal den Fokus darauf lenken und musste meine Textpassage wieder streichen, die die durch Monokultur und industrielle, chemiereiche Bewirtschaftung verlustig gegangene Wasserspeicherkapazität der Böden aufzeigte. Wachstumsfaktor Hochwasser!

Meine ganze angestaute Wut kommt hoch und juppijeh, ich kann sie zulassen! Ich schmunzle und lese weiter.

*

Wasser ist Leben. Wasser ist Information. Es pulsiert rund um die Erde, in ihr, auf ihr und in unseren Adern, wie in allen Tieren und Pflanzen. Wenn wir dem Wasser in der Natur die Freiheit nehmen, begrenzen wir unsere eigene. Wasser speichert alles Wissen der Räume, durch die es fließt. Es verteilt Botschaften, solche, die das Leben in den Ortschaften bereichern oder – wie auf Tamaja – dazu beitragen, Leben zu vernichten. Ihr habt die Flüsse unter die Erde gezwungen oder als Transportmittel für euren Müll und als Hilfsmittel für eure Raubzüge beim Ausbeuten eures Planeten benutzt. Ihr habt es sogar als Mittel der Macht zur Unterjochung ganzer Völker eingesetzt. ‚Wassertransfer‘ habt ihr es genannt: Virtuell aus den armen Ländern um den ganzen Planeten verschlepptes Wasser. So vergewaltigt und aus seinen natürlichen Adern gerissen, sammelte es sich dort, wo ihr dann davon überrascht wurdet. Ihr habt die Zusammenhänge nicht begreifen wollen.“

Siria nickt traurig. „Auch der Grundwasserstand – oft baubedingt – wurde manipuliert, Wasser in Rohre und Kanäle gezwängt, begradigt, über Hunderte von Kilometern gepumpt, zentralisiert und: Es war nur noch gegen Geld zu haben. Die letzten Jahre tobte der Kampf um Wasser tamajaweit."

„Das universelle Prinzip der Resonanzgilt auch hier", sagt Silvana. „Wer Wasser von anderen Gebieten abzieht, in den Kreislauf eingreift – wie auch immer –, muss mit der Antwort rechnen: Hochwasser, Stürme, Dürren, … Und immer gehen Informationen mit. Die Natur strukturiert das Wasser so, dass es Leben spendet. Fließt Wasser durch künstliche Rohre, ohne dass es sich frei bewegen kann, verliert es seine ursprüngliche Information. Es verliert an Energie. Doch genau die brauchen wir für unsere Gesundheit. Fließt es gar durch Gebiete, in denen Lebewesen gequält, Pflanzen geschädigt, Kriege und zwischenmenschliche Konflikte ausgetragen werden, verteilt das Wasser diese lebensfeindliche Information auf alles, was es beim Durchfließen tangiert.

Bei der Geburt übernehmen wir die Informationen des Wassers am jeweiligen Geburtsort. Die Daten des Wassers programmieren das neue Lebewesen mit allen Informationen seines Umfeldes – liebe- wie auch gewaltvolle. Ein genialer Anpassungsmechanismus für jeden Organismus an das Stück Erde, das er sich für sein Leben hier ausgesucht hat!"

*

Daher kam meine Traurigkeit, als ich nach vielen Jahren an den Wohnort meiner Kindheit zurückkehrte, an dem ich, von Geburt an, zwanzig Jahre gelebt hatte. Den großen, wilden Garten, der Star und Wiedehopf, Pirol und Grünspecht, Meise und Rotschwänzchen ein Zuhause bot, gab es nicht mehr. Vier Einfamilienhäuser standen nun darauf, eng beieinander. Kleine Ziergärten, Stellflächen und Garagen füllten die Restflächen zwischen den Gebäuden. Auch Haus und Garten meiner Großeltern, ein Stück entfernt, damals Spiel- und Lernparadies für uns Kinder, war ‚modernisiert‘ und lieblos, unwissend saniert. Den alten Bäumen sah ich ihr Leid an. Statt der Vielfalt bunter Blumen nahmen Ziergehölze inmitten großflächiger Schotterschüttungen deren Platz ein. Das Haus hatte sein Gesicht verloren. Kunststofffenster ersetzten nun die ehemaligen, mit Sprossen unterteilten Holzkastenfenster. Wie hatten doch die Alpenveilchen zwischen den Scheiben das Herz meiner Oma erfreut. Die Fensterläden waren der Wärmedämmfassade zum Opfer gefallen. Auch den Wald gegenüber gibt es nicht mehr. Er musste Autobahnanlagen und Lärmschutzwänden weichen. Es tat weh, sehr weh. Ich will gar nicht daran denken – doch ich merke, dass ich lächle! Ja, die Gefühle an die Zeit, die ich im Garten und dem Wald zubrachte, erfüllen mich noch immer mit Wärme, geben Geborgenheit.

*

Taurus steht das Entsetzen im Gesicht: „Wenn Wasser alle Informationen speichert, haben wir ja *alles* falsch gemacht. Allein was wir an Chemie und Medikamenten über die Haushalte einbrachten, von der Industrie ganz zu schweigen. Die Klärwerke waren ja nur große Rührpötte. Die Reinigung nach unseren Gesetzen berücksichtigte ja nicht einmal Medikamente, an die informelle Reinigung dachte überhaupt niemand. Es wurde ein Theater gemacht wegen der Ansteckungsgefahr mit Viren und Bakterien, vielleicht beruhten Epidemien auch nur auf informeller Übertragung – welcher Art auch immer? Es ist doch unglaublich, wie eng und ergebnisorientiert unser Denken war! Oder ist?"

„Taurus, ihr habt es nicht besser gewusst. Ihr könnt jetzt alles ändern. Es ist nie zu spät für einen Richtungswechsel", beruhigt ihn Caro.

Zu den Lillianern gewandt schlägt er vor: „Lasst uns noch eine Runde über Lillyland fliegen. Da bekommen Siria und Taurus einen Eindruck, wie ihr Tamaja einmal aussehen wird. Außerdem sehe ich unsere Murmel so gern von oben."

Ein einheitliches Nicken gibt Loria das Signal, den Gleitflug fortzusetzen. Siria schaut gebannt auf die Erde. Die gegensätzlichen Eindrücke sind gewaltig. Das Grün mit den blauen Bändern und den roten, wie Farbkleckse eingestreuten Cellas lässt ein Gefühl von Wärme durch sie fließen. Sie fühlt sich eingeladen. Ganz anders als beim Überflug über Tamaja. Da schrie vor Schmerz alles in ihr auf. Sie nähern sich weiter Lillyland. Wie viele verschiedene Grüntöne sie erkennt!

Carmin geht auf ihre stillen Gedanken ein. „Siria, sprich aus, was du fühlst, so erfahren alle, ob wir gleich empfinden wie ihr Tamjaner. Es scheint, dass dich die Information erreicht, die wir in unseren Cellas leben."

„Das Rot der Dächer zwischen dem vielen Grün." Siria staunt.

„Rot bedeutet Leben. Wir Lillianer nutzen Farben nach ihren energetischen Wirkungen. Wir bedecken unsere Häuser mit Dächern, die den Anteil der von uns als rotes Licht wahrgenommenen Strahlung reflektiert. Dächer übermitteln nach außen die Information von dem, was sie beherbergen: Leben. Sie sind auch Aufenthaltsort geistiger, das Haus beschützender Wesen, bieten ihnen Raum. Ein rotes, gewölbtes oder auch wie ein Sattel ausgebildetes geneigtes Dach signalisiert Stärke, Mut, Aktivität und gleichermaßen Geborgenheit und Schutz. Das Rot unserer Dächer antwortet dem Grün unserer Landschaft. Die kraftvolle Vitalität der Farbe Rot wird vom lebendigen und entspannend wirkenden Grün harmonisiert. Diese Farbkombination symbolisiert unsere Aufgabe als Schöpfer. Wir sind hier, um mit der Natur zu tanzen, Freude zu erleben, aber auch unsere Potenziale – gemeinsam mit ihr – weiter zu entfalten. Im Unterschied dazu war eurer Anliegen, die Natur zu verbessern.

Wenn wir gelandet sind, werdet ihr die Farbtöne unserer Fassaden deutlicher sehen. Sie beziehen sich, bis auf gewollte Ausnahmen, auf die Erde. Die Kombination der verschiedenen Ockertöne ist Ausdruck der Verbundenheit unserer Seele zu unserer Familie, unserem Heimatort und der Natur. Die Schwingung dieser Farben regt das Wachsein und unser Bemühen um das Eingehen neuer Verbindungen an. Unser tiefes Bedürfnis zu wachsen und unsere

Fähigkeiten zu entfalten bedarf der Polaritäten, die in Gemeinschaften auftreten. Unterschiedliche Ansichten inspirieren enorm. Im Gegensatz zu euch gehen wir wertfrei und kreativ mit Meinungsverschiedenheiten um, statt sie als absolut anzusehen und darüber zu streiten. Streit trennt. Wir leben verbunden und erfüllen uns damit unser Bedürfnis nach Geborgenheit und Zugehörigkeit, aus denen wir Mut und Kraft schöpfen für unser inneres Wachsen. Die erdigen Farben unserer Häuser spiegeln die Geisteshaltung zu unserer inneren und äußeren Natur und stärken gleichzeitig die Eigenschaften, die für diese notwendig sind."

*

Oh, das ist ja interessant. Was damals scheinbar zum kleinen Einmaleins des Bauens gehörte, wird heute in Veröffentlichungen zur Farbpsychologie beschrieben. Die Beziehung zur Farbe ist primär in der Biologie des Menschen verankert und wohl auch im Allbewusstsein. Wissenschaftler haben festgestellt, dass persönliche Bevorzugungen bei Menschen gleicher mentaler Verfassung überall auf der Erde gleich sind. Lieblingsfarben zeigen unsere innere mentale Struktur und den ganz persönlichen momentanen Entwicklungsstand. Leider sind unsere Sinneswahrnehmungen *kollektiv* beeinflusst.

*

Siria hat den Erklärungen von Carmin interessiert zugehört. „Auf Tamaja hatten Farben als Instrument zur Gesunderhaltung und Harmonisierung an Bedeutung verloren. Alles, was die Psyche der Tamjaner an ihr ursprüngliches Dasein erinnerte, wurde als Kitsch abgestempelt. Im Gegensatz dazu kannte die Werbebranche die Wirkung der Farben auf Psyche und Seele sehr genau. Gezielt wurde über das kollektive Empfinden Einfluss auf das unbewusste Wahrnehmen des Einzelnen genommen. Farben und Formen wurden so gewählt und in Szene gesetzt, dass die Verkaufszahlen stiegen und somit das Wachstum gepusht wurde. Die Architektur, auch die Kunst unterlagen wirtschaftlichen Interessen. Die Psyche der Tamjaner litt unter den Auswirkungen ihrer gebauten Umwelt, obwohl die wenigsten Tamjaner sich dies eingestanden. Ihre Seelen erkrankten. Depressionen, sogenannte Burnout-Erkrankungen, aber auch physische Krankheiten breiteten sich aus.

Unsere Städte förderten Aggressionen und Gewalt, minderten kooperatives Verhalten. Gegen die erzwungene Nähe fiel uns nur eine Strategie ein: Abgrenzung, Abschottung und Vereinheitlichung. Das Anderssein anderer, das immer seltener ertragen werden konnte, führte nicht nur zum Bau von Mauern, bewachten Zäunen und Stadtvierteln, auch Fremdenfeindlichkeit und in Folge kriegerische Auseinandersetzungen nahmen zu. Monotone, einheitlich in grau und schwarz, geometrisch klar und leblos gestaltete Gebäude unterstützten das Gleichmachen und Kontrollieren der Andersartigkeit. Um nicht ganz der Tristesse des Schwarz-Weiß-Grau-Looks zu verfallen, wurden in städtischen Räumen mit Solitärbauten und bei der Ausstattung von Innenräumen mit farbigen Akzenten krasse disharmonische Kontraste gesetzt."

„Bei uns ist Bauen ein Prozess der Selbstfindung", erklärt Carmin. „Die Baumeister und Bauwilligen begegnen sich sehr bewusst. Ihre Herzensenergie entscheidet, ob sie ein Gebäude gemeinsam errichten wollen. Sie finden sich, wenn ihre Seelen mit der gleichen Energie schwingen. Es gibt keinerlei Zwänge. Allein das Wohl der Lillianer steht im Mittelpunkt. Und weil ein Lillianer nicht glücklich werden kann, wenn andere Lebewesen oder die unbelebte Natur durch sein Verhalten beeinträchtigt werden, berücksichtigt er die Bedürfnisse aller gleichermaßen. Das ist selbstverständlich. Die Bauherren fühlen gemeinsam mit ihren Baumeistern, welches die richtige Form, Größe, Gestalt und Farbe und welche Materialien für das geplante Bauwerk stimmig sind. Natürlich beteiligt sich an dem Prozess die ganze Familie. Das sind manchmal ganze Gruppen von Lillianern! Es gibt viel Spaß dabei."

Taurus sitzt zusammengesunken und traurig in seinem Sessel. „Ob wir das je bei uns erleben werden?"

Carmin lacht. „Natürlich! Ihr habt gar keine Wahl! Das Leben lenkt alles hier in unserem Universum, auch euch. Oder denkt ihr, ihr hättet so ohne Weiteres Tamaja vollkommen zerstören können? Das wäre eine Initialzündung *gegen* das Leben gewesen. Das ist so nicht gewollt. Das Leben *will* immer."

Ungläubig dreht sich Taurus zu Carmin um. Auch Siria will es nicht glauben, dass alles so sein sollte.

„Ja", bekräftigt Silvana. „Eure Machthaber glaubten, sie könnten Herrscher werden über euren Planeten. Herrschen mit Macht *gegen* etwas gibt es in der Natur nicht. Das ist eine Illusion des Verstandes, über den *wir* verfügen können und den *ihr* über euch habt verfügen lassen. Kontrolle *über andere* oder *etwas* funktioniert nicht, nur die wertungsfreie Selbstkontrolle. Sie macht uns frei und versetzt uns in die Lage, selbstbestimmt zu handeln. Sich bewusst selbst wahrzunehmen ist eine überlebenswichtige Fähigkeit, zu der eure obersten Führer nicht mehr fähig waren, deshalb glaubten sie durch Kontrolle grenzenlose Macht *über* die Natur und *über* euch Tamjaner zu haben. Macht funktioniert auf Dauer nur *mit* sich, *mit* anderen. Ihr alle habt euch als Spielball den Mächtigen, die gegen das Leben agierten, zur Verfügung gestellt. In eurer Angst vor ihnen wart ihr blockiert, euch andere Formen des Lebens auf eurem Planeten vorstellen zu können. Ihr habt zugesehen, wie euch die Mächtigen in Form von Geld und Boden Lebensraum entzogen haben. Ohne euer Geschehenlassen, eure – vielleicht unbewusste – Zustimmung hätten sie ihre zerstörerischen, verbrecherischen Absichten nicht umsetzen können. Es sollte so sein. Das Leben ermöglichte den Seelen auf eurem Planeten diese Erfahrung – bis zu dem Punkt, an dem die Gefahr bestand, dass in der vernetzten komplexen Struktur des Universums andere Systeme beeinträchtigt oder gar aus der Balance gebracht werden."

Siria nickt. „Die Ängste saßen so tief und die Obrigkeitshörigkeit so groß, dass kaum einer an einen friedlichen Wandel glauben *wollte.* Die Sehnsucht nach Frieden war noch zu gering, der Schmerz nicht groß genug?"

„Auf unserem Planeten herrschte vor Tausenden von Jahren eine analoge Situation." Silvana beschreibt den Weg ihrer Vorfahren. „Hier fanden ausreichend viele Menschen zu ihrer inneren Stärke, die notwendig ist, um sich dem kollektiven Wahn des Getrenntseins, des Gegeneinanders, der Konkurrenz zu widersetzen. Sie begannen in ganz kleinen Gemeinschaften, manchmal ganz allein, neue Formen des Zusammenlebens zu erproben. Manche scheiterten. Doch das angeborene Bedürfnis nach Selbstbestimmung und Frieden, nach Freude und Leichtigkeit war größer als die Angst vor dem Scheitern, vor Verlust und Tod. Denjenigen, die sich gedanklich von ihren alten Erfahrungen lossagten, die über die bestehenden Strukturen hinausdachten, die vergeben wollten und dankbar waren, die andere Meinungen, wenn auch nicht gutheißen, so doch akzeptieren konnten, die ihren Glauben hinterfragten, denen gelang der Wandel in ihrem Umfeld. Neue, hierarchiefreie Formen des Zusammenlebens entstanden. Es wurden täglich mehr. Während immer noch Verbrechen und Zerstörungen zunahmen, bildete sich ganz unspektakulär ein weitverzweigtes Netz kleiner Gemeinschaften. Keine Macht der Welt konnte das verhindern. Es wurde getragen von der Kraft der Herzen und der Liebe der ersten Lillianer, unserer Ahnen. Viele machten in dieser Zeit leidvolle Erfahrungen. Ängste beutelten ihre Zuversicht. Doch mit jedem Rückschlag ging eine neue Tür auf und brachte sie ihrer Vision ein Stück näher: der Vision von Lillyland. Es war für den Einzelnen oft grausam und viele verließen den Planeten, weil in der Endphase die obersten Machthaber Hunderte von Kriegen inszenierten, in vielen bevölkerungsreichen Staaten Unfrieden schürten und auch in den reichen Ländern die Armut zunahm. Doch irgendwann erreichte die Anzahl der Menschen, die einen friedlichen Wandel in eine neue Ära wollten, die kritische Masse: Lillyland erstand."

Carmin ergänzt: „Unsere Ahnen wählten einen einfacheren *Weg.* Doch glaubt uns: *Alles* könnt ihr wandeln. Und es werden neue, den wahren Tamjanern würdige Gebäude und Siedlungen entstehen. Eure, die Sinne abstumpfende Bauweise spiegelte euch eure Geisteshaltung und euer Leben: hastig, oberflächig, kurzlebig, unecht, unehrlich und das ewige Leben verachtend. Ihr habt es so gewollt und die entsprechende Bauweise auch gebraucht. Ein Leben in Hast und Eile lässt den Sinnesorganen wenig Spielraum Details wahrzunehmen. Ein liebevoll gestaltetes Umfeld überforderte euren Verstand. Wie sollte er in Hast und Eile den Detailreichtum, die Fülle und Vollkommenheit mit Hingabe erbauter Gebäude und Städte verarbeiten? Die Sinnesorgane und die Seele brauchen Stimuli durch ein abwechslungsreiches Umfeld. Wenn sie nicht ständig trainiert werden, geht ihre Wahrnehmungsfähigkeit verloren. Eingeschränkte Sinneswahrnehmungen führen zu einer Verminderung der emotionalen Sensibilität. Was du nicht mehr wahrnehmen kannst, dazu fehlen dir bald die Worte. Und wofür du keine Worte mehr hast, das willst du nicht mehr. Wenn Architekten und Bauherren nur über einen minimalen Gefühlswortschatz verfügen, wie sollen sie offen sein für Ideen von Häusern, in denen sich Körper, Geist und Seele wohlfühlen?

Die Seele leidet, weil die Differenz zwischen dem Gebauten und dem Vorbild der Natur immer größer wird. Irgendwann ist der kritische Punkt erreicht, den es für eine Transformation braucht, weil das wahrhaftige Wesen in euch das künstliche, widernatürliche Umfeld nicht mehr ausgleichen kann. Ihr habt erlebt, wie in allen Bereichen eures Lebens die Ereignisse eskalierten. Nicht nur im Bau. Schreckensnachricht auf Schreckensnachricht erreichte euch. Die meisten schützten sich, indem sie nach Schuldigen suchten oder sich von dem Dilemma ausnahmen. Ein Teil von euch verweigerte sich der Nachrichten und lebte bereits eine eigene, leider oft egozentrische Vision. Als die Trennung von der Natur *kollektiv* nicht mehr ertragbar war, ging dann alles sehr schnell."

„So war es", bestätigt Taurus. „In dieser Zeit war ich in großer Sorge. Es gab eine große Zahl Tamjaner, die an den Untergang glaubten und das Bild des Aussterbens analog dem der Saurier heraufbeschworen. Filme und Bildkunst mit Horrorszenarien und auf Kampf ausgerichteten Zukunftsvisionen entstanden. Straßenkämpfe mehrten sich. Die, die an ein glückliches Leben auf Tamaja glauben wollten, drohten weniger zu werden."

„Es war unerträglich", erinnert sich Siria. „Weise und Hellseher verschoben ihre Voraussagen für ein Ende der Schreckensherrschaft immer wieder. Ich konnte es gar nicht mehr hören. Es war eine ungewisse und schmerzhafte Zeit."

„Keiner kann die Zukunft voraussagen", stellt Caro ernüchternd fest. „Wir alle sind Schöpfer, wir ändern mit *jedem* unserer Gedanken den nächsten Moment. Es gibt Millionen Zukünfte, so viel wie es schöpferische Wesen gibt, und jeder beeinflusst damit die kollektive Zukunft einer Gruppe, einer Art oder eines Planeten. Hat sich einer eine Vision ein-*fall*en lassen oder entworfen, dann ist sie im Feld. Sind es viele, die dazu in Resonanz gehen, dann ist die Chance groß, dass diese sich verwirklicht."

„Deshalb realisierten sich manche Kinofilme und manche Voraussagen unserer Machthaber. Was gab es nicht alles für lebensfeindliche Zukunftsvisionen und Gräuelgeschichten, auch über Menschenartige außerhalb von Tamaja. Das können wir ändern, Siria!" Taurus freut sich – erleichtert wie ein kleines Kind.

Loria stoppt das Kaimot über einer Cellaria. „Alles, was wir bauen, entspricht unseren tiefen Gefühlen und über die entscheiden wir selbst", sagt sie. „Wenn *wir* ein Gebäude imaginieren, öffnen wir uns für den Empfang von Informationen, die unserer Gefühlswelt entsprechen. Wir geben dem Allbewusstseinsfeld unser Anliegen bekannt und die Erlaubnis, Bilder, Worte und Gedanken empfangen zu dürfen, die unserer Gefühlswelt entsprechen. Wir erlauben der Quelle allen Seins, die Energien in uns und in unserem Umfeld so zu klären und zu harmonisieren, dass sie unserem höchsten und besten Wohle dienen und wir geschützt sind vor allen Energien, die dem entgegenwirken.

Es ist jedes Mal ein spannender Schöpfungsprozess und niemand kann ein Ereignis *wirklich* voraussagen."

„Wir haben uns an Vorhersagen von Karten- und Handlesern oder Hellsehern geklammert in der Hoffnung zu erfahren, was uns in der Zukunft erwartet, viele traten ein", hält Taurus dagegen.

„Voraussagen, sind immer eine Momentaufnahme. Allerdings besitzen sie schon das Potenzial, sich zu verwirklichen", antwortet Loria ohne den Blick von Lillyland zu lassen. „Ob die Voraussagen eintreten oder nicht, liegt an dem Bewusstsein Einzelner. Prägen sich die mit Emotionen verknüpften Bilder und Worte in das Unterbewusstsein ein, weil sie dir gefallen oder du keine andere Meinung hast – meist passiert das sogar unbewusst –, dann erhöhst du automatisch deren Chance, sich zu verwirklichen. Es reicht schon, wenn du überzeugt bist, dass diese Prophezeiungen eintreten werden. Du oder kollektiv eine Gruppe lenken dann ihre Aufmerksamkeit immer mehr und immer wieder auf die Prophezeiung. Angst verstärkt die negativ wirkenden Energien. Die Gedanken daran werden dich nicht loslassen. Die damit fokussierte Energie wiederum dient der Neuordnung der Informationen im Universum. Alle Informationen, die es zur Verwirklichung der Annahmen oder Befürchtungen oder Visionen braucht, gehen nun in Resonanz mit dem erdachten Ereignis und es darf eintreten. Löst du dich von diesen Gedanken und trennst dich von den dabei empfundenen, durch die Bilder ausgelösten Emotionen, entziehst du der Prophezeiung Energie. Stellst du eine eigene Vorstellung mit stark lebensbejahenden Gefühlen und kraftvollen Bildern, die du in deiner Wirklichkeit erleben willst, der destruktiven Prophezeiung entgegen, dann hat sie keine Chance. Dieses Wissen nutzen wir Lillianer für unser freies, glückliches Leben und auch für das Imaginieren unserer Siedlungen, Häuser, einfach allem, was wir brauchen."

„Geh noch ein bisschen tiefer", bittet Silvana.

„Da, seht ihr die Türme in der Cella? Sie stehen auf Kraftpunkten der Erde und dienen uns zum besonderen Energietanken und natürlich als Aussichtstürme. In der pathogenen Zeit waren sie von den Herrschenden versiegelt, teilweise für ihre Verbrechen missbraucht worden. Pioniere unter den Menschen öffneten diese wieder, nach und nach. Nicht nur mechanisch, nein, die Heilung begann auf geistiger Ebene, imaginär, mit der Kraft der Herzen, mit Kristallen und Ritualen, um die Störungen des Energieflusses der Erde zu beseitigen. Der Herzverstand eines jeden Menschen war mit seiner urcodierten Allverbundenheit dazu in der Lage, wenn der Mensch es wollte. Die Erde bedankte sich. Ihre irdischen Energien trugen reinigend und heilend zum Wandel bei. Visionen einer neuen Erde wurden unterstützt, einer Erde frei von Kriegs-, Verbrechens- und Opferdenkmälern, frei von kriegerische Auseinandersetzungen verherrlichenden Kultstätten und Stätten mit Gebietsansprüchen. So entstand eine Vision, bei der sich unter einem Völkerschlachtdenkmal die Erde auftat und das gesamte Bauwerk darin verschwand. Aus dem verbliebenen Krater erwuchs eine Lilie, rein und voller Pracht. Ihr Duft verströmte göttliche Liebe, die die Herzen der Menschen – ob Opfer oder Täter – an ihre Ur-Kraft, ihre Verbundenheit erinnerte. Seitdem breitete sich von diesem Ort, dem Ursprung von Lillyland, Eintracht, Harmonie und Frieden aus. Es gab nie wieder etwas, was jemals wieder wichtiger geworden ist als eine liebevolle Beziehung zwischen den Menschen, zwischen allen Lebewesen, zwischen Pflanzen und Lebewesen, lebender und scheinbar unbelebter Natur und dem Kosmos. Das war das Ende aller Angst.

Deshalb sind uns all die Türme auf diesen Kraftpunkten von Mutter Erde sehr wichtig. Sie verteilen hochschwingende irdische Energien in ihrem Umfeld und werden regelmäßig und sehr gern genutzt. Als Antennen für feinstoffliche Informationen quartieren sich hier bevorzugt uns beschützende Wesenheiten ein. Vor allem in Cellas, in denen Lillianer leben, die ihre künstlerischen Potenziale besonders entfalten, stehen oft mehrere, aber auch in denen der Visionäre. Sie pflegen ein besonders intensives schöpferisches Bündnis mit Mutter Natur, weil sie ihre Wahrnehmung für das Schöne immer wieder mit ihr abgleichen und ihre Sensibilität wachhalten und steigern. Im Einklang mit der Natur entwickeln sie Formen, Farben und Gestalt der verschiedensten Dinge dann kreativ weiter und vollenden so die Vollkommenheit von Vorhandenem oder schaffen Neues. Beim Treppensteigen bis zur Turmplattform kommt mit der Bewegung des Körpers die Lebensenergie in Fluss und mit ihr der Geist. Oben auf der Plattform angekommen, kann er weit fliegen und dabei die Verbundenheit mit der Erde körperlich spüren, anders als beim gewöhnlichen Fliegen. Der innere Horizont weitet sich, du wirst dir deines unendlichen Bewusstseins gewahr. Meine Seele braucht das regelmäßig. Wenn der Blick so unendlich weit schweift, fühle ich dann meine Heimat: einen Ort tiefsten Friedens und der Liebe."

„Ich habe Orte, an denen in der Vergangenheit Verbrechen geschahen, immer gemieden." Siria wischt sich eine Träne ab. „Doch sie zogen mich magisch an. Dann fragte mich eine Freundin, ob ich denn nicht meine Aufgabe darin erkenne. Jahrelang wollte ich meinen geistigen Kräften nicht trauen, im Gegenteil, ich litt unter meiner dafür gegebenen Sensibilität. Mit Hilfe von Freunden gelang es mir, allmählich das notwendige Vertrauen aufzubauen. Ich lernte bewusst zu denken und begann auch in meinem Umfeld transformierend auf negative Energien einzuwirken, statt sie nur zu bewerten und mich abzuwenden. Wenn ich Lillyland, speziell die Cella hier unten, nun von oben sehe, wird mir so warm ums Herz. Ich spüre, welch wundervolle Aufgabe uns angetragen ist." Die Tränen rinnen ihr über die Wangen, als sie leise sagt: „Die Rottöne der Dächer mit den unterschiedlichen Farbnuancen. Alles ist in ein Meer von Pflanzen und Wasserflächen eingebettet." Tränenüberströmt, die rechte Hand auf dem Herzen, sitzt sie und staunt.

Carmin, dessen Frau als Baukünstlerin ihre Liebe und Begabung in die Gestaltung von Häusern und Orten einbringt, kann Sirias Empfindungen nur bestätigen. „Unsere Bauten sprechen alle Sinne an, ohne sie manipulieren zu wollen. Sie entstehen aus der Intuition unserer Baumeister, die über hoch entwickelte außersinnliche Fähigkeiten verfügen und frei von jeglichen eigenen Vorstellungen sind. Keine Erfahrung, kein eigener Gedanke, kein erdachtes Wissen kontrolliert den intuitiven Einfall aus dem universellen Feld. Es ist eine Vorgabe des Allbewusstseins, die dann von *allen* Beteiligten in einem holographischen Bild verändert wird. Dabei lassen wir zu, dass sich das Allbewusstsein – an dem wir teilhaben – selbstwirksam über unseren Herz-, Bauch- und Hirnverstand sowie über alle Zellen unseres Organismus in den Gestaltungsprozess einbringt. Das nennen wir bewusstes verbundenes Denken. So entstehen unsere Häuser, unsere Cellas und die Türme."

*

Ich denke sofort an die Geschlechtertürme von San Gimignano. Als ich während einer Urlaubsreise auf einen der Türme stieg und auf die Stadt sah, fühlte ich wie Siria. Ich konnte mich von dem Anblick kaum trennen. An sich steige ich ungern auf Türme. Lüftungs-und Solaranlagen, Aufzugsschächte, Kräne zum Fensterreinigen, bekieste und bituminierte Flachdächer und verdreckte Oberlichtkuppeln geben wider, was sie unter sich zu verbergen suchen: ein naturentfremdetes, künstlich erhaltenes Leben. Wie zutreffend die Betrachtungsweise der Lillianer ist.

Ob die in der Toscana von reichen Patrizierfamilien im Mittelalter gebauten Türme auch auf Kraftpunkten der Erde stehen? Für Kirchen wurden solche Standorte ja explizit ausgewählt.

Marta berührt mich. Ich bin verwirrt und brauche einen Moment, um wieder zu wissen, wo ich bin.

„Du hast gar nicht gemerkt, dass wir gegangen waren." Sie lacht. „Ein gutes Zeichen: Du kommst mit dem Altdeutsch meiner Großmutter klar."

„Oh ja, Marta. Ich bin ganz weg. Müssen wir gehen?"

„Du kannst noch lesen. Doro ist zu ihrer Großmutter. Falls du Hunger hast …"

Marta lacht, als ich – noch bevor sie den Satz beendet – gierig nach den Kirschen greife.

„Danke, Marta, danke", begeistert spucke ich die Kerne Richtung Baum. „Oh, sind die lecker! Ich habe wirklich nichts bemerkt.

Würdest du dich lieber mit mir unterhalten? Ich habe Bange, dass du mich für unhöflich hältst, wenn ich weiterlese oder du dich langweilst." Ich schaue sie halb bittend, halb hoffend an. Sie lacht.

„Keine Sorge, ich übernehme für meine Gefühle schon selbst die Verantwortung und habe keine Hemmungen, dich zu stören." Sie knufft mich und meint: „Außerdem langweile ich mich nie; weißt doch, ich horche gern in mich rein. Lies nur weiter, ich gebe dir Bescheid, wenn wir losmüssen."

*

„Wie viele Menschen leben denn in einer solchen Cella?", will Siria wissen.

„In den Cellarias leben zwischen 10.000 und 20.000 Lillianer", erklärt Carmin. „Sie entstanden ursprünglich durch Cellas, in denen die Lillianer weniger Land wollten, weil sie anderen Interessen die Priorität gaben, als Land zu bewirtschaften. Jeder hat das Bedürfnis, zum Wohl der Gemeinschaft beizutragen; doch jeder besitzt die Freiheit, dies auf seine Art und Weise zu tun, ob als geistig aktiver Imaginierer, Baubegleiter, Papierschöpfer oder Gärtner. Dann wählt – auch heute noch – die Familie oder Gemeinschaft ihr Grundstück nur in der Größe, wie sie es für den eigenen Bedarf benötigt und ihm Beachtung schenken kann. Wenn sich Lillianer auch nicht selbst versorgen wollen, weil sie lieber mit ihren nicht-gärtnerischen Potenzialen zum Leben beitragen wollen; dann geben ihnen andere Lillianern von ihren Erträgen ab. Ihre Grundstücke sind oft kleine, nur zur inneren Freude gedachte, naturbelassene Oasen. Aus diesen Gründen entstanden im Zuge des Wandels Cellas in geringer Entfernung voneinander, die zusammen die Cellarias bilden. In den Cellas leben maximal 2000, meist jedoch so ungefähr 1500 oft gleichgesinnter, aber auch ganz unterschiedlich interessierter Lillianer. Die Größe ermöglicht, dass jeder jeden persönlich kennt. Uns sind Begegnungen wichtig. Begegnungen, bei denen wir uns spüren, die uns innerlich berühren und bereichern.

Begegnungen, bei denen wir die Distanz oder Nähe, den Freiraum oder die Intimität miteinander selbst wählen können. Immer zum gegenseitigen besten Wohl. Wir brauchen diese Erfahrung. Begegnungen ermöglichen Reflexionen und Austausch, was uns wachsen lässt.

Wir bringen aus unserer Quelle ein großes Bedürfnis nach Selbstbestimmung und Authentizität mit auf die Erde. Darf sich das nicht entfalten, verkümmern wir geistig und körperlich. Das bedeutet aber nicht, dass wir allein und auf uns selbst gestellt leben wollen. Ebenso groß ist ein zweites Ur-Anliegen: das Bedürfnis nach Zugehörigkeit, Geborgenheit und Harmonie. Begegnungen bieten uns die Chance, in Beziehung zu gehen und auszuloten, wobei wir uns am wohlsten fühlen. Das erfordert eine hohe Sensibilität und Achtsamkeit, um zu spüren, ob es dem Partner, dem Baum oder dem Haus mit meiner Nähe und meiner Aktivität in der Beziehung zu ihm genauso gut geht wie mir. Wenn ich das nicht berücksichtige, fühle ich selbst Unbehagen – und andere in meinem Umfeld.

So sind bei euch Konflikte entstanden. Ihr habt die Sensibilität dafür verloren: für euer Befinden und das eures Umfelds. Ihr habt nach Freiheit geschrien, euch gleichzeitig aber verkauft und ein Geldsystem geschaffen, dass euch in tiefer Abhängigkeit vom Leben trennte. Zwischen jeder Beziehung, die ihr mit euch und eurem Umfeld eingegangen seid, stand das Geld. Die Abhängigkeit vom Geld produzierte Ängste; zur Freude eurer Pseudo-Persönlichkeit, eurem Ego, wie ihr sagt. Das infiltrierte zahlreiche negative Gedanken, die jede Beziehung belasteten. Eure Begegnungen waren geprägt von Deutungen vorausgegangener, analoger Situationen oder den daraus abgeleiteten Geschichten, die ihr in die Zukunft interpretiert habt. Ihr seid euch dessen gar nicht bewusst gewesen. Eure Pseudo-Persönlichkeit bestimmte euren Willen.

Wenn wir das zulassen würden, bliebe uns der Zugang zum universellen Wissensfeld und damit wiederum die Nutzung kosmischer Energien verwehrt. Um eine große innere Schöpferkraft zum bewussten freien Gestalten entfalten zu können, brauchen wir genauso eine stabile, sichere Erdung wie die Anbindung an die kosmischen Energien. Vielfältige persönliche Beziehungen zu allem, was uns umgibt, erhalten uns die für das Imaginieren eines Hauses und dessen Realisierung notwendige Bewusstheit."

„Auf Tamaja war es häufig so, dass sich nicht einmal die Bewohner eines Hauses kannten", erzählt Siria. „In den Städten vereinsamten die Tamjaner zunehmend. Es war absurd. Die Vereinsamung nahm zu, obwohl sie sich durch die Stadtverdichtungen immer mehr auf die Pelle rückten. Alleinsein war für viele unmöglich, weil sie sich einen Raum mit anderen teilen *mussten*. Auch eine Wohnungstrennwand half oft nicht, weil sich ihre Körper auch durch diese hindurch feinstofflich-energetisch durchdrangen. So versuchten sich viele durch Anonymität zu schützen, obwohl sie sich nach Gemeinschaft sehnten; sie waren einsam und nie allein, obwohl sie allein sein wollten; litten auch unter Lärm, obwohl sie weder Stille noch Einsamkeit aushielten."

„Symptome tiefer Trennungstraumata. Wir leben alle gern in Gemeinschaft. Anonymität", überlegt Carmin, „ist uns fremd. Die in uns und in allen menschlichen Wesen verankerten archaischen Bedürfnisse nach Liebe *und* Wachstum, die – unter anderem – Ausdruck finden in den Bedürfnissen nach Verbundensein *und* Freisein, sind die in der Quelle allen Seins codierten Triebkräfte allen irdischen Lebens. Diese paradox erscheinenden Anliegen in Balance zu halten, täglich, in jedem Moment, ist die Aufgabe unseres Seins und unseres Organismus, der über das körperliche hinaus existiert. Geraten wir innerlich aus dem Gleichgewicht, spüren wir Defizite, die alle letztlich auf diese zwei Ur-Bedürfnisse zurückzuführen sind. Würden wir diese beim Entwerfen unserer Häuser und Cellas unbeachtet lassen, würde sich der Nutzer in dem Haus nicht wohlfühlen. Kein Lillianer wird sich nach einer Vorgabe eines anderen oder eines Gesetzes richten, wenn er sich in einem danach errichteten Haus nicht vollkommen geborgen und zu Hause fühlt – und wenn er darin nicht auch seine Fähigkeiten entfalten könnte.

Uns ist es wichtig, echt und ehrlich zu sein. Wie sonst sollten wir wachsen und uns entwickeln können?

Die Cellas gliedern sich in Gemeinschaften von jeweils zehn bis 120 Lillianern. Das ist abhängig von der Familiengröße. Eine Familie besteht nicht unbedingt nur aus verwandten und partnerschaftlich verbundenen Lillianern. Unter einer Familie verstehen wir eine Gemeinschaft sich sehr nahestehender Mitglieder. Das können Seelen- wie Blutsverwandte, geistig Gleichgesinnte oder sich körperlich-energetisch Nahestehende sein. Auch gleiche Lebensaufgaben können Lillianer zu Gemeinschaften zusammenführen.

Ursprünglich bildete jeweils ein sich liebendes Paar die ‚Keimzelle‘. Im Verlauf vieler Jahre, Jahrzehnte oder Jahrhunderte erwuchsen aus den Keimzellen Gemeinschaften, die die heutigen Cellas formten. Die Gemeinschaften durchlaufen Veränderungen. Die Ansichten und Interessen der ihr angehörenden Lillianer können sich genauso ändern wie die Anzahl der Lillianer und deren Häuser. Die Liebe und die Freiheit, die wir leben, sind in jeder Gemeinschaft der Kitt unserer Beziehungen. Das prägt unsere Kinder, die dann von ihren Heimatcellas selten fortwollen. Nach ihren Wanderjahren kehren sie in den meisten Fällen wieder zurück in eine ihrer Ursprungsgemeinschaften.“

„Das klingt recht langweilig und nach wenig Entwicklung.“

Die Lillianer lachen so herzlich, dass das Kaimot mitzulachen scheint.

„Oje, Taurus.“ Liebevoll und verständig schaut Silvana ihn an. „Das scheint nur so, weil inneres Wachsen leise, unsichtbar und unauffällig geschieht im Vergleich zu neuen und spektakulären technischen Entwicklungen, neuen Moden und Häusern. Unsere Entwicklung konzentriert sich auf den gegenwärtigen Moment. Wir genießen auf dem Weg unserer Entfaltung wertschätzend jeden Augenblick in Allverbundenheit, Pluralität, Vielfalt und Einzigartigkeit, statt krank vor Sehnsucht nach einer besseren Zukunft vereinheitlichend, gleichmachend und vergleichend, in Übereinstimmung bringend, anpassend, verschönernd dahinzueilen. Ihr hattet erstrebenswerte Ziele, an denen ihr festgehalten habt, obwohl sie Jahr für Jahr ein Stück weiter in die Ferne rückten, weil ihr nicht sehen konntet, dass euer Handeln konträr dazu lag. Wenn ihr Gebäude abgerissen und Städte zerbombt habt, bedeutete das Wachstum. Zerstörung geht schnell, ist laut und sensationell, unüberseh- und unüberschaubar umfassend.

Aufräumen, Aufbauen, neue Werte schöpfen und im Wesen wachsen – das braucht Zeit. Deshalb, Taurus, entzieht sich unsere Entfaltung noch deiner Wahrnehmung. Du wirst sehen, wie beglückend die zeitlosen, aufbauenden Veränderungen in unseren Cellas wirken. Leben hat kein Ziel, nur eine Richtung: liebend leben, miteinander, jetzt."

„Leben ist alles; ist Lebendigkeit zwischen Werden und Vergehen", ergänzt Caro. „Egal wie viel stirbt und zerstört wird, das Leben geht immer weiter. Lillianer wissen: Wenn ihr Ziel mit dem Wollen des Lebens übereinstimmt, lösen sich alle ihre Bedürfnisse in purer Glückseligkeit auf. Wir lassen uns plan-, aber nicht orientierungslos darauf ein. Mit dem Seelenplan im Herzen surfen wir auf den Wellen des Meeres des sich ständig dynamisch-rhythmisch neu ordnenden Lebens.

Häuser und Cellas sind ebenso beständig und dauerhaft wie sie sich im Fluss des Lebens lebendig wandeln. Von uns gewollten Abriss kennen wir nicht. Häuser als Informationsträger und Lebensspender gehören nur sich selbst. Sie bieten *dem* Raum, der sie nutzen und das Leben in ihnen feiern will. Da unsere Entität, unser Dasein in der Essenz identisch ist, spüren wir, wenn die Zeit gekommen ist, das Haus umzugestalten.

Häuser, unsere Cellas und unsere Gemeinschaften sind offene vernetzte Systeme. Jede ist mit ihren speziellen Eigenheiten einzigartig, lebt ihre eigenen Wahrheiten und erfüllt sich ihre ganz speziellen Anliegen. Die allen eigene, täglich achtsam bewahrte und gepflegte Allverbundenheit gewährleistet das Miteinander zwischen Gemeinschaften und Cellas in Dankbarkeit und Liebe. Wir leben ohne jegliche Machthierarchien sehr friedvoll miteinander."

„Ihr kennt keinen Streit und kein feindliches Ansinnen? Es gibt keine Vorurteile, Unterstellungen und Beschuldigungen, keine Gier, Eifersucht und Neid? Keiner übt Druck auf andere aus? Keiner besitzt Macht über andere?", fragt Taurus ungläubig.

Carmin lacht herzlich auf. „Nein, Taurus. Die Zeiten der Egoherrschaft sind Geschichte. Sonst könnten wir nicht friedlich miteinander leben. Das sind Eigenschaften aus der pathogenen Ära. Zerstörung, Aggression und jegliche Gewalt haben wir überwunden. Das verdanken wir den Menschen, die mutig und unabhängig vom kollektiven Meinungsbild an ihr bewusstes Schöpfersein glaubten, statt an die Negativität ihrer Pseudo-Persönlichkeit, ihres Egos. Sie gingen große Risiken ein, nicht nur für ihre materielle Existenz. Doch die volle Übernahme der eigenen Verantwortung und die Bereitschaft, sich rückzuverbinden mit allem, haben sich gelohnt. So wurde für unsere Ahnen ein friedlicher Weg möglich."

„*Wie?*", schoss es aus Taurus heraus.

„Taurus, es ist *nicht* die Meinungsdifferenz, die euch streiten ließ, es ist das Drama, was ihr daraus macht habt. Ihr konntet jedoch nicht anders. Eure Angst vor anderen Ansichten und dem Alleinsein mit der eigenen Meinung veranlassten euch unbewusst, immer wieder Konflikte zu inszenieren. Unterschiedliche Meinungen haben wir auch, sehr oft. Jeder hat seine Meinung. Das Konfliktpotenzial besteht allein darin, dass bei euch jeder gedacht hat, *seine* Wahrheit gilt für *alle*. Abgespalten vom großen Ganzen fehlte euch das Gefühl, in jedem Einzelnen enthalten und Teil des Ganzen zu sein. So konntet ihr nicht erkennen, dass jede einzelne Meinung auch Teil einer eurer eigenen und insgesamt der allen Seins ist. Mit jedem Streit habt ihr euch mehr entzweit, von anderen und euch selbst. Infolgedessen nahm die Angst vor Einsamkeit und dem Anderssein, dem Fremden, zu. Das führte zu noch mehr Streit. Ein Kreis, aus dem unsere Ahnen ausbrechen *wollten*.

Weil sich innere Veränderungen über einen sehr langen Zeitraum erstrecken und durch schmerzhafte Erfahrungen blockiert sein können, nutzten unsere Ahnen Methoden, um nach dem Erkennen ihrer Wahrhaftigkeit die alten Muster und Gewohnheiten schneller überwinden zu können. Sie bedienten sich symbolischer Bilder und einer verbindenden Sprache. Sie hatten herausgefunden, dass Gedanken, Worte, eine bestimmte Betonung, der gewählte Tonfall, die Mimik und die in Wechselwirkung stehende Körperhaltung den ganzen Menschen verändern können. Sie beobachteten, dass ihre sich daraufhin ändernde Ausstrahlung wiederum ihre innere Disposition wandelte. Wenn sich nun einer mittels dieser neuen Sprache änderte, begeisterte er damit andere Menschen. Diese wollten dann auch so sein: gelassen, konzentriert, mitfühlend. Also folgten sie dem Beispiel und begannen die Worte ‚müssen‘ und ‚sollen‘ durch ‚wollen‘ zu ersetzen. Das Wort ‚aber‘, das klare Aussagen und oft auch Bekenntnisse aushebelte, ‚man‘, weil es Botschaften unklar und unverbindlich lässt, Entscheidungen erschwert, und vor allem das Wort ‚Krieg‘ strichen sie aus ihrem Sprachgebrauch. Auf die Möglichkeitsformen ‚hätte‘ und ‚wäre‘, die sowohl für Verwirrung sorgten, wie auch unseren Ahnen Schuldgefühle ins Herz gebrannt hatten, und auf das Wort ‚nicht‘, weil dafür dem Verstand ein Bild fehlt, wurde ebenfalls verzichtet. So entwickelte sich unsere heutige Sprache, die uns mit und über unsere Gefühle hinaus verbindet und Negationen ausschließt. Auch wenn es eine Weile dauerte, bis sich die Sprache der Herzen über den ganzen Planeten ausbreitete, nichts konnte sie aufhalten. Ihre Anwendung unterstützte unsere Ahnen bei ihrem friedlichen evolutionären Wandel auf der Erde. Die Sprache der Gefühle, wie unsere Ahnen sie auch nannten, galt damals als Schlüssel für die zugeschlagene Tür zum eigenen Selbst. Sie ermöglichte es, das Ego zu entlarven und innerlich schonungslos ehrlich aufzuräumen. Ein befreiender, für viele auch schmerzhafter Prozess.

Taurus, Tamaja steckt noch mitten in der Transformation eures kollektiven Egos. Ihr lebt noch in Erinnerungen und in der Angst vor Zukünftigem. Bewusstheit wird euch befähigen, über eure Ego-Persönlichkeiten hinauszudenken und die Zeit der Kompromisse wird Vergangenheit. Wir finden für alles einen Konsens. Manches läuft anders, als wir es uns vorstellen und wir es gern hätten. Doch ein Konsens erfüllt immer die angeborenen Bedürfnisse *aller* Beteiligten."

„Es ist alles anders, da draußen, euer Denken. Mir fehlt die Erfahrung von einem Leben ohne Streit. Ich kann es mir nicht vorstellen." Taurus' Kopfschütteln bekräftigt seine Zweifel. „Wie soll Entwicklung ohne Auseinandersetzung möglich sein?"

„*Ihr* habt die Wahl, *jeder Einzelne* hat die Wahl: Glücklich sein oder recht haben. Frieden oder Krieg." Carmin lacht bei aller Ernsthaftigkeit, die in seiner Stimme mitschwingt. „Unsere Ahnen hatten sich für Glücklichsein *und* Frieden entschieden mit dem Effekt: Wer von ihnen begriffen hatte, dass jeder, *wirklich jeder* nur in *seiner* Gedankenwelt lebt, war geheilt. Er hatte begriffen, dass es *nicht* um das Schwarz oder Weiß, Negativ oder Positiv, Dick oder Dünn, Richtig oder Falsch, um Dumm oder Klug geht, sondern um das Dazwischen, das Nichts – das ihr Vakuum nennt – zwischen den Planeten, Sternen, Galaxien, zwischen den Elektronen und dem Atomkern, zwischen den Organen und zwischen euch und uns, um die Beziehung, um das Alles zwischen den Polen, um das duale Sein statt der trennenden Polarisierung. Als geistige Wesen in der zeitgebundenen, raumverorteten materiellen Realität unsere befristete angeborene Dualität leben bedeutet bewusst zwischen den Polen ausgleichend zu schwingen ohne an einem Pol festzuhalten. Verbundenheit statt Trennung. ,Sowohl als auch' statt ,entweder oder'. Es geht um die Essenz, um die Vollendung des Ursprünglichen, um das Ganze. Es geht um das, was die Welt im *Innersten* zusammenhält.

Unsere Ahnen schafften den evolutionären Sprung von einem materialistischen, mechanistischen, rationalen, patriarchalischen Denken zu einem prozessorientierten, assoziativen, kreativen und holographischen Denken. Taurus und Siria, auch wenn ihr den schwersten, leidvollsten Weg gewählt habt, ihr habt jetzt die Chance, alte Denkmuster zu überwinden und offen zu sein für alles bisher Unmögliche. Die universelle Evolution geht an euch Tamjanern nicht vorbei."

Carmins Worte berühren Taurus tief. Auch wenn er seine Gefühle nicht in Worte fassen kann. Siria spürt Zuversicht, ja, Mut. Die Botschaft ist bei ihr angekommen. Sie schaut erwartungsvoll zu Carmin in der Hoffnung auf weitere Ausführungen zu diesem Thema. Doch ihm ist wichtiger, noch mehr über Lillyland zu informieren: „In jeder Cella leben Lillianer mit besonderen Fähigkeiten oder mit Interesse an speziellen Themen. Sie beschäftigen sich zum Beispiel mit der heiligen Geometrie, der Bedeutung von Zahlen, kosmischen Größenverhältnissen und deren essenzieller Information, mit Lichtenergie oder dem Informationsfeld, um vor allem das schöpferische geistige Schaffen zu fördern und zu vervollkommnen. Manche Cellas oder auch ganze Cellarias widmen sich vorrangig handwerklichen Tätigkeiten oder den Künsten. Bewusstseinserweiterung, Gedankenhygiene und Kommunikation sind Schwerpunkte in jeder Cella. Dabei werden Erfahrungen über den Umgang mit Erlebtem ausgetauscht, Imaginationen beraten, und was allen am Herzen liegt: der Umgang mit Flora und Fauna. Pflanzen und Tiere brauchen uns überall auf unserer Murmel." Carmins Stimme bekommt ein ganz besonderes Timbre. „Sie wollen unsere Zuwendung spüren und unsere Bedürfnisse erfahren, um uns optimal dienen zu können. Dem kommt mit hingebungsvoller Selbstverständlichkeit jeder Lillianer in jeder Cella nach. Es gibt aber auch Cellas ohne spezielle Vorlieben."

Als Beispiel erzählt er von seiner Heimatcella. „Ich wohne mit meiner Familie in einer Cella mit Lillianern unterschiedlichster Interessen und Aufgaben. Hier finden sich sehr kreative Lillianer, die ihre Potenziale breit gefächert ausleben und viele ihrer Fähigkeiten entwickeln. Mein Vater nutzt seine vielfältigen Begabungen besonders gern im Zusammensein mit Kindern. Sie können experimentieren und forschen nach Herzenslust. Er kommuniziert so perfekt auf der Gefühlsebene, dass kein Bedürfnis der Kinder ungehört bleibt. Immer findet er mit ihnen gemeinsam eine Strategie, die alle Bedürfnisse gleichermaßen erfüllt. Kommt meine Mutter dazu, beginnt die Lebendigkeit in jedem zu brodeln. Ihr tiefes Ur-Vertrauen macht sie innerlich leer und reich zugleich. Dieser Zustand erzeugt eine Kreativität, die uns schon als Kinder immer wieder staunen ließ. Mutter zaubert große, farbige, sich bewegende Hologramme in die Luft. Die Leichtigkeit und Freude aus dem Zusammensein mit ihr begleiten mein ganzes Leben und sind die Quelle meiner Kraft in schwierigen Situationen. Ihr Vorbild führte dazu, dass ich einer Frau – der Mutter meiner Kinder – begegnet bin, die ebensolche Fähigkeiten in sich trägt und lebt. Sie vervielfacht seitdem mein Glücksempfinden – immer wieder neu."

Carmin schaut zu Siria. Er empfängt ein Signal, das ihn beunruhigt. „Wie fühlst du dich, Siria? Sind es dir zu viele Informationen?"

„Nein, ich möchte noch mehr wissen, nur kam plötzlich so eine Erschöpfung in mir auf."

Silvana geht in einen Nebenraum und kommt mit einem Getränk für beide zurück.

„Das wird euch helfen. Pure Kräuterkraft von Lillyland."

Siria und Taurus lehnen sich zurück und genießen die Pause. Jetzt erst bemerken sie ihre innere Anspannung, die sie beim Zuhören und Betrachten von Lillyland hatten. Siria bittet darum, dass Carmin weitererzählt.

„Es gibt Cellas, in denen sich Lillianer besonders mit dem Gestalten von lebenden Häusern beschäftigen oder mit speziellen Naturwesen, die über das sonst Selbstverständliche hinausgehen, wie beispielsweise die Wald-Lillianer, die in den großen Waldgebieten leben, die ihr schon entdeckt habt.

Einige Lillianer lieben es, im Kosmos zu surfen. Sie beschäftigen sich mit der Bewusstseinserweiterung und der Pflege der Beziehungen zu Lebewesen außerhalb unseres Sonnensystems, der Verbundenheit mit dem Universum und der Kooperation mit Außerirdischen, so zu Themen über Boden, Wasser, Luft und der Entfaltung von Flora und Fauna auf anderen Planeten, um ein für Menschen erträgliches Klima auf ihnen zu erschaffen. Alles geschieht zum gegenseitigen höchsten und besten Wohl.

Ein großer Teil der Gemeinschaften widmet sich der Naturbeobachtung und ihrer sich vollendenden und wieder auflösenden Vervollkommnung. Hauptthema aller Cellas sind Erhalt und Pflege von Boden, Wasser, Luft und dem Leben in und mit der Natur.

Viele Cellas widmen sich zusätzlich noch anderen Themen, wie:

- den Lebens- und Lernräumen für Kinder,

- der dynamischen Hierarchie des gemeinschaftlichen Zusammenlebens in Cellas, Cellarias und insgesamt auf Lillyland,

- Liebe und Glück, körperliche, geistige und seelische Gesundheit - dieses Thema wird euch sicher sehr interessieren: Wie verorten und verewigen wir die zeit- und raumlose Liebe, die nicht mess-, bezahl- oder zählbar ist, aber existiert und ohne die wir sterben? Wie leben wir etwas, was uns durchwebt, uns lebendig hält, was wir fühlen, aber nicht beschreiben können, was uns treibt und in Beziehung hält? *Wie* leben wir die Balance des Pendelns zwischen den Gegensätzen, zwischen Einssein und Alleinsein, Werden und Vergehen, der eigenen und der Schönheit *allen* Seins, Ordnung und Chaos, Geben und Empfangen, Licht und Dunkelheit, Innen und Außen, Stärke und Schwäche mit Leichtigkeit und aus dem Herzen, sich frei dem Fluss des Leben hingebend?

Themen in Cellas sind auch

- die Biologie des Körpers, um ihn für das Beamen genauestens zu kennen und jedes Organ und jede Zelle nach unserem Willen gestalten zu können. Es geht dabei auch um unsere Energiekörper, wie wir sie für unsere Aufgaben optimal pflegen, entfalten und in bedrohlichen Situationen zu unserem Schutz nutzen können.

- die Verbindung zur Außenwelt und der Entscheidungsfindung bei außerirdischen Kontakten,

- die Energie- und Informationsfeldern,

- Handwerk und Bauen,

- Kleidung und Körperpflege,

- Astrologie und Astronomie, Geomantie, Boden- und Wasserkunde, Sonnen- und Sternenkunde,

- das Pflegen und Weiterentwickeln außersinnlicher Fähigkeiten, Holographieren und Imaginieren,

- Musizieren und Tönen, sowie alle Künste; Lillianer dieser Cellas haben ihre künstlerischen Fähigkeiten schon fast zur Perfektion getrieben, um z. B. die Faszination der Neuschöpfung in all ihren erfahrbaren Nuancen im Prozess des Sterbens und Gebärens künstlerisch festzuhalten. Viele ihrer Kunstwerke bereichern zahlreiche Cellas.

Das sind nur einige Themen. Jede Cella ist einzigartig und übergibt all ihr erfahrenes Wissen dem universellen Bewusstsein, sodass es von allen jederzeit genutzt werden kann. In einer dieser Gemeinschaften, die die Verbindungen zum Universum pflegt, habe ich meine dahingehenden Fähigkeiten bis zum Weltenmeister entwickeln können. Deshalb konnte ich deine Nachricht empfangen, Siria."

Siria nickt dankbar.

„Es gibt Cellas, in denen Bewegung und Spiel einen sehr hohen Stellenwert einnehmen. Freude am Miteinander und am steigenden Wohlbefinden stehen dabei im Vordergrund. In anderen Cellas wird mehr als üblich gesungen, musiziert und getanzt, in wieder anderen malen die Lillianer gern, pflegen einen regen Gedankenaustausch über philosophische Themen und das Wachsen und weitere Gestalten des Universums oder widmen sich dem Zubereiten von Speisen mit besonderer Kreativität und Lust. Alles ohne Leistungsdruck. Wir wollen Freude und Leichtigkeit empfinden, Schönheit in alle Lebensbereiche bringen und dabei die Bedürfnisse aller erfüllen. Glaubt mir, kein Lillianer verweigert sich dem gemeinsamen Schaffen." Carmin überlegt kurz. „Reicht das als kleine Übersicht zu unseren Gemeinschaften?"

Siria und Taurus nicken.

„Wie fühlt ihr euch jetzt?", will Carmin wissen.

Siria schaut zu Taurus, der ihr zunickt. „Schon besser. Das Getränk tat mir sehr gut."

Während sie weiter fasziniert das Land unter sich beobachtet, spricht sie leise ihre Gedanken aus: „Unfassbar: selbst aus dieser Höhe kann ich in den Seen Fischschwärme erkennen. Nirgendwo brennt Wald, keine Wüste, keine ausgetrockneten Canyons und keine schwarzen Flecken. Unglaublich! Alles ist grün und gleichzeitig besiedelt. Nur einige Waldgebiete sind scheinbar unbesiedelt. Loria, kannst du bitte noch näher heranfliegen?"

Loria kommt dem gerne nach.

„Sieh nur, Taurus", freut sich Siria, „diese Vielfalt an Grüntönen! Dass es so etwas gibt! Im Vergleich dazu war selbst die Natur auf Tamaja monoton und einheitlich und wie unter einem Grauschleier. Die vielen unterschiedlichen Bäume! Ich erinnere mich an ein Gespräch mit einem Freund. Er schwärmte davon, dass es allein in unserem Heimatland auf Tamaja noch vor 150 Jahren über 5000 Apfelsorten gegeben hat! Zuletzt waren es nur noch acht! Ich wollte es damals nicht glauben. Nun kann ich mir vorstellen, dass die gesamte Flora so stark dezimiert war. Auf ganz Tamaja gab es nur noch zwei bis drei Sorten von Tomaten, Gurken, Kartoffeln, Kohl ... Jedes Jahr wieder das Gleiche, mit immer neu angezüchteten Eigenschaften und immer weniger Geschmack und ursprünglicher Konsistenz. Pflanzen und Tiere, alles war industrialisiert und von einigen wenigen beherrscht und kontrolliert."

„Siria gehörte zu den wenigen Mutigen, die sich um die Erhaltung alter Sorten kümmerte", informiert Taurus die Lillianer. „Sie organisierte Saatgut- und Pflanzentauschbörsen, unterstützte kleinbäuerliche Betriebe, die ohne Chemie nach permakulturellen Kriterien ihr Land bewirtschafteten oder ihren Tieren statt Medikamenten Globuli, Effektive Mikroorganismen und Gesteinsmehl verabreichten und so deren Widerstandskräfte gegen Krankheiten stärkten. Doch es gab nicht genug Nachahmer für artgerechte Tierhaltung, im Gegenteil, Siria wurde oft angefeindet. Deshalb will ich unbedingt wissen, *wie* es euch gelang, euren Planeten – trotz einer ähnlichen Ausgangslage – zu so einem Paradies zu entwickeln."

„Die Vielfalt kam zurück. In der Essenz allen Seins bleibt die *In-Form-ation*, der Bauplan aller Wesenheiten, ewig erhalten. Sind die Rahmenbedingungen für eine Art wieder gegeben und der Wille, dass es geschehe, wächst, werden aus dem Chaos der Vernichtung Arten wiedererschaffen, nie ganz gleich, doch immer andere nachsichziehend und die Schöpfung vielfältig bereichernd. Alles hat Bestand in der immateriellen, ungeteilten und unteilbaren Ur-Quelle, dem Wesensgrund allen Seins."

Siria und Taurus atmen tief aus und richten sich auf. Ihre Erleichterung ist nicht zu übersehen.

Silvana freut sich darüber. „Sobald ihr euch *fühlend* mit dem Herzen von Mutter Erde und dem Zentrum des Universums verbindet und euch traut, euch als Schöpfer in eurer wahren Größe zu zeigen, gebt ihr der Natur und allen geistigen Wesen die Erlaubnis zu ihrer Heilung und Wiederherstellung. Die Informationen über all die Lebewesen, die scheinbar ausgestorben waren, sind im Bewusstsein Tamajas erhalten geblieben."

„Wahre Größe?" Taurus ahnt nur, was Silvana meint.

„Die wahre Größe erwächst uns wie euch aus der Allverbundenheit. Ohne die Ängste eures, sich für getrennt haltenden Verstandes wirst du eine Kraft in dir fühlen, die dich Unvorstellbares vollbringen lässt. Es gab Tamjaner, die über ein großes, aber destruktiv wirkendes Kraftpotenzial verfügten. Sie lebten *nicht* ihre wahrhaftige Größe, sondern die Größe ihrer Pseudo-Persönlichkeit, ihres Egos. Diese stützt sich auf Besitz, Geld, Ehrerbietung und dem Gehorsam anderer und ist somit abhängig, unsicher, fremdbestimmt. Die wahrhaftige Größe, die ohne diese Krücken auskommt, die aus sich selbst erwächst, ist unabhängig von allem, weil verbunden mit allem. Sie ist stark, anhaltend und belastbar. Jeder Tamjaner hatte die Wahl das Wachstum seiner Wahrhaftigkeit oder das seiner Pseudo-Persönlichkeit zu leben."

„Bei uns entschieden sich viele für ihre Pseudo-Persönlichkeit, auch viele, die sich für hochspirituell hielten."

„Pseudo-Persönlichkeiten schlüpfen nahezu perfekt in jedes Kleid ihres Selbst. Unsere Ahnen, die Menschen waren dem auf die Schliche gekommen und entschieden sich, ihre wahre Größe zuzulassen. Sie erlebten die Reaktion des universellen Bewusstseins: In jedem Moment ihres gegenwärtigen Gewahrsams, ihrer Bewusstheit über ihre Allverbundenheit durchflutete sie eine Kraft, die ihnen Mut machte, sich alten Schmerzen, oft aus früheren Leben, die sich mit der Enttarnung ihrer Pseudo-Persönlichkeit zeigten, zu stellen. Sie entwickelten zahlreiche Methoden, um ihre Negativität zu wandeln und ihre wahre Größe zu entfalten. Auch wenn die Momente anfänglich noch sehr selten waren, konnte keine noch so große Angst dieses starke Gefühl mehr verdrängen. Dann geschahen die Wunder: Längst ausgestorbene Arten wieder besiedelten die Erde, neue hinzukamen und – auch der Mensch änderte sich. Er ging fortan aufrecht, hob den Blick, lernte hören und sehen. Seine Physiognomie änderte sich, so wie er das Herzdenken erlernte.

Doch, Taurus, wir wissen, dass auch jeder Tamjaner, der sein Pseudo-Ich nicht durchschaute, sein Bestes gegeben hatte."

Taurus nickt beruhigt und wendet seinen Blick wieder auf Lillyland. Sie überfliegen ein sehr großes homogenes Waldgebiet. „Sind das Schutzgebiete?"

Die Lillianer reagieren erstaunt.

„Was soll in diesen Gebieten vor wem geschützt werden?", will Silvana wissen.

„Schutzstatus erhielten bei uns Landschaften, Teile eines Waldes oder ein See. Ein Baum oder ein Garten, aber auch Gebäude und ganze Orte wurden unter Schutz gestellt. Das hieß bei uns Natur-, Landschafts-, Denkmal- oder Ensembleschutz. Mit diesem Status sollte deren Zerstörung durch Tamjaner verhindert werden. Leider war der Schutz oft sinnlos, weil andere Interessen höher bewertet wurden. Die Natur und alte Häuser hatten keine Lobby."

„Die Natur zu lieben und sie gleichzeitig zu zerstören ermöglichte euch euer getrenntes Denken", erklärt Loria verständnisvoll. „Die Schutzzonen waren Ausdruck eurer Schizophrenie: Euer Selbst-Ich hat sie eingerichtet, um Natur und Tradition vor dem verbrecherischen Potenzial eurer eigenen Pseudo-Persönlichkeit zu schützen. Ihr habt eure Wahrhaftigkeit und eure Existenzgrundlage vor eurer eigenen Pseudo-Persönlichkeit schützen wollen, die alles vernichtete, was eurem Überleben diente und die ihr dennoch genährt habt."

„Die Pflanzen brauchen uns Menschen", meint Silvana und zeigt wieder auf den Wald. „Sie wollen uns ihre Früchte schenken und ihr Holz, ihre Samen und Wurzeln, ihre Blätter. Ihre Geistwesen wollen zu unserem Wohlbefinden beitragen. Pflanzen entnehmen unseren stofflichen Ausscheidungen wie unserer feinstofflich-energetischen Ausstrahlung Informationen, um uns die Nährstoffe zu liefern, die wir zum gesunden Leben brauchen. Wir hinterlassen in unseren Gärten neben grob- und auch feinstoffliche Spuren, die das globale Feld über unseren Zustand unterrichten. Es veranlasst dann, dass sich in unserem Garten Samen von Pflanzen einfinden, deren Wirkstoffe wir für unsere Heilung benötigen. So wachsen in unserem Gärten und Wäldern genau die Pflanzen, die unserer gegenwärtigen Situation entsprechend die Vitalität unseres Geistes, unseres Körpers wie auch unserer Seele stärken.

Uns liegt es fern, Pflanzen schaden zu wollen oder Häuser zu zerstören. In allem sind wir enthalten. Pflanzen sind für uns Inspiration und Tor zu unserer inneren Kraftquelle. In diesen großen Wäldern leben Lillianer mit ganz besonderen Fähigkeiten eine Art Symbiose mit Flora und Fauna."

„Bei uns waren Wälder Wirtschaftsgut und wurden rücksichtslos ausgenutzt. Wir verheizten sie, um es warm zu haben und um die Energie aufzubringen, die wir für unser hoch technisiertes Leben brauchten. Zu wenige Tamjaner erkannten die Vielfalt und ursprüngliche Anzahl von Pflanzen und Tieren als ein Geschenk der Natur. Keine Dankbarkeit, null Wertschätzung, ganz zu schweigen davon, von sich aus die Natur erhalten zu wollen."

„Die Angst vor dem Neuen, Unbekannten, Siria, war für euch zu groß. Euer Verstand weigerte sich einfach zu glauben, dass jeder mit allem interagiert und *jeder* Einzelne mit seinem Denken und Handeln die Natur beeinflusst", erklärt Carmin.

„Wenn ich Sprüche hörte wie ‚Ich habe aufgehört, die Welt verändern zu wollen', musste ich immer an mich halten. Ich hätte diese Leute am Liebsten an den Schultern gepackt und wachgerüttelt"

Carmin versteht Sirias Ungeduld. „Angesichts des Anblicks von Lillyland fühlst du tiefen Schmerz, weil du weißt, dass auch Tamaja so aussehen könnte."

Die einfühlenden Worte beruhigen Siria.

„Ihr hattet gelernt, die Natur als ein in sich abgeschlossenes System zu verstehen. Konkurrenz galt als Triebfeder der Evolution. Dass die Natur aus lauter sich selbst regulierenden Systemen besteht, die alle auf verschiedenen Ebenen in unterschiedlicher Art und Weise miteinander vernetzt sind, entsprach nicht eurem Weltbild. Euer Verstand erfand Hilfskonstrukte, um die Welt zu erklären, zu berechnen und zu verbessern. Das Verständnis für die Beziehungen zwischen den unteilbar miteinander verbundenen Ausdrucksformen der Natur ging dabei verloren. Dadurch wurden die gigantischen Zerstörungen möglich. Ich bin überzeugt, *kein* Tamjaner – denn er ist auch ein menschartiges Wesen – wollte diese wirklich! *Jeder* will in Frieden mit seiner Familie und den Nachbarn leben und rundum glücklich sein. *Alle* wollen ihre Kinder gesund aufwachsen sehen. *Keiner* will andere ins Unglück treiben, *keiner* wird als Krieger oder Terrorist geboren. Sie konnten nicht sehen wollen, dass sie für sich Tamaja hätten ändern können."

Siria nickt.

„Du bist ein Pionier, Siria, und warst mit deinem Bewusstsein weit voraus. In dir wohnt eine starke Seele. Sie hat sich die Herausforderung gesucht. Sie will mit dir erfahren, wie es sich leicht und einfach lebt. Du hast gelernt, die Dinge anzuerkennen, so wie sie sind, und aus dem Vertrauen heraus, dass alles zu deinem besten und höchsten Wohle geschieht, gestaltest du dein Leben."

„Anerkennen, wie es ist. Ohne Wertung. Das ist der Schlüssel. Den Zustand von Tamaja akzeptieren *und* wertschätzen in all seinem Elend. Ich weiß, Carmin, es gelingt mir nur noch nicht immer." Siria wird warm ums Herz. Alle Sorge fällt von ihr ab.

Carmin freut sich über ihr Lächeln und ihre entspannte Haltung. „Es braucht Zeit, Siria, doch ehrliche Wertschätzung verbindet. Die Bereitschaft, deinen Heimatplaneten mit allen Unzulänglichkeiten, allen Verletzungen, Fehlern, Eigenarten und seiner jetzigen Unvollkommenheit zu lieben, zeigt mir, dass du den Tamjanern vergeben und das unermessliche Leid ertragen und aushalten und darüber hinaus aus der Ur-Quelle allen Seins Kraft schöpfen kannst. Die Kraft, die dich Berge versetzen lässt. *Dein* Vertrauen stärkt die Selbstheilungskräfte Tamajas. Das erkannten unsere Ahnen auch und wurden dafür reich, überreich von der Natur beschenkt. Du siehst es." Carmin zeigt mit einer großen Geste auf Lillyland. „In den dichten Waldgebieten, die ihr bewundert, bieten sich die Pflanzen nicht nur als Nahrung und Rohstoff für Kleidung und Hausbau an, sie sorgen auch für regelmäßigen Regen. Gleichzeitig genießen wir Lillianer deren Zwiesprache mit dem Kosmos, was wir wie harmonisierende Klangkonzerte empfinden. Jeder Planet hat einen anderen Klang, ein anderes Lied, eine andere Sprache im großen Konzert des Universums. Die von Lillyland und Tamaja ähneln sich. Das ist besonders wichtig für unsere Hilfe für euch.

Die Tonalitäten der Pflanzen und Tiere sind jeweils auf den Klang ihrer Planeten abgestimmt, um mit den jeweiligen Naturkräften ihrer Heimat zu kommunizieren. Jeden Morgen und jeden Abend gleichen sich Vögel mit der Natur ab. Auch wir tun das, in stiller Andacht, morgens und abends. Wir stimmen uns dann immer wieder neu selbst, um die großartige Musik um uns herum, die für unser Gehör nicht wahrnehmbar ist, mit jeder Zelle hören zu können. Außerdem spielen wir in diesem großartigen Orchester einzigartiger Sphärenmusik gern mit. Wir kommunizieren und kooperieren nicht nur mit den Tieren und Pflanzen, auch mit der Sonne, genauso wie mit Wind, Wasser und Boden. Alles ist Teil des universellen Bewusstseins. Da dieses alles durchdringt, tritt es auch in Sonne, Mond, Sternen, jedem Wassertropfen und den Steinen im Garten in Erscheinung. Über unser Herzzentrum können wir uns jederzeit mit einem dieses individuell in Form gebrachten Ausdrucks des universellen göttlichen Bewusstseins verbinden, um mit *allem* Sein Informationen auszutauschen. Während unseres Evolutionsprozesses vom Mensch zum Lillianer lernten wir alle unsere bisher ungenutzten Hirnregionen zu nutzen. Wir können die Frequenz unserer Gedanken so erhöhen, dass die Energie ausreicht, um Informationen auf *der* Realitätsebene zu senden, auf der Materie verändert werden kann. Wir sind Teil und gleichzeitig Befehlsgeber in einem spannenden, freudigen Spiel einer geistigen Welt, die sich immer wieder neu erfindet. Wir besitzen die Bewusstheit darüber, dass wir ständig zwischen Beobachter und Beobachtetem, Befehlsgeber und Befehlsempfänger hin- und herwechseln *und* freien Willens sind."

„Ich verstehe. Bei uns gab es zunehmend Naturkatastrophen. Seebeben zum Beispiel, mit verheerenden Flutwellen. Überlebende erinnerten sich, dass unmittelbar vorher eine eigenartige Stimmung herrschte. Sie beobachteten, dass sich Tiere vom Wasser abkehrten und zum Teil sehr weit ins Land oder auf Anhöhen liefen."

„De Geist ist in allem. *Alle* Lebewesen, aber auch die für euch unbelebte Natur reagieren sehr sensibel auf jede Veränderung in ihrem Umfeld und sind stets auf Empfang. *Ihr* habt es nur verlernt, dies wahrzunehmen", gibt Carmin eine Erklärung, die Taurus nur bestätigen kann.

„Der größte Teil der Tamjaner sträubte sich sogar dagegen."

„Alles agiert miteinander. Informationen aus dem universellen Feld werden aufgenommen und eigene ausgesendet. Pflanzen und Tiere anerkennen sie so, wie sie sind, statt – wie euer Verstand es gern tut – sie zu bewerten, darüber zu grübeln oder sie verletzt abzutun. Während der Wandlung vom Menschen zum Lillianer vollzog sich in unseren Vorfahren ein spannender Prozess. Sie lernten mit ihren Gedanken umzugehen. Der Effekt war frappierend, die erdrückende Energie ihrer Ängste wandelte sich. Infolgedessen änderten sie ihr Verhalten. Ihre Achtsamkeit und ihr Bewusstsein erhöhten sich und das ureigene, innere Körperempfinden kehrte zurück. Sie lernten intuitiv Gefühltes zu deuten, hinter ihren unsicheren, unklaren Gefühlen die verborgene Handlungsanweisung energetisch-feinstofflicher Informationen aus dem Universum erkennen. Das körpereigene Frühwarnsystem war reaktiviert. Seitdem sind wir in der Lage zu agieren, statt zu reagieren. Das wirklich Wichtige erreicht uns immer im richtigen Moment rechtzeitig für aktives Handeln. Wir geben uns ganz dem Energiefluss der Natur hin. Unsere Vorfahren haben ihren Herzverstand so trainiert, dass heute das Bewusstsein aller Lillianer für energetisch-feinstoffliche Wahrnehmungen aus dem Kosmos hochsensibilisiert ist, von Geburt an und wir sorgen dafür, dass es so bleibt."

„Kein technisches Frühwarnsystem hat bei uns Katastrophen zuverlässig vorhersagen können", zieht Taurus nüchtern Bilanz. „Weder für Hochwasser noch für Vulkanausbrüche, Erdbeben und erst recht nicht für extreme Sonnenaktivitäten oder Zusammenstöße mit Himmelskörpern. Selbst Wettervorhersagen trafen immer weniger zu."

„Ihr habt die Fähigkeiten eures konditionierten Ego-Verstandes einfach überschätzt und euch als Mensch verkannt. Ihr habt nicht nur den Empfang ausgeschaltet, ihr habt auch geglaubt, das Wetter nach eurem Gutdünken beeinflussen zu können. Ihr wolltet ein wärmeres Klima auf Tamaja mit künstlichen Wolken verhindern und habt außer Acht gelassen, dass diese nicht nur tagsüber das Sonnenlicht zur Sonne zurück reflektieren, sondern genauso die nächtliche Abkühlung verhindern bzw. massiv minimieren. Außerdem reflektierten die Wolken die durch eure Kommunikations- und Kriegstechnik selbst produzierte Wärme wieder zurück auf Tamaja. Die technischen Strahlungsfelder erhöhten nicht nur die

Schwingung der Wassermoleküle rund um euren Planeten, sondern auch die der Luftmoleküle. Das und eure Angst davor trugen zusätzlich zur planetarischen Erwärmung bei."

„An diese Aspekte habe ich noch nie gedacht. Ich verstehe, wir konnten das Wetter gar nicht mehr voraussagen. Die stark vereinfachten Klimamodelle berücksichtigten bei Weitem nicht alle Einflussfaktoren auf das Klima. Wie sollte dann das ortsbezogene Wetter daraus abgeleitet werden können!", stellt Taurus, Carmins Erklärungen bestätigend, fest.

„Unser wie auch euer Herz wissen immer Bescheid", erklärt Carmin weiter. „Doch ihr habt ausschließlich denken gelernt, statt zu fühlen *und* zu denken, bewusst *und* willentlich. Eure materialistisch rationalistische Art zu denken akzeptiert gefühltes Wissen nicht. Ohne Glauben an eure außersinnlichen Fähigkeiten gibt es keinen Willen sie anzuwenden. Wird eine Fähigkeit nicht mehr geübt, verkümmert sie. Taurus, in jedem Lebewesen schlummert das Potenzial außersinnlicher Wahrnehmung. In den pathogenen Stufen eurer Entwicklung wurde euch das spätestens mit der Geburt ausgetrieben. Später wurde über eure Chipimplantate euer Bewusstsein beeinflusst, euer freier Wille gänzlich gebrochen und das tragische war, dass keiner mehr darüber die Kontrolle hatte, auch die Mächtigen nicht. Das erschwerte das Rückverbinden."

Siria nickt traurig. Sie kennt die Unterschiede, verweigerte sie sich doch jeglicher fremder Beeinflussung, wie Impfung oder Chipimplantat, auch für ihre Kinder, obwohl sie ihr erstes Kind noch in einem Krankenhaus gebar. ‚Wie absurd', gesteht sie sich ihre spätere Erkenntnis: ‚Als ob Gebären eine Krankheit ist! Ich hatte einfach Angst damals.' Später hörte sie: „Auch bei uns gab es Kinder – bei indigenen Völkern -, die ihre übersinnlichen Fähigkeiten über die Geburt hinaus behielten. Sie erinnerten sich an Ereignisse vor ihrer Inkarnation, z. B. dass ihre Seele Kontakt mit der Seele der Mutter aufnahm. Das gab es in unserem rational-mechanistischen Menschenbild nicht. Wir waren eine patriarchalischen Empfängnis gewöhnt, die ein Wirken immaterieller Faktoren ausschloss, oft sogar Liebe. Das bei uns übliche, menschenunwürdige Gebären schließlich überschwemmte unsere Kinder mit einer Fülle von Empfindungen, die sie nicht einordnen konnten."

„Das hat Folgen", meint Silvana. „Kinder bewusster Eltern werden mit glasklaren, vollkommen wachen und völlig unbeeinflussten Sinnen geboren. Eure kollektive Blindheit gegenüber der kosmischen Ordnung und das mangelnde Vertrauen in ihre Sinnhaftigkeit *musste* dem kleinen, ohne Filter, ohne Unterscheidungsvermögen, wahllos, schutzlos, total von der Mutter und dem Umfeld da ‚draußen' abhängigen, so feinen, so frischen Wesen spätestens bei der Geburt in euren Krankenhäusern einen nachhaltigen Schock versetzen. Damit wurde der lebenserhaltende Selbstschutzmechanismus der Seele und des Körpers aktiviert: Sie trennten sich voneinander, obwohl das Neugeborene bis zu einem halben Jahr Innen- und Außenwelt nicht unterscheidet. Indem das Bedürfnis des Kindes nach einem sanften Übergang vom Mutterleib in das neue Medium Luft, nach seinem eigenen Tempo, *seinem* Rhythmus, *seiner* Zeit nicht respektiert wurde, begannen seine Sinne schon abzustumpfen, bevor sie sich entfalten konnten."

Siria bestätigt das mit ihrer eigenen Erfahrung: „Selbst der Atmung des Neugeborenen wurde verwehrt, sich voll und frei in Ruhe zu entwickeln. Die Nabelschnur wurde sofort durchtrennt. Sie pulsierte bei meinem Sohn noch! Und weil ihm die Zeit nicht gelassen wurde, sich von innerer auf äußere Atmung umzustellen, wurde er geschlagen!" Empörung über fehlende Liebe und Respekt klang in Sirias Stimme mit. „Beim zweiten Kind wollte ich mich nicht mehr um eine natürliche Geburt betrügen lassen. Ich träumte von einer Geburt bei gedämpftem Licht und in Stille allein in der Geborgenheit sanfter Berührungen meines Mannes und im Beisein meines ersten Sohnes. In voller Hingabe wollte ich unsere Liebe mit einer ur-menschlichen Geburt krönen. Ich war überzeugt, den von anderen Frauen als überwältigend beschriebenen Schmerz freudig annehmen zu können. Das war mir teilweise bei der ersten Geburt schon geglückt. Ein empathisches Fest der Liebe sollte unser zweites Kind in die Welt auf Tamaja begleiten. Das Mysterium der Geburt wollte ich nicht wieder von Fließbandarbeitern degradieren lassen. Leider erfüllte sich mein Traum nur teilweise."

Alle sind gerührt und betroffen zugleich. Nach einer scheinbaren Ewigkeit traut sich Taurus seine Gedanken zu äußern. „Dann sind Geburtserfahrungen ja wirklich prägend für die ganze spätere Lebenseinstellung, wenn wir schon so früh von unseren Körpergefühlen getrennt werden. Das bedeutet, der Verstand übernimmt die Führung, das Herz verstummt – oder?"

Silvana nickt. „Es passiert psychisch viel mit dem kleinen Wesen. Mit der Trennung von den Gefühlen breitet sich ein prägendes Gefühl des Mangels aus."

„Die Geburt hat dann das Potenzial, Wesen mit einem ganz anderen Verhalten aus uns zu machen", schlussfolgert Taurus.

„Ja, das Gefühl des Getrenntseins, das sich im Unterbewusstsein so stark als Mangel manifestiert, bestimmt Denken und Handeln. Ohne Wahrnehmung der Ur-Gefühle habt ihr nicht gewusst, was ihr wirklich braucht, und es gelang euch immer weniger zu reflektieren, was ihr tut. Innere Defizite bleiben unerkannt. Eine Anpassung an das Umfeld gelingt nicht mehr. Das lässt die Ur-Angst vor dem Tod aufkommen. Das Ur-Vertrauen in das Leben schwindet."

„Hinter allem Unglück und Misserfolg kam bei meinen Klienten immer irgendeine Angst zum Vorschein", sagt Siria, die als Coach gearbeitet hatte.

„Gestorben sind wir aber nicht, trotz Trennung von unseren Ur-Gefühlen. Auch wenn wir ständig unter Angst litten", rebelliert Taurus, dem die Schlussfolgerungen zu weit gehen.

Loria lacht. „Natürlich nicht, wart ihr doch nicht wirklich getrennt. Doch Angst war die Ursache der meisten Krankheiten, die auch zum Tod führten. Natürlich seid ihr nicht *aus*gestorben. Ihr *solltet* ja *leben* und diese Erfahrung *durch*leben. Für das Überleben trotz Angst sorgte ganz ohne euer Zutun euer Stammhirn mit seinen sich selbst regulierenden Mechanismen zur basalen Selbsterhaltung, wenn dessen Anpassungsfähigkeit durch die veränderte Natur bei vielen Tamjanern auch überfordert war.

Unabhängig davon, Taurus, mit dem Vergessen der Fähigkeit, übersinnlich Dinge wahrzunehmen, entwickelte sich bei euren Kindern synchron die Pseudo-Persönlichkeit. Wir sagen gern auch Schatten-Persönlichkeit dazu, weil sie aus dem Unbewussten, dem Dunklen agiert. Sie hat Angst vor eurer wahren Größe, eurem inneren Licht, weil sie dich von deinem Selbst trennen will. Wenn du dich mit ihr identifizierst, lebst du in deinem eigenen Schatten, im Schatten des Lichtes deines Selbst. Wenn du – verbunden mit dir selbst – dein Licht vollkommen erstrahlen lässt, erhellst du den Raum um dich. Dann gibt es in deinem Umfeld keine dunklen Ecken mehr zum Verstecken des Egos. Es löst sich auf.

Eure Kinder bekamen das Ego von den Tamjanern in ihrem Umfeld geschenkt, noch bevor ihr Licht voll erstrahlen konnte. Je mehr das Kind erfährt, dass Gefühle hinderlich sind, umso stärker und schneller entwickelt sich sein Ego und setzt das Denken des kindlichen Verstandes *über* sein Fühlen. Diese Übergriffe im zartesten Säuglingsalter ließen eure Babys schnell begreifen, dass die Unterordnung unter Mächtigere überlebenswichtig scheint, und ...", Loria betont, „... das Kind lernt, dass es nur etwas mehr Macht oder Dreistigkeit braucht, um andere zum eigenen Vorteil zu unterwerfen oder auszunutzen. Als Opfer geboren, wird es zum Täter erkoren. Es hat nur eine Wahl: zu kämpfen, Täter zu werden *oder* sich unterzuordnen, klein zu machen und mit Quengeln und Nerven, später Barmen und Jammern für sich zu sorgen. Ein gravierender Prozess, der in machthierarchischen Gesellschaften wie eurer die Kinder immer häufiger prägte. Dieser Prozess begann sogar schon vor der Geburt. Die Konditionierungen auslösenden Gefühle der Mutter und das Verhalten der Eltern beeinflussten die Entwicklung des Hirns des Embryos. Unbewusst schaffen sich die Eltern in der pränatalen Zeit ihr Ebenbild und wundern sich später, wenn ihnen ihr Kind das eigene Verhalten, den eigenen Zustand spiegelt: Geboren aus Sehnsucht nach Liebe unter Mangel an Liebe, von

Ängsten gesteuert. Da unsere Gene durch Gedanken und Gefühle verändert werden, mutierten Tamjaner zu abgestumpften, willenlosen oder aggressiven Tieren in Menschengestalt, mit fremdbeherrschtem Verstand. Damit wurde ihr Glaube, vom größten Raubtier abzustammen, Realität – eine nach den universellen Gesetzen sich selbst erfüllende Prophezeiung."

„Wie gehen wir am besten damit um und was rätst du uns?" Taurus sieht hilflos zu Loria.

„Euer wie unser Hirn kann durch geistige Aktivität strukturell und funktionell verändert werden. Es ist ein formbares plastisches Organ, das abhängig vom Erlebten neue neuronale Verbindungen bildet oder diese verkümmern lässt. Eine Veränderung ist jederzeit und bis zum letzten Atemzug möglich. Unsere neuronalen Zellen im ganzen Körper und unsere Gene können wir willentlich verändern. Die Gedankenhygiene hat für uns deshalb höchste Priorität. Jede unbedachte Glaubensformulierung kann euch in Resonanz mit dem bringen, was ihr gerade *nicht* wollt. Wir imaginieren sehr bedacht und immer mit unserem Herzverstand, was wir wollen, tauschen uns darüber aus. Das trainiert unser Selbstreflexionsvermögen. *Ihr* habt euch Szenarien erdacht, die *nicht* eintreffen sollen. Nur versteht das Universum kein ‚nicht' und so ordneten sich die Kräfte *so*, dass es eintrat. Unsere Ahnen haben das noch rechtzeitig erkannt – wie du, Siria –, und begannen mit der geistigen Arbeit, erst allein für sich, dann im kleinen Kreis Gleichgesinnter, dann vernetzten sie sich über die ganze Welt, mit Klang- und Atemmeditationen, Yoga, digital und zunehmend telepathisch, doch vor allem durch die Neubesiedlung des Landes. So wie sie sich mit Aktionen im Äußeren verbanden, so erinnerten sie sich gegenseitig an ihre Ur-Quelle.

Heute ist es für uns als allverbunden Fühlende einfach. Wir spüren immer, wenn uns zum Glücklichsein etwas fehlt. Dann sorgen wir dafür, dass unser Bedürfnis erfüllt wird. Eine Lösung findet sich immer nur in jedem selbst, auch wenn es mit der Unterstützung anderer oft leichter geht. Um wachsen zu können, wollen wir uns aber selbst entscheiden und selbst bewähren können. Deshalb ist Hilfe nicht immer gewünscht, und ungefragt wirkt sie gar hemmend auf das Wachstum. Das wissen wir und überlassen unseren Kleinsten schon die eigene Entscheidung. Ein Embryo im Mutterleib ist angewiesen auf sein unmittelbares Umfeld, die Mutter. Ihre Aufgabe ist es, während der Schwangerschaft ganz besonders auf ihre Gedanken und ihre und die Gefühle ihres Babys zu achten, mit ihm zu kommunizieren. *Rat*schläge sind nur hilfreich, wenn sie *selbst*bewusst auf individuelle Eignung gecheckt werden. Eine *bewusste, fühlende, allverbundene* Mutter weiß ganz *allein*, was für sie und das Wohl ihres Babys im gegenwärtigen Moment das Beste ist. Ist da irgendetwas nicht stimmig, sorgt sie für die Beseitigung des Mangels. Schafft sie das nicht allein, holt sie sich Hilfe bei ihrem Mann, der Familie oder Freunden. Doch die Quelle der Erfüllung aller naturgegebenen Bedürfnisse liegt in jedem von uns selbst.

Kann die Mama nun ihre eigenen Gefühle und die ihres werdenden Kindes nicht fühlen, wie soll sie für das Wachsen und Gedeihen sorgen können? Wie soll der Embryo, das Baby und Kind für sein späteres Leben Geborgenheit und Vertrauen erfahren, wenn die Mama das erfüllende Gefühl der reinen Liebe nicht kennt?"

„Stattdessen Frust, Wut, Angst, Gewalt und Stress aus unserem Alltagsgeschehen", stöhnt Taurus traurig.

„Es war eine sich abwärts bewegende Spirale", schlussfolgert Siria. „Mangel ist ein lebensfremdes, ja lebensfeindliches, erdrückendes und zutiefst negativ empfundenes Gefühl. Damit war unser kollektives Bewusstsein auf Tamaja vollständig überflutet! Von Generation zu Generation erlebten Kinder weniger absichts- und bedingungslose Liebe. Wer von uns hatte diese je schon einmal erfahren, um sie weitergeben zu können? Taurus, denk mal an die Generationen unserer Eltern und Großeltern, die die großen Weltkriege erlebten und die unzählbaren kleinen Kriege, mit denen Tamaja übersät war. Millionen von Flüchtlingsdramen prägten unser aller Befinden und nährten die Pseudo-Persönlichkeiten tamajaweit. Doch wie, Loria, sind eure Ahnen damit umgegangen?"

„Sie haben ihre Disposition geändert. Es war ein sehr langer Prozess, dafür aber friedlich. Weil sich alle zuerst mit ihrer inneren Haltung beschäftigen wollten, war Geduld gefragt beim Weltenwandel. Ihr habt diesbezüglich Aufholbedarf. Weil ihr euch geweigert habt, nach innen zu sehen, habt ihr das Außen überbewertet und dann nicht einmal den kritischen Punkt des Versagens der Biosphäre mitbekommen. Als es dunkel wurde, die Luft knapp, Flora und Fauna vernichtet waren, sind endlich genug aufgewacht, um nun neu zu beginnen. Beobachte deine Gedanken", sagt Loria direkt zu Taurus, „fühle und denke bewusst. Werdet euch eurer eigenen Fähigkeiten bewusst. Erkennt, dass ihr als kooperative, liebende, natürliche Wesen gedacht seid. Hört auf, bei der Erfüllung eurer Bedürfnisse gegenüber anderen und der Natur Unterschiede zu machen. Einen Beitrag zum Wohle aller und der Natur leisten zu wollen ist allen Wesen in die Wiege gelegt. Konkurrenz, die ihr als Triebfeder der Entwicklung vergöttert und gleichzeitig als Entschuldigung für euer zerstörerisches Handeln genutzt habt, ist ein Hirngespinst eures konditionierten Verstandes in Form eures Egos. Tretet aus eurem Schatten heraus.

Ja, auch unsere Ahnen glaubten einmal, die größten Raubtiere zu sein. Stell dir vor, sie hielten Gewalt, Streit und Mord untereinander als einen natürlichen Wesenszug, weil es unter Tieren ein ähnliches Verhalten gab und Pflanzen Schutzmechanismen entwickelt hatten. Umgekehrt funktioniert es: Pflanzen und Tiere passen sich dem Verhalten der Menschartigen an. Wir sind die Schöpfer, jedoch unter vielen, Schöpfer des Lebens, nicht des Todes!

Taurus, der Weg aus dem Dilemma führt nur über das bewusste Beobachten der Gedanken, des Atems und der Gefühle. Damit verbindest du dich automatisch mit der Ur-Quelle allen Seins. Es wird in Gewohnheit übergehen und euch nur noch auffallen, wenn eure Balance irgendwie in Gefahr ist und euch droht, die Verbindung zu euch selbst zu verlieren. Das kommt bei uns kaum noch vor."

„Bleibt Beobachter eurer inneren Lebendigkeit statt den größten Anteil eurer Lebenszeit in geistiger Abwesenheit zu verbringen", ergänzt Carmin in weichem, sanftem Tonfall Lorias Ausführungen.

„Das trifft es", schmunzelt Siria. „Die meisten Tamjaner glaubten, dass sie ihr Hirngeplapper sind. Die ganzen Bewertungen, Prophezeiungen, Befürchtungen, Analysen und Interpretationen waren für sie *ihr* Denken."

„Ein Trugschluss, dem auch unsere Ahnen lange Zeit erlagen. Das wahllose Grübeln und Szenarien-Konstruieren fesselte ihre gesamte Aufmerksamkeit, die zum Fühlen und dem bewussten Denken notwendig sind. Wir Lillianer fühlen unseren Körper von innen. Wie sonst könnten wir mit dem Universum *wirklich* eins sein, auch wenn wir es *sind*?" Carmin bemerkt wieder Traurigkeit in Taurus aufsteigen. „Das ist lernbar", tröstet er. „Siria hat es auch gelernt."

Siria nickt.

„Das setzt aber voraus, dass die Tamjaner akzeptieren, dass ihr Bewusstsein nicht nur in ihrem Hirn ist. Solange sie die Existenz eines immateriellen Feldes abstreiten, werden sie nicht glauben wollen, dass sich dieses über ihr Hirn artikuliert. Bisher widersprach das ihren mechanistischen, materialistischen Vorstellungen. Unsere Wissenschaft ging mit der Urknalltheorie zwar von einem gemeinsamen Ursprung allen Seins aus, bezog einen geistigen in ihre Überlegungen jedoch nicht mit ein; auch nicht eine bleibende Verbundenheit mit allem. Unter Erfolgsdruck gefangen in ihren Messungen und Kontrollmechanismen konnten sie ihr begrenztes Denken nicht loslassen wollen", schlussfolgerte Siria mit einem traurigen Unterton. „Taurus, der einzige Weg zur Erkenntnis ist der des intuitiven Fühlens und des auf sich Hörens. Das erzeugt Verbundenheit, Vertrauen und innere Stärke."

„Meinst du, die Stimme tief in mir, dass ich auf sie höre, mich mit ihr verbunden fühlen?"

„Ja. Ich habe diese gern den inneren Arzt genannt, weil die Tamjaner anfänglich überhaupt nichts von einer Seele und gleich gar nichts von Unsterblichkeit wissen wollten."

Carmin fühlt Verständnis. „Diese Trennung von dem eigenen inneren Wesen verursachte zu großes Leid."

„Danke, Carmin und vielen Dank für die vielen Informationen. Ich werde viel Zeit brauchen, um alles zu verarbeiten. Mir ist gerade das Zeitgefühl total abhandengekommen." Siria klingt müde.

„Für alles, was im Einklang mit dem Universum geschieht, aus unseren Herzen heraus schwingt, öffnet sich immer ein Zeitfenster", antwortet Carmin. „Das, was mit Hingabe geschieht, darf so lange sein, wie es zu seiner Vollendung sinnvollerweise Zeit braucht, ob das ein Gespräch ist oder etwas erschaffen wird."

‚Es gibt so viele Phänomene, die wir nicht erklären können', denkt Siria. Sie gibt sich der Unendlichkeit der Zeit hin, während sie wieder auf das grüne Lillyland schaut. „Pflanzen waren für uns Dinge, über die jeder willkürlich bestimmte. Abgesehen von den brutalen kollektiven Eingriffen in die Natur zeigte der einzelne Bürger wenig wirkliches Verständnis für die Welt der Pflanzen und Tiere, die von- und miteinander lebten. Bäume wurden malträtiert, beschnitten, Nägel in sie geschlagen für Plakate, Zäune und Baumhäuser an ihnen verankert, Namen eingeritzt und Wurzeln gekappt. Die maschinelle Ernte der Früchte – bei allen Pflanzen – kam einem brutalen Übergriff gleich. Wer dachte schon über sein Verhalten gegenüber einem ‚Ding' nach, das ja nachwachsen konnte und uns immer wieder zur Verfügung stand."

„Pflanzen haben eine Seele und sind wie alles vom Geist des Allbewusstseins durchdrungen. In ihnen ist auch ein Teil von uns. Wenn diese Einsicht sich bei euch etabliert hat, wird sich das Verhalten der Tamjaner ändern", geht Carmin auf Sirias Traurigkeit ein. „Wir fragen Pflanzen, wann sie uns ihre Früchte, Teile von sich oder als Pflanze insgesamt schenken wollen. Alles, was wir Pflanzen antun, geschieht im Einvernehmen mit ihnen und ihrem Geist."

„Wenn wir Holz brauchen für ein Haus oder ein Möbelstück, fragen wir die Bäume, ob sie dafür bereit sind. Wir fällen sie nur, wenn sie von sich aus gehen wollen. Bäume, die wir pflanzen, erhalten von uns einen geistigen Auftrag. So wissen sie, für welche Informationen sie sich empfänglich zeigen. Wir suchen, um sie bei der Umsetzung unseres Anliegens optimal zu unterstützen, mit ihnen einen geeigneten Standort aus, ein gegenseitiges Geben und Empfangen. Wir schenken ihnen regelmäßig unsere Aufmerksamkeit und gewähren ihnen Schutz – aus Liebe, ohne Status."

Siria lacht mit einem tieftraurigen Ton. „Ich wurde ausgelacht, stehen gelassen als ich solche Gedanken äußerte."

„Ein Lillianer bittet vorher um Einwilligung, will er sich ein Blatt, eine Blüte oder eine Frucht nehmen. Gibt die Pflanze, bedankt er sich. Das passiert gedanklich sekundenschnell schon gewohnheitsmäßig. Ein Nein der Pflanze akzeptiert er. Es kann sich auch darin äußern, dass die Frucht vom Zweig schwer abgeht. Manchmal ist es nur nicht die rechte Zeit. Achtung und Wertschätzung allen Lebewesen und Dingen gegenüber sind uns selbstverständlich. Bei den Wald-Lillianern führt eine außergewöhnlich große Zuwendung zu einer ganz besonderen Eintracht im Zusammenleben mit Ihnen. Diese Gebiete nennen wir ‚Hort der Liebe'." Loria sprüht vor Begeisterung, als sie sich erinnert. „Die Wald-Lillianer sind so eng mit den Pflanzen- und Baumwesen verbunden, dass sie deren Empfindungen spüren. Sie hören ihnen zu, wenn sie mit elektrischen Impulsen ihr Umfeld über ihr Befinden informieren, nehmen deren chemische und feinstoffliche Informationen wahr und können sie deuten. Spielerisch beschäftigen sie sich mit dem Kreieren neuer Pflanzen und Tiere."

„Macht ihr das auch? Manipuliert ihr auch Saatgut, gentechnisch?" Taurus zeigt entsetzt auf Lillyland. „Ist *das* alles Zucht?"

Die Lillianer lachen. Carmin erklärt: „Oh, nein. Das sind selbstwirksame Veränderungen. Im Einklang mit der Natur, als Teil von ihr uns selbst erforschend gestalten, erkennen und erfinden wir intuitiv neue, interessante, aber immer harmonische und friedliche Lebewesen, Pflanzen, Landschaftsformen, alles, was zur weiteren Entfaltung unser aller Vollkommenheit beiträgt, harmonikal. Daran beteiligt sind die Wesen der Tiere und Pflanzen selbst. Es gibt keine wirkliche Vollendung, keine wirkliche Vollkommenheit. Alles unterliegt stetem Wandel. Ist mit dem Tod die natürliche Vollendung im Hier und Jetzt erreicht, beginnt eine neue In-Form-ation außerhalb von Zeit und Raum. Im Sterbeprozess offenbart sich die Essenz des Seins der sich verabschiedenden Blüte, der Pflanze oder des Tieres. Das ist der – vom Wesen selbst bestimmte – Zeitpunkt, dem Leben einen neuen Impuls zur schöpferischen Erschaffung einer neuen Form zu geben. Ist dann die Zeit dafür gekommen, verwirklicht sich diese. Beschleunigen können wir die Verwirklichung neuer Formen durch unser tiefes Vertrauen in die Allverbundenheit allen Seins, wie es die Wald-Lillianer leben."

„Hat nicht deine Tochter Marla es sich zur Aufgabe gemacht, die Fähigkeiten der Wald-Lillianer zu erlernen, Carmin?", fragt Loria.

„Ihre Freundin. Sie liebt Pflanzen ganz besonders. Seit sie herausgefunden hat, dass die Pflanzen mit ihren Wurzeln ein unterirdisches Kommunikationsnetz über ganz Lillyland betreiben, will sie über ihre Pflanzen in unserer Cella mit den Bäumen der Wald-Lillianer in Kontakt treten. Eine spannende Übung für sie."

Taurus schaut fasziniert auf Lillyland mit den zahlreichen Wäldern und denkt: ‚Das soll wirklich alles ohne gentechnischer oder züchterischer Eingriffe entstanden sein? Nur mit Gedanken?'

Die stille Frage veranlasst Carmin zu antworten: „Ohne jede Chemie und Technik. Sonst könnten wir mit der Pflanzen- und Tierwelt nicht kommunizieren, auch könnten sie untereinander nicht kommunizieren. Zuzeiten unserer Ahnen wurden Pflanzen und Tiere von den Ur-Informationen unserer Ur-Quelle abgetrennt. Auf riesigen Flächen starben Wälder, kippten Seen und verdörrten Freiflächen, wie auf Tamaja. Wüsten breiteten sich aus, Millionen von Pflanzen- und Tierarten verschwanden. Jahrzehntelang ihrer Vollkommenheit und Selbstregulationsfähigkeit beraubt, mit Chemikalien vollgepumpt und in einen toten Boden verpflanzt, darbten die Pflanzen, die süchtig nach Kunstdünger geworden waren und unfähig, miteinander zu kommunizieren, um sich gegenseitig vor Gefahren zu warnen und zu schützen. Ihre naturgegebene Fähigkeit, sich untereinander, aber auch mit artfremden Pflanzen und mit den Tieren auszutauschen, war ihnen weggezüchtet worden. Da half auch nicht, dass die von einer Art alle dicht beieinander gepflanzt oder gesät wurden. Ohne Informationsaustausch gibt es keine Kooperation; die natürliche Resilienz der Pflanzen geht verloren. Um Überleben auszuhalten, passten sich Flora und Fauna an. Aus Nützlingen wurden Schädlinge.

Aber, Taurus und Siria, die Erde befreite sich und erblühte zum prächtigen Lillyland. Ein paar wenige unserer Ahnen, oft in kleinen Gemeinschaften, begannen rund um die Erdmurmel verteilt Pflanzen zu entgiften, dem Bodenleben zu seiner Regeneration zu verhelfen und von seinen Früchten und sonstigen Gaben wertschätzend zu leben. Sie wandten Flora und Fauna wieder all ihre Aufmerksamkeit zu. Das war der Grundstock für Lillyland. Erst begriffen nur wenige, dann immer mehr, dass alles Elend, alles Unglück, Krankheit und Siechtum ihre Ursachen auf dem vernachlässigten Land haben. Erst kehrten Einzelne, dann Scharen den Städten den Rücken – Pioniere, die alle schlimmen Ereignisse dieser Zeit ohne Bewertung und nur als Beobachter annahmen, jeglichem Kampf entsagten und sich um die Entfaltung ihrer inneren Potenziale bei aktivem Handeln auf dem Land bemühten. Sie erreichten, dass die Erde begann sich ihrer Quelle mit all ihrer Fülle, Energie und der allgegenwärtigen Informationen zu erinnern. Pflanzen *und* Tiere orientierten sich wieder an den energetischfeinstofflichen Informationen aus dem universellen Feld und agierten entsprechend wieder selbstregulierend. Allmählich konnten auch unsere Ahnen wieder Ereignisse in ihrem Umfeld wahrnehmen, bevor diese eintraten. Es war eine Freude für sie, das zu beobachten.

Synchron mit den Veränderungen in der Natur vollzog sich in ihnen ein spannender Prozess. Sie waren bereit, ihre Ängste anzuerkennen. Der Effekt war frappierend; der durch Ängste stockende Fluss ihrer Lebensenergie, der zu so vielen Krankheiten geführt hatte, kam wieder in Gang. Das Tor zu ihrem ureigenen Körpergefühl öffnete sich. Die Menschen lernten intuitiv wahrgenommene Unstimmigkeiten zu deuten. Seitdem sind sie in der Lage zu agieren, statt zu reagieren. Das wirklich Wichtige erreichte sie von da an immer im richtigen Moment. Die animalischen Fähigkeiten erlebten eine Wiedergeburt auf höchster Stufe. Der Mensch erinnerte sich an sich selbst und nannte sich dann Lillianer.

Heute geben wir uns ganz dem Energiefluss der Natur hin, empfinden aktuelle Geschehnisse nicht mehr instinktiv, sondern bewusst, deutungssicher und immer vor ihrem Eintreten. Wir entwickelten eine sehr hohe Sensibilität. Mit dieser unterscheiden wir: Je unschärfer sich Ereignisse zeigen, umso größer ist der Spielraum für uns, diese zu beeinflussen. Sie sind noch gegenwartsfern. Große Ereignisse kündigen sich zum Teil Wochen oder Jahre vorher an und können von uns noch wesentlich verändert werden.

Es war für unsere Ahnen ein erhellender Prozess ihrer Rückverbindung. Achtsamkeit und Wertschätzung vor allem Leben, hohe Sensibilität für Boden und Wasser und für eine Kommunikation zwischen Pflanzen und Tieren ermöglichten ein wirkliches Verstehen und letztendlich die für unsere Ahnen überlebensnotwendige Wiederbelebung der Böden. Dadurch war im Gegensatz zu dem Weg, den Tamaja wählte, unser Weg ein lebensbejahender Schöpfungsprozess."

„Die Artenvielfalt ist unermesslich groß und dennoch kann sie durch uns noch erweitert werden", bestätigt Loria. „Es kommt vor, dass sich durch unsere Aufmerksamkeit und unsere Gefühle – besonders die der Kinder – Pflanzen und Tieren verändern. Ich habe es bei den Wald-Lillianern selbst beobachtet! Über viele Jahre veränderten sich Pflanzen- und Tierarten so, dass sie heute mit Eigenschaften aufwarten, die uns Lillianern ein wohliges Zuhause bieten. Die Symbiose mit Pflanzen und Tieren, die die dort lebenden Lillianer eingegangen sind, hat rückwirkend auch diese verändert. Wald-Lillianer sind ruhig und bewegt zugleich, duften und fühlen sich weich und gefällig an. Sie lächeln immer – wie bei Delphinen – und streichen beim Gehen sanft über Blätter und Stämme, flüstern zu dieser und zu jener Pflanze ein liebes Wort. Sie singen mehr als das sie sprechen. Auch wer ihre Sprache nicht kennt, kann ihre Botschaften verstehen, weil sie sich von Herz zu Herz, von Seele zu Seele mitteilen.

Während meines Besuchs wohnte ich in einem ihrer gewachsenen Häuser. Wenn ich mich abends schlafen legte, war es, als würde ich sanft in den Armen meiner Mutter hin- und hergewiegt. Morgens erwachte ich mit einer Energie! Ich hätte Berge versetzen können. So intensiv habe ich das bisher nur an wenigen anderen Orten auf Lillyland gespürt. Ich wäre am liebsten geblieben. Doch wollte ich auch meine Freunde daheim nicht so lange missen. Meine Eltern erzählten mir später, dass ich in dieser Zeit über dem Erdboden geschwebt bin. Ich nahm dies als Zeichen, dass ich fliegen will." Loria zwinkert Siria und Taurus zu, während sie das Kaimot langsam über Lillyland steuert und dabei berichtet: „Es gibt bei uns keine Wüsten und nur an den Polkappen Dauerfrostzonen. Die Energien der Erde sind ausbalanciert. Wir achten akribisch auf alles, was sie aus dem Gleichgewicht bringen könnte. Würde die Biosphäre durch Verunreinigungen und manipulative Eingriffe wie flächige Baumfällungen, technische Strahlung, Chemie oder virtuellen Wassertransfer wie bei euch unter Druck gesetzt, würde sie dies auf ihre Art ausgleichen, ihr habt die Antworten eures Planeten auf die extremen Eingriffe erfahren, nicht nur auf stofflicher, sondern vor allem auf energetischer, informativer wie feinstofflicher Ebene. Über das globale Wirkungsgefüge und die Allverbundenheit habt ihr nicht nachgedacht. Das lineare Denken eures Verstandes ließ euch nicht erkennen, dass ihr mental mit eurem chaotischen, weil reduktionistischen Denken die Biosphäre, letztlich alles massiv beeinflusst. Über den beschränkten, konditionierten Verstand hinauszugehen getrauten sich zu wenige. Die Zahl unserer Ahnen, die sich intuitiv über die Grenzen des Verstandes hinausbegeben wollten, erreichte im Gegensatz zu euch die kritische Größe, die den friedlichen Wandlungsprozess der Erde zu Lillyland einleitete.

Heute schützen Dankbarkeit und Liebe der Lillianer die Natur, und wir sind in ihr durch sie geschützt. In den Zellen aller Lebewesen auf Lillyland ist ein Ur-Code verankert, der uns mit der Natur verbindet. Er kann nicht gelöscht werden. Den trägt jedes Lebewesen im Kosmos in sich, auch ihr. Siria, du hast ihn bereits aktiviert. Taurus wird es auf Lillyland gelingen."

„Oh ja. Und dann ist es unsere Aufgabe, die Aktivierung des Ur-Codes auf Tamaja zu befördern – in jedem Einzelnen."

„Ihr werdet im Lillyland-Forum erkennen, welche Unterstützung Tamaja braucht."

Stille tritt ein. Siria und Taurus versuchen so viel wie nur möglich Bilder von Lillyland in sich aufzunehmen. „Es ist ein Paradies, diese Grün- und Blautöne! Die Orte mit den roten Dächern fügen sich so harmonisch in das Gesamtgrün. Bergketten wie auf Tamaja, aber voller Bewuchs! Schon beim bloßen Betrachten von hier oben spüre ich die Lebenskraft eures Planeten."

„Der Anteil der Meere ist bei uns größer als der Anteil der Landflächen", erklärt Carmin. „Die Übergänge sind unterschiedlich. Es gibt Stellen, da geht der Bewuchs unvermittelt ins Meer über. An anderen Stellen, wie dort links, schlängelt sich ein Sandstreifen zwischen Meer und Land entlang, mal breiter, mal schmaler, es können auch Steine unterschiedlichen Materials entlang der Ufer liegen, je nach geogenem Ursprung."

„Nirgendwo kann ich die bei uns üblichen Hotelketten und Hafenanlagen erkennen. Auch sehe ich keine Schiffe, keine Straßen und auch keine großen Lagerflächen, wie sie sich beim Überflug von Tamaja zeigten. Wie bewerkstelligt ihr nur alle eure Transporte? Wie funktioniert das alles mit so vielen Lillianern und ohne große Städte? Lillyland ist wahrscheinlich ähnlich groß wie Tamaja?" Fragend schaut Taurus zu Carmin. „Ob Tamaja vor unserer Besiedlung ähnlich ausgesehen hat? Ich habe so viele Fragen."

„Das hat es. Die Größe ist wirklich ungefähr gleich. Unser Klima hat sich nach dem Wandel auch wieder ausbalanciert. Die Temperaturen schwanken jahreszeitlich auf ganz Lillyland nur zwischen maximal -10 und +40°C. Wir haben speziell in unserer Region keinen Winter mit Minusgraden. Zwischen Sommer und Winter liegen etwas kühlere Übergangszeiten – die Selbstreinigungszeit für die Natur, bevor sie sich ausruht oder allmählich wieder entfaltet. Auch wir nutzen die Zeit. Wir feiern, ziehen Resümee, träumen und beginnen in der kühleren Phase den neuen Zyklus zu imaginieren. Ungefähr sieben Monate bezeichnen wir als Sommer. Wir kommen mitten im Sommer an", freut sich Carmin für Siria und Taurus. „Zwei- bis dreimal im Jahr überschüttet uns die Natur mit Früchten. Wir feiern mit jeder Ernte das Empfangen der Fülle. Eine dankbare Zeit. Ich bin froh, dass ihr sie erleben werdet. Und wir werden alle eure Fragen beantworten."

Siria sieht zu Taurus. Nachdenklich in sich versunken schaut er gebannt hinaus.

„Bereit zum Landen?", fragt Loria.

Ein vielfaches Nicken gibt ihr grünes Licht zum Landeanflug.

Danke für Ihr Interesse an einer neuen Erde

Besten Dank für das Lesen des ersten Bandes der „Vision einer neuen Erde". Sie dürfen gespannt sein auf Band 2: „Lillyland" und Band 3: „Die Verwirklichung".

Sind Sie bereits unterwegs auf Entdeckungstour zu Ihrem ganz individuellen und doch universellen natürlichen, wahrhaftigen Wesen? Gelingt es Ihnen schon, bewusst mit Ihren täglichen Rollen umzugehen und der Stimme Ihres Herzens zu folgen oder können Sie noch nicht erkennen, wann welche Stimme in Ihnen die ist, der Sie wirklich, selbstbestimmt, freiwillig folgen wollen?

„Freudenleicht und Dunkelschwer" hilft Ihnen, dies herauszufinden. Der weiße und der schwarze Drache unterstützen Kinder wie Großeltern oder einfach nur Interessierte bei der täglichen Gedankenhygiene: Spielerisch zeigen sie die Muster hinter dem eigenen oder dem Verhalten anderer. Es fällt leichter zu erkennen, wer da spricht, und der Stimme der eigenen Wahrhaftigkeit zu vertrauen.

Anke Plehn
www.ankeplehn.de
www.perma-architektur.de

Freudenleicht und Dunkelschwer

Die Geschichte vom weißen und schwarzen Drachen

Erzählt von Anke Plehn
mit Illustrationen von
Uwe Schürmann

Festeinband, Format: 15x21
64 Seiten, vollfarbig
ISBN-13: 978-3-96008-428-0
€ 12,00

www.ingramcontent.com/pod-product-compliance
Lightning Source LLC
Chambersburg PA
CBHW031025120726
47905CB00007B/2050